Der Schatz des Highlanders

Amanda Scott

Der Schatz des Highlanders

Der Macleod-Clan 2

Deutsch von Carola Kasperek

Weltbild

Originaltitel: *Prince of Danger*
Originalverlag: Warner Books, New York

Dieses Werk wurde vermittelt durch die
Literarische Agentur Thomas Schlück GmbH, 30827 Garbsen.

Die Autorin

Amanda Scott stammt aus einer alten Juristen-Dynastie und ist in Kalifornien aufgewachsen. Die studierte Historikerin mit Schwerpunkt in englischer Geschichte hat einige Jahre als Lehrerin gearbeitet, bevor ihr Ehemann sie zum Schreiben brachte. Seither hat Amanda Scott jedes ihrer Manuskripte verkauft und mittlerweile weit über 40 Titel veröffentlicht. Ihre Romane stehen auf den Bestsellerlisten und haben zahlreiche Auszeichnungen gewonnen. Die Autorin lebt mit ihrer Familie in Nordkalifornien. Im Weltbild Buchverlag erschienen folgende Titel von Amanda Scott: *Das Erbe des Highlanders, Die Rückkehr des Highlanders, Das Vermächtnis des Highlanders, Das Schwert des Highlanders* und *Die Tochter des Highlanders*.

Weltbild Taschenbuch

Zur Erinnerung an Carolyn Hardy Leach

In Liebe und Dankbarkeit für ihre Freundlichkeit, Großzügigkeit, Geduld, Fröhlichkeit und Zuversicht, mit der sie mehreren Generationen von Scotts, Drennans, Leaches, Clevengers und zahlreichen anderen Menschen im Gedächtnis bleiben wird.

Ruhe in Frieden, meine Liebe, und sag Mom, dass wir sie ebenfalls vermissen.

Die Töchter des Murdoch Macleod von Glenelg

Murdoch Macleod, 1320–1400
Anna Nicolson, 1336–1364

Cristina Macleod, geb. 1353	Mariota Macleod, 1354–1371	Adela Macleod, geb. 1355	Maura Macleod, geb. 1357	Kate Macleod, geb. 1358	Isobel Macleod, geb. 1359	Sorcha Macleod, geb. 1361	Sidony Macleod, geb. 1362
Ehemann: Hector »der Grimmige« Maclean, 1330–1400			Ehemann: Adam Frazier, geb. 1352	Ehemann: Donal Sean Macrae, geb. 1350	Ehemann: Sir Michael St. Clair, Herr auf Roslin, geb. 1350		
Heirat Mai 1370 auf Burg Chalamine			Heirat 1371	Heirat 1372	Heirat August 1379 auf Duart, Insel Mull		

SCHOTTISCHE INSELN

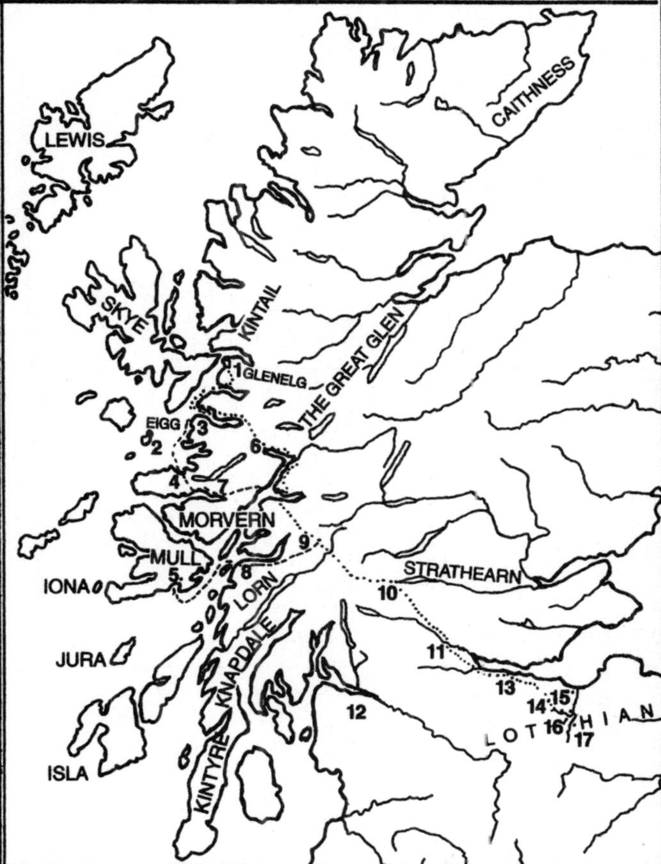

1. Glenelg Village
2. Kildonan (Eigg)
3. Glenancross
4. Shielfoot
5. Lochbuie
6. Kinlocheil
7. Strontian
8. Oban
9. Dail Righ
10. Lochearnhead
11. Stirling
12. Glasgow
13. Linlithgow
14. Ratho
15. Edinburgh
16. Roslin Castle
17. Edgelaw

Prolog

West Loch Tarbert, Schottland, Oktober 1307

Dichte Nebelbänke zogen von der See heran, legten sich wie zerfetzte graue Schleier auf die dunklen Wälder und Täler von Knapdale und Kintyre, verhüllten die Sterne und die schmale Sichel des zunehmenden Mondes und verbargen die vier Schiffe, die in einer Reihe hintereinander in den West Loch Tarbert einfuhren. Die Segel in der unbewegten Luft eingerollt, glitten sie wie schwarze Phantome mit der einströmenden Flut dahin.

Der kleine Beobachter auf dem Hügel atmete in tiefen Zügen die feuchte Nachtluft ein. Er war froh, der Enge seiner Schlafkammer entronnen zu sein, auch wenn er fürchten musste, nicht mehr zurückzufinden, wenn der Nebel noch höher stieg. Dann würde man ihn streng bestrafen, doch eine einzige Stunde der Freiheit war das Risiko wert, vor allem, wenn es Geisterschiffe zu bestaunen gab.

Um herauszufinden, wie es die großen Galeeren fertigbrachten, ohne Wind und ohne hörbaren Ruderschlag so schnell dahinzugleiten, lief er lautlos den Hügel hinab. Hier, nahe dem Strand, war die Sicht noch schlechter, doch jetzt vernahm er das leise Geräusch eines Ruders. Es war bei weitem nicht so laut wie das rhythmische Platschen, mit dem die Riemen der großen Galeeren normalerweise ins Wasser tauchten. Auch bewegten sich diese Geisterschiffe viel langsamer als es Galeeren, diese flinken Windhunde des Meeres, gewöhnlich taten.

Als der Wolkenschleier für einen Augenblick aufriss, sah er, dass das Schiff, das dem Ufer am nächsten war, von einem kleinen Schleppkahn gezogen wurde, dessen Ruder kaum ein Geräusch verursachten. Gleich darauf konnte er noch ein zweites Boot ausmachen. Die Galeeren wurden also in den Loch geschleppt.

Der Junge zog die Stirn kraus. Sollte er heimlaufen und jemanden warnen? Waren die Männer, die normalerweise die Einfahrt zum Loch bewachten, eingeschlafen?

Das konnte er sich schwerlich vorstellen, da eine solche Pflichtvergessenheit mit dem Tod durch den Strang geahndet wurde. Aber vielleicht hatte ja das Kleine Volk die Wächter verhext.

Wenn er jetzt Alarm schlug, würde sein Vater ihn ebenfalls bestrafen, weil er ungehorsam gewesen war. Trotzdem konnte er seine Neugier nicht bezähmen und folgte den Schiffen auf ihrem Weg in den Loch. Galeeren wurden für gewöhnlich von mindestens sechsundzwanzig Ruderern bewegt, zuweilen waren es sogar viermal so viel. Außerdem konnten sich auch noch bewaffnete Männer an Bord befinden. Bevor er jemandem Bescheid sagte, wollte er versuchen, mehr über die Schiffe herauszufinden.

Nachdem er um einen Felsbrocken herumgeklettert war, blieb er kurz stehen, um zu verschnaufen. In diesem Augenblick rumpelten hinter ihm ein paar lose Steine. Ihm fuhr der Schreck in die Glieder; er blieb reglos stehen und spitzte die Ohren.

Da war es wieder, dann folgte ein scharrendes Geräusch, als sei ein Fuß ausgeglitten. Schließlich ein erstickter Schrei. Der Junge stieß einen Seufzer der Erleichterung aus, als er die Stimme erkannte.

Mitten auf dem Weg blieb er stehen und wartete, bis sein kleiner Verfolger um den Felsen bog und bei seinem Anblick vor Schreck lauter als zuvor aufschrie.

»Halt verdammt noch mal den Mund, oder ich stopfe ihn dir!«, zischte er dem Ankömmling zu.

»Aber du hast mir einen Heidenschreck eingejagt!«

»Wenn du jetzt nicht still bist, tue ich noch was ganz anderes. Hast du denn nicht die Schiffe da draußen gesehen?«

»Doch, sicher. Wem gehören sie?«

»Ich weiß es nicht«, murmelte der Junge. »Aber wenn die an Bord uns entdecken, schneiden sie uns den Kopf ab und schmeißen ihn ins Wasser, damit wir keinem was verraten können.«

»Du lieber Himmel, warum denn das, wo doch dein eigener Vater unter ihnen ist?«

Abermals runzelte der Bursche die Stirn. »Tatsächlich?«

»Ja. Ich bin ihm in der Halle fast in die Arme gelaufen, als ich dir gefolgt bin. Ich habe mich unter dem Tisch versteckt und gesehen, wie er ein paar von den Männern wach rüttelte, die in der Halle auf dem Boden schliefen. Sie sollten ihn und meinen Vater zu dem Treffen mit den Fremden begleiten.«

»Dann müssen wir jetzt schnell zurück«, erwiderte er und versuchte, sich seine Enttäuschung nicht anmerken zu lassen. »Wenn sie uns erwischen, kriegen wir die Hucke voll. Morgen früh werden wir schon erfahren, was es mit den Schiffen auf sich hat.«

Doch am nächsten Morgen, als die Sonne wieder über dem Loch erstrahlte, waren die Galeeren verschwunden. Nichts zeugte mehr von ihrer geheimnisvollen Fahrt.

1

Im schottischen Hochland nahe Glenelg, Juli 1379

Endlich war sie Burg Chalamine und der ewigen Nörgelei ihres Vaters entkommen. Ohne Sattel ritt die neunzehnjährige Lady Isobel Macleod selbstvergessen den von Bäumen und Büschen gesäumten Weg am Fluss entlang, der sich durch das Glen Mòr zog, bis er auf den steilen Pfad traf, der hinunter ins Glen Shiel führte. Es war ein herrlicher Tag, und die kühle, salzige Meeresbrise streichelte ihre Wangen. Ringsum in der menschenleeren Wildnis sprossen die Blumen in verschwenderischer Pracht.

Die einsame Insel ihrer Träume, wohin sie sich am liebsten zurückziehen wollte, hatte sie noch nicht gefunden, doch bei ihrem Morgenritt hatte sie zumindest ein Stündchen ganz für sich allein. Sie würde es noch eine weitere Woche auf Chalamine aushalten müssen, bis sie endlich zur Burg Lochbuie auf der Insel Mull zurückkehren konnte, wo sie die vergangenen sieben Jahre verbrachte hatte. Sie vermisste den Laird von Lochbuie und seine Frau, ihre Schwester Cristina, und ebenso deren drei Kinder und ihre eigenen beiden Lieblingskatzen Asche und Ruß.

Obgleich sie bis zu ihrem zwölften Lebensjahr auf Chalamine gelebt hatte, fühlte sich Isobel jetzt, da nur noch drei ihrer sechs Schwestern dort waren, auf der Burg nicht mehr zu Hause. Adela, die älteste von ihnen, war unter der Last der Hausarbeit schon mit zwanzig Jahren zu einer verbitterten Frau geworden, und Sidony und Sorcha, die beiden sechzehn- und siebzehnjährigen Mädchen, konnten es gar nicht erwarten, einen Ehemann zu finden und ebenfalls fortzuziehen. Isobel dagegen hatte nicht die geringste Absicht, jemals zu heiraten.

Sie konnte nur dankbar sein, dass ihr Vater, Murdoch Macleod von Glenelg, nicht länger darauf bestand, dass die jüngeren Schwestern warten mussten, bis die älteren unter die Haube gebracht waren. Diesen Aberglauben hatte er nach dem Tod seiner Tochter Mariota abgelegt, zusammen mit den hochfliegenden Plänen für seine Töchter.

Entschlossen verbannte Isobel jeden Gedanken an Mariota oder Macleod aus ihrem Kopf und überlegte sich stattdessen, was sie mit den kostbaren gestohlenen Stunden anfangen sollte. Sie konnte zum Glen Shiel und Loch Duich weiterreiten oder einen neuen, unbekannten Weg erkunden.

Während sie noch darüber nachgrübelte, nahm sie hoch oben auf einem nördlich gelegenen Hügel eine Bewegung wahr. Da Glen Mòr ein enges Tal war – an manchen Stellen war nur Platz für den rasch dahinströmenden Fluss mit dem schmalen Uferpfad –, war der gegenüberliegende Hügel nicht weit entfernt. Daher konnte sie deutlich die beiden Reiter erkennen, die soeben im dichten Unterholz verschwanden. Das erregte Isobels Aufmerksamkeit. Vielleicht gab es dort ja einen Pfad, den sie noch nicht kannte. Mit einem leisen Tippen der Gerte lenkte sie ihr Pferd zu einem flachen Abschnitt des Flusses, um gefahrlos ans andere Ufer zu gelangen. Drüben trieb sie das Tier bergauf zu der Stelle, wo sie den verborgenen Pfad vermutete. Zehn Minuten später befand sie sich mitten in einem kleinen Wäldchen aus Zitterpappeln, Eichen und Kastanien, durch das sich ein munteres Bächlein dem Fluss entgegenschlängelte. Sie brachte ihr Pferd im Schatten der Bäume zum Stehen und lauschte. Ihr war eingefallen, dass die beiden Männer jeden Augenblick wieder auftauchen konnten, und sie war nicht besonders darauf erpicht, ihnen zu begegnen.

Angst hatte Isobel nicht. Die Leute aus den benachbarten Tälern kannten sie, und einem Fremden brauchte sie nur zu sagen, dass sie Macleods Tochter war. Falls während ihrer Abwesenheit irgendwo eine Fehde ausgebrochen wäre, hätten ihre Schwestern oder ihr Vater es ihr bestimmt erzählt.

Um sie herum war nichts als das Gurgeln des Bächleins und das Pfeifen und Zwitschern der Vögel. Daher ließ sie ihr Pferd weitergehen und stieß bald auf den gesuchten Pfad. Es war kein Wunder, dass sie ihn nicht früher entdeckt hatte, denn er führte jenseits des Baches durch eine enge Spalte zwischen zwei riesigen Felsblöcken bergauf bis zu einer Klamm. Dort schien er zu enden. Doch beim Weiterreiten stellte sie fest, dass der Weg hinter der Schlucht wieder breiter wurde und zu einer grasbewachsenen, waldumstandenen Lichtung führte. Jenseits davon ragte eine kahle Felswand in den Himmel.

Da von den beiden Reitern nirgendwo etwas zu sehen war, durchquerte sie das nahezu ausgetrocknete Flussbett, das sich mitten durch die Lichtung zog, um herauszufinden, ob der Pfad auf der anderen Seite weiterging. Sie genoss die Waldesruhe, bis plötzlich der Schrei eines Mannes die Stille zerriss.

Es klang nicht, als ob er von weit entfernt käme. Sie trieb ihr Pferd an, blickte sich dabei jedoch vorsichtig um und lauschte auf weitere Geräusche. Bald lichtete sich das Gehölz erneut. Als sie Männerstimmen vernahm, zügelte sie ihr Pferd und flüsterte ihm zu: »Wir sollten wohl besser verschwinden. Das hier geht uns nichts an. Aber andererseits war ich schon immer mit Neugier geschlagen, und das wird sich wohl auch nie ändern.« Mit diesen Worten rutschte sie behände aus dem Sattel und schlang die Zügel um den Ast eines nahen Baumes. Sie tätschelte dem Pferd die Nase und sagte leise: »Und jetzt keinen Mucks, wenn ich bitten darf.« Dabei war sie keineswegs sicher, dass die Ermahnung etwas nützen würde. Als sie daran dachte, wie oft ihre Eltern und Pflegeeltern sie schon für ihre Neugier bestraft hatten, schickte sie ein Stoßgebet gen Himmel, dass man sie diesmal nicht erwischen möge. Dann packte sie ihre Reitgerte fester, zog den langen dunkelgrauen Umhang enger um sich, damit er nirgends hängen blieb, und näherte sich den Stimmen mit raschen, lautlosen Schritten.

Hinter einer dicken Kastanie blieb sie stehen und spähte vorsichtig um den Stamm herum. Der Anblick verschlug ihr den Atem.

Sechs Männer umringten einen siebten, der mit seitwärts ausgestreckten Armen an die Äste zweier alter, knorriger Eichen gefesselt war. Er hatte dunkle Haare und trug nichts als eine Hose und Stiefel. Sein muskulöser Oberkörper war unbekleidet, und aus vier tiefen Striemen auf seinen breiten Schultern sickerte Blut. Kaum hatte Isobel begriffen, was dort vor sich ging, hob einer der sechs eine schwere Peitsche und knurrte grimmig: »Du wirst uns sowieso alles erzählen. Besser du redest jetzt gleich, solange du es noch kannst.«

»Eher sollt ihr in der Hölle schmoren«, erwiderte der Gefesselte mit einer tiefen, volltönenden Stimme, die bis zu Isobel drang. Sie kannte weder ihn noch einen der anderen, doch er hörte sich an wie ein gebildeter Mann.

»Du hast ja gesehen, wozu ich fähig bin«, sagte der mit der Peitsche. »Mann, du hast schon nach dem vierten Schlag geschrien. Bist du sicher, dass ich weitermachen soll?«

Als sein Opfer schwieg, erhob er erneut die Peitsche.

Der Gefangene spannte alle Muskeln an, und auch Isobel verkrampfte sich, als der Schlag fiel. Wieder zerriss sein Schmerzensschrei die Luft.

»Nanu, was haben wir denn da?«

Sie fuhr herum und riss die Reitgerte hoch, doch eine große Hand packte mit hartem Griff ihren Unterarm. Ein Mann mit einem schwarzem Bart knurrte: »Lass die mal schön fallen, Mädchen, und sei froh, dass du mich nicht damit erwischt hast.« Zu den übrigen Männern gewandt rief er: »He, seid mal still! Hier ist ein vorwitziges Mädchen, das gekommen ist, damit wir uns ein bisschen mit ihr amüsieren!«

Isobel seufzte. Ihr Stoßgebet war also nicht erhört worden.

Kein Wunder, dachte sie, denn sie selbst hielt keineswegs alles, was sie Gott im Gegenzug für die Erfüllung eines Wunsches versprach.

Widerstandslos ließ sie sich von dem stämmigen Kerl auf die Lichtung ziehen, doch als er sie vorwärtsstieß, bis sie vor dem Mann mit der Peitsche stand, hatte sie sich wieder gefasst. »Ich weiß ja nicht, wer Ihr seid«, zischte sie empört, »aber ich bin die Tochter Macleods von Glenelg. Und Ihr habt hier nichts zu suchen. Wenn dieser arme Mensch dort ein Gesetz gebrochen hat, muss man ihn vor das Gericht des Lairds stellen und ihm einen gerechten Prozess machen.«

»Ja, sicher«, erwiderte der Mann mit der Peitsche. »Aber es kommt immer darauf an, wessen Gesetz er gebrochen hat, nicht?«

»Das einzige Gesetz, das hier zählt, ist das Mcleods und vielleicht noch das des Lords der Inseln«, widersprach Isobel. Sie hatte die Männer für ein paar Raufbolde aus der Gegend gehalten, die einen Gentleman überfallen hatten, doch als sie die Stimme ihres Anführers – es war die eines vornehmen Mannes – hörte, stellte sie fest, dass sie sich geirrt hatte. Daraufhin sah sie sich die Fremden genauer an. Zwei von ihnen besaßen Schwerter, um die sie die Gefolgsleute ihres Vaters beneidet hätten, und der Mann mit der Peitsche trug ein vorzüglich geschnittenes schwarzes Samtwams und eine seidene Pluderhose. Obwohl sie allmählich Angst bekam, befahl sie mit fester Stimme: »Bindet den armen Mann auf der Stelle los!«

»Na, Mädchen«, erwiderte der Anführer, »für jemanden, der keine Armee dabeihat, bist du aber ganz schön dreist.« An seine Männer gewandt setzte er hinzu: »Die ist bestimmt einmalig im Bett.«

»Lasst sie gehen!«, stieß der gefesselte Mann hervor. »Sie hat mit der ganzen Sache nichts zu schaffen. Und außerdem ist sie eine edle Dame, nach der man bestimmt suchen wird. Vielleicht ist ihre Eskorte sogar irgendwo in der Nähe.«

Isobel blickte ihn an. Obwohl er finster dreinschaute, fand sie sein Gesicht sehr anziehend, doch sein Blick erinnerte sie an den furchterregenden Laird von Lochbuie, wenn er wütend war.

Der Anführer machte eine Kopfbewegung zu der Stelle, wo sie Isobel aufgegriffen hatten, und sagte: »Geh mal nachsehen, Fin.«

»Also, ich habe niemanden gesehen«, erklärte der Angesprochene. »Sie war ganz allein.«

»Schau trotzdem nach. Er hat recht, ein solches Mädchen ist schwerlich ohne Begleitung unterwegs.« Dann befahl er den übrigen Männern: »Bindet ihn erst einmal los, und sperrt die beiden in die Höhle, bis wir uns vergewissert haben. Ich kann nicht noch mehr Überraschungen gebrauchen.«

Zwei Männer zerrten Isobel, die sich heftig sträubte, zu einem schmalen Spalt in der Felswand, dem Eingang zu einer unterirdischen Höhle, in der es dunkel wie im Schlund der Hölle war. Isobel schloss die Augen und versuchte sich einzureden, dass das Ganze nichts als ein aufregendes Abenteuer war.

Einer der Männer entzündete eine Fackel, bevor sie sich durch die enge Öffnung zwängten. Der Hohlraum dahinter, bei dem es sich offensichtlich um eine natürliche Höhle handelte, besaß eine hohe, gewölbte Decke aus Granit und war weit größer, als sie erwartet hatte. Erstaunt blickte Isobel sich um. Die Höhle lag nicht weit von Chalamine entfernt, doch sie hatte noch nie von ihrer Existenz gehört.

Als sie Schritte hinter sich vernahm, drehte sie sich um. Zwei weitere Männer trugen beim Licht der Fackel den Gefesselten herein und legten ihn neben Isobel, der sie ebenfalls Hände und Füße gebunden hatten, auf dem harten Boden ab. Dann gingen sie davon und ließen die Gefangenen in der Dunkelheit allein.

»Ich wünschte, dieser schreckliche Kerl hätte mir nicht den Umhang abgenommen, als er mir die Hände zusammengebunden hat«, murrte Isobel. »Es ist schrecklich kalt hier. Aber wahrscheinlich sollte ich froh darüber sein, dass sie uns nicht auch noch geknebelt haben.«

»Hier drinnen würde uns sowieso keiner hören«, kam seine gelassene Stimme aus der Dunkelheit.

Sie antwortete nicht, sondern zerrte versuchsweise an ihren Fesseln. Sie konnte die Hand nicht vor den Augen sehen.

»Dafür, dass Ihr so in der Patsche steckt, seid Ihr ziemlich ruhig«, fuhr er fort. »Habt Ihr wirklich eine Eskorte dabei?«

Sie seufzte. »Leider nicht. Ich bin allein, und in den nächsten Stunden wird mich auch niemand vermissen. Doch wenn ich zu lange fortbleibe, schicken sie bestimmt einen großen Suchtrupp los.«

»Ist Euer Vater denn so mächtig?«

»Ja, das ist er«, antwortete sie und verzog vor Schmerz das Gesicht, als das Seil ihr in die Handgelenke schnitt. »Er sitzt im Rat der Inseln. Doch der Mann meiner Schwester ist noch einflussreicher. Er ist für mich wie ein Pflegevater, denn bei ihnen habe ich die letzten sieben Jahre gelebt. Er wird uns mit Sicherheit finden, wenn uns diese niederträchtigen Halunken nicht vorher umbringen.«

»Wie kann das sein, dass Euer Pflegevater noch mächtiger ist als ein Ratsmitglied?«, erkundigte er sich mit einem Anflug von Belustigung.

»Es ist Hector der Grimmige«, erwiderte sie nur.

Ihr Mitgefangener nahm die Auskunft schweigend auf. Als er wieder sprach, klang seine Stimme ernst: »Ich glaube, Ihr solltet unseren Gastgebern besser nichts davon erzählen.«

»Warum nicht? Die meisten Männer haben Angst vor Hector.«

»Ach, nur so«, erwiderte er.

Sie dachte über seine Worte nach, dann sagte sie: »Ihr habt wohl Angst, dass sie mich beiseiteschaffen. Aber dann müssten sie Euch auch töten, damit Ihr nicht redet.«

Er gab keine Antwort.

»Und wer seid Ihr, dass sie ein so großes Interesse an Euch haben?«

»Nennt mich einfach Michael«, sagte er.

»Ganz, wie Ihr wollt. Aber Eurer Redeweise nach zu urteilen, habt Ihr bestimmt einen längeren Namen als nur Michael. Warum haben sie Euch das angetan?«

»Das geht Euch nichts an«, entgegnete er.

»Wenn sie uns schon beide umbringen, hätte ich doch gerne gewusst, was der Anlass dafür ist!«

»Sie werden mich nicht umbringen, jedenfalls im Moment noch nicht.«

»Ihr könnt Euch wohl denken, dass mich mein eigenes Schicksal wesentlich mehr interessiert als das Eure«, erwiderte sie schnippisch. »Glauben die denn, ich könnte ihnen gefährlich werden?«

»Nur, wenn sie den Namen Hector Reaganach hören«, sagte er. »Mich fürchten sie nicht, weil ich ihnen keinen Grund dazu gegeben habe.«

»Dieser Mann vorhin wollte, dass Ihr ihm etwas verratet«, sagte sie, als sie an die Szene auf der Lichtung zurückdachte.

Er seufzte. »Das habt Ihr also auch mitbekommen? Wenn Ihr klug seid, sprecht Ihr auch darüber nicht.«

Man hatte sie schon häufig altklug genannt, doch das war es wohl kaum, was er meinte. Sie hatte die Bezeichnung sowieso nie als Kompliment aufgefasst. »Warum sagt Ihr ihm nicht einfach, was er wissen will?«, fragte sie.

»Weil ich es nicht kann.«

»Dann sollten wir wohl besser zusehen, dass wir hier rauskommen.«

Ihr Gefährte lachte, dass es von den Wänden der Höhle widerhallte.

»Ich weiß wirklich nicht, was daran so komisch ist«, sagte sie pikiert. »Wenn man erst einmal erkannt hat, was notwendig ist, sollte man unverzüglich einen Plan machen und ihn entschlossen in die Tat umsetzen.«

»Dann beeilt Euch mal lieber mit dem Umsetzen, Mistress, denn sie werden bald zurückkommen.«

Ihre scharfen Ohren verrieten ihr, dass es noch nicht so weit war. Also blieb ihr noch Zeit, weiter an ihren Fesseln zu ruckeln, um sie zu lockern, auch wenn ihre Handgelenke von den vergeblichen Versuchen bereits ganz wund waren. In ihrem Kopf jagten sich die Gedanken.

Auf einmal fiel ihr eine Begebenheit aus ihrer Kindheit wieder ein. Damals war sie ihrer Schwester Kate so lange mit ihrem Geplapper auf die Nerven gegangen, bis die genug hatte und Isobel die Hände auf dem Rücken zusammenband. Doch sobald Kate sich umgedreht hatte, hatte die kleine, wendige Isobel die gefesselten Hände unter ihrem Hinterteil, den Beinen und zuletzt den Füßen hindurchgezogen. Dann hatte sie den Knoten mit den Zähnen gelöst, war lautlos auf bloßen Füßen ihrer Schwester nachgeschlichen und hatte ihr unversehens mit zwei Fingern in die Seiten gepiekt. Kate wäre vor Schreck beinahe aus der Haut gefahren.

Ob ihr der Trick wohl auch jetzt noch gelingen würde? Einen Versuch war es auf jeden Fall wert. Ihre Hüften waren mittlerweile zwar breiter, doch ihre Arme dafür länger, und mit ein wenig Drehen und Wenden gelang es ihr, sich rücklings auf ihre Hände zu rollen. Dann hob sie das Hinterteil hoch und zerrte die Hände darunter hindurch. Sie zuckte zusammen, als sie sich die Haut an dem felsigen Untergrund aufschürfte.

Jetzt war sie ganz froh, dass der Halunke ihr den Umhang abgenommen hatte, denn der wäre ihr jetzt nur im Weg gewesen.

»Was macht Ihr denn da?«, fragte Michael.

Da sie ihm nicht zeigen wollte, wie sehr sie außer Atem war, antwortete sie nicht. Nur gut, dass er sie jetzt nicht sehen konnte.

»Antwortet doch, Mädchen! Ist alles in Ordnung?«

»Ja«, murmelte sie widerwillig. »Passt Ihr nur auf, ob jemand kommt.«

Sie richtete sich zum Sitzen auf und versuchte unter ihren Rock zu fassen. Den Dolch, den Hector ihr an ihrem dreizehnten Geburtstag gegeben hatte, hatte sie sich mitsamt der Lederscheide um den Oberschenkel geschnallt, doch sie kam nicht daran. Damals, als Kind, hatte Kate ihr wenigstens nicht auch noch die Knöchel gefesselt. Jetzt wollte es Isobel einfach nicht gelingen, beide Füße auf einmal über die Handgelenke zu heben. Doch sie musste es schaffen. Die Fremden würden bestimmt bald zurückkommen.

Sie rollte sich wieder auf den Rücken, atmete tief aus und schwang Beine und Gesäß nach hinten über den Kopf, als wollte sie eine Rolle rückwärts machen. Sie war noch immer ziemlich gelenkig, doch ob sie es schaffen würde, die gefesselten Hände über die Beine zu ziehen, blieb abzuwarten. Jedenfalls war sie heilfroh, dass ihr Leidensgefährte sie in dieser, gelinde gesagt, würdelosen Haltung nicht sehen konnte.

Sir Michael St. Clair hatte ebenfalls an seinen Fesseln gezerrt, die so fest saßen, dass sie ihm allmählich das Blut abschnürten. Als er hörte, wie das Mädchen sich abplagte, wollte er ihr schon raten, sich still zu verhalten, damit sie sich nicht verletzte und sie hören konnten, wenn Waldron und die anderen zurückkamen, auch wenn ihnen das wahrscheinlich nicht viel nützen würde.

Trotz der Dunkelheit konnte er erkennen, dass er sich nicht in der Höhle befand, die er schon so oft in seinen Träumen gesehen hatte.

Das Mädchen mühte sich noch immer ab. Vielleicht halfen ihr die vergeblichen Befreiungsversuche, die Situation zu ertragen. Er war jedenfalls dankbar, dass sie nicht hysterisch herumkreischte und ihn mit Vorwürfen überschüttete. Sie war überhaupt eine höchst ungewöhnliche Frau. Er hatte noch niemals eine gekannt, die in einer solchen Misere ruhig geblieben wäre. In diesem Augenblick stieß sie einen unterdrückten Schmerzensschrei aus, gefolgt von einer gemurmelten, wenig damenhaften Bemerkung. »Seid Ihr sicher, dass Euch nichts fehlt?«, fragte er.

Auch diesmal erhielt er keine Antwort. Nach langen bangen Minuten folgte ein neuerliches Grunzen.

Indem sie die Arme fast bis an die Schmerzgrenze streckte, war es Isobel gelungen, mit den Händen die Füße zu erreichen. Doch dann hatte sich das Seil um die Handgelenke an den Fußfesseln verhakt. Vor Wut und Erschöpfung keuchend, presste sie das letzte Restchen Luft aus ihren Lungen, bis sie das Gefühl hatte, zwischen ihrer Bauchdecke und dem Rückgrat sei kein Zentimeter Platz mehr.

In diesem Augenblick vernahm sie in der Ferne ein leises rhythmisches Stampfen. Voller Panik zog sie die Hände endlich über ihre Füße. Rasch richtete sie sich auf, hob die Röcke und griff nach dem Dolch.

Wie gut, dass sie auf Hector gehört und die Waffe stets gewissenhaft geschärft hatte! Mit einem Ruck durchtrennte sie das Seil um ihre Knöchel und kam mühsam auf die Beine.

»Sagt etwas, damit ich zu Euch finde«, flüsterte sie. »In dieser verdammten Finsternis sieht man ja nicht die Hand vor Augen.«

»Ich bin hier«, antwortete er. »Aber Ihr steht ja! Konntet Ihr Euch befreien?«

»Ja, aber nur meine Füße. Deshalb seht Euch vor; wenn ich falle, könnte ich Euch erstechen.«

»Ihr habt ein Messer!«, rief er, und gleich darauf: »Vorsicht, das war mein Fuß!«

Rasch kniete sie sich hin, tastete nach seinen Fußfesseln und schnitt sie durch.

»Still jetzt, da kommt jemand!«, flüsterte sie.

»Ja, ich habe es auch gehört.«

Die Schritte kamen immer näher, doch sie sahen noch keinen Lichtschein.

Dann tastete sie nach seinen Handfesseln und wäre fast zurückgezuckt, als ihre Finger seine nackte Schulter berührten. Er zog scharf die Luft ein, als sie die Peitschenstriemen an seinem Rücken berührte. Es tat ihr leid, dass sie ihm Schmerzen zugefügt hatte, doch zugleich schauderte sie, als sie das klebrige Blut an ihren Fingerspitzen spürte.

Dann hatte sie seine Hände gefunden. Er zog das Seil stramm, damit sie es leichter durchtrennen konnte. Er war frei.

»Gebt mir das Messer«, sagte er mit gepresster Stimme.

»Seid vorsichtig«, erwiderte sie. »Die Klinge ist scharf wie ein Rasiermesser.«

Er musste erneut lachen. »Ihr seid wirklich eine außergewöhnliche Frau«, sagte er, während er ihre Handfesseln durchschnitt. »Ich würde mich nicht wundern, wenn Ihr uns auch noch hier herausführen könntet.«

»Meine Güte, ich wusste bisher nicht einmal, dass es diese Höhle gibt«, entgegnete sie. »Ihr scheint mir ziemlich stark zu sein. Könnt ihr die Männer, die da im Anmarsch sind, nicht einfach überwältigen?«

»Das glaube ich kaum. Weiß der Himmel, wie viele es sind. Und außerdem habe ich seit heute Morgen nichts mehr gegessen und getrunken und bin ein wenig schwach auf den Beinen. Und selbst wenn nur einer kommt und ich ihn niederschlagen kann, was ist mit den fünf anderen, die draußen warten?«

Ihnen blieb keine Zeit mehr, darüber zu beratschlagen. Immer näher kamen die Schritte, und jetzt sahen sie auch einen schwachen orangefarbenen Schein in der Ferne. Das Licht reichte aus, um die Wände und den Boden zu ihren Füßen zu erkennen. Vorsichtig tastete sich Isobel vorwärts. Sie glaubte, auf dem Hinweg flüchtig einen Seitengang gesehen zu haben, doch es war sehr zweifelhaft, ob er ihnen von Nutzen wäre, selbst wenn es ihr gelang, ihn wiederzufinden. Bei der Dunkelheit war es fast unmöglich, sich auf unbekanntem Gelände zurechtzufinden, und ihre Verfolger würden sie rasch einholen. Doch es war zumindest ein kleiner Hoffnungsschimmer.

Sie war froh, dass ihr Begleiter schwieg. So konnte sie wenigstens in Ruhe nachdenken. Vielleicht fiel ihr doch noch ein Ausweg ein.

»Gebt mir meinen Dolch wieder«, sagte sie schließlich.

»Meine Güte, wollt Ihr ihn etwa umbringen?«

»Wenn es sein muss«, erwiderte sie, während sie die Waffe an sich nahm.

Als sie eine Gestalt sah, die sich ihnen näherte, war sie beinahe erleichtert. Endlich hatte die Ungewissheit ein Ende.

»Ich glaube, es ist nur einer«, murmelte sie. »Könntet Ihr nicht wenigstens versuchen, ihn niederzuschlagen?«

»Ich würde Euch ja gerne den Gefallen tun, Mädchen, aber ich kann nichts versprechen. Selbst wenn es mir gelingt, sind wir immer noch nicht auf dem Weg nach draußen und …«

»Woher wollt Ihr das wissen? Kennt Ihr die Höhle denn?«

»Nein, aber Ihr müsst zugeben, dass dieser Gang nicht sehr vielversprechend aussieht.«

»Wir haben doch nicht die geringste Ahnung, wo er hinführt«, erwiderte sie. »Und ich könnte schwören, dass es hier irgendwo einen Seitengang …«

»Psst!«, unterbrach er sie. »Er kann uns hören.«

Das Licht kam näher. Isobel kroch auf allen vieren am Boden herum, als ob sie etwas suchen würde. Ihre Hände glitten über ein paar Kieselsteine, zwei Felsvorsprünge an der Wand und ihren Umhang, doch endlich fand sie einen Stein, der genau die richtige Größe hatte. Mit beiden Händen hob sie ihn hoch und stand auf.

Ihr Gefährte war im Schatten der gegenüberliegenden Wand kaum noch zu erkennen. Rasch schlich sie zu ihm und drückte ihm den Stein in die Hand.

»Hier«, flüsterte sie. »Ich lenke ihn ab, und Ihr schlagt ihm den über den Schädel.«

»Um Himmels willen, Mädchen, ich bin ein friedliebender Mann.«

»Da wärt Ihr aber der erste«, gab sie zurück. »Und jetzt hört auf, alles mieszumachen, und fasst Euch ein Herz. Ihr habt selbst gesagt, dass diese Halunken mich vielleicht umbringen wollen. Ich würde lieber noch ein bisschen am Leben bleiben, also …«

»Scht!«, zischte er.

Sie packte ihren Dolch fester und huschte zurück auf ihren Platz.

2

»Na, wer hat dich denn losgebunden?«, fragte der Mann und beugte sich über Isobel. Dabei hielt er seine Fackel so hoch, dass sie ihre Augen gegen das Licht abschirmen musste.

»Ich selbst«, erwiderte sie lächelnd. Es war derselbe, der sie im Wald gefangen genommen hatte. »Ich möchte nicht gefesselt sein.«

»Du bist ja eine richtige Schönheit!«, sagte er. »Die Blonden sind mir sowieso die Liebsten. Komm doch mal her, vielleicht lasse ich mich ja überreden und lege bei Waldron ein gutes Wort für dich ein.«

»Würdet Ihr das wirklich tun, Sir?«, fragte sie. Sie legte eine Hand auf die Brust, neigte sich ein wenig zu ihm und blickte ihn schmachtend an, was ihr nach all den Festen am Hofe des Lords der Inseln nicht schwerfiel. »Ich vermute, Waldron ist der Name Eures Anführers.«

»Ja.« Mit begehrlich glitzernden Augen streckte er die Hand nach ihr aus.

Noch immer lächelnd und mit den Wimpern klimpernd, trat sie einen Schritt zurück, den Dolch hinter dem Rücken verborgen.

Grinsend kam der Mann auf sie zu, und Isobel wollte schon angreifen. Doch in diesem Augenblick löste sich ein Schatten aus der Dunkelheit, es gab einen dumpfen Schlag, und der Fremde kippte stumm vornüber.

Sie sprang beiseite, sodass er der Länge nach auf dem Boden aufschlug. Als sie aufsah, stellte sie überrascht fest, dass es Michael gelungen war, dem Stürzenden die Fackel zu entreißen.

»Und was jetzt?«, fragte er mit einem Blick auf den Bewusstlosen. Sein Ton war so beiläufig, als habe er sich nach dem Wetter erkundigt.

Isobel verzog das Gesicht. »Die anderen werden auch gleich hier sein. Wir müssen uns beeilen.«

»Da stimme ich Euch zu, Mistress. Doch da wir beide weder wissen, wo wir uns befinden, noch, wo die anderen sind …«

»Du lieber Himmel, Sir, wir müssen auf der Stelle hier weg, und zwar, solange die Fackel noch brennt. Lasst uns herausfinden, wohin der schmale Gang dort führt und wie lang der Hauptweg ist.«

»Beides zugleich geht nicht«, erwiderte er. »Dürfte ich vorschlagen, dass ich Euch leuchte, während Ihr den engen Gang inspiziert? Ein Mann von meiner Größe passt sowieso nicht hindurch.«

»Was ist mit dem da?«, fragte Isobel. »Ist er tot?«

»Würde es Euch etwas ausmachen?«

»Nein, er ist ein regelrechtes Ungeheuer.«

»Ganz meine Meinung. Trotzdem bin ich froh, dass er noch atmet.«

»Das bedeutet, er kann jeden Augenblick wieder zu sich kommen. Wir sollten ihn lieber fesseln.«

»Eine ausgezeichnete Idee«, sagte er und reichte ihr die Fackel. »Ich sehe mal nach, ob ich ein ausreichend langes Stück Seil finde.«

»Zur Not könnt Ihr ja ein paar Stücke zusammenknoten.«

Er nickte, band die längsten Enden zusammen und verschnürte damit den bewusstlosen Mann. Dann nahm er wieder die Fackel und bedeutete Isobel, den engen Spalt zu untersuchen.

Ein kurzer Blick genügte, um zu sehen, dass es sich nur um eine kleine Felsnische handelte.

»Dort könnten wir ihn vielleicht verstauen«, schlug ihr Begleiter zögernd vor. »Dann bemerken sie ihn nicht sofort. Und bis sie ihn dann gefunden, losgebunden und wieder zu sich gebracht haben, bleibt uns genügend Zeit zu fliehen. Vielleicht finden sie ja die Stelle gar nicht wieder, an der sie uns zurückgelassen haben.«

»Könnt Ihr ihn allein hochheben?«, fragte sie. »Um Euch zu helfen, müsste ich die Fackel weglegen, und wenn sie herunterfällt und ausgeht, stehen wir wieder im Finstern. Es scheint mir ohnehin, als würde sie nicht mehr besonders lange brennen.« Sie bemühte sich, nicht allzu ängstlich zu klingen, doch ihre bebende Stimme verriet sie.

Michael war damit beschäftigt, den Gefangenen unsanft in die Felsöffnung zu bugsieren, doch Isobel hatte nicht das geringste Mitleid mit dem Fremden. Sie wünschte dem Schuft ebenso viele Schrammen und Kratzer, wie sie sich selbst bei ihren abscheulichen Verrenkungen zugezogen hatte.

Kurz darauf war es geschafft, und Michael sagte: »Wenn Ihr mir noch einmal Euren Dolch leihen würdet, Mistress, dann kann ich einen Streifen von seinem Hemd abschneiden und ihn damit knebeln.«

Während sie ihm die Waffe reichte, lauschte sie angestrengt. Wenn die anderen kamen, musste sie unbedingt die Fackel löschen, damit sie das Licht nicht entdeckten.

Nach einer Weile wurde sie ungeduldig. »Vielleicht sollte ich schon einmal vorausgehen, bis Ihr …«

»Nein, Mädchen, ich bin schon fertig«, erwiderte er. »Ihr geht vor, und ich nehme die Fackel und leuchte uns. Hoffentlich holen sie uns nicht ein.«

»Wir müssen uns eben beeilen«, sagte sie und hob ihren Umhang auf. »Je mehr Vorsprung wir haben, desto besser.«

»Aber selbst wenn wir einen Seitengang finden, können sie sich noch immer aufteilen und uns auf beiden Wegen suchen.«

»Das stimmt. Am besten, wir verstecken uns irgendwo.«

»Gute Idee, aber wo?«

Mit einem kleinen Seufzer legte sie sich den warmen Umhang um die Schultern und machte sich auf den Weg.

»Wir müssen vorsichtig sein, Sir«, sagte sie, nachdem sie ein Stück gegangen waren. »Ich kenne mich mit Höhlen nicht aus, und bei dem flackernden Licht kann man den Weg kaum erkennen. Ich habe keine Lust, durch einen Loch bis zum Mittelpunkt der Erde zu stürzen.«

Er schwieg, sagte jedoch kurz darauf: »Seht nach links, Mistress. Sieht das dort drüben nicht wie eine Art Felssims aus?«

Tatsächlich befand sich ein Stück weiter etwas über Kopfhöhe ein Felsvorsprung. »Da kommen wir nicht hoch«, sagte Isobel. »Außerdem würden sie uns dort bestimmt entdecken.«

»Nicht, wenn der Sims breit genug ist«, widersprach er. »Wenn Ihr auf meine Schultern steigt, könnt Ihr bestimmt hinaufklettern. Traut Ihr Euch das zu?«

»Ich finde, wir sollten lieber zusehen, dass wir so schnell wie möglich hier rauskommen«, antwortete sie.

Als er schwieg, sagte sie schließlich: »Na schön, aber ich weiß wirklich nicht, wofür es gut sein soll.«

»Lasst uns wenigstens nachsehen, ob der Vorsprung breit genug für uns beide ist.«

»Glaubt Ihr wirklich, Ihr könnt mich so hoch heben? Vor ein paar Minuten habt Ihr noch behauptet, Ihr wärt ganz schwach auf den Beinen.«

»Wer ist jetzt der Miesmacher?«

»Aber Ihr habt es doch gesagt!«

»Ja, schon, aber Furcht verleiht bekanntlich Flügel. Also los jetzt, versuchen wir es.«

Mit erstaunlicher Mühelosigkeit hob er sich das Mädchen auf die rechte Schulter und stützte sie, als sie sich an der rauen Felswand festhielt und langsam aufrichtete. Dann stellte sie ihren linken Fuß auf seine linke Schulter, wobei ihr flüchtig in den Sinn kam, wie ungehörig ihre Haltung war. Doch er schien es gar nicht zu bemerken. Er zog die Fackel aus der Felsspalte, in die er sie geklemmt hatte, um die Hände frei zu haben, und hielt sie hoch. Isobel konnte gerade über den Rand des Felssimses blicken, der viel breiter war, als sie erwartet hatte.

»Es ist genug Platz für uns beide«, sagte sie. »Der Vorsprung ist sogar nach hinten ein wenig abschüssig.«

»Aber bis zum Mittelpunkt der Erde führt er wohl nicht, oder?«

»Nein, ich kann die Rückwand sehen. Aber ich schaffe es nicht, mich hinaufzuziehen.«

»Haltet Euch am Rand fest, dann stemme ich Euch hoch.«

Bevor sie es sich versah, fasste er mit beiden Händen ihre Füße in den Stiefeln und hob sie so hoch, dass sie sich auf den Sims ziehen konnte.

Kaum war sie oben, wurde es stockfinster. »Was habt Ihr getan?«, fragte sie mit vor Schreck ganz piepsiger Stimme.

»Pst!«, flüsterte er. »Ich habe die Fackel ausgemacht, weil jemand kommt. Rutscht so weit nach hinten, wie Ihr könnt. Und zieht, wenn möglich, Euren Umhang aus, damit wir uns darunter verstecken können.«

»Aber wie wollt Ihr ...«

»Scht!«

Nun konnte auch sie die Schritte und das Stimmengemurmel hören, die immer näher kamen. Geräuschlos zog sie sich von der Felskante zurück und versuchte sich zu beruhigen. Doch als eine große Hand sie an der Hüfte berührte, hätte sie beinahe laut aufgeschrien, wenn es ihr nicht gleichzeitig vor Schreck die Stimme verschlagen hätte. Gleich darauf merkte sie, dass es Michael war, der neben ihr stand.

»Wie seid Ihr heraufgekommen?«, flüsterte sie, als sie wieder sprechen konnte.

»Ich hatte ausgiebig Gelegenheit, mir die Felswand anzusehen, während ich Euch hinaufhalf«, flüsterte er zurück.

»Ihr seid *geklettert?*«

»Es scheint so. Offenbar verleiht Furcht tatsächlich Flügel.«

Sie musste lächeln, weil er so verwundert klang, konnte es jedoch noch immer kaum glauben, dass er wirklich die nackte Wand erklommen hatte. Und noch dazu ohne das kleinste Geräusch.

Die Schritte und Stimmen waren jetzt so nahe, dass sie sich furchtsam gegen die Rückwand des Felsvorsprungs presste.

»Legt euch flach hin und gebt mir Euren Umhang«, flüsterte er. »Unter dem dunklen Tuch entdecken sie uns nicht so leicht. Trotzdem sollten wir beten, dass sie noch mindestens eine Meile in diesem Gang weiterlaufen.«

»Ich hoffe, die Erde öffnet sich und verschlingt sie alle miteinander«, entgegnete sie und legte sich behutsam hin.

»Den Gefallen wird uns die Erde wohl kaum tun. Jetzt aber still, Mistress, und keine Bewegung.«

Einen Herzschlag später lag er lang ausgestreckt so dicht neben ihr, dass er ihre ganze Seite berührte. Auf einmal erschien er ihr viel größer als zuvor. Er rückte sich zurecht, bevor er den Umhang so eng um sie legte, dass sie kaum noch Luft bekamen. Gerade wollte sie sich beklagen, da hörte sie den Wutschrei des Anführers. Die Halunken hatten gemerkt, dass ihnen ihre Gefangenen durch die Lappen gegangen waren. Offensichtlich hatten sie auch ihren bewusstlosen Kumpan gefunden. Möglicherweise war er ja schon wieder zu sich gekommen und hatte mit angehört, was sie und Michael besprochen hatten.

Der Gedanke jagte ihr einen gewaltigen Schreck ein, aber sie wagte kein Wort zu sagen. Sie überlegte, was Michael wohl mit der Fackel angestellt hatte. Hoffentlich fanden ihre Feinde sie nicht.

So dumm, sie unten herumliegen zu lassen, war er bestimmt nicht gewesen, schalt sie sich selbst, ärgerlich, dass sie sich mittlerweile genauso viele Sorgen machte wie zuvor Michael. Plötzlich waren die Stimmen so nahe, dass sie jedes Wort verstehen konnte.

»Du bist vielleicht ein Dummkopf, Mann!«, sagte einer.

»Wie konntest du dich nur von einem kleinen Mädchen reinlegen lassen?«

»Ich sag euch doch, sie hatte sich befreit, als ich kam. Und ihn habe ich überhaupt nicht gesehen. Wahrscheinlich war er schon geflohen, und sie sollte dableiben und mich aufhalten.«

»Du bist doch zu blöd, Fin«, ließ sich die Stimme des Anführers vernehmen. »Hat ihr hübsches Frätzchen dich vielleicht so umgehauen, dass du dir fast den Schädel eingeschlagen hast? Deine Beule ist bald so groß wie ein Taubenei.«

»Da muss ich wohl gestolpert sein«, erwiderte Fin. »Ich kann mich nicht genau erinnern, aber mir war so, als hätte sie eine Hand hinter dem Rücken gehalten. Vielleicht hatte sie ja einen Stein.«

Einer von den anderen lachte laut. »Klar, Mann, vielleicht hat sie dich auch verhext, damit du dich vor sie hinkniest und sie dir eins über die Rübe ziehen konnte.«

»Still!«, befahl der Anführer in scharfem Ton. »Natürlich konnten sie sich beide befreien. Und wenn du unseren Mann kennen würdest, Fin, dann wüsstest du, dass er kein wehrloses Mädchen im Stich lässt. Er war es natürlich, der dir den Schlag versetzt hat, und du kannst von Glück sagen, dass du noch am Leben bist. Und nun haltet den Mund und spitzt die Ohren. Wenn sie durch den Gang laufen, hören wir sie auf jeden Fall.«

Michael spürte, wie Mistress Macleod neben ihm vor Schreck erstarrte. Jetzt, wo er darüber nachdachte, fiel ihm ein, dass er sie als Tochter eines Ratsmitgliedes wahrscheinlich mit Mylady hätte anreden müssen. Doch Titel und Namen waren im Augenblick nebensächlich.

Das Mädchen hatte ja keine Ahnung, in was sie da hineingeraten war, doch sie hatte ihm weitere Peitschenhiebe erspart, und allein dafür war er ihr Hilfe schuldig. Er hätte sie auf jeden Fall beschützt, da man es ihm von Kindesbeinen an eingeschärft hatte, dass ein Ritter die Pflicht hatte, dem schwachen Geschlecht beizustehen. Und ein Mädchen, das so unerschrocken mit einem wie Fin Wylie schäkerte, hatte seinen Schutz besonders nötig.

Er musste lächeln, als er daran dachte. Hoffentlich verhielt sie sich jetzt mucksmäuschenstill. Zur Beruhigung drückte er die Hand, die ihr am nächsten lag, gegen ihre Hüfte und spürte, wie sich ihre verkrampften Muskeln entspannten. Er war davon ausgegangen, dass sie ruhig bleiben würde, denn abgesehen von der Unvorsichtigkeit, ohne eine Eskorte auszureiten, schien sie ihm eine praktisch veranlagte, vernünftige Frau zu sein. Darin unterschied sie sich erheblich von den meisten Vertreterinnen ihres Geschlechts.

Jetzt hob Michael vorsichtig eine Ecke des Umhangs an und lugte darunter hervor. Der Umhang bedeckte ihn kaum bis zu den Knien, doch seine Hosen und Stiefel waren dunkel und ein ganzes Stück von der Felskante entfernt. Solange sie beide sich ruhig verhielten und nicht bewegten, würden die Männer sie schwerlich entdecken.

Falls Waldron allerdings ebenso gut sehen wie kämpfen konnte, würde es gefährlich werden.

Isobel wagte kaum zu atmen. Auf Geheiß ihres Anführers setzten sich die Männer schweigend in Bewegung und folgten dem Gang, der sich in der Dunkelheit verlor.

Als ihre Schritte verklungen waren, rührte sich Michael zu ihrem Schrecken und flüsterte kaum hörbar: »Es waren fünf.«

Ebenso leise antwortete sie: »Ich habe nur vier gehört.«

»Ja, aber ich habe sie gesehen, Waldron und vier andere.«

»Dann wartet der sechste bestimmt woanders.«

»Wahrscheinlich passt er auf die Pferde auf.«

»Das heißt, wir können die Höhle nicht auf dem gleichen Weg verlassen, auf dem wir gekommen sind.«

»Nicht unbedingt. Wir wissen nur, dass einer gefehlt hat.«

»Ihr glaubt also, wir sollten denselben Weg nehmen?«

»Wenn Ihr einen anderen Vorschlag habt, nur heraus damit, Mistress. Auf jeden Fall ist es klüger hinauszulaufen, als ihnen zu folgen, oder etwa nicht?«

Da hatte er zweifellos recht. Dennoch war ihr unbehaglich bei dem Gedanken. »Wir könnten doch hierbleiben, bis sie weg sind«, schlug sie vor.

»Nein, Mistress, lieber nicht. Ich kenne Waldron gut genug, um zu wissen, dass er nicht so leicht aufgibt. Wenn sie uns in diesem Gang nicht finden, werden sie vor dem Eingang warten. Und dann sind wir geliefert.«

»Aber wir haben kein Licht. Wie sollen wir hier herunterkommen?«

»Genauso, wie wir hochgekommen sind«, sagte er.

Mit diesen Worten rückte er von ihr ab und war plötzlich verschwunden, als hätte er sich in Luft aufgelöst.

Die Finsternis lastete so schwer auf ihr, dass sie am liebsten laut nach ihm gerufen hätte. Sie konnte sich vor Angst kaum rühren und musste daran denken, ob man in ein paar Hundert Jahren wohl ihre zu Staub zerfallenen Überreste hier auf dem Felssims finden würde. Als sie seinen leisen Pfiff hörte, fuhr sie zusammen.

»Ich kann kein Licht machen«, flüsterte er. »Aber wenn Ihr bis zum Rand rutscht, kann ich hören, wo Ihr seid. Schiebt Euch vorsichtig über die Kante, bis ich Eure Füße zu fassen kriege.«

»Aber ich sehe doch nichts«, protestierte sie.

»Ihr könnt auch hierbleiben und warten, bis ich Hilfe hole«, erwiderte er. »Wenn Euch das lieber ist ...«

»Nein! Ich tue ja schon, was Ihr sagt.« Die Entscheidung fiel ihr nicht schwer. Sie sehnte sich nach Sonnenlicht und frischer Luft.

Es half also alles nichts. Sie legte sich auf den Bauch und schob sich Zentimeter für Zentimeter an den Rand des Vorsprungs, bis ihre Beine über die Kante ins Leere hingen.

Ihre Röcke blieben an der unebenen Felswand hängen,

doch sie achtete nicht weiter darauf, sondern tastete sich mit den Füßen Stück für Stück nach unten, bis nur noch ihre Unterarme und Ellbogen auf dem Sims auflagen. Ihr war, als würde der Rest ihres Körpers sie mit Macht nach unten ziehen.

»Nur noch ein kleines Stück, Mädchen, dann habe ich Euch«, sagte er.

Woher wollte er das wissen?, dachte sie und hoffte inständig, dass sie nicht abstürzen und ihm auf den Kopf fallen würde. Sie stemmte die Zehen fest gegen die Wand und ließ sich noch ein wenig tiefer hinunter. Plötzlich rutschte sie mit einem Fuß ab. Sie schnappte vor Schreck nach Luft, doch im selben Augenblick fingen sie zwei starke Hände auf, und gleich darauf stand sie neben ihm auf festem Grund.

»Wo ist die Fackel?«, erkundigte sie sich leise.

»Da hinten. Aber sie nützt uns nichts, weil wir sie nicht wieder anzünden können. Es wäre auch viel zu riskant.«

»Aber wie sollen wir dann den Weg finden?«

»Nehmt meine Hand, wenn es Euch recht ist, und folgt mir einfach. Der Boden scheint mir ziemlich eben zu sein, und ich taste mich an der Wand entlang. Kommt jetzt!«

Da sie keine bessere Idee hatte, gehorchte sie, zumal ihre Verfolger jeden Augenblick zurückkommen konnten. Sie überließ ihm ihre Hand, die er mit festem Griff umfasste, und legte zur Sicherheit noch den anderen Arm um seine Hüfte, darauf bedacht, die nackte Haut über dem Hosenbund nicht zu berühren.

Er bewegte sich so rasch und zielsicher, als wäre es heller Tag, während sie neben ihm herstolperte und immer wieder an die Wand stieß. Doch nach einer Weile hatte sie sich dem Rhythmus seiner Schritte angepasst, und sie kamen besser voran.

Einmal vernahm sie Stimmen hinter sich, die jedoch weit entfernt klangen. Also richtete sie ihre Aufmerksamkeit wieder auf den Weg, und schneller als erwartet sah sie einen schwachen Schimmer Tageslicht. Sobald sie ihre Umgebung einigermaßen erkennen konnte, ließ sie sofort seine Hand los und ging für sich neben ihm her.

»Bleibt lieber etwas zurück, Mädchen, für den Fall, dass einer am Eingang Wache steht«, sagte er. »Und tretet so leise wie möglich auf. Ihr wisst ja, dass Schritte hier weit hallen.«

Am liebsten wäre sie auf der Stelle ins Freie gerannt, denn sie wollte keinen Augenblick länger als nötig in der finsteren Höhle bleiben. Doch dann überlegte sie, dass er vermutlich recht hatte, und schlich hinter ihm her zum Ausgang.

Hinter einem Felsvorsprung verborgen spähte er hinaus.

»Und?«, flüsterte sie. »Seht Ihr jemanden?«

»Nein, aber trotzdem wäre es ziemlich leichtsinnig, ungedeckt über die Lichtung zu laufen.«

»Ihr habt doch selbst gesagt, dass der Letzte wahrscheinlich die Pferde bewacht. Also los jetzt!«, drängte sie.

»Es kann sein, dass er am Eingang zum Tal steht und aufpasst, ob ein Reiter kommt. Sehr wahrscheinlich ist es aber nicht.«

Wenn sie daran dachte, wie versteckt der Eingang zu dem kleinen Tal am Hügelrücken über dem Fluss Mòr lag, musste sie ihm recht geben. Hierher würde sich so schnell niemand verirren.

»Und wie sollen wir dann aus dem Tal wegkommen?«, fragte sie. »Meint Ihr, wir könnten den Mann überwältigen?«

Als er antwortete, klang seine Stimme belustigt: »Habt Ihr vor, ihn auf die gleiche Art und Weise abzulenken wie Fin Wylie in der Höhle?«

»Das könnte klappen«, sagte sie. »Oder wir klettern auf einen Baum und verstecken uns dort, bis sie weg sind.«

»Wir sollten lieber zusehen, dass wir verschwinden.«

»In Ordnung. Am besten reiten wir nach Chalamine. Dort sind wir sicher.«

»Seid Ihr bereit, über die Lichtung zu laufen?«, fragte er.

»Ja«, antwortete sie, obwohl ihr ein Angstschauer über den Rücken lief. »Sollen wir rennen?«

»Besser, wir gehen rasch und dafür so leise wie möglich«, erwiderte er. »Laufen können wir immer noch, wenn es sein muss.«

Sie folgte ihm, als er zügig die Lichtung überquerte und sich auf der anderen Seite in die Büsche schlug.

»Mein Pferd ist weg«, stellte sie fest. »Und Eures auch, falls Ihr eines hattet.«

»Das überrascht mich nicht«, erwiderte er. »Es sind beides schöne Tiere, und außerdem wollten diese Schurken verhindern, dass die Pferde ohne uns nach Hause laufen. Aber still jetzt! Ich will herausfinden, wo der Wachtposten ist.«

Trotz der drohenden Gefahr genoss Isobel das Gefühl, wieder unter freiem Himmel zu sein. Solange sie sich im Wald aufhielten, waren sie einigermaßen geschützt, doch wie sie auf dem schmalen Weg an einem Wachtposten vorbeikommen sollten, war ihr schleierhaft.

Als sie über die zweite Lichtung liefen, beugte sich Michael dicht zu ihr und flüsterte: »Wollt Ihr Euch nicht lieber irgendwo hinter einem Baum verstecken? Dann gehe ich allein weiter und schaue nach, ob die Luft rein ist. Es ist doch sinnlos, wenn wir uns beide in Gefahr bringen.«

»Vielleicht sollte ich zur Höhle zurückgehen und aufpassen, ob unsere Verfolger kommen«, schlug sie vor.

»Ja, mag sein«, antwortete er zögernd und sah sie zum ersten Mal, seit sie die Höhle verlassen hatten, genauer an. »Andererseits wäre es vielleicht besser, wenn wir zusammenblieben«, fuhr er fort und blickte ihr tief in die Augen. Sie stellte fest, dass seine Augen genauso strahlend blau waren wie der Sommerhimmel, der sich über ihnen wölbte.

»Dann geht«, sagte sie schließlich. »Diese schrecklichen Kerle werden bestimmt bald hier sein.«

Während er sich auf den Weg machte, blickte sie sich nach einem Versteck um. Da es ihr zu unsicher erschien, sich einfach hinter einen Baum zu stellen, duckte sie sich in ein dichtes Weidengebüsch am Ufer des munter dahinplätschernden Baches, wo sie die Verfolger zwar nicht so gut hören konnte, dafür aber besser getarnt war.

Es dauerte nicht lange, bis Michael wieder zurück war und sich suchend nach ihr umblickte. Als sie aus dem Dickicht auftauchte, winkte er sie eilig heran und sagte: »Er sitzt auf einem Felsen ein Stück unterhalb des Eingangs zum Tal und hält das Glen Mòr im Auge. Manchmal blickt er auch nach rechts und links, doch niemals nach hinten. Wahrscheinlich rechnet er nicht damit, dass von dort jemand kommt, sondern höchstens von Westen oder vom Glen Shiel. Wir könnten versuchen, hinter seinem Rücken bergauf nach Osten zu laufen. Wenn wir es bis über den Hügel schaffen, sind wir in Sicherheit.«

»Aber was ist, wenn …«

»Sie werden sicher noch eine ganze Weile die Höhle nach uns absuchen, weil sie sich sagen werden, dass wir nicht an ihnen vorbeigelaufen sein können. Doch irgendwann werden sie einsehen, dass wir nicht mehr dort sind, und herkommen. Bis dahin müssen wir weg sein.«

Damit hatte er wohl recht. Sie folgte ihm vorsichtig durch den engen Durchschlupf zwischen den Felsen, bis sie den Mann auf seinem Ausguck sehen konnten.

Wie Michael gesagt hatte, blickte er unverwandt hinüber auf die andere Hügelflanke und warf nur hin und wieder einen kurzen Blick zur Seite. Wie schön wäre es gewesen, wenn jetzt Hector Reaganach mit seinen Männern dort unten im Tal erschienen wäre!

Doch leider waren sie beide ganz auf sich gestellt und konnten es nicht einmal mehr wagen, ein paar Worte zu wechseln.

Michael bewegte sich flink und geschmeidig wie eine Katze. Kein Stein rollte davon, kein Zweig knackte unter seinen Schritten. Sie bemühte sich ebenfalls, so leise wie möglich aufzutreten, doch hin und wieder rutschte sie an dem steilen Abhang aus. Dann warf sie einen ängstlichen Blick auf den Wächter, doch der drehte sich noch immer nicht um.

Schweigend kletterten sie weiter und hatten bald den Hügelkamm erreicht. Unter ihnen erstreckte sich kahles, felsiges Gelände, und in der Ferne konnten sie die Cuillins auf Skye und die Five Sisters von Kintail mit ihren schroffen, spitzen Gipfeln erkennen. Obwohl sie keine Ahnung hatte, wohin er sie führte, schwieg Isobel geduldig, bis sie so weit entfernt waren, dass der Wachtposten sie nicht mehr hören konnte.

»Ich dachte, wir gehen nach Chalamine, Sir«, sagte sie, während sie sich ihren Weg durch eine enge Klamm bahnten. »Es liegt nur ein paar Meilen südlich von hier, und dort wären wir in Sicherheit.«

Michael blieb stehen und warf einen prüfenden Blick zu dem Mann zurück, der noch immer auf seinem Felsen saß. Dann ließ er sich auf einem großen Stein nieder und sagte mit leisem Lächeln: »Ich tue gerne, was Ihr sagt. Schließlich kennt Ihr Euch hier in der Gegend besser aus. Aber denkt daran, dass Ihr denen verraten habt, wo Ihr zu Hause seid.«

Mit schlechtem Gewissen erinnerte sie sich an ihre unbedachten Worte, doch Chalamine hatte seinen Bewohnern bisher noch immer Schutz geboten.

»Es ist eine wohlbefestigte Burg, Sir, und mein Vater ist ein mächtiger Mann.«

»Wo liegt Chalamine genau?«

»Auf einem Felsen am Eingang zu dem Loch in unserem Tal.«

»Dann liegt es doch tiefer als die Anhöhen der Umgebung?«

»Ja«, musste sie zugeben. Sie hatte das Problem sofort erfasst. »Eure Verfolger brauchten nur auf einem der Hügel ihr Lager aufzuschlagen und zu warten, bis Ihr die Burg wieder verlasst, nicht wahr?«

»Oder bis ihnen einfällt, wie sie in die Burg hineinkommen können.«

Der Stand der Sonne verriet ihr, dass es bereits Nachmittag war. »Ihnen bleiben noch viele Stunden Tageslicht, um nach uns zu suchen«, sagte sie seufzend.

»Ja, und deshalb müssen wir jetzt weiter. Sollen wir uns nach Osten halten oder den Hügel dort überqueren?«

»Der Posten bewachte das westliche Ende des Tals, weil von dort Männer aus Glenelg kommen könnten. Aber warum schaute er immer wieder nach Osten, wo die Straße nach Glen Shiel verläuft, Sir?«

»Ich habe mich bei einem Freund am Loch Duich aufgehalten«, erwiderte er. »Vielleicht fürchtet der Mann, dass mein Gastgeber einen Suchtrupp nach mir aussenden könnte.«

Sie zog die Augenbrauen hoch. »Wer ist Euer Gastgeber?«

»Mackenzie. Er war ein Freund meines Vaters.«

Mackenzie von Kintail war auch mit ihrem Vater und außerdem mit dem Lord der Inseln und Hector Reaganach befreundet. Sein Stammsitz war Eilean Donan Castle, das strategisch günstig auf einer Insel am Zusammenfluss von Loch Duich, Loch Alsh und Loch Long lag.

»Eilean Donan ist von hier aus noch schlechter zu erreichen als Chalamine. Welcher Teufel hat Euch nur eingeflüstert, diesen verdächtigen Kerlen bis zu der Höhle nachzureiten?«, fragte Isobel.

»Es war wohl eher andersherum«, antwortete er. »Sie sind mir gefolgt.«

»Aber was hattet Ihr dort zu suchen? Und woher wusstet Ihr überhaupt von der Höhle? Ich habe noch nie von ihr gehört, obwohl sie auf dem Land meines Vaters liegt.«

Er zuckte die Achseln. »Kintail hat sie erwähnt, und ich habe mich schon immer für Höhlen interessiert. Besonders für eine bestimmte, die ich seit meiner Kindheit immer wieder im Traum sehe.«

»Aber wenn Mackenzie weiß, dass Ihr dorthin geritten seid, wird er doch bestimmt bald nach Euch suchen lassen.«

Michael schüttelte den Kopf.

»Ihr habt ihm nichts davon erzählt«, schlussfolgerte sie seufzend.

»Nein, und wahrscheinlich erinnert er sich gar nicht mehr daran, dass er die Höhle überhaupt erwähnt hat. Heute Morgen bin ich früh aufgewacht und konnte nicht wieder einschlafen. Da beschloss ich, danach zu suchen. Mein ... Begleiter wird mich bestimmt irgendwann vermissen, aber das kann noch eine Weile dauern. Kennt Ihr hier in der Gegend ein Plätzchen, wo wir uns verstecken können, bis Hilfe kommt?«

Sie kniff die Augen zusammen. »Ich finde, Ihr solltet mir erst einmal sagen, wer Ihr seid. Oder soll ich Euch vielleicht als ›Mylord‹ anreden?«

»Mein Name ist Michael, Mädchen, und so könnt Ihr mich auch nennen. Je weniger Ihr über mich wisst, desto besser.«

»Seid doch nicht albern«, entgegnete sie scharf. »Ihr kennt Euch hier in der Gegend nicht aus und braucht meine Hilfe. Daher schlage ich vor – nein, ich verlange es! –, dass Ihr mir auf der Stelle alles über Euch erzählt.«

3

Nur weil er es seit Jahren gewohnt war, seine Gefühle nicht offen zu zeigen, gelang es Michael, seine Belustigung zu verbergen. In ihrem Groll erschien ihm das Mädchen noch schöner als in dem Augenblick, da er es – vor Schmerzen noch ganz benommen – zum ersten Mal erblickt hatte.

Isobel trug keine Kopfbedeckung; ihr flachsblondes, locker geflochtenes Haar glänzte in der Sonne. Seiner Mutter hätte dieser legere Aufzug missfallen, doch ihm gefiel er. Ihre schön geschnittenen Augen, deren hellgraue Iris von einem dunklen Rand eingerahmt wurde, faszinierten ihn ebenso wie ihre dichten, dunklen Wimpern, die für eine blonde Frau sehr ungewöhnlich waren. Doch was ihn am meisten anzog, war ihr lebhafter Ausdruck, der unvermittelte Wechsel zwischen interessierter Neugier, Argwohn und einer Entschiedenheit, die jeden Augenblick in offenen Zorn umschlagen konnte. Hoffentlich hatte sie nicht die Angewohnheit, Männern Ohrfeigen zu verpassen.

Ihre Augen blitzten, als er sich weigerte, mehr über sich zu verraten. Doch er war sicher, dass sie noch ungehaltener geworden wäre, wenn er ihr die Wahrheit erzählt hätte.

»Also?«, fragte sie.

»Ihr seht mich ein wenig hilflos, Mistress, und ich kann nur wiederholen, dass es im Augenblick besser für Euch ist, wenn Ihr nicht mehr über mich wisst. Außerdem gibt es da nicht viel zu erzählen.«

Sie bedachte ihn mit einem misstrauischen Blick, doch als er sie offen und ehrlich ansah, nickte sie schließlich.

»Nun gut, belassen wir es fürs Erste dabei. Ich kenne einen Schäfer, der nicht weit entfernt seine Hütte hat. Wir brauchen nur über den Hügelkamm zu steigen und ein Stück an einem Bach entlangzugehen, dann sind wir bald da. Der Mann wird uns bestimmt Obdach geben, und wenn diese Schurken kommen, wird er mit der unschuldigsten Miene der Welt behaupten, dass er uns nie gesehen hat.«

»Wollen wir hoffen, dass er ihnen nie begegnet«, erwiderte Michael. Er wusste nur zu gut, dass man Waldrons Fragemethoden nicht lange widerstehen konnte.

Schweigend und vorsichtig kletterten sie aus der steilen Klamm und vergewisserten sich, dass sie nicht verfolgt wurden, bevor sie ihren Weg eilig fortsetzten. Zehn Minuten später hatten sie den Gipfel erreicht und stiegen über einen felsübersäten Hang hinunter in ein grasbewachsenes Hochtal. Bald konnte Michael den Bach rauschen hören, von dem Isobel gesprochen hatte. In der Nähe grasten vereinzelte Schafe.

»Am besten gehen wir zwischen den Zitterpappeln hindurch, die am Bachufer wachsen, damit unsere Verfolger uns nicht so leicht entdecken«, sagte sie.

»Wie weit ist es noch?«

»Vielleicht eine halbe Meile«, erklärte sie und warf ihm einen prüfenden Blick zu.

»Gut«, antwortete er und marschierte entschlossen auf die Bäume zu.

Es fiel ihm immer schwerer, seine wachsende Erschöpfung zu verbergen; nun begann er auch noch zu frösteln. Die geheimnisvolle Kraft, die ihn angetrieben hatte, ließ rasch nach, und die frühere Benommenheit kehrte zurück. Dabei rann es ihm feucht den Rücken hinunter. Was er zunächst für Schweiß gehalten hatte, war in Wirklichkeit Blut aus den tiefen Peitschenstriemen, die ihm Waldron beigebracht hatte. Er konnte sich kaum noch auf den Beinen halten, zwang sich jedoch weiterzugehen, weil er sich vor dem Mädchen nicht blamieren wollte, das wenige Schritte hinter ihm ging.

Er konnte ihre durchdringenden Blicke geradezu spüren. Offensichtlich hatte sie bemerkt, wie schwach er sich fühlte, doch seit sie aus der Höhle ans Tageslicht gekommen waren, hatte sie noch kein Wort über seine Wunden verloren, obwohl sie zweifellos ins Auge fielen.

Als er sich umdrehte, sah er, dass sie ihren Blick fest auf den Boden geheftet hatte. Ihre Schritte waren sicher und fest, ihre Bewegungen geschmeidig. Er konnte sich gut vorstellen, dass sie in einem höfischen Gewand blendend aussah, und hätte sie zu gern einmal festlich geschmückt gesehen.

Als sie die Augen hob und seinem Blick begegnete, zog sie eine Braue hoch.

»Mein Rücken blutet wieder, nicht wahr?«, fragte er leise.

»Ja, aus Euren Wunden sickert schon die ganze Zeit über Blut«, antwortete sie in demselben Ton. »Ich werde sie versorgen, sobald wir in MacCaigs Hütte sind.«

»Euer Schäfer ist also ein MacCaig und kein Macleod?«

»Ja, aber die MacCaigs sind eng mit den Mackenzies verwandt, und ich kenne Matthias gut. Wir können ihm vertrauen.«

Immer dichter standen die Zitterpappeln, und Michael dachte schon, es sei ein Fehler gewesen, sich in dieses Dickicht vorzuwagen. Doch plötzlich entdeckte er zu seiner Erleichterung einen halb verborgenen Pfad am Ufer, kaum mehr als einen Wildwechsel.

Er war am Ende seiner Kräfte und brauchte dringend Ruhe und etwas zu essen. Er überlegte, ob Waldron die Peitschenschnur mit einem seiner teuflischen Gifttränke eingerieben hatte, kam dann jedoch zu der Überzeugung, dass der Mann ihn nicht umbringen würde, bevor er ihm nicht die gewünschten Informationen abgepresst hätte.

Plötzlich rutschte Michael auf einem nassen Stein aus und konnte sich gerade noch an einem dicken Ast festhalten. Er ermahnte sich, sich zu konzentrieren und auf den Weg zu achten. Kurz darauf sagte das Mädchen leise: »Da vorn ist es, Sir.«

Vor sich sah er eine kleine Hütte, nicht größer als einer der

Ställe auf Roslin. Mit ihrem tief herabgezogenen, grasbewachsenen Dach ähnelte sie zahlreichen Behausungen überall im Hochland. Er hätte sich nicht gewundert, wenn Schafe in aller Seelenruhe auf dem Dach geweidet hätten.

»Ruft nicht!«, warnte er sie leise.

»Nein, ich weiß doch, wie weit der Schall hier trägt«, erwiderte sie. »Aber die Hütte scheint verlassen zu sein, und Schafe sind auch keine zu sehen. Wahrscheinlich ist Matthias mit seiner Herde zu neuen Weidegründen ins Tal gezogen.«

In diesem Augenblick erschien ein schlaksiger rothaariger Bursche von zwölf oder dreizehn Jahren im Eingang der Hütte und schaute sich um. Als er die beiden Ankömmlinge erblickte, verzog er den Mund zu einem breiten Grinsen und kam angerannt.

»Lady Isobel, willkommen!«, rief er. »Wenn Ihr meinen Vater sucht, der ist mit den Tieren nach oben auf die Weide gezogen und kommt erst morgen zurück.«

Während sie überlegte, warf Isobel einen Blick auf Michael, der schweigend dabeistand. Dann lächelte sie Ian MacCaig zu und sagte: »Es wird dir vielleicht eigenartig vorkommen, aber wir wollten eure Gastfreundschaft in Anspruch nehmen.«

Er blickte sie mit großen Augen an und warf dann einen zweifelnden Blick auf die Behausung in seinem Rücken. Schließlich nickte er kurz und sagte verständig wie ein Erwachsener: »Ihr seid herzlich willkommen, Mylady, aber da drinnen könnte es ein bisschen eng für Euch beide werden.«

Wieder warf Isobel ihrem Gefährten einen Blick zu. An seinem aschfahlen Gesicht und dem glasigen Blick konnte sie erkennen, dass er am Ende seiner Kräfte war. Auch Ian musterte den Fremden verstohlen. Sie konnte es dem Jungen, den sie schon sein ganzes Leben lang kannte, nicht verdenken. Nur mit Hosen und Stiefeln bekleidet, wirkte Michael wie ein einfacher Gefolgsmann. Außerdem fragte sich Ian bestimmt, warum sie an einem sonnigen Tag und noch dazu ganz in der Nähe von Chalamine Zuflucht in seiner Hütte suchten. Damit sie nicht noch länger in der Kälte herumstehen mussten, entschloss sich Isobel, offen zu ihm zu sein.

»Ich werde dir die Wahrheit verraten, Ian«, sagte sie. »Aber du darfst es keinem weitererzählen. Ein paar Fremde haben uns vom Glen Mòr aus verfolgt. Leider wissen sie, wer ich bin und wo ich herkomme, deshalb werden sie vielleicht schon bei Chalamine auf uns warten. Und dieser Gentleman dort …« Michael stieß einen warnenden Laut aus, doch sie fuhr unbeirrt fort: »… ist krank und muss zuerst etwas essen und sich ausruhen, bevor wir weitergehen können. Außerdem möchte ich dich bitten, zu meinem Vater zu laufen und ihm alles zu erzählen. Er soll uns eine bewaffnete Eskorte schicken, die uns sicher nach Hause geleitet. Würdest du das für mich tun?«

»Gewiss, Mylady«, antwortete Ian. »Wenn Ihr wollt, könnte ich auch zu meinem eigenen Laird gehen. Er kann im Nu ein ganzes Heer aufstellen.«

Isobel fiel ein, dass die Fremden Michael von Eilean Donan aus gefolgt waren. Als sie zu ihm hinübersah, schüttelte er leicht den Kopf. Wahrscheinlich war auch ihm eingefallen, dass es einfach war, den Weg nach Eilean Donan, der zwischen Loch Duich und einem Steilufer verlief, zu versperren. Im Vergleich dazu war der Weg nach Chalamine sicherer.

Zu Ian sagte sie: »Die Männer, die hinter uns her sind, werden uns wahrscheinlich zuerst auf Eilean Donan suchen. Falls sie aber doch nach Chalamine geritten sind und dort auf uns warten, verrate ihnen auf keinen Fall, was ich dir aufgetragen habe.«

»Ich könnte ja sagen, dass ich auf der Suche nach meinem Vetter Angus von Skye bin«, schlug Ian vor. »Wenn ich einen kleinen Umweg machen würde, sähe es aus, als käme ich von Kyle Rhea nach Glenelg. Ich könnte ihnen weismachen, dass ich meinem Vetter von der Insel aus gefolgt bin.«

»Eine ausgezeichnete Idee«, sagte Isobel. »Aber noch eine Frage, bevor du dich auf den Weg machst: Hast du ein paar Lebensmittel übrig? Mein Freund hier braucht unbedingt etwas zu essen.«

»Ja, in der Hütte sind Brot und Käse – und Ale. Nehmt Euch, was Ihr benötigt. Ich laufe, so schnell ich kann«, antwortete der Junge, wobei er abermals einen neugierigen Blick auf Michael warf.

»Sei vorsichtig«, warnte Isobel. »Wir wurden von sechs Männern verfolgt, aber sie könnten auch zu einer viel größeren Gruppe gehören, die sich nur aufgeteilt hat. Nimm dich vor Fremden in Acht und rede mit keinem. Deine Sicherheit geht vor.«

»Die kriegen mich gar nicht zu Gesicht, Mylady. Darauf könnt Ihr Euch verlassen. Wollt Ihr nicht eintreten?« Er machte eine einladende Handbewegung. »Haltet lieber die Tür geschlossen, damit keine Tiere reinkommen und sich über das Essen hermachen.«

Sie nickte und trat mit Michael ein. Der Junge schloss hinter ihnen sorgfältig den unteren Teil der Tür, ließ jedoch den oberen offen, damit Licht hereinkam. In der winzigen Behausung gab es keine Fenster. Er nahm sich kaum Zeit, ihnen den großen Korb, in dem die Vorräte lagen, zu zeigen und sich ein Stück Brot und Käse zu schnappen, dann war er auch schon verschwunden.

Sonst gab es in der Hütte nur noch einen dünnen Strohsack, einen wackeligen Stuhl und einen ebensolchen Tisch, auf dem eine Zunderdose und einige Talgkerzen lagen. Den Strohsack bedeckte eine dicke zusammengefaltete Wolldecke, und in einer Ecke war ein Häufchen Brennholz aufgeschichtet, doch Isobel konnte nichts entdecken, womit sie Michaels Wunden hätte versorgen können.

»Wie lange wird er brauchen, bis er wieder hier ist?«, fragte Michael ein wenig unwirsch.

Isobel blickte ihn verwundert an. »Ich weiß nicht, Sir.

Wenn ich ein Pferd hätte und mich nicht zu verstecken brauchte, wäre ich in einer Stunde zu Hause. Doch da Ian zu Fuß geht und vor Fremden auf der Hut sein muss, wird er wesentlich länger brauchen. Der Weg, der von Glenelg nach Glen Mòr führt, ist schmal und steil und an manchen Stellen gut einsehbar. Wenn die beiden Reiter, die ich heute Morgen gesehen habe, sich umgedreht hätten, hätten sie mich bestimmt bemerkt. Zu meinem Glück waren sie wohl zu sehr damit beschäftigt, Euch zu folgen. Außerdem stand ich eine ganze Zeit lang ganz still da, um den Sonnenschein zu genießen. Sie sind mir aufgefallen, als sie in das kleine Tal einritten.«

»Ihr habt nur die Nachhut von Waldrons Trupp gesehen«, sagte er. »Ich nehme an, sie sind mir von Eilean Donan aus nachgeritten. Sie erwischten mich, als ich gerade die Höhle betreten wollte. Von der wussten sie offensichtlich nichts, denn sie wirkten ziemlich überrascht. Waldron schickte sofort zwei Männer hinein, während die anderen mich fesselten und mir das Hemd vom Leibe rissen.«

»Ich muss mich unbedingt um Eure Wunden kümmern«, sagte sie. »Wollt Ihr Euch dazu auf den Strohsack legen, oder möchtet Ihr zuerst etwas essen?«

»Ich esse wohl besser erst einmal«, antwortete er. »Und dann werde ich versuchen zu schlafen, bis der Bursche zurück ist. Ihr könnt mir im Augenblick sowieso nicht helfen.«

»Das würde ich an Eurer Stelle nicht tun, wenn Ihr nicht wollt, dass Eure Wunden zu eitern beginnen«, widersprach sie, während sie Brot und Käse mit ihrem Dolch in Scheiben schnitt. »Wenn Ihr gegessen habt, gehen wir an den Bach. Hier sehe ich nirgendwo saubere Lappen, doch ich kann mein Hemd in Streifen reißen und daraus einen notdürftigen Verband anfertigen. Außerdem habe ich am Wasser Kräuter entdeckt, aus denen ich Euch einen schmerzstillenden Umschlag machen kann. Danach dürft Ihr schlafen, bis Ian wiederkommt.«

Mit seinem matten, erschöpften Lächeln wirkte er fast wie ein müdes Kind. »Wie Ihr befehlt, Mylady«, sagte er. »Wenn ich erst ein paar Happen gegessen habe, bin ich bestimmt wieder auf dem Damm.«

»Setzt Euch dort auf den Strohsack, Sir, und esst, was ich Euch zurechtgemacht habe.«

»Sagt besser nicht ›Sir‹ zu mir«, erwiderte er. »Der Junge hat mich bestimmt für Euren Diener gehalten, bis Ihr mich als Gentleman und Euren Freund bezeichnet habt. Das könnte uns teuer zu stehen kommen, falls man ihn schnappt und ausfragt.«

»Sie werden ihn schon nicht kriegen«, entgegnete sie zuversichtlich.

»Trotzdem wäre es mir lieber, wenn Ihr mich Michael nennen würdet.«

»Für eine derart vertrauliche Anrede kenne ich Euch nicht gut genug, Sir.«

»Na gut. Zumindest weiß ich jetzt, dass Ihr Lady Isobel seid.«

»Aber das wusstet Ihr doch von Anfang an«, erwiderte sie und sah ihm zu, wie er endlich einen großen Brocken Brot in den Mund steckte und darauf herumkaute. »Mein Name ist schließlich kein Geheimnis.«

»In der Höhle habt Ihr Euch nur als Tochter des Macleod von Glenelg vorgestellt. Meines Wissens hat der Mann aber viele Töchter.«

»Das stimmt. Wir sind acht, aber davon leben nur noch Adela, Sorcha und Sidony zu Hause. Die anderen sind alle verheiratet oder tot.«

»Ich verstehe«, sagte er erneut in diesem merkwürdig harschen Ton. »Erzählt mir etwas über Euren Gatten, Madam. Wer ist er, und wie kommt es, dass er seine Gemahlin ohne Begleitschutz über Land reiten lässt?«

»Aber ich bin gar nicht verheiratet, Sir.«

»Ihr sagtet, dass alle Eure Schwestern, außer den drei genannten, verheiratet oder tot seien«, wandte er ein. »Und tot seid Ihr ganz offensichtlich nicht.«

»Natürlich nicht, aber ich habe Euch doch gesagt, dass ich seit meinem dreizehnten Geburtstag bei Hector Reaganach und meiner Schwester Cristina auf Lochbuie lebe. Aus diesem Grund habe ich mich nicht zu denen gezählt, die noch zu Hause auf Chalamine wohnen. Es tut mir leid, wenn ich mich unklar ausgedrückt habe.«

»Ihr habt sehr entschieden protestiert, als ich annahm, Ihr wäret verheiratet. Könnt Ihr die Männer so wenig leiden?«

»Im Großen und Ganzen mag ich sie durchaus, denn sie sind zuweilen sehr nützlich«, kicherte sie. »Zum Beispiel bei Hofe, wenn man tanzen oder ein wenig flirten will. Ich bin nicht gegen Männer im Allgemeinen, Sir, nur gegen Ehemänner.«

»Verstehe.«

Dass er Ihre Meinung nicht einfach abtat, ermutigte sie zu weiteren Erklärungen. »Eine Ehe ist für die Ewigkeit angelegt, und meiner Erfahrung nach sind die meisten Ehemänner Tyrannen.« Als sie sein Stirnrunzeln bemerkte, fügte sie seufzend hinzu: »Soll ich Euch noch mehr Brot und Käse schneiden, oder können wir jetzt zum Wasser gehen?«

»Wenn überhaupt, dann gehen wir besser gleich«, antwortete er.

Mühsam rappelte er sich hoch und folgte ihr auf wackeligen Beinen hinaus, nachdem sie sich mit einem raschen Blick vergewissert hatte, dass die Luft rein war. Am Ufer des sprudelnden Bächleins ließ er sich auf einen großen Stein nieder und wartete, bis sie breite Streifen von ihrem Hemd abgerissen und sie in das kühle Wasser getaucht hatte.

Stoisch ließ er es über sich ergehen, dass sie die Striemen an seinem Rücken säuberte, nur das Zucken, dass hin und wieder über seine Haut lief, verriet ihr, wie schmerzhaft die Prozedur für ihn war.

»Der Umschlag, den ich Euch mache, wird die Schmerzen

lindern«, sagte sie, während sie behutsam die schlimmsten Wunden betupfte. »Braunelle ist gut gegen Entzündungen, aber ich weiß nicht, ob ihr mit dem Verband gut schlafen könnt, besonders falls Ihr Euch oft umdreht.«

»Schade, dass ich keine Eberraute dabeihabe«, murmelte er. »Daraus lässt sich ein Gebräu herstellen, das einen im Nu in Schlaf versetzt.«

»Auf Chalamine habe ich Kamille«, erwiderte sie. »Die macht einen ebenfalls schläfrig, stillt jedoch nicht die Schmerzen. Eberraute kenne ich aber nicht. Ist es ein Kraut?«

»Ja. Man kann es auch gut zum Färben verwenden. Aber es ist selten in Britannien. Man findet es eher in Spanien und ... anderswo. Normalerweise habe ich immer etwas davon bei mir.«

»Wart Ihr schon einmal in Spanien?«

»Ja. Mein Pflegevater ist nämlich der Ansicht, dass Reisen bildet.«

»Das finde ich auch«, antwortete sie. »Welche Farbe ergibt denn Eberraute?«

»Ein dunkles Gelb. In manchen Gegenden trägt die Pflanze eine Fülle großer Blüten. Die alten Griechen und Römer hielten sie für ein Zaubermittel und pflegten sie als Aphrodisiakum unter die Matratze zu legen. Ob das etwas nützt, kann ich nicht beurteilen«, fuhr er lächelnd fort, »aber als Beruhigungsmittel ist sie besser als Kamille.«

Bei dem Wort Aphrodisiakum war Isobel das Blut in die Wangen gestiegen. Verlegen konzentrierte sie sich darauf, die blutigen Stoffstreifen im Bach auszuwaschen. Da sich nicht alle Flecke entfernen ließen, bückte sie sich, riss einen weiteren Streifen von ihrem Unterhemd ab und weichte ihn ebenfalls ein. Als sie sich wieder aufrichtete, sagte er freundlich: »Das mit dem Aphrodisiakum hätte ich einer Jungfer gegenüber nicht erwähnen sollen. Verzeiht mir, dass ich Euch damit in Verlegenheit gebracht habe.«

»Da gibt es nichts zu verzeihen, Sir«, erwiderte sie. »Ihr habt lediglich eine Tatsache erwähnt, weiter nichts.«

»Aber Ihr solltet überhaupt nicht hier mit mir allein sein. Und wenn der Junge nicht vor Einbruch der Nacht zurückkehrt …« Er beendete den Satz nicht.

Während ihrer Flucht und solange sie ihren Begleiter verarzten musste, hatte sie über diese Möglichkeit überhaupt nicht nachgedacht, und sie machte sich auch jetzt keine Sorgen deshalb. Hauptsache, Michael wurde wieder gesund. Schließlich musste er ihr noch verraten, wer er war und warum ihn die fremden Männer gefangen genommen hatten.

Bis er das Aphrodisiakum erwähnte, hatte sie in ihm nur einen, wenn auch sehr ansehnlichen, Leidensgefährten gesehen, doch seine Bemerkung hatte sie durcheinandergebracht. Um sich ihre Verwirrung nicht anmerken zu lassen, sagte sie abrupt: »Lasst uns wieder hineingehen.«

Er nickte und erhob sich. Als er sich lächelnd zu ihr umdrehte, musste sie wieder daran denken, wie warm und sinnlich seine Stimme in der Höhle geklungen hatte. Daher sagte sich rasch: »Ich habe noch über etwas anderes nachgedacht, Sir. Wie konnten diese Männer Euch unbemerkt von Eilean Donan bis zu der Höhle folgen? Das müssen doch wenigstens fünf Meilen sein.«

»Waldron und seine Leute sind überaus geschickt in solchen Dingen«, erwiderte er, fasste sie sanft am Arm und dirigierte sie zur Hütte. »Außerdem habe ich nicht damit gerechnet, dass sie von meinem Besuch bei Kintail wussten. Daher habe ich mich nicht besonders vorgesehen.«

»Vielleicht haben sie Euch ja schon auf dem Weg nach Eilean Donan nachspioniert. Wie hätten sie sonst …«

»Waldron hatte es nicht nötig, mir dorthin zu folgen. Er weiß von meiner Freundschaft mit Kintail und von … anderen Dingen und konnte sich daher einiges zusammenreimen. Ich glaube auch nicht, dass er hier in der Gegend Verbündete hat. Ich bin sogar ganz sicher, dass er mir nicht nach Eilean

Donan gefolgt ist, weil ich nämlich mit dem Boot von Oban gekommen bin.«

»Lebt Ihr denn in der Nähe von Oban?«, fragte sie. Oban war nicht weit von Lochbuie entfernt.

Wieder lächelte er. »Nein, Mädchen, aber ich kenne mich dort besser aus als hier in der Gegend. Ich habe auch von Hector dem Grimmigen gehört. Ist er wirklich so ein Tyrann?«

Sie blinzelte verwundert. »Wie kommt Ihr denn darauf?«

»Ihr habt gesagt, alle Ehemänner seien Tyrannen. Da habe ich gedacht, seine Ehe mit Eurer Schwester hätte Euch auf diese Idee gebracht. Und außerdem nennt man ihn ja wohl nicht von ungefähr den Grimmigen.«

Sie war überrascht, dass er ihre Worte so ausgelegt hatte, und überlegte, wie sie ihm ehrlich antworten sollte.

Michael blickte sie von der Seite an, während sie langsam zur Hütte zurückgingen, und fragte sich, wie stark ihre Abneigung gegen Ehemänner – oder gegen Männer im Allgemeinen – wohl sein mochte. Er hoffte, dass sie in diesem Punkt nicht gänzlich unnachgiebig wäre, denn ein so hübsches Mädchen sollte nicht allein durchs Leben gehen. Sie wäre bestimmt eine angenehme Gefährtin.

Auf dem Weg blieb sie zweimal stehen, um Kräuter zu pflücken, doch als sie in die Hütte traten, hatte sie seine Frage noch immer nicht beantwortet. Durch die obere Türöffnung drang ein Streifen goldenes Sonnenlicht in den Raum.

»Warum so schweigsam, Mädchen?«, fragte er. »Ist Hector Reaganach vielleicht doch kein Tyrann?«

»Er ist stets freundlich zu mir, solange ich nichts tue, was ihm missfällt.«

»Aha. Aber dann wird er wütend, oder?«

»Nein. Er zeigt zwar schon, dass er sich ärgert, doch er ist ein gerechter Mann. Er ist sogar freundlicher als mein Vater, dennoch sind sie beide sehr bestimmend, wie jeder

Mann, den ich bisher kennengelernt habe. So sind Männer eben.«

»Tatsächlich? Nun, davon versteht Ihr sicher mehr als ich.«

»Ja, die Männer meiner Schwestern sind zum Beispiel durchweg der Meinung, dass sich ständig alles um sie drehen muss. Sobald sie auch nur den kleinsten Wunsch äußern, müssen meine Schwestern ihn zu erfüllen suchen, wogegen die Männer sich nicht sonderlich um ihre Frauen kümmern.«

»Das ist wirklich ein unangenehmer Zug, da gebe ich Euch recht.«

»Ist es auch.« Sie warf ihm einen prüfenden Blick zu, um zu sehen, ob er sich über sie lustig machte, dann fuhr sie in entschiedenem Ton fort: »Ihr wollt mich sicher nur necken, aber glaubt Ihr nicht auch, dass das Leben angenehmer wäre, wenn die Männer nicht ständig miteinander kämpfen würden? Die Frauen hätten es jedenfalls besser, wenn die Männer nicht so anspruchsvoll wären und nicht dauernd Krieg führen oder nach Spanien oder sonst wohin verschwinden und in der Fremde ihr Leben aufs Spiel setzen würden.«

»Und dann herrschte endlich Friede auf Erden?«

Sie kniff die Augen zusammen. »Meine Tante zitiert auch oft aus der Bibel, um ihre Worte damit zu unterstreichen, Sir. Eine überaus lästige Angewohnheit.«

»Nun ja, der Spruch passt wohl auch nicht besonders«, gab er zu. »Befinden wir uns denn jetzt Eurer Meinung nach auch im Krieg?«

»Ist es nicht fast dasselbe?«, fragte sie zurück und zeigte nach draußen. »Denkt nur an diese entsetzlichen Männer!«

Michael bemerkte durchaus, wenn er sich auf dünnes Eis begab. Mit ihrer Einschätzung der Lage hatte Isobel gar nicht unrecht, daher zog er es vor, das Thema zu wechseln. »Im Leben kommt es nun einmal zu Konflikten«, sagte er. »Und wenn man überleben will, muss man rasch die richtigen Entscheidungen treffen. Da kann ein Mann sich nicht immer mit denjenigen beraten, die er beschützen muss. Ich finde, das ist noch lange kein Grund, alle Männer oder die Ehe an sich abzulehnen. Vielleicht habt Ihr nur noch nicht den Richtigen gefunden.«

»Ich will eben einfach nicht heiraten«, erklärte Isobel rundheraus.

Während sie sich unterhielten, hatte sie die Wolldecke aufgefaltet und sie halb auf dem Strohsack, halb auf dem Fußboden ausgebreitet. Jetzt bedeutete sie ihm, sich darauf zu legen.

»Legt Euch auf den Bauch«, sagte sie und zog ihren Dolch aus der Scheide. »Ich hacke derweil diese Kräuter hier und rühre sie mit Wasser an. Daraus mache ich Euch einen Umschlag.«

»Ihr wollt mir das Zeug doch hoffentlich nicht in die Wunden reiben«, entgegnete er, während er sich mit einem Seufzer der Erleichterung auf dem Strohsack ausstreckte.

Sie lächelte. »Verdient hättet Ihr es ja. Vielleicht sollte ich sogar noch ein bisschen Salz untermischen. In Wirklichkeit hatte ich nur vor, die Masse auf einem sauberen Stoffstreifen zu verteilen. Wenn ich heißes Wasser hätte, könnte ich die Kräuter aufkochen. Dann ließen sie sich besser auftragen, doch wir machen lieber kein Feuer, sonst bemerkt noch jemand den Rauch.«

»Da habt Ihr recht«, stimmte er ihr mit schläfriger Stimme zu, während er sie, das Kinn auf die verschränkten Arme gestützt, anblickte.

Isobel hatte angenommen, er würde auf der Stelle einschlafen, sobald er sich hingelegt hatte, doch er sah ihr unverwandt zu, wie sie den Umschlag zubereitete. Dazu schüttete sie die gehackten Blätter der Braunelle in eine Holzschüssel, die an der Wand hing, und zerstampfte sie mit dem Heft ihres Messers. Dann nahm sie einen angefeuchteten Stoffstreifen von ihrem Hemd, den sie zum Abtropfen über die Tür gehängt hatte, wrang ihn über der Schüssel aus und vermengte Wasser und Kräuter zu einem dünnen Brei.

»Ich werde so vorsichtig wie möglich sein, aber ich fürchte, im ersten Augenblick wird es sich kalt anfühlen«, sagte sie, kniete sich neben ihn nieder und legte ihm das feuchte Tuch auf den Rücken. »Um ehrlich zu sein, ich weiß nicht, ob es überhaupt etwas nützt, aber schaden kann es Euch auf jeden Fall nicht.«

»Ist schon gut, Mädchen«, murmelte er schläfrig. »Aber weckt mich auf der Stelle, wenn Ihr draußen auch nur einen Zweig knacken hört.«

»Das werde ich tun«, versprach sie. »Aber in der Nacht kann es kalt werden. Glaubt Ihr, wir können es wagen, später ein Feuer zu machen?«

»Nein, lieber nicht«, erwiderte er. »Selbst wenn sie den Rauch nicht sehen, sie könnten ihn riechen. Sie sollen nicht merken, dass sich jemand in diesem Tal aufhält.«

Er verstummte und rührte sich auch nicht, als sie vorsichtig ein trockenes Tuch über seinen Rücken legte. Doch als sie die andere Hälfte der Decke über ihn breitete, hielt er auf einmal ihre Hand fest.

»Ihr braucht auch Ruhe. Wenn Ihr die Decke ausgebreitet lasst, lege ich mich auf den Fußboden und überlasse Euch den Strohsack. Ich habe schon oft auf dem Boden geschlafen, und außerdem bin ich mittlerweile so todmüde, dass ich überall schlafen könnte.«

»Ihr müsst es warm haben, Sir«, widersprach sie und entzog ihm behutsam ihre Hand. »Wenn ich Euch nicht in die Decke einwickele, nützt der feuchte Umschlag nichts, denn die Kräuter entfalten ihre Heilwirkung nur in der Körperwärme.«

Als sie keine Antwort erhielt, schwieg sie ebenfalls. Kurz darauf konnte sie an seinen regelmäßigen Atemzügen erkennen, dass er eingeschlafen war. Sie steckte die Decke um ihn herum fest und stand auf. Da sie großen Hunger hatte, schnitt sie sich ein Stück Käse ab. Sie ging damit zur Tür und blickte hinaus in das stille, dämmerige Tal. Nichts war zu hören als das Rauschen des Baches und der ferne Schrei eines Nachtvogels.

Zu dieser Jahreszeit würde es vor Mitternacht kaum viel dunkler werden. Da sie Angst hatte, dass jemand sie sehen könnte, wenn sie draußen herumspazierte, blieb sie in der Hütte, setzte sich auf den Boden und aß ihr karges Mahl. Dann nickte sie, den Rücken an die Wand gelehnt, ein. Plötzlich erwachte sie mit einem Ruck.

Mittlerweile war es ziemlich dunkel, und die Luft war kalt und feucht.

Leise, um Michael nicht zu wecken, erhob sie sich, schlich auf Zehenspitzen zur Tür und schaute hinaus. Draußen war es fast so finster wie zuvor in der Höhle. Sie roch den Nebel, der so typisch für das Hochland war und sich, während sie geschlafen hatte, im Tal ausgebreitet hatte. Selbst wenn Ian MacCaig es bis nach Chalamine geschafft hatte, würde heute keine Hilfe mehr kommen. Doch der dichte Nebel schützte sie auch vor ihren Verfolgern. Zumindest für ein paar Stunden waren sie in Sicherheit.

Sie schaute nach, ob Michael noch gut zugedeckt war, dann wickelte sie sich in ihren Umhang und legte sich neben dem Strohsack auf den harten Boden. Kaum dass sie die Augen zugemacht hatte, war sie auch schon eingeschlafen.

Im Halbschlaf spürte Michael die Wärme an einer Seite seines Körpers und rutschte dankbar näher an die Wärmequelle heran. Doch als er eine Bewegung neben sich spürte, war er plötzlich hellwach.

Es war jetzt heller in der Hütte als zuvor; durch die halb geöffnete Tür drang kalter Dunst. Offensichtlich hatte das Mädchen vergessen, die obere Türklappe zu schließen, sodass Feuchtigkeit und Kälte ungehindert eindringen konnten.

Am wärmsten war es an seinem rechten Arm. Er versuchte, den Kopf zu drehen, doch etwas war ihm im Weg. Etwas Weiches, das ihn am Kinn kitzelte. Ohne lange nachzudenken, streckte er den Arm aus, legte ihn um sie und zog sie näher an sich heran, darauf bedacht, sie nicht zu wecken. Dabei stellte er fest, dass sein Rücken zwar noch immer steif und wund war, die Schmerzen jedoch deutlich nachgelassen hatten.

Ohne zu erwachen, stieß das Mädchen einen zufriedenen Seufzer aus und kuschelte sich dichter an ihn.

Da er im Augenblick nichts an ihrer Situation ändern konnte und sie beide Ruhe nötig hatten, ließ er sich erneut in Schlaf sinken.

Einige Stunden später lichtete sich der Nebel so weit, dass die Sonnenstrahlen bis in das Hochtal vordringen konnten. Doch es war nicht die goldene Sonne, die ihn weckte, sondern eilige Schritte, die sich der Hütte näherten.

Michael schrak hoch, löste den Arm behutsam von dem noch immer schlafenden Mädchen und stand auf. Er fühlte sich schon bedeutend besser als am Vortag, auch wenn ihm noch ein wenig die Knie zitterten. Der inzwischen getrocknete Umschlag rutschte ihm vom Rücken. Mit leisen Schritten ging er zur Tür und sah sich plötzlich Auge in Auge mit einer ängstlich dreinschauenden schlanken Frau in einem dunkelgrünen Kapuzenumhang.

»Wer seid Ihr?«, fragte sie. »Und wo ist meine Schwester?«

4

Die vertraute Stimme drang bis in Isobels Schlaf und weckte sie auf. Benommen zwinkerte sie im hellen Licht, das durch die Tür schien, und murmelte: »Bist du das, Adela?«

»Isobel, was tust du hier, und wer ist dieser Mann?«

»Mann?«, fragte Isobel ganz verwirrt und rieb sich die Augen. Dabei fragte sie sich, warum sie auf dem festgestampften Lehmboden lag.

Auf einmal waren die unerfreulichen Ereignisse des Vortages wieder da.

Sie richtete sich so rasch auf, dass ihr ganz schwindlig wurde, und spähte zum Eingang hinüber, wo sich die Umrisse einer verhüllten Gestalt und eines sie überragenden Mannes gegen die strahlende Sonne abhoben.

Gerade sagte Michael beruhigend: »Nur keine Aufregung, Mylady. Hier ist nichts Schlimmes geschehen. Lady Isobel hatte bloß Mitleid mit einem verwundeten Mann und wollte ihm helfen, ohne daran zu denken, dass sie sich selbst damit in Gefahr brachte.«

»Aber wie könnt Ihr dann behaupten, dass nichts Schlimmes passiert ist?«, fragte Adela.

Isobel strich sich das Haar aus den Augen, gespannt, was Michael erwidern würde. Sie wusste sehr wohl, dass sie zerrauft aussah und dass ihr Aufzug ihrer Schwester gründlich missfallen würde. Verstohlen versuchte sie, sich die Röcke glatt zu streichen, die sich jedoch hoffnungslos um ihre Beine gewickelt hatten. Ihre Bewegung erregte Adelas Aufmerksamkeit.

»Um Himmels willen, Isobel, hast du etwa bei diesem Mann geschlafen?« Mit diesen Worten stieß Adela die untere

Türhälfte auf und trat ein. »Ich möchte mir gar nicht ausmalen, was Vater dazu sagen wird!«

»Wo ist er denn?«, fragte Isobel. »Und warum bist du hier? Dich hätte ich hier heute Morgen als Letztes erwartet.«

»Zwei Fremde kamen nach Chalamine«, erklärte Adela, noch immer ungehalten. »Sie sagten, sie seien hinter einem Verbrecher her. So, wie sie den Mann beschrieben, könnte es durchaus dieser hier sein.« Sie zeigte auf Michael. »Dass er kein Hemd am Leibe hat, erwähnten sie allerdings nicht. Sie sagten, er sei mit einer Frau geflüchtet, die behauptet, unsere Schwester zu sein.«

»Was hast du ihnen gesagt?«

»Gar nichts. Schließlich soll ich nicht mit Fremden reden, wenn Vater zu Hause ist. Auch wenn er schon fort gewesen wäre, hätte ich nicht gewusst, was ich den Fremden hätte antworten sollen.«

»In diese Lage wärst du wohl gar nicht erst gekommen, denn du und die anderen Mädchen wolltet Vater doch nach Orkney begleiten, oder nicht?«, entgegnete Isobel.

»Ich habe mich noch nicht entschieden«, sagte Adela. »Sidony und Sorcha werden natürlich mitgehen, falls Sorcha es zur Abwechslung schafft, Vater einmal nicht gegen sich aufzubringen. Und unsere Tante wird wohl auch mitkommen. Wenn sie sich um die Mädchen kümmert, könnte ich dich ja auf Lochbuie besuchen. Aber das müssen wir nicht ausgerechnet jetzt erörtern. Sobald sich der Vorfall hier herumspricht, werden sowohl Vater als auch Hector Reaganach mir bestimmt verbieten, dich zu besuchen.«

Nachdem Isobels Augen sich an das Licht gewöhnt hatten, entdeckte sie Ian MacCaig, der neben Michael in der Tür stand. Mit einem hatte Adela recht, dachte sie. Im Augenblick brauchten sie sich nicht den Kopf über ungelegte Eier zu zerbrechen. Vielleicht kamen ihnen ja diese Schurken auf die Spur und brachten sie alle miteinander um.

An Michael gewandt erklärte sie: »Nächste Woche machen sich viele Bewohner der Inseln nach Kirkwall auf den Orkney-Inseln auf. In der großen Kathedrale dort finden Feierlichkeiten zu Ehren eines Schotten statt, der als Herrscher über ein norwegisches Fürstentum eingesetzt wird. Ich glaube, selbst der Lord der Inseln wird dort sein. Aber wie Adela sehr richtig bemerkte, sollten wir uns mit der Gegenwart befassen, bevor wir an die Zukunft denken. Was sollen wir also tun?«

»Himmel, Isobel, willst du dich denn ganz und gar ins Unglück stürzen?«, zeterte Adela aufgebracht. »Du kommst natürlich auf der Stelle mit mir nach Hause!«

»Das kann ich nicht«, erwiderte Isobel. »Hat Ian dir denn nicht erklärt, warum wir hier sind?«

»Er hat irgendeinen Unsinn gefaselt von Männern, die hinter euch her waren, und dass Vater euch eine bewaffnete Eskorte schicken soll. Doch dann sagte er, dass die beiden Fremden bestimmt eure Verfolger seien und dass wir sie auf keinen Fall misstrauisch machen dürften, indem wir einen ganzen Trupp Männer losschicken. Und weil er meine Fragen nicht beantworten konnte oder wollte, bin ich mit ihm hergekommen.«

Da Isobel klar wurde, dass sie auf dem Fußboden eine denkbar schlechte Figur machte, stand sie rasch auf und schüttelte ihre Röcke aus. Dann fragte sie Ian: »Haben die Fremden dich bemerkt?«

»Nein, Mylady. Ich habe mich einfach ein bisschen herumgedrückt und mich dumm gestellt, so wie es mein Vater Fremden gegenüber manchmal tut. Die Männer achteten überhaupt nicht auf mich. Und dann sind wir – Lady Adela und ich – heute Morgen in aller Herrgottsfrühe, als der Nebel noch ganz dicht war, zum Loch hinuntergegangen. Wir stiegen über den Hügel, gingen am Dorf Glenelg vorbei und kamen hierher. Niemand hat uns gesehen.«

Isobel schaute Michael an, der eine ganze Weile nichts mehr gesagt hatte. Er erwiderte schweigend ihren Blick.

»Im Augenblick können wir uns auf keinen Fall nach Chalamine wagen«, sagte sie.

Er nickte.

»Was ist mit Mackenzie?«, fragte sie. »Können wir nicht nach Eilean Donan gehen?«

»Doch, dort wären wir sicher willkommen, und außerdem hält sich mein Begleiter dort auf. Aber ohne Pferde ist es ziemlich weit, und Waldron lässt, wie ich gestern Abend schon sagte, bestimmt den Weg dorthin bewachen. Ihr sagtet, zwei Fremde seien nach Chalamine gekommen, Lady Adela. Waren es wirklich nur zwei?«

»Zwei kamen auf die Burg«, erwiderte Adela. »Aber einer unserer Männer entdeckte zwei weitere Männer, die den Weg durch das Glen Mòr im Auge behielten. Deshalb sind Ian und ich auch im Nebel aufgebrochen und haben einen Umweg gemacht.«

»Wenn sie herausbekommen, dass ihr euch heimlich fortgeschlichen habt, werden sie nach eurer Rückkehr bestimmt wissen wollen, wo ihr wart«, sagte Isobel.

»Auf so eine unverschämte Frage würde ich ihnen bestimmt keine Antwort geben«, erklärte Adela.

»Aber Adela, dann würden sie doch sofort merken, dass du etwas zu verbergen hast, und würden dich erst recht ausquetschen.«

»Von mir erfahren sie nichts!«

Isobel schüttelte den Kopf und sagte sanft: »Du bist doch gar nicht in der Lage, etwas zu verschweigen oder gar zu lügen, meine Liebe.«

»Ich würde ihnen einfach sagen, dass es meine Angelegenheit ist und sie nichts angeht.«

Isobel zeigte auf Michael und sagte: »Als ich diese Männer zum ersten Mal sah, waren sie gerade dabei, ihn auszupeitschen. Was ist, wenn sie dir das Gleiche antun?«

Adela erbleichte, murmelte jedoch tapfer: »Das würden sie niemals wagen.«

»Trotzdem solltet Ihr ihnen besser nicht mehr unter die Augen kommen, Mylady«, sagte Michael. »Denn sie haben keinerlei Respekt vor dem schönen Geschlecht. Sie hat nur vier von ihnen gesehen«, setzte er an Isobel gewandt hinzu. »Also fehlen zwei. Allerdings können wir das nur vermuten, da wir gar nicht genau wissen, wie viele es insgesamt waren.«

»Abgesehen von denen, die sich auf Chalamine aufhalten, bewacht bestimmt noch mindestens einer den Weg nach Eilean Donan, um Euch dort abzufangen.«

»Ja, und noch ein weiterer behält die ... den Ort im Auge, wo sie mich geschnappt haben.«

»Aber wer sind diese Männer denn?«, wollte Adela mit einem scharfen Blick auf Michael wissen. »Sie haben behauptet, sie wären hinter einem gefährlichen Verbrecher her. Woher soll ich wissen, wer nun recht hat?«

Gelassen wie immer erwiderte er ihren Blick. »Ich kann Euch nur mein Wort geben, Mylady. Wie soll ich mich gegen ihre Anschuldigungen verteidigen, wenn ich nicht einmal weiß, wessen ich beschuldigt werde? Ich habe nichts verbrochen.«

»Aber ich weiß noch nicht einmal Euren Namen! Warum sollte ich Euch trauen?«

»Weil er ein Gentleman ist und auf Eilean Donan zu Gast war«, sagte Isobel, der eine Idee gekommen war. Während ihre Schwester die Tatsache verarbeitete, dass Michael mit Mackenzie befreundet war, sagte Isobel leise, als spräche sie zu sich selbst: »Wir gehen nach Lochbuie.«

»Aber das ist doch gefährlich«, wandte Adela ein. »Und wie wollt ihr dorthin gelangen?«

»Ich wünschte, du würdest mich nicht ständig fragen, wie ich dies oder jenes machen will, und mich vor allen möglichen Gefahren warnen«, fuhr Isobel sie an. »Wir müssen sehen, wie wir uns schleunigst in Sicherheit bringen, da können wir nicht lange hin und her überlegen.«

»Ich bezweifle, dass Hector Reaganach oder unser Vater

dir da zustimmen würden«, erwiderte Adela lakonisch. »Aber ich kenne dich ja, Isobel. Was du dir in den Kopf gesetzt hast, tust du auch.«

»Lady Adelas Frage war durchaus berechtigt«, mischte sich Michael ein. »Wie sollen wir nach Lochbuie kommen? Das Boot, das mich nach Eilean Donan gebracht hat, liegt dort vor Anker. Das nützt uns also nichts. Aber ich bin ebenfalls der Meinung, dass es das Beste wäre, so schnell wie möglich von hier zu verschwinden.«

»Das mit dem Boot ist wirklich ein Problem«, musste Isobel zugeben. »Zwischen der Bucht von Glenelg und Kyle Rhea müssen wir den Sund überqueren. Drüben werden uns MacDonalds Männer, die auch mit meinem Vater befreundet sind, sicher nach Lochbuie führen. Adela kann Vater sagen, wohin wir gegangen sind, und vielleicht könnte Ian nach Eilean Donan laufen und den Leuten dort Bescheid geben.«

»Ja, gewiss kann ich das, Mylady!«, rief Ian eifrig. »Mein Vater wird wahrscheinlich heute Nachmittag mit seiner Herde zurückkehren. Sobald er wieder hier ist, mache ich mich auf den Weg.«

»Das ist noch früh genug«, sagte Michael. »Es wäre das Beste, wenn Lady Adela keinem etwas verraten würde.«

»Ich habe meinem Vater ausrichten lassen, dass ich Pächter besuchen wollte und den ganzen Tag unterwegs wäre«, sagte Adela. »Allerdings glaube ich kaum, dass mir von den Fremden wirklich eine Gefahr droht, da sie ja nicht wissen, wer ich bin. Bei ihrer Ankunft wollten sie mit Vater sprechen. Als er ihnen sagte, dass Isobel ausgeritten und noch nicht zurück sei, sagten sie, sie würden warten. Sie sind dann die ganze Nacht geblieben, doch inzwischen werden sie bestimmt weg sein.«

»Ich finde, wir sollten auf der Stelle aufbrechen«, sagte Isobel. »Es muss schon weit nach der Terz sein. Das heißt, der Morgen ist schon fast vorüber, und wir wissen noch nicht, wie wir über den Sund kommen sollen.«

»Verzeiht, Mylady«, warf Ian ein. »Aber mir fiel gerade ein, dass mein Vater ein kleines Fischerboot besitzt. Es hat vier Ruder und ein Segel und liegt zwischen der Bucht und Ardintoul. Das könntet Ihr nehmen.«

»Müssen wir durch das Glen Mòr, um dorthin zu kommen?«, erkundigte sich Michael.

»Nein, Sir. Ein wenig nördlich von hier führt ein Trampelpfad direkt hinunter zur Bucht. Er ist zwar recht steil, doch Vater und ich benutzen ihn trotzdem meistens.«

»Aber sie halten doch bestimmt bei Kyle Ausschau nach uns, für den Fall, dass wir nach Skye übersetzen wollen«, gab Michael zu bedenken.

»Die Gefahr, dass sie uns entdecken, ist dort geringer, als wenn wir mitten durch das Glen Mòr trampeln«, erwiderte Isobel ungeduldig. »Außerdem geht die Überfahrt schnell, wenn wir nördlich der Bucht übersetzen, zumal heute der Wind von Norden kommt. Wir müssen nur aufpassen, dass wir nicht von der Strömung in den Loch Alsh getrieben werden.«

»Aber was ist, wenn sie uns folgen?«, fragte Michael.

»Matthias' Boot liegt an der schmalsten Stelle, und wir müssten es eigentlich schaffen überzusetzen, ohne entdeckt zu werden. Und selbst wenn sie hinter uns herkommen, haben sie drüben auf Skye keine Pferde. Wir aber können uns welche leihen, und außerdem beschützen uns dort die Männer Seiner Gnaden.«

»Ja schon, aber …«

»Unsere Verfolger sollen sich nicht einbilden, dass sie sich unbeobachtet auf Skye oder auf dem Land der Macleods und Mackenzies herumtreiben können. Sobald sie Chalamine verlassen, werden sie mehr Aufmerksamkeit erregen, als ihnen lieb ist. Und die beiden, die in der Burg auf uns warten, werden es bestimmt nicht riskieren, meinen Vater gegen sich aufzubringen.«

Er runzelte die Stirn, dann nickte er. »Wir werden also tun, was Ihr vorgeschlagen habt, Mädchen. Ian, kannst du uns genau beschreiben, an welcher Stelle der Kahn liegt? Schließlich kannst du uns schlecht hinführen und Lady Adela hier allein lassen.«

»Ich bin hier nicht in Gefahr. Keiner würde sich trauen, mir etwas zuleide zu tun«, protestierte Adela.

Michael runzelte noch stärker die Stirn. In diesem Augenblick erinnerte er Isobel stark an den wütenden Hector Reaganach.

Also sagte sie geduldig: »Glaub mir, Adela, wir alle sind in Gefahr. Diese Männer denken, dass Mich...«

»Vielleicht ist es besser, wenn Eure Schwester uns begleitet«, fiel Michael ihr ins Wort. »Sie könnte aber auch mit Ian nach Eilean Donan gehen. Ich finde übrigens, dass sie Euch sehr ähnlich sieht, Lady Isobel, und wenn unsere Verfolger merken, dass sie Eure Schwester ist ...«

»Aber wir haben doch keine Pferde«, wandte Isobel ein. »Also müsste Adela den ganzen Weg nach Eilean Donan und zurück nach Chalamine laufen.«

»Ihr glaubt doch wohl nicht, dass Mackenzie das zulassen würde«, erwiderte er lächelnd. »Er würde schon gut auf sie aufpassen, und die Gefahr, auf dem Weg dorthin einem Feind in die Arme zu laufen, ist geringer, als wenn sie von hier aus direkt nach Hause ginge.«

Doch Isobel ließ nicht locker. »Es ist einfach zu weit. Und außerdem wird mein Vater glauben, dass ihn alle seine Töchter verlassen haben«, fügte sie mit einem kleinen Lächeln hinzu.

»Da hat sie recht, Sir«, stimmte ihr Adela zu, die noch gar nicht an ihren Vater gedacht hatte. Isobel fiel auf, dass auch ihre Schwester unwillkürlich eine höfliche Anrede gewählt hatte. »Vater wird ganz schön wütend sein«, setzte Adela betrübt hinzu.

»Er wäre noch wütender, wenn Euch etwas zustoßen würde«, erwiderte Michael.

In diesem Augenblick erklang von ferne ein Pfiff. »Das ist mein Vater mit der Herde. Er ist früh dran«, verkündete Ian freudig.

Als Isobel Michaels Blick bemerkte, sagte sie: »Matthias ist vertrauenswürdig. Ich kenne ihn schon mein ganzes Leben lang.«

»Ich auch«, pflichtete Adela ihr bei. Sie schien erleichtert. »Matthias wird wissen, was zu tun ist. Ich kann mir nicht vorstellen, dass er es gutheißt, dass du diesen Mann hier begleiten willst, Isobel.«

Isobel seufzte. Vermutlich hatte Adela recht.

Kurz darauf erspähten sie die Herde, die, von zwei flinken Hunden umkreist, näher kam. Der drahtige Schäfer ging nebenher. Er winkte Ian, der sofort zu ihm lief. Matthias ließ den Jungen bei der Herde und kam zu ihnen herüber.

Zu Isobels Erstaunen schien er nicht überrascht, seine Besucher zu sehen. »Willkommen, Mylady. Ich bin froh, Euch unversehrt vorzufinden«, sagte er und warf einen neugierigen Blick auf Adela und Michael.

»Aber woher wusstest du, dass ich in Gefahr war, Matthias?«

Seine hellblauen Augen unter den buschigen angegrauten Brauen zwinkerten vergnügt. »Wie könnt Ihr so etwas fragen, wo Ihr doch Euer ganzes Leben hier in der Gegend verbracht habt? Auf meinem Weg hinunter von der Hochweide traf ich einen Burschen, der gerade aus dem Tal kam. Er hatte gehört, dass Fremde auf der Suche nach Macleods Tochter waren und dass sich einer von ihnen noch im Tal aufhielt. Die einzige von Macleods Töchtern, die öfter auf eigene Faust unterwegs ist, seid Ihr, Mylady, und deshalb kam mir in den Sinn, dass Ihr Euch vielleicht in meiner Hütte vor Euren Verfolgern versteckt habt. Allerdings muss ich zugeben, dass ich überrascht war, auch Lady Adela hier zu sehen.«

»Sie war auf der Suche nach mir, Matthias«, erwiderte Isobel. »Wir haben gehofft, du würdest uns dein Boot leihen, damit wir über den Kyle kommen. In Kyle Rhea wollen wir dann die Männer Seiner Gnaden bitten, uns zur Insel Mull in Sicherheit zu bringen.«

»Ja, dort wäret Ihr wirklich sicher«, pflichtete der Schäfer ihr bei. »Aber der Wind frischt auf, und deshalb wäre es wohl besser, wenn Ihr zwei Mann hättet, um das Boot zu rudern.«

»Soll Ian denn mit uns gehen?«, fragte Isobel. »Ich muss gestehen, ich habe mich schon gefragt, wie wir dir das Boot zurückschicken sollen.«

»Macht Euch darüber keine Sorgen, Mädchen. Gowrie von Kyle Rhea wird es mir schon wiederbringen«, sagte Matthias. »Aber ich habe mir gedacht, ich begleite Euch selbst, wenn Ihr gestattet. Und mir ist noch etwas anderes eingefallen«, fügte er abermals zwinkernd hinzu. »In der Truhe dort liegen ein paar Kleider zum Wechseln. Ian hätte Euch ein Hemd geben sollen«, sagte er an Michael gewandt. »Aber Ihr könnt eines von meinen haben. Und falls die Lady nichts dagegen hat, würde ich vorschlagen, dass sie ihr Haar bedeckt und sich ein Paar Hosen von Ian anzieht.«

»So etwas Unerhörtes wirst du auf gar keinen Fall tun, Isobel!«, rief Adela aus.

Jetzt gefiel Isobel der Vorschlag erst recht.

»Sei doch nicht dumm«, sagte sie zu ihrer Schwester. »Das ist eine ausgezeichnete Idee.«

»Und außerdem tut Ihr es ja nicht zum ersten Mal«, sagte Matthias grinsend.

Sie lächelte zurück. »Du weißt entschieden zu viel, mein Alter. Sind die Sachen dort drin?«, fragte sie dann und deutete auf eine Korbtruhe an der gegenüberliegenden Wand.

»Ja«, antwortete er, »und vergesst nicht das Hemd für Euren Freund.«

Michael streckte Matthias die Hand entgegen. »Ich bin Michael«, sagte er, »und ich danke dir vielmals für deine Hilfe.«

Der Schäfer wischte sich die Hand am Hosenbein ab, bevor er sie seinem Gast reichte.

Lächelnd setzte Michael hinzu: »Das werde ich dir nicht vergessen, Matthias MacCaig, und dem jungen Ian auch nicht.«

»Lady Adela bleibt am besten mit dem Jungen hier«, schlug der ältere Mann vor. »Wenn ich zurück bin, bringen wir beide sie sicher nach Hause.«

»Hugo, einer meiner Männer, hält sich auf Eilean Donan auf«, sagte Michael. »Er sollte erfahren, dass ich in Sicherheit bin und wo er mich finden kann.«

»Zuerst einmal müssen wir dafür sorgen, dass Eure Häscher Euch nicht noch einmal erwischen«, erwiderte Matthias.

Michael nickte, nahm das Hemd, das Isobel aus der Truhe geholt hatte, und zog es über. Matthias suchte noch eine Lederweste für ihn heraus, dann verließen die beiden Männer die Hütte, damit Isobel sich ungestört umziehen konnte.

Mit zusammengepressten Lippen ging Adela ihr zur Hand. »Ich weiß wirklich nicht, was in dich gefahren ist, Isobel«, knurrte sie. »Du wirst nie einen Mann bekommen, wenn du so weitermachst.«

»Du weißt ganz genau, dass ich gar keinen Ehemann will«, entgegnete Isobel. Ich möchte lieber die Tante Euphemia für deine zukünftigen Kinder sein, Adela.«

Bei diesen Worten blickte Adela, die vor ihrer Schwester kniete, um ihr die Hose zuzuschnüren, auf. Sie biss sich auf die Lippen, dann prustete sie los.

Mit gespielter Empörung sagte Isobel: »Was ist denn? Glaubst du etwa nicht, dass ich eine gute Tante abgeben würde? Meine Nichten und Neffen finden mich jetzt schon großartig.«

»Das bezweifle ich nicht«, keuchte Adela vor Lachen. »Aber wenn ich dich so mit unserer frommen, gelehrten Tante vergleiche ...« Noch immer kichernd schüttelte sie den Kopf, rollte Isobels Röcke und das Mieder zu einem unordentlichen Bündel und band es mit einem Stück Schnur zusammen, das sie in einer Ecke auf dem Boden fand.

Isobel freute sich über Adelas Lachen und wünschte, ihre Schwester wäre öfter so vergnügt. Unter der Last der Verantwortung für den Haushalt auf Chalamine, die ihr nach Cristinas Heirat mit Hector zugefallen war, war Adela um Jahre gealtert.

Doch jetzt erinnerte ihr fröhliches Lachen Isobel daran, dass Adela nur vier Jahre älter war als sie.

»Du musst unbedingt mit nach Kirkwall kommen, Adela«, sagte sie bestimmt. »Ich bin sicher, solch ein Spektakel werden wir unser Lebtag nicht wieder zu sehen bekommen. Der König der Schotten sagt, dass ein norwegischer Fürst, selbst wenn er aus Schottland stammt, hierzulande keinen Fürstenrang besitzt. Nun ja, hier in Schottland mag er nur ein Graf sein, doch auf Orkney ist er der Landesherr. Deshalb will ich unbedingt bei der Zeremonie dabei sein, und du darfst sie dir auch nicht entgehen lassen. Denk doch nur an all die Männer, die sich dort aufhalten werden! Jeder Einzelne von ihnen gäbe einen vorzüglichen Ehemann ab. Außer denen, die schon verheiratet sind, natürlich«, berichtigte sie sich.

»Ich dachte, du willst nicht heiraten.«

»Ich meinte doch nicht für mich, sondern für dich!«, erwiderte Isobel. »Du wirst dort bestimmt den Richtigen finden und ihm eine zufriedene Ehefrau und Mutter seiner Kinder sein.«

»Ach du meine Güte, wer will mich schon haben! Ich mache nicht mehr viel her, und meine Umgangsformen sind auch nicht besonders geschliffen.«

Isobel schnaubte abfällig. »Du gehörst genauso zu Macleods schönen Töchtern wie wir Übrigen, meine Liebe. Und was die Etikette angeht, so fehlt es dir einfach an Übung. Hector und Cristina gehen nach Kirkwall, ebenso wie Lachlan, Mairi und Vater. Und du kannst sicher sein, dass Tante Euphemia auch mitkommt. Es ist ein bedeutendes historisches Ereignis, sagt sie. Selbst Ian Dubh Maclean kommt mit, denn er interessiert sich genauso für Geschichte wie Tante Euphemia.«

»Ian Dubh ist Hectors Vater, nicht wahr?«

»Ja, und obgleich er schon fast so alt ist wie Seine Gnaden, ist er doch noch sehr rüstig. Wir werden eine richtig große Gesellschaft sein und mit einer imposanten Flotte dahergerauscht kommen.«

»Wir sollten uns jetzt besser auf den Weg machen, Mylady«, rief Matthias von draußen.

»Wir kommen schon«, antwortete Isobel und nahm Adela noch einmal rasch in die Arme.

Michael musste sich ein Lächeln verkneifen, als Lady Isobel in Ians Lederhosen und einem viel zu großen Hemd aus der Hütte trat. Sie hatte das Hemd mit einem Gürtel in der Taille gerafft und klugerweise ihre eigenen gut eingetragenen Stiefel anbehalten. Über dem Arm trug sie ihren Umhang und in der Hand ihr Kleiderbündel.

Michael und Matthias waren übereingekommen, dass es am sichersten wäre, wenn Adela mit Ian, der Herde und den Hütehunden auf die Hochweide ginge. Nach Matthias' Rückkehr würden er und sein Sohn sie entweder nach Hause oder nach Eilean Donan begleiten und Hugo eine Nachricht überbringen.

Noch bevor Adela widersprechen konnte, versicherte Michael ihr freundlich: »Ihr seid bei Ian gut aufgehoben, Mylady. Dort oben auf der Weide wird Euch niemand suchen. Und wenn doch einer kommt, wird er Euch nicht erkennen, wenn Ihr Euer Haar zu Zöpfen flechtet und so tut, als wärt Ihr ein einfaches Mädchen. Mir ist sofort aufgefallen, wie sehr Ihr Eurer Schwester ähnelt, daher dürfen wir nicht riskieren, dass man Euch erkennt.«

»Wenn das so ist, sollte ich besser mit Euch gehen!«

»Zwei Männer und ein Junge in einem Fischerboot erregen kaum Aufsehen«, erwiderte Matthias. »Doch wenn eine

Frau dabei ist, sieht die Sache schon anders aus. Außerdem wäre Euer Vater bestimmt böse, wenn Ihr einfach nach Mull fahren würdet.«

»Aber ich könnte doch mit Euch zurückkommen. Schließlich ist es für Isobel genauso riskant.«

»Mit nur drei Leuten im Boot sind wir schneller als zu viert«, mischte sich Michael ein. »Unsere Verfolger stammen nicht von der Küste, daher bezweifle ich, dass sie ein Boot ebenso geschickt wie Matthias durch die Strömung zu steuern vermögen.«

»Und was ist mit Euch?«, wollte Adela wissen. »Könnt Ihr überhaupt mit einem Boot umgehen?«

»Gut genug, um Matthias' Anweisungen Folge zu leisten, Mylady«, erwiderte Michael gleichmütig.

Adela bedachte ihn mit einem finsteren Blick, sagte jedoch nichts mehr. Doch sie war noch immer nicht besänftigt, als Michael und Isobel kurz darauf mit Matthias aufbrachen, der sich Isobels Bündel über die Schulter geworfen hatte.

Michael staunte über die rasche Gangart des älteren Mannes. Der Hirte nahm keine Rücksicht auf Isobel, die das auch gar nicht zu erwarten schien.

Es hatte Michael beeindruckt, dass sie es tags zuvor klaglos hingenommen hatte, dass sie ihr Pferd eingebüßt hatte und laufen musste. Sie schien das Ganze als eine Art Abenteuer zu betrachten. Wäre sie mehr wie ihre dunkelblonde Schwester gewesen, hätte er sie an einen sicheren Ort gebracht und sich dann allein irgendwo in den Bergen versteckt, bis er gefahrlos zu Hugo stoßen konnte.

Doch so war er froh darüber, dass Isobel nicht nur entschlossen war, ihm zu helfen, sondern obendrein einen guten Plan ersonnen hatte. Ganz auf sich allein gestellt wäre er schlechter dran gewesen, daher überließ er ihr gerne die Führung, auch wenn er nicht mit einem besonders herzlichen Empfang auf Lochbuie rechnete.

Es war nur gut, dass Matthias ihm keine persönlichen Fragen stellte. Da der Mann ihnen behilflich war, hätte Michael ihn nur ungern belogen; andererseits wollte er jedoch so wenig wie möglich von sich preisgeben. Von Kindesbeinen an hatte er Verschwiegenheit gelernt, eine Eigenschaft, die ihm mittlerweile zur zweiten Natur geworden war.

Sie waren schon eine Weile gewandert, als Matthias plötzlich den Schritt verhielt und flüsterte: »Da unten sind vier Reiter. Sie sind auf dem Weg nach Süden, wo der Weg hier auf den Uferpfad stößt.«

»Geht einfach weiter«, erwiderte Isobel leise. »Falls sie uns gesehen haben, sollen sie nicht merken, dass wir sie auch entdeckt haben. Kannst du erkennen, wer sie sind, Matthias? Vielleicht welche von Macleods Männern.«

»Nein, Sie tragen zwei Banner, Mylady, genau wie diejenigen, von denen der Junge mir berichtet hat.«

»Zwei?«

»Ja. Und er kannte keines davon. Das eine zeigt ein weißes Kreuz.«

Isobel schaute Michael über die Schulter an. Er erwiderte ihren Blick, blieb jedoch stumm. Als die kleine Gruppe am Strand anlangte, waren die fremden Reiter bereits in Richtung Glenelg verschwunden. Am nördlichen Ende des Kyle, wo der dichte Wald bis fast ans Wasser reichte, fanden sie Matthias' Boot unter einem Baum am Strand.

Zu ihrer Linken, auf der anderen Seite des Kyle, lag das Dörfchen Kyle Rhea friedlich in der Mittagssonne. Es bestand nur aus wenigen am Ufer verstreuten Hütten.

Matthias warf Isobels Bündel in den Bug des Kahns und sagte zu ihr in demselben Ton, in dem er gewöhnlich mit Ian sprach: »Steigt ein, Lady. Sobald wir ablegen, müsst Ihr sofort das Segel hissen, und zwar hurtig, das wisst Ihr ja.«

Sie nickte nur, trat neben den Mast in der Mitte des Bootes und begann, das gereffte Segel loszubinden. Als sie Michaels verdutzten Blick bemerkte, grinste sie und sagte: »Ihr braucht gar nicht so zu gucken, Sir. Ich segle schon, seit ich laufen kann, und weiß, was ich zu tun habe.«

»Von Nordosten bläst eine ganz schön steife Brise«, erwiderte er bloß.

»Ja, aber so ein Wind ist genau das, was wir brauchen«, erwiderte sie lächelnd. »Die Strömung kommt von Süden, daher hilft uns der Nordwind, den Kurs zu halten. Da es noch nicht einmal eine halbe Meile ist, werden wir wohl kaum in den Loch Alsh abgetrieben.«

»Sprecht leise, Mylady«, warf Matthias warnend ein. »Bereit, Sir?«

»Ja«, sagte Michael. »Es kann losgehen.«

Mit vereinten Kräften schoben sie das Boot ins Wasser und sprangen hinein. Die Männer ergriffen die Ruder, während Isobel flugs das Segel hisste und die Leine um die Klampe wickelte. Die Männer mussten sich ein wenig abmühen, um das Boot in Fahrtrichtung zu drehen, doch dann lenkten sie es mit kräftigen Ruderschlägen zum gegenüberliegenden Ufer. Als Isobel sah, wie sich die beiden in die Riemen legten, fragte sie sich, wie Michael das nur fertigbrachte, wo doch sein ganzer Rücken noch wie Feuer brennen musste.

Sie hockte sich neben den Mast, um jederzeit das Segel in den Wind drehen zu können. Immer wieder bauschte sich die Leinwand im Wind und schlug dann wieder laut klatschend gegen den Mast, während das kleine Boot sich in der unruhigen See hob und senkte und dabei stetig Fahrt machte.

Isobel klammerte sich an den Mast, um nicht über Bord gespült zu werden. Trotz der eiskalten Gischt, die jedes Mal, wenn das Boot in die Wellen tauchte, über den Dollbord spritzte und sie bis auf die Haut durchnässte, sog Isobel genießerisch die frische Seeluft ein. Sie war einfach zu gerne auf dem Wasser, und außerdem, dachte sie, würden die Fremden, falls sie sie beobachteten, schwerlich auf die Idee kommen, dass es sich bei dem Burschen, der so geschickt das Segel gesetzt hatte, um die gesuchte Lady handelte.

Der Fischerkahn verfügte über ein Heckruder, das ihnen jedoch nicht viel nützte, da sie keinen Steuermann hatten. Sobald sie auf Kurs waren, band Matthias daher die Ruderpinne fest, nachdem er sie in die richtige Stellung gebracht hatte. Für diese kurze Fahrt genügten die Riemen und das Segel vollauf.

Trotz der reißenden Strömung, die sie nach Norden zu treiben drohte, erreichten sie nach kurzer Zeit wohlbehalten das andere Ufer.

Michael stieg als Erster aus und reicht Isobel die Hand. Im gleichen Augenblick, als sie sie ergriff und auf die Ruderbank kletterte, um an Land zu springen, rief Matthias: »Seht mal, dort hinten!«

Mit einem Blick über die Schulter erspähte sie ein Boot, das sich, von vier kräftigen Ruderern getrieben, rasch aus der Bucht von Glenelg näherte.

5

Rasch entzog Isobel Michael ihre Hand und sprang auch ohne seine Hilfe leichtfüßig aus dem Kahn. »Wenn sie sehen, dass Ihr mir helft, wissen sie, dass ich eine Frau bin!«, rief sie.

Als Letzter ging Matthias von Bord. Als er zusammen mit Michael den Kahn auf den Kiesstrand zog, bemerkte er: »Na, jetzt, wo Ihr so hastig die Hand weggezogen habt, wissen sie bestimmt Bescheid. Aber bei den wenigen Booten, die heute unterwegs sind, hätten sie sich wahrscheinlich sowieso denken können, dass wir es sind.«

»Sie kommen ziemlich schnell näher«, sagte Michael mit einem besorgten Blick auf das fremde Boot.

Daraufhin blickte auch Matthias mit zusammengekniffenen Augen aufs Wasser hinaus. »Keine Angst, Sir«, sagte er. »Wenn Ihr rasch ins Dorf lauft, findet Ihr dort bestimmt noch rechtzeitig Hilfe.«

Auch Isobel ließ das sich nähernde Fahrzeug nicht aus den Augen. »Es scheint mir fast, als hätten sie nicht mit der Strömung gerechnet oder nicht daran gedacht, dass ihr Boot ja viel schwerer ist«, sagte sie schließlich.

»Ja, das habe ich auch gehofft«, erwiderte Matthias zufrieden.

»Leider driften sie nicht in den Loch Alsh«, sagte Isobel gleich darauf. »Matthias hat recht, Sir. Wir müssen uns beeilen.«

»Matthias sollte lieber mit uns kommen«, antwortete Michael.

»Gut, Sir, aber nur bis zum Dorf«, stimmte der Schafhirt zu. »Dort lebt ein Verwandter von mir, der mich zurückrudern kann. Und wenn diese Kerle ihn ausfragen, wird er ihnen einfach sagen, dass das Boot dem Laird gehört.«

Gemeinsam liefen sie über den Strand bis ins Dorf, wo Isobel einige Männer darum bat, sie zum Haus von Donald Mòr Gowrie, einem Verwandten des Lords der Inseln, zu führen. Sie dankte Matthias, der bei seinem Vetter bleiben wollte, für seine Hilfe, dann machten sie und Michael sich mit ihrer Eskorte auf den Weg hinauf zum Kylerhea Glen.

Michael beobachtete Isobel, die ihm auf dem schmalen Pfad vorausging. Sie hatte sich ihr Kleiderbündel lässig über die Schulter geworfen und schien sich in den Männerkleidern ausgesprochen wohlzufühlen. Ians Hosen spannten sich derart verführerisch über ihren Hüften, dass Michael der Gedanke in den Sinn kam, wie sie wohl darunter aussehen mochte. Doch sogleich rief er sich wieder zur Ordnung und überlegte, was sie tun sollten, wenn MacDonalds Verwandter nicht bereit wäre, ihnen zu helfen.

Schon bald jedoch stellte sich heraus, dass das Mädchen die richtige Entscheidung getroffen hatte. Nach einem Fußmarsch von nicht mehr als einer halben Stunde, der sie durch das Hochtal führte, gelangten sie zu einem quadratischen Wohnturm am Ufer des Flusses. Der Hausherr Donald Mòr Gowrie empfing sie in der Halle. Er war ein hagerer Mann von ungefähr fünfzig Jahren mit grau gesprenkeltem Haar, einem länglichen Gesicht und buschigen Brauen, die seine Augen wie kleine Dächer beschatteten. Nachdem er Isobel so herzlich begrüßt hatte, als gehöre sie zur Familie, lauschte er ihrer knappen Schilderung der Ereignisse. Dabei bewies das Mädchen eine solche Redegewandtheit und ein Talent, genau die richtigen Details auszusparen, dass Michael sich gar nicht genug wundern konnte.

Gowrie blickte schweigend zwischen Isobel und Michael hin und her, dann sagte er mit einem verschmitzten Zwinkern: »Ich möchte wetten, Ihr habt mir nicht alles erzählt,

Mädchen. Eigentlich bin ich davon ausgegangen, dass Ihr das Mittagsmahl mit uns einnehmt, doch da Ihr verfolgt werdet, wollt Ihr Euch bestimmt nicht lange aufhalten. Ich werde also dafür sorgen, dass man Pferde für Euch sattelt und Euch etwas zu essen einpackt. Dann lasse ich Euch zu meinem Hafen am Loch Eishort bringen. Haben Eure Verfolger ein eigenes Boot, Junge?«

»Nein, Sir«, antwortete Michael, »nicht, dass ich wüsste.«

»Eigentlich spielt es auch keine Rolle. Sie müssen Euch erst einmal finden, und weder meine Leute noch die Dorfbewohner werden ihnen etwas verraten.« Als er Michaels skeptische Miene bemerkte, setzte er hinzu: »Weshalb zweifelt Ihr?«

»Die Männer, die hinter uns her sind, haben keinerlei Skrupel und sind überaus gefährlich, Sir.«

»Ich kann mir nicht vorstellen, dass sie sich den Lord der Inseln zum Feind machen wollen«, sagte Gowrie. »Und ich glaube auch nicht, dass sie wissen, wer der Pflegevater von dem Mädchen hier ist.«

Michael nickte, sagte jedoch nichts. Es war durchaus möglich, dass Macleod Waldron von Hector erzählt hatte, doch das machte wahrscheinlich gar keinen Unterschied. Die Pflegetochter von Hector dem Grimmigen war für Waldron nur dann von Interesse, wenn sie sich in seiner Gewalt befand. Solange sie unter dem Schutz des Lords der Inseln stand und unter seinem goldenen Banner mit dem weithin bekannten kleinen schwarzen Schiff reiste, besaß sie keinerlei Wert für ihn. Dennoch war Waldron bestimmt fuchsteufelswild, weil sie beide ihm entkommen waren. Das machte ihn noch unberechenbarer.

»Wir sollten so rasch wie möglich aufbrechen, Sir«, sagte Isobel zu Gowrie. »Bis nach Mull sind es mindestens zwölf Stunden.«

»Ich bin bereit, Mädchen«, antwortete er. »Doch meine Leute brauchen noch ein paar Minuten, um die Pferde zu satteln. Ich würde vorschlagen, Ihr macht in der Zwischenzeit meiner Lady Eure Aufwartung. Sie wird Euch helfen, Euch ein wenig fraulicher auszustaffieren. Es sei denn, Ihr wollt in Männerhosen nach Hause kommen.«

Michael war überrascht zu sehen, dass Isobel errötete und an ihrer Unterlippe nagte. Doch sie hatte sich rasch wieder gefangen.

»Ich danke Euch, Gowrie«, sagte sie. »Das werde ich auf der Stelle tun.«

Keine zwanzig Minuten später bewegte sich der Reitertrupp in zügigem Tempo das Tal hinauf. Gowrie begleitete sie mit einer stattlichen Anzahl von Bewaffneten. Binnen einer halben Stunde waren sie an den grauen Wassern des Loch Eishort angekommen, wo mindestens ein Dutzend Galeeren und Langboote im Hafen vor Anker lagen. Auf Michaels Einwand, dass gerade Gezeitenwechsel sei, entgegnete Gowrie knapp: »Ihr dürft nicht länger säumen, Junge. Meine Schiffe und Mannschaften sind immer startbereit für den Fall, dass Seine Gnaden sie benötigt. Ihr könnt also sofort losfahren.«

Kurz darauf befanden sie sich an Bord eines der Schiffe mit drei Dutzend wohlbewaffneten Ruderern. Nicht weit von ihnen entfernt wurde soeben ein Schiff mit einer ähnlich großen Mannschaft startklar gemacht.

Als Gowrie sich von seinen Gästen verabschiedete, erklärte er Isobel: »Ich schicke noch ein zweites Boot mit, damit Ihr auf jeden Fall heil ankommt, Mädchen. Sollen sie Euch nach Duart oder Lochbuie bringen?«

Sie zögerte einen Augenblick. »Lochbuie ist weiter entfernt, aber …«

»Ach, was sind schon zwanzig Meilen? Bei diesem starken Wind von Nordost haben es meine Männer nicht allzu schwer. Und außerdem sollen sie auf dem Rückweg auf Ardtornish haltmachen und nachfragen, ob Seine Gnaden einen Auftrag für sie hat.«

»Dann sagt ihnen bitte, sie sollen uns nach Lochbuie bringen, Sir. Ich habe keine große Lust, erst Lachlan Lubanach und dann noch einmal Hector die ganze Geschichte zu erzählen.«

»Das kann ich mir vorstellen«, erwiderte er lachend. »Ihr seid ein tapferes Mädchen, Mylady. Ich wäre stolz, wenn Ihr meine Tochter wäret. Wirklich und wahrhaftig!«

Sie machten sich auf den Weg, und als sich die beiden Galeeren der Stelle näherten, wo sich der Loch zur See hin öffnet, beschleunigte der Steuermann seinen Taktschlag.

Michael und Isobel saßen einander im Bug, zu beiden Seiten des Vorderstevens, gegenüber. Er trug noch immer Matthias' Wams und Hemd, doch sie hatte wieder ihr blaues Reitkleid und den grauen Umhang angelegt. Sie sprachen kein Wort, denn der Gong des Steuermannes, das im Wind knatternde Segel und das rhythmische Klatschen der Riemen machte jede Verständigung unmöglich.

Später kuschelte sich Isobel in ihren Umhang, konnte jedoch keinen Schlaf finden, und Michael musste daran denken, dass sie bei ihrer Landung am Strand von Kyle Rhea völlig durchnässt gewesen war. Seine Beschützerinstinkte erwachten, und er fragte sich, ob Isobel die Warnungen ihrer Schwester noch ebenso im Ohr klangen wie ihm.

Isobel wickelte sich fester in ihr Cape und wünschte, sie hätte sich etwas Wärmeres für ihren Ausritt am vergangenen Morgen angezogen als das alte blaue Kleid. Zwar saßen sie im hochgezogenen Bug des Schiffes einigermaßen geschützt, doch von hinten wehte der kalte Nordostwind.

Sie war jedoch so müde, dass nicht einmal die Kälte sie wach halten konnte. Immer wieder nickte sie ein; ihr Kopf fiel zur Seite, worauf sie hochschreckte. Schließlich wurde sie vom Schlaf überwältigt.

Als sie wieder erwachte, ruhte ihr Kopf bequem, und ihr war nicht mehr so kalt. Bestimmt, dachte sie, hatte jemand sie mit einer Segelleinwand oder einem schweren Umhang zugedeckt. Noch bevor sie ganz wach war, stellte sie fest, dass die Geräuschkulisse aus Klatschen, Knattern und Gongschlägen verstummt war. Sie vernahm nichts weiter als den Wind, das Plätschern der Wellen, die an die Bordwand schlugen, und hin und wieder das Knarren des Mastes.

Ohne aufzusehen wusste sie, dass die Ruderer die Riemen eingezogen hatten und sich ausruhten, während der kräftige Wind das Boot vorantrieb.

Ganz in der Nähe ertönte der Schrei einer Möwe.

Verschlafen öffnete sie ein Auge, darauf gefasst, Michael zu sehen, der ihr gegenübersaß. Doch er war nicht dort. Stattdessen erblickte sie zwei Möwen, die auf Nahrungssuche neben der Galeere einherflogen. Als sie ihre Lage ein wenig veränderte, bemerkte sie, dass sie sich im Schlaf gegen etwas Weiches, Lebendiges gelehnt hatte. Mit einem Ruck setzte sie sich auf.

Michael lächelte ihr schlaftrunken zu. Gestützt von seinem Arm, den er ihr um die Schultern gelegt hatte, hatte sie mit dem Kopf an seiner breiten Brust geschlafen.

»Ihr könnt den Mund wieder zumachen, Mädchen«, murmelte er. »Habt Ihr gut geschlafen?«

»Ich muss doch sehr bitten, Sir, was erlaubt Ihr Euch? Ich kenne Euch ja kaum!«, rief sie.

»Das hat Euch letzte Nacht doch auch nicht gestört«, entgegnete er.

Sie schaute ihn mit großen Augen an. »Was wollt Ihr damit sagen?«

»Ihr habt euch wie ein Kätzchen neben mir zusammengerollt und geschlafen.«

»Habe ich nicht!«

»Doch. Ich bin vor Euch wach geworden und aufgestanden, als ich Eure Schwester kommen hörte. Sonst hätte sie meine Worte bestätigen können.«

Bei dieser Vorstellung schauderte es Isobel, und sie blickte verstohlen zu den Ruderern hinüber, die mit dem Rücken zu ihnen saßen. Doch keiner der Männer schien Michaels leise Worte gehört zu haben.

»Ich hatte Angst, Ihr würdet im Schlaf von der Bank fallen und Euch verletzen«, fuhr Michael fort. »Das konnte ich doch nicht zulassen.«

»Ihr hättet mich wecken können!« Abermals warf sie einen argwöhnischen Blick auf die Ruderer und den Steuermann. Seine gleichgültige Miene konnte sie nicht täuschen. Bestimmt hatte er mitbekommen, wie Michael sich neben sie gesetzt und sie in den Arm genommen hatte, und würde es weitererzählen. »Was werden sie dazu sagen!«, rief sie und deutete auf die Männer.

»Gowrie hat mir gesagt, dass sie sehr diskret sind«, erwiderte Michael. »Wenn Ihr seinen Worten vertraut, warum sollte ich es nicht tun?«

»Trotzdem«, murmelte sie.

Er drehte sie zu sich herum, bis sie ihm direkt in die Augen sah. »Jetzt sagt mal ehrlich, Mädchen. Kennt Ihr mich wirklich so wenig?«

»Wie sollte ich Euch kennen? Wir haben uns doch gestern zum ersten Mal gesehen, und ich weiß noch nicht einmal Euren vollen Namen.«

»Ein wenig solltet Ihr doch schon an mich gewöhnt sein«, erwiderte er. »Ich jedenfalls fühle mich nach diesen zwei Tagen in Eurer Gegenwart so wohl, als würde ich Euch schon mein ganzes Leben lang kennen.«

Seltsamerweise hatte sie das gleiche Gefühl, auch wenn sie es um nichts auf der Welt zugegeben hätte. Schließlich war er doch ein fremder Mann, und noch dazu einer, der ihr die ganze Zeit über die Führung überlassen hatte – bis jetzt jedenfalls. Nun, da er sie bei den Schultern hielt und ihr tief in die Augen schaute, regten sich völlig unbekannte Gefühle in ihr, die sie sich nicht erklären konnte. Dennoch mochte sie sich ihm nicht entziehen.

»Was wisst Ihr schon von mir außer meinem Namen?«,

fragte sie und wunderte sich gleichzeitig, warum ihre Worte so atemlos klangen und sein Lächeln und seine Stimme ihre Sinne derart in Aufruhr versetzten.

»Ich weiß, dass Ihr eine schöne, abenteuerlustige Frau seid, dass Ihr beherzt durchs Leben geht und Euch von Widrigkeiten nicht abschrecken lasst. Ich wünsche mir, dass wir Freunde werden, Mädchen. Davon habe ich nämlich nicht so viele, dass ich nicht noch einen mehr gebrauchen könnte.«

»Ich denke schon, dass wir Freunde sein könnten«, sagte sie und entspannte sich. Wie konnte man zugleich erleichtert und enttäuscht sein?, dachte sie.

Er zog sie dichter an sich und flüsterte: »Das wollte ich schon tun, seit ich heute Morgen aufgewacht bin, und nun, da wir Freundschaft geschlossen haben ...«

Eine innere Stimme warnte sie, doch Isobel beachtete sie nicht. Sie blieb unbeweglich sitzen und blickte Michael weiter unverwandt in die Augen, als sein Gesicht immer näher und näher kam und er sie schließlich küsste.

Mit einem leisen Seufzer schmiegte sie sich in seine Arme und ließ es zu, dass seine Lippen ihren Mund erforschten, ihn sanft kosteten, bis sie an nichts anderes mehr denken konnte. Sie spürte nur noch seine Arme, die sie fest und sicher umfangen hielten, und die Empfindungen, die seine Berührungen in ihr auslösten. Die Schiffsmannschaft war vollkommen vergessen.

Noch nie in ihrem ganzen Leben hatte sie sich so frei und ungebunden gefühlt. Es war ein derart berauschendes Gefühl, dass sie sich noch dichter an ihn drängte und die Arme um ihn legte.

Mit der Zungenspitze fuhr er nacheinander über ihre Ober- und Unterlippe. Dabei schob er eine Hand unter ihren Umhang und begann, ihr zärtlich über den Rücken zu streichen. Als ihre Lippen sich öffneten, drang seine Zunge blitzschnell in ihren Mund ein. Ihr lustvolles Stöhnen klang laut in ihren eigenen Ohren, und sie erstarrte vor Schreck, überzeugt, dass einige der Ruderer sie gehört hatten.

»Ganz ruhig, Liebste«, murmelte er an ihrem Mund. »Du darfst nicht so zusammenzucken, sonst denken sie womöglich noch, ich würde dich dazu zwingen.«

Darauf hätte sie entgegnen können, dass er tatsächlich eine Art Zwang ausübte, der sie betäubte und völlig wehrlos machte. Zwar hatte sie schon ihre Erfahrungen mit dem einen oder anderen gestohlenen Kuss auf die Wange oder den Mund gemacht, doch niemals hatten diese kleinen, flüchtigen Zärtlichkeiten derartige Gefühle in ihr ausgelöst.

Ohne den Blick von ihr zu wenden, ließ er sie behutsam los, strich ihr die Kapuze glatt und band ihr den Umhang am Hals zu, als hätte er nie etwas anderes vorgehabt. Als ob er damit auch nur einen einzigen der Männer irreführen konnte, die so taten, als bemerkten sie nichts! Sie bedachte ihn mit einem strafenden Blick, doch als sie das mutwillige Funkeln in seinen Augen sah, musste sie lachen.

»Seht mich nicht so an, Liebste, sonst tue ich es gleich noch mal«, flüsterte er und zwinkerte ihr zu.

Da riss sie sich zusammen, setzte sich aufrecht hin und erklärte mit so fester Stimme wie möglich: »Ihr habt Euch Freiheiten herausgenommen, die ich nicht dulden kann, Sir. Und ganz gewiss dürft Ihr mich nicht ›Liebste‹ nennen.«

»Schon recht, Mädchen, aber Ihr habt es einfach herausgefordert, das müsst Ihr doch zugeben.«

Sie wollte gerade vehement widersprechen, doch als sie sah, wie er sie mit zusammengekniffenen Augen anblickte, als freue er sich schon auf ein Wortgefecht, machte sie den Mund wieder zu. Ihr war klar, dass er nicht ganz unrecht hatte.

Und ebenso genau wusste sie, was Hector und ihre Schwester dazu sagen würden, dass sie, eine einzelne Frau, bei dem Vorfall an der Höhle eingegriffen hatte. Zwar pflegte Cristina selbst vor ihrer Heirat allein auszureiten, dennoch waren sie und ihr furchteinflößender Gatte Hector der Ansicht, dass sich so etwas für Isobel nie und nimmer schickte. Ihr Streben nach Unabhängigkeit und ihr Freiheitsdrang ziemten sich eben nicht für eine junge Frau ihres Standes. Daher ritt sie auf Lochbuie auch nie allein aus. Auf Chalamine konnte sie es sich erlauben, die Ermahnungen ihres Vaters in den Wind zu schlagen, doch Hector Reaganach gegenüber wagte sie keinen Ungehorsam.

»Ruht Euch aus, Mädchen«, sagte Michael. »Ich finde, Ihr solltet noch ein wenig schlafen. Wir fahren bald in den Sund von Mull ein, und der Steuermann hat gesagt, dass wir bei dem starken Wind die Bucht von Lochbuie kurz nach der Komplet erreichen werden.«

Sie schüttelte den Kopf. »Ich bin nicht mehr müde, Sir. Außerdem muss die Mannschaft doch auf Lochbuie zu Abend essen und übernachten und ...«

»Gowrie sagte, sie haben ihre eigene Verpflegung dabei und brauchen nur wenige Stunden Rast am Strand, bevor sie sich auf den Weg nach Ardtornish machen. Sie haben lediglich den Auftrag, Euch heil nach Hause zu bringen.«

Sie nickte, dann bat sie ihn, sich wieder ihr gegenüber auf die Bank zu setzen. Sie blieb wach, bis sie Ardtornish Castle, den Sitz des Lords der Inseln, und Lachlan Lubanachs Burg Duart hinter sich gelassen hatten. Sie hatte wirklich keine Lust, die ganze Geschichte mehrmals zu erzählen. Daher war sie erleichtert, als sie schließlich den Sund von Mull verließen, und döste friedlich für den Rest der Fahrt.

Es war schon spät, als das Schiff in der Bucht von Lochbuie ankam. Dennoch ging die Sonne soeben erst am westlichen Horizont unter; die letzten goldenen Strahlen verblassten auf den Wellen. Um diese Jahreszeit würde es erst nach Mitternacht richtig dunkel werden.

Wie gewöhnlich lagen zahlreiche Galeeren und Langschiffe im Hafen vor Anker. Als ihre beiden Schiffe an dem langen, aus Stein und Holz erbauten Pier anlegten, bemerkte

Isobel, dass auf den Zinnen der Burg Unruhe entstand. Offensichtlich hatten die Wachen MacDonalds Banner mit dem kleinen schwarzen Schiff erkannt, denn kurz darauf kamen Männer die Anhöhe herab und schritten auf die Anlegestelle zu.

Isobel dankte Gowries Ruderern und begrüßte fröhlich die Männer aus Lochbuie, die für sie beinahe zur Familie zählten. Sie stellte Michael als einen Vetter aus dem Norden vor, der sie nach Hause begleitet hatte, weil er dem Laird von Lochbuie seine Aufwartung machen wollte.

Es störte sie nicht, dass einige der Männer etwas skeptisch blickten. Sie würden es nicht wagen, ihre Worte offen anzuzweifeln.

Während Gowries Mannschaft die Segel einholte und die langen Riemen für die Nacht auf Gestellen in der Mitte des Piers verstaute, ging Isobel den Männern voran zu der Burg, auf der sie die glücklichsten Jahre ihres Lebens verbracht hatte. Michael folgte ihr auf dem Fuße. Obgleich sie sicher war, dass Hector und Cristina Verständnis für Michaels Anwesenheit haben würden, war sie dennoch ein wenig nervös.

Michael hatte seit einer Weile nichts mehr gesagt. Vielleicht, dachte Isobel, hatte er ja Angst vor Hectors bohrenden Fragen.

»Mädchen«, sagte er auf einmal so leise, dass nur sie ihn verstehen konnte. »Was die Geschichte angeht, die Ihr Donald Mòr Gowrie vorgeflunkert habt …« Er zögerte.

»Ja, was ist damit?«

»So etwas können wir mit Hector Reaganach nicht machen.«

Er strapazierte ihre Geduld, und das nicht zum ersten Mal. Dieser Mann war so anziehend, wie sie noch keinen getroffen hatte – fast attraktiver, als ein Mann sein sollte. Zudem benahm er sich so, wie sie es sich immer von einem Mann erträumt hatte. Er hörte ihr zu, tat ihre Ansichten nicht leichtfertig ab und legte nie die typisch männliche Überheblichkeit und Besserwisserei an den Tag. Es schien ihm nicht das Geringste daran gelegen zu sein, über andere zu bestimmen. Warum, überlegte sie, war ihr dann so oft danach, ihn bei den Ohren zu packen, zu schütteln und ihm zu sagen, er solle doch gefälligst mal nachdenken?

Mit erzwungener Ruhe antwortete sie: »So klug bin ich selbst, Sir!«

»Ich wollte auch gar nichts anderes andeuten«, erwiderte er, seine Stimme noch immer leise und gleichmütig. »Ich musste nur an Eure Schwindeleien denken. Und wenn sich – was sehr wahrscheinlich ist – Hector und Gowrie das nächste Mal treffen …«

»Genau, Sir. Und deshalb werde ich Hector haarklein berichten, was ich zu Gowrie gesagt habe. Ich werde ihm überhaupt alles erzählen. Er wird bestimmt Verständnis dafür haben, dass ich Gowrie nicht alles verraten konnte.«

»Wollen wir es hoffen. Ich fürchte allerdings, er wird nicht ganz so viel Verständnis dafür haben, dass Ihr Euch mit meinen Angelegenheiten befasst.«

»Doch, sicher«, erwiderte sie. »Wenn er erst hört, was uns zugestoßen ist …«

»Aber wird er uns überhaupt anhören, Mädchen?« Michael hatte die Stimme erhoben, worauf Isobel einen erschrockenen Blick auf die Männer von Lochbuie warf, die ganz in der Nähe gingen. Doch sie unterhielten sich und achteten gar nicht auf sie und Michael, der jetzt fortfuhr: »Ich bin mittlerweile überzeugt davon, dass Hector mich in den Kerker werfen oder am nächsten Baum aufknüpfen lässt, kaum dass ich die Halle betrete.«

»Hierzulande«, erwiderte Isobel zuckersüß, »pflegt man Schwerverbrecher von der höchsten Klippe ins Meer zu stürzen.«

»Aha«, erwiderte er in ernstem Ton. »Ich muss gestehen, dass mich diese Auskunft nicht sonderlich tröstet.« Dabei zuckten seine Lippen verräterisch.

Dann, als sich ihre Blicke trafen, lächelte er, und ihr wurde, wie schon zuvor, ganz warm ums Herz. Dennoch sagte sie tadelnd: »Ich wünschte, Ihr wärt ein wenig zuversichtlicher, Sir. Wie wollt Ihr denn durchs Leben kommen, wenn Ihr stets nur mit dem Schlimmsten rechnet? Wenn ich Euch so reden höre, muss ich an Adela denken.«

»Tatsächlich? Und das ist so schlimm?«

»Nein, natürlich nicht. Ich finde nur, Ihr könntet ruhig ein wenig mehr Zuversicht an den Tag legen.«

»Möchtet Ihr, dass ich Hector alles erkläre?«

»Nein, nein, das mache ich schon«, sagte sie. »Ich weiß, wie ich Hector zu nehmen habe. Wir können nur hoffen, dass er und Cristina heute Abend allein sind. Dann kann ich auf der Stelle mit ihm reden. Rory!«, rief sie einem der Männer zu. »Der Laird ist doch zu Hause, oder?«

»Ja, Mylady. Und er hat gesagt, Ihr sollt unverzüglich in die große Halle kommen. Das heißt, eigentlich hat er nur gesagt, wir sollen diejenigen, die mit dem Schiff Seiner Gnaden angekommen sind, sofort zu ihm zu bringen. Er wird froh sein, dass Ihr es seid.«

Da sie aus seinen Worten schloss, dass Hector und Cristina keine Gäste hatten, fragte sie nicht weiter, zumal weder Stimmen noch Musik aus der großen Halle drangen. Sie stieg die enge, gewundene Steintreppe hinauf und betrat, dicht gefolgt von Michael, die geräumige Halle. Doch schon nach wenigen Schritten blieb sie unvermittelt stehen.

Bis auf einen Pagen, der das Feuer in dem großen Kamin an der Ostwand schürte, war die Halle dunkel und menschenleer. Nur auf dem erhöhten Podium brannten Kerzen.

Trotz der vorgerückten Stunde saßen Hector und Cristina noch an der hohen Tafel, waren jedoch von ihren angestammten Plätzen in der Mitte weiter ans Ende des Tisches und damit näher ans Feuer gerückt. Und sie waren nicht allein. Obwohl sie mit dem Rücken zur Tür Platz genommen hatten, erkannte Isobel sofort Lachlan Lubanach und seine

Frau Mairi von den Inseln. Ihnen gegenüber saßen Isobels Tante, Lady Euphemia Macleod, und Mairis Mutter, die Prinzessin Margaret Stewart, Tochter von Robert, dem Obersten König der Schotten.

»Du meine Güte, Isobel, bist du das?« rief Cristina. Sie sprang auf und spähte durch die Dunkelheit zu ihr herüber. »Ich freue mich ja, dich zu sehen, mein Schatz, aber was machst du denn jetzt schon hier? Ist auf Chalamine etwas geschehen?«

Michael wäre dem Mädchen beinahe in die Hacken getreten, als es so plötzlich stehen blieb. Er bemerkte, dass Isobel blass geworden war, doch schon hatte sie sich wieder gefangen und ging mit raschen Schritten weiter. »Nein, Cristina, es ist alles in Ordnung. Vater und die Mädchen – und ich hoffe, auch Adela – bereiten sich auf die Reise nach Norden vor. Es tut mir leid, wenn meine verfrühte Ankunft dich erschreckt hat.«

Während sie sprach, warf sie immer wieder einen raschen Blick zu dem großen Mann hinüber, der sich ebenfalls erhoben hatte und nun neben Cristina stand. Michael erkannte in ihm Hector Reaganach, doch erst als die übrigen Gäste sich umwandten, bemerkte er Hectors Zwillingsbruder Lachlan Lubanach, Großadmiral Seiner Gnaden, sowie dessen Gemahlin, Mairi von den Inseln.

Zu seiner Überraschung sah Michael, dass die Frau, die ihr gegenübersaß, Mairis Mutter war. Die dünne Dame mittleren Alters neben Prinzessin Margaret kannte er nicht, doch ihm war schon zur Genüge bewusst geworden, dass die Dinge im Moment komplizierter lagen, als er oder Lady Isobel gedacht hatten.

Hector setzte zum Reden an, doch die unbekannte Dame kam ihm zuvor. »Wirklich, Isobel«, sagte sie. »Du wirst langsam genauso gedankenlos wie unsere Mariota. Du hättest dir doch denken können, dass du Cristina einen Schreck einjagst, wenn du unverhofft und obendrein zu später Stunde hier auftauchst. Natürlich mussten wir annehmen, dass etwas auf Chalamine passiert wäre. Und wer ist der junge Mann dort? Du hast doch wohl nicht die ganze weite Reise allein mit einem Diener gemacht! Das ziemt sich nicht! Und wo ist überhaupt deine Zofe?«

Nun richtete auch Hector seinen durchdringenden Blick auf Michael. Dem war so unbehaglich und schuldbewusst zumute wie seit den Tagen nicht mehr, da sein Vater noch lebte. Wie früher straffte er die Schulter und wappnete sich gegen das, was auf ihn zukam. Dabei dachte er zum ersten Mal, seit er Glenelg verlassen hatte, an seine Aufmachung. Er wünschte, er hätte zu seinen Hosen etwas anderes getragen als Hemd und Weste eines Schäfers.

Isobel dagegen winkte nur ungeduldig ab. »Michael ist kein Diener, Tante Euphemia«, sagte sie.

»Wer ist er dann, Mädchen«, erkundigte sich Hector mit trügerisch sanfter Stimme.

»Er … er ist Michael, Sir«, antwortete sie, wobei ihr klar wurde, wie wenig sie über ihn zu sagen wusste. »Lasst mich bitte alles erklären«, fügte sie hinzu.

»Wann hast du zuletzt gegessen?«, erkundigte sich Cristina.

Diese Frage beantwortete das Mädchen nur mit einer weiteren ungeduldigen Handbewegung und den Worten: »Irgendwann gegen Mittag. Aber das ist jetzt nicht wichtig, weil ich Euch unbedingt erzählen muss …«

»Komm her und setz dich, Isobel«, unterbrach sie Hector in einem Ton, der keinen Widerspruch duldete. »Dort neben Mairi. Und was deinen Begleiter angeht, so würde ich lieber gleich unter vier Augen mit ihm reden. Ihr habt doch nichts dagegen, Junge?«

»Es wäre mir ein Vergnügen, Mylord«, erwiderte Michael, der sich auf seine Manieren besann. Dabei verneigte er sich vor der ganzen Gesellschaft.

Er erwog, sich noch einmal gesondert vor Prinzessin Margaret zu verbeugen, entschied sich dann aber dagegen, da man sie einander noch nicht vorgestellt hatte. Hector und Lachlan war er in der Vergangenheit schon mehrfach auf größeren Gesellschaften begegnet, doch auch ihnen war er noch nie offiziell vorgestellt worden. Vermutlich erinnerten sie sich gar nicht mehr an ihn.

Mit den Worten »Ich glaube, wir gehen besser in ein anderes Zimmer« kam Hector über das Podium auf ihn zu.

»Möchtest du, dass ich mitkomme?«, fragte Lachlan und zog eine Augenbraue hoch.

»Nein, bleib ruhig hier«, erwiderte Hector, dann wandte er sich an Isobel: »Du bist mit zwei Galeeren Seiner Gnaden gekommen, nicht wahr?«

»Ja, Sir. Die Männer ruhen sich jetzt aus und fahren morgen früh wieder los. Ich kann wirklich alles erklären«, setzte sie hinzu.

»Das bezweifle ich nicht, und die Ruderer können gerne am Strand kampieren. Trotzdem möchte ich jetzt zuerst ein Wörtchen mit deinem Begleiter reden. Du kannst ja in der Zwischenzeit etwas essen. Aber sag mir vorher noch, wie du an die Schiffe gekommen bist.«

»Sie gehören Donald Mòr Gowrie aus Kyle Rhea«, antwortete sie.

Er nickte. »Gut. Und willkommen zu Hause, Mädchen. Ich habe noch gar nicht gesagt, wie sehr ich mich freue, dich wiederzusehen, aber das weißt du ja. Und nun nimm Platz, wir sind gleich wieder da.«

Michael wartete geduldig, bis Hector vom Podium gestiegen war. Er hatte sich selbst immer für einen hochgewachsenen Mann gehalten, doch Hector der Grimmige war sowohl größer als auch breiter als er. Mit Erleichterung registrierte Michael, dass der Hausherr seine berühmte Streitaxt des Gillean-Clans nicht dabeihatte, ohne die er angeblich keinen Schritt tat.

»Denkst du nicht, dass du dich umkleiden solltest, Isobel?«, fragte in diesem Augenblick Lady Euphemia. »Man sieht dir an, dass du den ganzen Tag in deinen Kleidern gereist bist, Kind.«

Michael blickte Hector an.

Lady Cristina antwortete mit einem leisen Lachen: »Sie braucht sich jetzt nicht umzuziehen, Tante Euphemia. Zuerst möchte ich alle Neuigkeiten von zu Hause hören. Ivor«, rief sie dann dem Pagen am Kamin zu, »sag bitte in der Küche Bescheid, dass Lady Isobel mit einem Gast eingetroffen ist. Sie sollen gleich etwas zu essen für die beiden bringen.«

»Sehr wohl, Mylady.«

Währenddessen hatte Hector seinen Blick nicht von Michael gewandt, ebenso wenig wie Lachlan und die übrigen Anwesenden.

Schließlich wies Hector auf eine Tür. Mit den Worten »Dort können wir uns unterhalten, Junge« ließ er Michael den Vortritt.

Das war ein Zeichen, dass der Hausherr ihm misstraute. Michael nickte nur und machte sich auf eine unbehagliche Unterredung gefasst.

Da Isobel ihren Dolch wieder eingesteckt hatte, besaß er nicht einmal eine Waffe, um sich im Notfall zu verteidigen. Nicht, dass er jemals einen Mann in dessen Burg angegriffen hätte. Ganz abgesehen davon, hätte er gegen den Grimmigen Hector sowieso wenig Chancen gehabt. Zwar war Hector fast fünfzig Jahre alt und gewiss nicht mehr so wendig wie zu der Zeit, als er seinen Beinamen erhielt, dennoch stellte er noch immer einen ernst zu nehmenden Gegner dar, und Michael hatte sowieso schon mehr Feinde, als ihm lieb war. Einen weiteren konnte er wahrhaftig nicht gebrauchen.

Er trat vor Hector in eine kleine Kammer, die nicht viel mehr enthielt als einen massiven Tisch, zwei Hocker und einen Stuhl. Offensichtlich führte Hector hier Unterredungen mit seinen Untergebenen. Er schloss die Tür hinter sich, ging um den Tisch herum und verschränkte die muskulösen Arme vor der Brust. Dann sagte er streng: »Nun, mein Junge, werdet Ihr mir jetzt wohl verraten, was Euch einfällt, so mit Lady Isobel durch die Gegend zu fahren?«

Betont zurückhaltend erwiderte Michael: »Ich gebe Euch mein Wort, Sir, dass ich der Lady kein Leid zugefügt habe. Sie hat mich ohne Rücksicht auf ihre eigene Sicherheit aus großer Gefahr errettet. Glücklicherweise konnten wir entkommen, worauf wir, mit Gowries Hilfe, unverzüglich hierherkamen. Das ist alles.«

»Ach ja?«

Die Worte klangen ganz harmlos, dennoch jagten sie Michael einen kalten Schauer über den Rücken. Er räusperte sich und fügte hinzu: »Möchtet Ihr sonst noch etwas wissen, Sir?«

»Das möchte ich in der Tat«, entgegnete Hector. »Weiß das Mädchen, wer Ihr seid?«

Etwas in seinem Ton überzeugte Michael, dass es an der Zeit war, mit der Wahrheit herauszurücken.

»Nein, Mylord. Unter den gegebenen Umständen schien es mir geraten, es ihr nicht mitzuteilen, damit sie es nicht weitererzählen kann. Aber ich nehme an, Ihr kennt mich.«

»Ja, natürlich.«

»Lachlan Lubanach ebenfalls?«

»Ich glaube schon. Ich bin derjenige von uns beiden, der sich um derartige Angelegenheiten kümmert, damit er sich nicht damit befassen muss. Doch mir schien, als hätte auch er Euch wiedererkannt.«

»Offiziell seid Ihr mir beide nicht bekannt«, erwiderte Michael.

»Und deshalb habt Ihr angenommen, Ihr könntet Euer Spiel hier fortsetzen?«

Auf einmal war Michael sehr daran gelegen, Hector alles zu erklären. »Ihr habt mich missverstanden, Sir«, sagte er. »Ich meinte damit nur, dass wir einander bei den drei oder vier Gelegenheiten, wo wir uns trafen, nicht vorgestellt wurden. Daher hoffte ich, mir bliebe noch ein wenig Zeit, meinen Handlungsspielraum auszuloten, bevor ich das wenige, was ich über die Angelegenheit weiß, preisgeben muss.«

Als er geendet hatte, machte sich Michael auf Vorwürfe oder Schlimmeres gefasst, doch Hector stand nur da und blickte ihn lange und prüfend an, bis es dem jungen Mann, der ein derartiges Verhalten nicht gewöhnt war, unbehaglich wurde und er wünschte, der andere möge endlich sein Schweigen brechen.

Endlich sagte Hector mit einem kleinen beunruhigenden Lächeln: »Ich glaube, Euren Handlungsspielraum habt Ihr selbst eingeschränkt.«

»Meint Ihr, Sir?«

»Ja, denn jetzt bleibt Euch nichts anderes übrig, als das Mädchen zu heiraten.«

6

»Nun ja, Sir«, entgegnete Michael ernsthaft. »Ich habe nichts dagegen, Lady Isobel zu heiraten, wenn sie mich haben will. Ich bin überzeugt davon, dass sie eine vorzügliche Ehefrau abgeben würde, denn sie ist die mutigste, faszinierendste und schönste Frau, die ich jemals gesehen habe. Doch sie hat mehr als deutlich gemacht, dass sie niemals zu heiraten gedenkt.«

»Ihr könnt es getrost mir überlassen, sie umzustimmen.«

Unwillkürlich musste Michael lächeln, als er jetzt sagte: »Sie behauptet, Sie wüsste mit Euch umzugehen, Sir.«

Zu seiner Verblüffung lachte Hector in sich hinein. »So, behauptet sie das? Nun, wir werden ja sehen.«

Seine Worte hatten eine erstaunlich beruhigende Wirkung auf Michael. »Könnten wir uns nicht setzen, Sir?«, fragte er. »Ich muss gestehen, ich bin nicht ganz bei Kräften.«

»Wir müssen nicht hier bleiben«, erwiderte Hector gelassen. »Nachdem ich von Isobel nichts über Euch erfahren konnte, wollte ich unter vier Augen mit Euch sprechen, um herauszufinden, ob Ihr vorhattet, uns Lügen aufzutischen. Euch ist wohl klar, dass Ihr jetzt mit der Wahrheit herausrücken müsst, doch Ihr könnt Euch aussuchen, ob Ihr sie nur mir allein oder uns allen verraten wollt.«

»Ich glaube …«

Hector unterbrach ihn mit einer Handbewegung. »Ich würde vorschlagen, Ihr berichtet es der ganzen Gesellschaft. Vor meinem Bruder habe ich keine Geheimnisse und nur wenige vor meiner Frau. Und auch Mairi ist unbedingt vertrauenswürdig. Was Lady Euphemia angeht, so könnte ich sie auf ihre Kammer schicken, allerdings ist sie keine solche Plaudertasche, wie es den Anschein hat.«

»Ich werde Euch alles berichten, was ich weiß, Sir«, erwiderte Michael. »Dennoch bin ich der Meinung, Lady Isobel und die anderen Damen sollten so wenig wie möglich davon erfahren, damit meine Feinde nicht auf die Idee kommen, dass die Frauen über Informationen verfügen, die sie selbst gern hätten.«

Hector runzelte die Stirn. »Wer sind Eure Feinde?«

»Einer von ihnen ist mein Vetter Waldron von Edgelaw.«

»Ich kenne ihn nicht.«

»Er ist der Bastardsohn von einem Vetter meines Vaters. Sein Vater schickte ihn zur Erziehung nach Frankreich, wo ein Zweig unserer Familie lebt. Vor etwa zehn Jahren kehrte Waldron nach Edgelaw zurück, das in der Nähe von Roslin liegt. Obgleich mein Vater und sein Vetter, und nun auch mein Bruder, sich Waldron gegenüber immer sehr großzügig gezeigt haben, neidet uns dieser unseren Wohlstand und fühlt sich wegen seiner unehelichen Geburt benachteiligt. Er glaubt, sich Vorteile verschaffen zu können, indem er sich mit unserem ärgsten Feind verbündet.«

»Und der wäre?«

»Die Kirche von Rom«, antwortete Michael. »Offenbar ist Seine Heiligkeit Papst Urban – wie schon sein Vorgänger Gregor und einige andere – der Auffassung, dass wir der Kirche etwas gestohlen haben, das sie unbedingt wiederbekommen muss.«

»So hört doch endlich auf, in Rätseln zu sprechen, Junge! Was habt Ihr ihnen denn gestohlen?«

»Gar nichts, Sir. Denn der Vorfall ereignete sich vor fast einhundert Jahren. Genau genommen, weiß ich nicht einmal, worum es damals überhaupt ging«, fuhr Michael fort. »Mein Leben lang habe ich sagen hören, dass es ein Geheimnis in unserer Familie gibt, doch mein Vater starb, bevor er es uns verraten konnte. Es wird jedoch gemunkelt, dass es dabei um einen großen Schatz ging. Mein Vetter ist überzeugt, dass ich weiß, wo er versteckt ist, doch ich schwöre

Euch bei meiner Ehre, dass ich nicht die geringste Ahnung habe.«

»Ich verstehe; das ist wahrhaftig eine ernste Sache«, sagte Hector. »Doch lasst uns jetzt zu den anderen zurückgehen, sonst kommen sie uns noch holen. Vor allem meinen Bruder dürfen wir nicht länger auf die Folter spannen. Aber wir unterhalten uns später weiter darüber, das verspreche ich Euch.«

»Mit Vergnügen, Sir. Ich könnte wirklich einen starken Verbündeten gebrauchen.«

»Habt Ihr denn keine Freunde ins Vertrauen gezogen?«

»Der Einzige, der etwas weiß oder ahnt, ist mein Vetter Hugo Robison, der sich zurzeit auf Kintail aufhält. Ich habe ihm eine Botschaft zukommen lassen, daher nehme ich an, er wird morgen oder übermorgen hierherkommen. Ich ... ich habe Lady Isobel weisgemacht, dass er mein Diener ist.«

»Verstehe«, erwiderte Hector. »Wahrscheinlich habt Ihr dem Mädchen noch einiges andere weisgemacht. Aber damit müsst Ihr allein fertig werden. Fürs Erste, würde ich sagen, erzählt Ihr uns, wie Ihr Isobel getroffen habt, womit genau sie Euch geholfen hat und warum Ihr hier seid. Ihr müsst Euch wohl oder übel den Fragen der anderen stellen, aber wenn das Gespräch zu heikel werden sollte, greife ich ein. Und was die Sache mit dem Schatz betrifft – wenn die Kirche darin verwickelt ist, sollten die Frauen wirklich so wenig wie möglich davon erfahren.«

Michael nickte erleichtert.

»Allerdings müsst Ihr ihnen sagen, wer Ihr seid, und zwar auf der Stelle.«

»Ja, Sir.«

»Wenn ich Lachlan alles berichte, was Ihr mir erzählt habt, wird er von nun an bei all unseren Gesprächen dabei sein wollen.«

»Ich habe nichts dagegen.«

»Dann sind wir uns also einig, dass Ihr Isobel heiratet.

Aber was ist mit Eurer Familie, wird sie etwas dagegen einzuwenden haben?«

Michael sah ihm fest in die Augen und sagte gleichmütig: »Mag sein, dass mein Bruder andere Pläne für mich hat, Sir. Das kommt häufig vor, doch ich habe ihn seit Monaten nicht gesehen, und über eine eventuelle Heirat haben wir nie gesprochen. Auf jeden Fall bin ich mein eigener Herr und entscheide selbst, wen ich zur Frau nehme.«

Hectors Augen funkelten vergnügt. »Ihr erinnert mich an mich selbst, als ich in Eurem Alter war, Junge. Aber Sir Henry ist doch nicht nur Euer Bruder, sondern auch Euer Lehnsherr, nicht wahr?«

»Ja, schon«, erwiderte Michael. »Und als solcher hat er ein Recht auf meine Lehnstreue. Doch ich habe ihm schon vor längerer Zeit zu verstehen gegeben, dass ich mir selbst eine Braut suchen werde. Ob er sich nun daran zu erinnern gedenkt oder nicht, steht auf einem anderen Blatt, aber das ist mir gleich. Mit meiner Mutter wird es mehr Probleme geben, aber ich weiß mit ihr umzugehen, um mit Isobels Worten zu reden. Am besten wird es sein, sie vor vollendete Tatsachen zu stellen«, schloss er lächelnd.

»Nun gut«, sagte Hector und reichte ihm die Hand. »Jetzt brauchen wir nur noch Isobel davon in Kenntnis zu setzen, welche große Ehre ihr zuteil wird.«

Noch immer lächelnd folgte Michael seinem Gastgeber zurück in die Halle, doch wenn er an Isobel dachte, war er keineswegs so zuversichtlich wie Hector. Immerhin hatte das Mädchen seinen Standpunkt sehr deutlich gemacht.

Als Hector und Michael die Halle verließen, sah Isobel ihnen nach. Dabei lauschte sie mit halbem Ohr Cristina, die ihr erzählte, warum Prinzessin Margaret Mairi und Lachlan begleitet hatte. MacDonald war leidend, und es stand noch nicht fest, ob er zur Einsetzung des neuen Grafen von Orkney würde reisen können.

»Falls er nicht dabei sein kann«, bemerkte Mairi soeben, »wird meine Mutter ihn bei diesem bedeutenden Ereignis vertreten. Daher ist sie mit uns gekommen, um hier zu übernachten.« Sie lächelte Isobel zu. »Wie schön, dass du noch rechtzeitig vor unserer Abreise zurückgekommen bist, meine Liebe. Wir haben dich schrecklich vermisst.«

»Hast du jemanden angewiesen, dein Gepäck nach oben zu schaffen?«, fragte Cristina.

»Ich habe keines dabei, Cristina«, erwiderte Isobel achselzuckend. »Wenn man in ein Abenteuer verstrickt wird, bleibt einem gewöhnlich keine Zeit zum Packen. Ich will dir ja gerne alles berichten, aber lass uns warten, bis Hector und Michael wieder da sind.«

»Er sieht wirklich gut aus, dein Michael«, sagte Mairi, worauf Isobel hörbar nach Luft schnappte.

»Mairi!«, rief Cristina entrüstet.

»Aber Madam!«, ließ sich jetzt Lady Euphemia vernehmen. »Ihr beliebt zu scherzen! Unsere Isobel wird wohl nicht annehmen, dass wir sie diesen Mann heiraten lassen. Schließlich ist er ...« Ihr fehlten die Worte.

»Er ist einer der bestaussehenden Männer, die mir jemals unter die Augen gekommen sind«, entgegnete Mairi. Sie zwinkerte ihrem Mann zu. »Anwesende natürlich ausgenommen.«

»Das will ich auch hoffen«, erwiderte Lachlan mit einem liebevollen Lächeln. Dann wurde seine Miene wieder ernst, als er sich an Isobel wandte: »Wo bist du ihm begegnet, Mädchen?«

Isobel wollte gerade protestieren, dass sie niemanden heiraten wollte, und schon gar nicht Michael. Doch als sie den lauernden Unterton in Lachlans Stimme vernahm, den sie so gut von Hector kannte, sagte sie nur: »In der Nähe von Glenelg, Sir.«

»Wann?«

Am liebsten hätte sie ihm gesagt, dass ihn das nichts anginge und dass sie keine Lust hätte, alles zweimal zu erzählen. Stattdessen antwortete sie: »Gestern.«

»Gestern!«, riefen Cristina und Lady Euphemia in einem Atemzug.

Daraufhin funkelte Isobel Lachlan wütend an, beruhigte sich jedoch ein wenig, als sie seinen verschmitzten Blick bemerkte. Zugleich wappnete sie sich innerlich gegen ein scharfes Verhör durch die beiden Damen.

Cristina und Lady Euphemia begannen gleichzeitig zu sprechen, worauf Euphemia entschuldigend sagte: »Verzeih, meine liebe Cristina. Ich weiß, dass ich den Mund halten sollte. Immerhin ist sie deine Schwester und zugleich deine Pflegetochter. Also steht es dir zu, sie zu befragen.«

Doch bevor Cristina noch etwas sagen konnte, rief Mairi lachend dazwischen: »Habt doch Mitleid mit dem armen Kind, ihr beiden! Wenn Hector und Michael wiederkommen, muss sie alles noch einmal erzählen.«

»Ich möchte wetten, dass Hector die ganze Geschichte mittlerweile kennt«, bemerkte Lachlan trocken.

»Er tut gut daran, sie nicht für sich zu behalten«, erwiderte seine treu sorgende Gattin. »Ich will nämlich alles von Anfang bis Ende hören. Komm, setz dich neben mich, Kind«, fügte sie an Isobel gewandt hinzu. »Ich habe dir viel zu erzählen und möchte im Gegenzug alle Neuigkeiten über unsere Schwestern erfahren. Wie geht es Adela? Ist sie es noch nicht leid, Vater den Haushalt zu führen?«

Isobel seufzte. Heute Abend würde es bestimmt noch hoch hergehen. Da konnte sie nur dankbar sein, dass Michael ein so friedlicher Mensch war. Sie überlegte sogar, wie sie ihm helfen konnte, sich gegen die Anwesenden zu behaupten, die allesamt über starke und eigenwillige Charaktere verfügten. Das galt sogar für Lady Euphemia, die längst nicht mehr so duckmäuserisch war wie früher, als sie noch im Haushalt ihres Bruders auf Chalamine lebte.

Es gelang Mairi, das Thema zu wechseln, indem sie einige

lustige Begebenheiten mit ihren Kindern sowie dem Nachwuchs von Hector und Cristina zum Besten gab. So verging die Zeit wie im Flug, bis Hector und Michael endlich wieder erschienen.

Isobel blickte Michael gespannt entgegen, um herauszufinden, ob Hector ihm arg zugesetzt hatte. Der junge Mann wirkte äußerlich ruhig und gefasst und lächelte sogar leicht. Doch seine Augen blickten ein wenig beunruhigt.

Hector dagegen hatte ein breites Grinsen aufgesetzt. Er marschierte geradewegs zu Isobel und legte ihr die Hand auf die Schulter. An die Übrigen gewandt verkündete er: »Ich habe überaus erfreuliche Neuigkeiten für euch. Sir Michael St. Clair, Herr auf Roslin und Bruder von Sir Henry St. Clair, der in Kürze zum Grafen von Orkney ernannt wird, hat Isobel die Ehre erwiesen, um ihre Hand anzuhalten. Da ich mein Einverständnis gegeben habe, wird die Hochzeit so bald wie möglich stattfinden.«

»Nein!«, keuchte Isobel und versuchte, sich von ihrem Sitz zu erheben. Doch Hectors Hand lag schwer auf ihrer Schulter und drückte sie nieder.

Aus langjähriger Erfahrung wusste sie, dass es sinnlos war, sich ihm zu widersetzen. Daher blieb sie, innerlich vor Wut schäumend, still sitzen. Sie musste die Zähne zusammenbeißen, um nicht laut herauszuschreien, dass niemand sie zu einer Heirat zwingen konnte.

Lachlan erhob sich, streckte Michael die Hand entgegen und sagte nachdenklich: »Ihr kamt mir gleich bekannt vor, St. Clair.« Dann fügte er mit einem belustigten Blick auf Isobel hinzu: »Da macht unser Mädchen hier eine gute Partie, doch ich möchte wetten, dass sie bis jetzt noch nicht einmal Euren Namen kannte.«

»Das stimmt, Mylord«, bestätigte Michael, der ebenfalls zu Isobel sah.

Die vermied sorgfältig seinen Blick. Sie wäre am liebsten aufgesprungen und hätte ihm entgegengeschleudert, was sie von dieser absurden Idee hielt. Doch Hectors Hand hielt sie noch immer wie in einem Schraubstock. Sie bemerkte, dass Cristina sie entgeistert ansah, doch ebenfalls schwieg. Von dieser Seite hatte Isobel keine Unterstützung zu erwarten. Und Lady Euphemia schien es angesichts der Neuigkeiten die Sprache verschlagen zu haben.

Selbst Mairi sagte zur Abwechslung einmal gar nichts.

»Setzt Euch doch, Junge«, sagte Hector freundlich und deutete auf den Stuhl neben Lachlan, bevor er seinen eigenen Platz am Ende der Tafel wieder einnahm. Auf diese Weise sorgte er dafür, dass sein Bruder und Mairi zwischen Isobel und Michael saßen. »Ich weiß, dass Ihr uns viel zu erzählen habt, doch zunächst einmal möchte ich Euch mit Prinzessin Margaret bekannt machen und natürlich auch mit meiner Lady, der Gattin meines Bruders und mit Lady Euphemia Macleod, der Tante meiner Gemahlin.«

Lady Euphemia hatte sich wieder gefasst. »Es ist uns eine Ehre, Euch kennenzulernen, Sir Michael, und ich hoffe, Ihr vergebt uns unser Erstaunen«, sagte sie. »Wie ist es dazu gekommen, Isobel?«, wandte sie sich an ihre Nichte. »Da du die Reise hierher nun einmal ohne weibliche Begleitung machen musstest, ist es nur gut, dass dein Reisegefährte dich zu ehelichen wünscht. Dennoch kommt alles ein wenig überraschend, nicht wahr?« Sie blickte fragend in die Runde. »Ich mag gar nicht daran denken, was Murdoch dazu sagen wird!«

Isobel musste beinahe lachen, als sie Michaels Gesicht sah. Offenbar war ihm eben eingefallen, dass sie ja auch noch einen Vater hatte, der sicherlich seine eigene Meinung dazu hatte, dass seine Tochter einen ihm völlig unbekannten Mann heiraten wollte.

Sie drehte sich zu Hector um und sagte steif: »Ihr werdet doch wohl nicht annehmen, dass mein Vater von Eurer Idee begeistert ist, Sir. Und er muss schließlich seine Einwilligung geben.«

Hectors Augen verengten sich wie immer, wenn ihm etwas

missfiel, doch diesmal beachtete sie es nicht. Wenn er vorhatte, über ihre Zukunft zu bestimmen, hatte sie auch noch ein Wörtchen mitzureden. Sie starrte ihn wütend an, bis sein Blick zu ihrer Überraschung milder wurde.

In sanftem Ton sagte er: »Als dein Vater dich in meine Obhut gab, wurde zwischen uns vereinbart, dass ich dir einen passenden Ehemann suche. Damit hat er seine Einwilligung bereits im Voraus gegeben, und da er mehr als einmal geäußert hat, wie sehr wir beide dich verwöhnt haben, wird es ihn nicht weiter wundern, dass du dir selbst einen Ehemann gesucht hast.«

»Aber das habe ich doch gar nicht!«

»Aber gewiss doch, Isobel«, mischte sich Lachlan ein. »Wie hättest du sonst allein auf einer Galeere voller Männer hierherkommen können, mit Sir Michael als deinem einzigen Beschützer?«

Während sie noch über die Antwort nachdachte, traten mehrere Diener mit Tabletts durch eine Tür hinter dem Podium, die zur Speisekammer führte. Hector warf ihnen einen kurzen Blick zu und sagte: »Wir reden weiter darüber, wenn Isobel und Michael ihr Essen bekommen haben. Dann sollen sie uns alles von Anfang an berichten.«

Er wartete, bis die beiden Schneidebretter, Platten mit Fleisch und Gemüse sowie je einen Pokal mit Claret vor sich stehen hatten, dann entließ er die Diener und sagte: »Da es schon spät ist, sollten wir langsam beginnen. Fangt Ihr an, Sir Michael, denn Ihr wisst bestimmt mehr zu berichten als das Mädchen.«

»Ja, mag sein, Sir. Aber ich kann auch nur so viel sagen, dass ich zu Besuch bei einem Freund auf Kintail war und dort von einer Höhle erfuhr, die es in der Nähe geben sollte. Und da ich mich immer für derartige Orte interessiert habe, machte ich mich gestern in aller Herrgottsfrühe auf die Suche. Ich fand die Höhle schließlich auch, doch als ich vor dem Eingang stand, wurde ich von sechs Männern überfallen. Sie nahmen mich gefangen und wollten Dinge von mir wissen, die ich ihnen nicht sagen konnte, doch das glaubten sie mir nicht. In diesem Augenblick erschien Lady Isobel und griff ein.«

»Worum ging es denn?«, fragte Mairi.

»Einen Augenblick mal«, unterbrach Hector sie. »Wieso warst du überhaupt dort, Isobel?«

Unter allgemeinem Schweigen starrte Isobel auf ihr Essen. Sie wünschte, Michael hätte sie bei seinem Bericht nicht sofort ins Spiel gebracht.

»Das könnt Ihr Euch doch denken, Mylord«, seufzte Lady Euphemia. »Sicher ist sie wieder einmal allein ausgeritten, wie sie es auf Chalamine immer tut. Du hast es früher übrigens genauso gemacht, Cristina, das kannst du nicht leugnen.«

»Ich leugne es ja gar nicht, Tante Euphemia«, erwiderte Cristina. »Normalerweise ist es auch nicht weiter gefährlich. Was ist passiert, Isobel?«

Isobel schenkte ihrer Schwester einen dankbaren Blick und sagte empört: »Sie haben ihn ausgepeitscht! Sie hatten ihn mit ausgestreckten Armen zwischen zwei Bäumen festgebunden und ihm das Hemd heruntergerissen. Ich hörte seine Schreie und ging ihnen nach. Und dann sah ich diese sechs schrecklichen Banditen!«

»Gott im Himmel!«, rief Mairi. »Du hast dich ganz allein mit sechs Männern angelegt?«

»Ja sicher, sie befanden sich schließlich auf Macleod-Land«, erwiderte Isobel. »Aber als ich ihnen befahl aufzuhören, schleppten sie uns beide tief in diese grässliche Höhle. Sie ließen uns gefesselt zurück, während sie nachsehen gingen, ob ich eine Eskorte dabeihatte.«

»Es wäre besser gewesen, wenn du eine gehabt hättest«, bemerkte Lachlan streng.

»Lass sie doch weiterreden«, sagte Mairi. »Offensichtlich seid ihr ihnen entkommen.«

Michael lächelte. »Ja, in der Tat. Und das habe ich nur der Lady zu verdanken.«

Isobel erwiderte sein Lächeln. »Dafür muss ich Hector dankbar sein. Gott sei dank hatte ich den Dolch bei mir, den er mir gegeben hat, als ich dreizehn wurde. Ich trug ihn in einer Scheide ums Bein geschnallt. Das einzige Problem war nur, wie ich mit auf dem Rücken gefesselten Händen und zusammengebundenen Füßen drankommen sollte.«

»Meine Güte, wie hast du das denn fertiggebracht?«, wollte Lachlan wissen.

Cristina lachte. »Sag jetzt nicht, du kannst dich immer noch so verbiegen wie vor Jahren, als du der armen Kate einen Heidenschreck eingejagt hast!«

Abermals lächelten Isobel und Michael einander zu. »In der Not vermag man so manches«, sagte sie. »Ich dachte, die Männer würden jeden Augenblick zurückkommen.«

Abwechselnd berichteten die beiden nun alles, was sich zugetragen hatte. Dabei vergaßen sie auch nicht zu erwähnen, was Isobel Donald Mòr erzählt hatte, und ließen nur die Episode auf dem Schiff aus.

»Ihr seht also«, schloss Isobel endlich, »ich habe nur getan, was ich musste. Es besteht also gar keine Notwendigkeit, dass ich Michael heirate, nur weil wir gemeinsam eine Reise unternommen haben.«

»*Sir* Michael«, verbesserte Hector sie nachsichtig. Isobel sah, wie Cristina einen vielsagenden Blick mit Mairi wechselte.

Bis auf einige leise Ausrufe des Erstaunens hatte Prinzessin Margaret bisher geschwiegen, doch nun bemerkte sie: »Dir muss doch klar sein, dass das nicht stimmt, Isobel. Hier auf den Inseln verbreiten sich Gerüchte in Windeseile, und du kannst sicher sein, dass deine Erlebnisse bald in aller Munde sein werden. Besonders wenn der neue Graf von Orkney irgendwie daran beteiligt ist, stürzen sich die Leute förmlich auf jede Neuigkeit.«

»Aber Gowries Männer werden nichts erzählen! Auch nicht von …«

Sie verstummte, als sie merkte, dass sie sich um ein Haar verplappert hätte. Mit einem raschen Blick auf Michael sah sie, dass er mit gesenktem Kopf dasaß und die Hand über die Augen gelegt hatte. Er schien sich auf die Lippen zu beißen.

»Von was?«, hakte Hector nach.

»Nichts, gar nichts«, murmelte sie.

»Da bin ich aber ganz anderer Meinung«, ließ sich Michael vernehmen.

»Aha«, sagte Hector.

»Das spielt doch jetzt keine Rolle«, erwiderte Isobel unwillig. »Ich will einfach nicht heiraten. Es tut mir leid, Madam«, wandte sie sich an Margaret. »Ich möchte Euch gegenüber nicht respektlos erscheinen, aber die schottischen Gesetze geben mir recht. Niemand kann eine Frau gegen ihren Willen zur Heirat zwingen.«

»Das ist schon richtig, meine Liebe«, entgegnete Margaret. »Aber die harte Wirklichkeit sieht ganz anders aus. Wenn es den Leuten zu Ohren kommt, dass du – verzeih, dass ich es so rundheraus sage – nicht nur auf der Galeere mit Sir Michael allein warst, sondern auch in der kleinen Hütte, die du so beiläufig erwähntest …« Sie zögerte, dann fügte sie rasch hinzu: »Um es deutlich zu sagen, du hast zugegeben, dass du die Nacht mit diesem jungen Mann verbracht, ja vermutlich sogar mit ihm im selben Bett geschlafen hast. Dadurch hat dein Ruf so sehr gelitten, dass kein ehrbarer Mann dich noch zur Frau nehmen wird.«

»Aber ich will doch gar keinen Mann!«, protestierte Isobel.

»Es geht ja nicht nur darum«, wandte Cristina ein. »Du gehst doch gerne an den Hof und auf Gesellschaften, Isobel. Wenn wir dir das nach dem, was vorgefallen ist, weiterhin erlauben, werden sich die Leute das Maul über dich und uns zerreißen.«

»Dann gehe ich eben nirgendwo mehr hin«, erklärte Isobel trotzig. »Lieber opfere ich meinen guten Ruf, als dass ich heirate. Und das ist mein voller Ernst. Ich will einfach keinen Ehemann, der mir für den Rest meines Lebens vorschreibt, was ich zu tun und zu denken habe!«

»Glaubst du denn, dass alle Ehemänner so sind?«, wollte Lachlan wissen.

»Versuchen sie es nicht zumindest alle?«, fragte seine Frau leise. Ein Blick von ihm brachte sie zum Schweigen.

Dafür sagte Hector: »Dann verpasst du aber die Einsetzung des Grafen von Orkney, Isobel.«

»Das ist mir egal!«

Michael räusperte sich. »Bitte vergebt mir, verehrte Anwesende, aber ich möchte mich einer Dame nicht als Ehemann aufdrängen. Mit ihrem Einverständnis würde ich Lady Isobel nur zu gerne heiraten, doch nicht, wenn man sie dazu zwingen muss.«

Isobel kamen die Tränen. Sie sprang auf, machte einen hastigen Knicks in Richtung der Prinzessin Margaret und sagte schroff: »Da das ja nun erledigt ist, wünsche ich allen eine gute Nacht.« Dann drehte sie sich brüsk um und wollte aus der Halle stürmen.

Kaum hatte sie einige Schritte gemacht, ertönte Hectors strenge Stimme: »Einen Augenblick noch, Mädchen!«

Sie blieb stehen, wandte sich jedoch nicht um.

Im Nu war er neben ihr. Mit den Worten »Wir beide werden uns jetzt mal ein bisschen unterhalten« schob er sie auf dieselbe Kammer zu, in der er und Michael miteinander gesprochen hatten.

Michael blickte ihnen nach. Er staunte, wie nachsichtig der riesige Mann sein konnte. Jedermann auf den Inseln mochte Hector den Grimmigen fürchten, die Frauen in seinem Haushalt taten es offensichtlich nicht.

Michaels eigener Vater hätte es niemals zugelassen, dass

seine Tochter so freimütig ihre Meinung äußerte wie Lady Isobel, die sich weder von Hectors Körpergröße noch seiner aufbrausenden Art einschüchtern ließ. Michael fragte sich, ob es überhaupt etwas gab, wovor sie sich fürchtete.

»Ihr braucht Euch keine Sorgen um sie zu machen«, sagte Mairi von den Inseln. »Er wird ihr nur klarzumachen versuchen, was es für sie bedeutet, wenn sie Euch nicht heiratet.«

»Ich mache mir keine Sorgen um sie, Mylady«, erwiderte er. »Ich habe gesehen, wie dieses Mädchen kaltblütig erwog, ihren Entführer zu erdolchen. Es ist ihr bestimmt nicht recht, wenn man sie für schutzbedürftig hält.«

»Wahrhaftig, Sir«, sagte Lady Cristina mit einem leisen Lächeln. »Ich glaube beinahe, Ihr versteht meine Schwester besser als sie sich selbst.«

»So etwas würde ich mir niemals anmaßen«, erwiderte er, ebenfalls lächelnd. »Und ich habe mir auch nicht klargemacht, in was für einer Lage ich mich befinde«, fuhr er mit einem Blick auf Lachlan Lubanach fort. »Falls die Lady mich weiterhin abweist, werde ich Euch verlassen und nach Norden reisen, sobald meine Männer eingetroffen sind. Mein Bruder hat mich sowieso gebeten, schon ein paar Tage vor dieser öden Zeremonie zu kommen.«

»Macht Ihr Euch etwa über die Ehre lustig, die Eurem Bruder zuteil wird?«, fragte Prinzessin Margaret.

»Nein, Madam, obgleich ich zugeben muss, dass ich sie nicht so ernst nehme wie er. Euer Herr Vater, der König, hat verkündet, dass niemand innerhalb des Königreichs Schottland Herrschergewalt ausüben darf, es sei denn, er gehört zur königlichen Familie. Aus diesem Grund gilt Henry hierzulande lediglich als Graf und nicht als Fürst der Orkney-Inseln. Allerdings darf er eigene Münzen prägen lassen und hat auf seinem Territorium die hohe Gerichtsbarkeit inne.«

»Ob er wohl darauf bestehen wird, dass man seine Verwandten mit königlichen Titeln anredet?«, erkundigte sich Margaret.

»Meine Güte!«, rief Lady Euphemia. »Dann würde unsere Isobel ja eine Prinzessin! Daran hat sie bestimmt gar nicht gedacht. Welch eine Ehre!«

»Unter bestimmten Umständen wäre das schon möglich«, erwiderte Michael. »Denn ich bin zurzeit der nächste Erbe. Doch Henrys Frau erwartet ein Kind, und außerdem trüge ich in Schottland nur den Titel Lord Michael St. Clair von Roslin. Falls Lady Isobel mich heiratet, wird sie dennoch nicht mehr als eine Lady sein, fürchte ich.«

Doch wie er Isobel mittlerweile kannte, war er sicher, dass sie ihre Meinung niemals ändern würde. Daher schien es ihm das Beste, ihre Weigerung mit Anstand hinzunehmen. Allerdings musste er sich eingestehen, dass er sie gerne zur Frau gehabt hätte. Wenn sie Hector Reaganach doch nur gehorchen wollte.

Er musste daran denken, was seine Mutter, Isabella von Strathearn, wohl zu einer solchen Verbindung sagen würde, besonders, wenn er sie unmittelbar vor den Festlichkeiten in Kirkwall damit konfrontierte. Wahrscheinlich würde nicht einmal die Tatsache, dass Isobel fast den gleichen Namen wie sie trug, seine Mutter milder stimmen können.

Vielleicht war Isobels Entscheidung also doch richtig.

In der kleinen Kammer, in der Hector sonst Unterredungen mit seinen Untergebenen zu führen pflegte, beobachtete Isobel verzagt, wie er die Tür schloss. Jetzt waren sie beide allein. Normalerweise sah sie derartigen Gesprächen mit Beklommenheit entgegen, denn ihr Pflegevater konnte ein harter Mann sein, wenn er in Rage war, und das unabhängige, freiheitsliebende Mädchen hatte ihn im Lauf der Jahre oft genug erzürnt.

Jedes Mal, wenn er mir ihr schimpfte, war ihr ganz elend zumute, denn sie liebte ihn weit mehr als ihren leiblichen Vater und wollte ihn nicht enttäuschen. Andererseits war ihr sehr daran gelegen, ihre Eigenständigkeit zu bewahren. Bevor sie nach Lochbuie übersiedelte, hatte sie sich gegen fünf ältere und zwei jüngere Schwestern sowie ihren Vater behaupten müssen. Zu Hectors Ehre musste gesagt werden, dass er nie versucht hatte, ihr Wesen zu verändern. Er hatte ihr lediglich ein gewisses Maß an Disziplin vermittelt und ihr beigebracht, auf sich selbst aufzupassen. Beispielsweise, indem er ihr einen Dolch geschenkt und ihr gezeigt hatte, wie man damit umging. Darüber hinaus hatte er sie noch viele weitere nützliche Fertigkeiten gelehrt.

Ungehorsam und Widerspruch duldete er jedoch unter keinen Umständen, daher hatte sie jetzt allen Grund, sich zu fürchten. Doch stattdessen fühlte sie sich wie betäubt, als könne nichts, was er sagte oder tat, zu ihr durchdringen.

Zu ihrer Verwunderung legte er nicht sofort mit seiner Gardinenpredigt los, sondern ging schweigend um den Tisch herum, zog sich den Stuhl heran und ließ sich umgekehrt darauf nieder. Er stützte die verschränkten Arme auf die Lehne und betrachtete Isobel stumm und nachdenklich.

Verlegen blickte sie zu Boden.

»Schau mich an, Mädchen.«

Eine Träne rann ihr über die Wange, und ihre Nase fing an zu laufen. Sie schnüffelte und wischte sich mit dem Ärmel über das Gesicht, wobei sie sich bemühte, ihn möglichst gelassen anzusehen.

Noch immer betrachtete er sie mit einem so durchdringenden Blick, dass sie überlegte, ob er wohl ihre Gedanken lesen konnte. Allerdings wusste sie es selbst nicht so genau, was gerade in ihrem Kopf vorging.

Sie wünschte, er würde endlich etwas sagen, damit sie die Sache bald hinter sich hatte. Als hätte sie den Gedanken laut ausgesprochen, ergriff er jetzt das Wort: »Es zeugt nicht gerade von guten Manieren, dass du so einfach aus der Halle verschwinden wolltest, findest du nicht auch?«

Ihre Kehle brannte, und ihre Augen schwammen in Tränen, die jeden Augenblick hervorzuquellen drohten. Sie konnte sich ihre Weinerlichkeit selbst nicht erklären, denn normalerweise neigte sie nicht dazu, wenn Hector sie nicht gerade besonders streng zurechtwies.

»Was ist denn, mein Mädchen?«, fragte er schon freundlicher. »Warum bist du so außer dir?«

Sie schluckte schwer und zwang sich, seinem Blick standzuhalten.

Er wartete geduldig auf ihre Antwort.

Endlich, nach einem tiefen, zitternden Atemzug, sagte sie: »Ich weiß es nicht, Sir. Vielleicht bin ich nur müde. Letzte Nacht habe ich auf dem harten Erdboden geschlafen, und auf der Fahrt hierher ...« Isobel verstummte, als sie daran dachte, unter welchen Umständen sie erwacht war. Sie konnte nur hoffen, dass Hector nicht wissen wollte, warum sie rot geworden war.

»So schrecklich ist der Ehestand gar nicht, Isobel«, sagte Hector. »Ich weiß jedenfalls nicht, wie ich ohne deine Schwester zurechtkommen würde. Außerdem ist es doch offensichtlich, dass der Bursche dich mag. Wenn ich die Angelegenheit nicht zur Sprache gebracht hätte, wäre er bestimmt so vernünftig gewesen, von sich aus um deine Hand anzuhalten.«

»Das glaube ich nicht«, entgegnete Isobel. »Meiner Meinung nach ist er ein wenig entschlussfreudiger Mensch, der sich gerne von anderen leiten lässt. Und er rechnet immer – wirklich immer – mit dem Schlimmsten.«

»Ach ja? Ich muss gestehen, dass er bei unserer Unterredung nicht diesen Eindruck auf mich machte. Aber wenn du ihn so einschätzt, wundert es mich, dass du ihn nicht heiraten willst. Denn dann unterscheidet er sich doch stark von der Sorte Mann, die du als Gatten so unerträglich findest. Er hat übrigens überaus schmeichelhaft von dir gesprochen.«

»Tatsächlich? Er ist wirklich ein sehr freundlicher, sanftmütiger Mann.« Insgeheim freute es sie, dass Michael so nett von ihr geredet hatte, doch sie schob den Gedanken rasch beiseite. »Natürlich weiß ich, dass Ihr Cristina liebt, Sir«, fuhr sie fort. »Dennoch gibt es in meinen Augen nur wenig, was für eine Ehe spricht. Ich will auch nicht, dass ein Mann mich heiratet, nur weil er glaubt, meinen Ruf retten zu müssen. Und es ist mir egal, wenn die Leute nichts mehr mit mir zu tun haben wollen. Ich fühle mich hier sehr wohl, und die Kinder werden froh sein, wenn ich nicht zu Henrys Einsetzung fahre, sondern ihnen hier Gesellschaft leiste. Überdies hat Adela gesagt, dass sie mich gerne besuchen würde, aber wenn Ihr etwas dagegen habt …«

»Ich habe nicht das Geringste dagegen, mein Mädchen. Deine Schwestern sind auf Lochbuie jederzeit willkommen.«

»Ich danke Euch.«

»Bist du wirklich fest entschlossen, den Heiratsantrag abzulehnen?«

»Ja, Sir.«

»Nun gut. Du kannst jetzt zu Bett gehen. Ich werde dich bei den anderen entschuldigen und Sir Michael mitteilen, dass dein Entschluss feststeht. Er sagte, seine Männer würden morgen eintreffen. Bestimmt reitet er dann gleich mit ihnen weiter.«

»Ja«, sagte sie nur und dachte, dass so ein Verhalten Michael ähnlich sehen würde.

7

In dieser Nacht schlief Isobel schlecht. Sie erwachte in aller Frühe, stand auf und kleidete sich ohne Hilfe an. Dabei überlegte sie, wie ihre Zofe von Chalamine nach Lochbuie kommen sollte. Hoffentlich konnte Adela ihren Vater überreden, dass er das Mädchen gehen ließ, doch bis sie kam, musste Isobel sich nach einer anderen Hilfe umsehen.

Diese Überlegungen verdarben ihr derart die Laune, dass sie keine Lust hatte, den anderen unter die Augen zu treten, zumal sie sie am Abend zuvor so brüskiert hatte. Nachdem sie also ihr Hemd und ein altes Kleid, das sich vorn schließen ließ, übergestreift hatte, zog sie feste Stiefel an, nahm ihren Umhang vom Haken und machte sich zu einem langen, einsamen Spaziergang an diesem sonnigen Morgen auf.

Sie hatte eigentlich damit gerechnet, Hector oder Cristina zu begegnen, da ihre Schwester stets früh aufstand, wenn Gäste auf Lochbuie weilten. Doch zu Isobels großer Erleichterung gelangte sie aus der Burg, ohne jemandem zu begegnen. Nur einige Diener, ein Mann auf der Burgmauer und ein einsamer Wächter an der Hintertür sahen sie fortgehen. Sie erklärte der Wache, dass sie in der Nähe des Hafens am Strand entlangwandern wollte. Da sie das häufig tat und der Wächter auf der Mauer die ganze Gegend überblicken konnte, erhob der Mann keine Einwände.

Isobel atmete tief durch. Wie befreit lief sie den Weg zur Bucht hinunter. MacDonalds Galeeren waren fort, und jetzt, beim tiefsten Stand der Ebbe, zog sich der schlammige, steinige Strand bis zur Hälfte des langen Landungsstegs hinaus in die Bucht.

Zu dieser Jahreszeit setzte die Morgendämmerung bereits

kurz nach Mitternacht ein und dauerte, ebenso wie die Abenddämmerung, viele Stunden. Noch lagen Land und Meer im grauen Licht des anbrechenden Tages, doch schon lugten die ersten Sonnenstrahlen über die Gipfel der Höhenzüge im Osten. Rosig-goldene Wattewölkchen zogen über den Himmel, der in Kürze strahlend blau sein würde.

Auf dem Landungssteg rollte ein Junge Taue auf; ein anderer angelte auf einem Felsvorsprung am Eingang zur Bucht. Sonst war niemand zu sehen.

Isobel raffte ihre Röcke und rannte über den Strand zu den Hügeln am westlichen Ende der Bucht. Durch ihre Schritte aufgescheucht, flatterten Wasservögel hoch. Ein braun gefiederter Brachvogel, der mit seinem langen, gebogenen Schnabel im Schlick nach Beute gestochert hatte, erhob sich mit einem kurzen, entrüsteten »Kwi, kwi, kwi« in die Lüfte und flog davon. Isobel musste über das aufgeregte Tier lächeln und fühlte sich schon viel besser. Sie liebte das Meer mit seinen ständig wechselnden Stimmungen! Tief sog sie die salzige Luft in ihre Lungen und blickte vergnügt auf die halb versteckten rosa Blüten der Grasnelke und die Zweige der Dünen-Wolfsmilch, die aus dem kurzen Gras hervorlugten. Jetzt, im Hochsommer, war sogar der sonst kahle Sandstrand ein einziges Farbenmeer.

Sorgfältig darauf bedacht, nicht auf die graugrünen Stranddisteln zu treten, kletterte sie auf die Hügelkuppe und blickte aufs Meer hinaus. In der Nähe des Strandes tummelte sich ein Seehund im seichten Wasser, und weiter draußen zog eine Gruppe von Papageientauchern auf den Wellen dahin. Der dreieckige orangefarbene Schnabel der Vögel war fast so groß wie ihr ganzer Kopf. Leise und vorsichtig, um sie nicht aufzuscheuchen, setzte sich Isobel auf einen großen Stein und beobachtet die Tiere.

Heute wird Michael wohl abreisen.

Der Gedanke ging ihr unvermittelt durch den Kopf und brachte die Erinnerung an sein warmherziges Lächeln zurück, an das übermütige Funkeln in seinen Augen, wenn sie etwas Lustiges gesagt hatte, an seine Art, alle Dinge ruhig hinzunehmen, und nicht zuletzt an die sinnliche, samtweiche Stimme, die ungeahnte Empfindungen in ihrem Körper weckte. Wenn er jetzt fortging, würde sie ihn nie wiedersehen und niemals seine Geheimnisse ergründen. Es gab so vieles, was sie gerne gewusst hätte – warum ihn jene Männer ausgepeitscht hatten (sicher nicht nur, weil er mit dem zukünftigen Prinz von Orkney verwandt war) und, vor allem, warum sie so fasziniert von ihm war.

Was hatte dieser Mann nur an sich, dachte sie, dass sie immerfort an ihn denken musste? Im unruhigen Schlummer der vergangenen Nacht hatte sie geträumt, sie läge neben ihm, so dicht, dass die Wärme seines Körpers sie einhüllte, sie verzehrte und den unbändigen Wunsch in ihr weckte, ihn zärtlich zu berühren und von ihm liebkost zu werden.

Doch als sie in ihrem Traum die Hand nach ihm ausstreckte, tauchte wie aus dem Nichts Tante Euphemia auf. Mit einer kreischenden Stimme wie ein zänkischer Austernfischer, der sein Mahl verteidigt, wollte sie wissen, ob Isobel noch bei Trost sei. Bevor sie ihr antworten konnte, war Isobel aufgewacht. Dann hatte sie im Bett gelegen und beschlossen, sich beim ersten Morgengrauen heimlich hinauszuschleichen. Jetzt schob sie die Gedanken an den Traum und ihre Tante energisch beiseite.

An ihrer Meinung über Michael und die Ehe war nicht zu rütteln.

Ein tiefes Brummen, beinahe ein Knurren, riss sie aus ihren Tagträumen.

Gefolgt von zwei Artgenossen, kam ein rundlicher kleiner Papageientaucher angewatschelt, um Isobel näher in Augenschein zu nehmen. Wieder einmal fiel ihr auf, wie wenig vogelähnlich die Stimmen dieser Tiere klangen. Mit ihrem Gefieder, das einer Tracht aus weißem Hemd, dunkler Jacke und orangeroten Strümpfen glich, sahen sie aus wie kleine dicke Männchen. Der spaßige Eindruck wurde noch dadurch unterstrichen, dass sie wie Menschen mit den Augen blinzeln konnten.

Im Westen türmten sich Regenwolken, die bis zum Nachmittag bestimmt kräftige Schauer bringen würden. Mittlerweile waren noch weitere Papageientaucher an Land gekommen. In aufrechter Haltung standen sie auf ihren stämmigen Beinen und wirkten wie ein Grüppchen gravitätischer Höflinge auf einem offiziellen Empfang.

Als der Vogel, der sich am weitesten herangewagt hatte, sie wie fragend mit schief gelegtem Kopf ansah, sagte Isobel zu ihm: »Es hat fast den Anschein, als wolltet auch Ihr mir wie alle Welt einen guten Rat geben, Sir. Aber zumindest werdet Ihr mich wohl kaum drängen, Sir Michael zu heiraten.«

Als würde er gerne mehr erfahren, legte der Vogel den Kopf auf die andere Seite.

»Wer sind diese St. Clairs überhaupt?«, redete Isobel weiter. »Ich möchte wetten, das wisst Ihr genauso wenig wie ich. Gewiss, sein Bruder wird bald ein Landesfürst sein, aber letztlich doch nur ein norwegischer Fürst. Und Sir Michael zeigt zwar erfreulich wenig Neigung zur Herrschsucht, doch andererseits scheint er nicht besonders gut selbstständig denken zu können. Das kann einen fast ebenso verrückt machen wie die Angewohnheit anderer Männer, immer ihren Kopf durchsetzen zu wollen. Na ja, vielleicht nicht gerade verrückt«, verbesserte sie sich rasch. »Es geht einem eher auf die Nerven. Das hätte ich nie gedacht.«

Ihr kleiner Zuhörer schien das Interesse zu verlieren. Er glättete kurz sein glänzendes Federkleid mit dem Schnabel, bevor er mit den Übrigen gemächlich davonwackelte.

Als Isobel sich umdrehte, nahm sie in einiger Entfernung auf dem Wasser eine Bewegung wahr. Eine große, außergewöhnlich schnittige Galeere bog soeben um die östliche Landspitze und fuhr in die Bucht ein. Wie kostbares Geschmeide blitzten die Tropfen in der Sonne, wenn die Riemen sich ins Wasser senkten, und am Mast flatterte ein buntes Banner.

Das Schiff war zu weit entfernt, als dass sie das Wappen auf dem Banner hätte erkennen können, doch sie nahm an, dass es Michaels Männer waren. Wenn das stimmte, mussten sie sich sehr beeilt haben, denn Ian MacCaig konnte Eilean Donan am vergangenen Abend kaum vor Sonnenuntergang erreicht haben. Hektische Betriebsamkeit auf den Zinnen der Burg verriet Isobel, dass man auch dort die Galeere erspäht hatte. Jetzt würde es nicht mehr lange dauern, bis Hector Reaganach und die anderen erschienen, falls sie nicht bereits aufgestanden waren. Seufzend erhob sich Isobel und schüttelte ihre Röcke aus. Am liebsten wäre sie einfach fortgerannt, doch die Neugier hielt sie zurück. Sie wollte unbedingt dabei sein, wenn Michaels Männer eintrafen, und außerdem forderten es die guten Sitten, dass sie ihm höflich Lebewohl sagte.

Sie stieg vom Hügel herab und war kurz darauf wieder am schlickbedeckten Strand angelangt. Während sie sorgsam um das angespülte Treibgut herumging, erblickte sie plötzlich eine Gestalt, die sich der Anlegestelle näherte. Als sie Michael erkannte, blieb sie abrupt stehen, in der Hoffnung, dass er sie noch nicht bemerkt hatte.

Er schien es ja sehr eilig mit der Abreise zu haben. Da war es kein Wunder, dass er sie nicht gesehen hatte. Rasch und schwungvoll kam die Galeere herangerauscht, denn Steuermann und Ruderer wollten den Zuschauern zeigen, was sie konnten. Isobel musste zugeben, dass es ein schöner Anblick war.

»Halbe Kraft!«, rief jetzt der Steuermann seinen Ruderern zu, und dann: »Stoppen!«, worauf die Männer die Riemen mit senkrecht gestellten Ruderblättern ins Wasser stießen, um das Schiff abzubremsen. Indem die Männer auf der einen Seite kräftig ruderten, während diejenigen an der anderen Seite die Ruderblätter hochhielten, drehte die Galeere langsam bei, bis sie leicht an die Holzpfosten des Landungssteges stieß. Einige Jungen liefen herbei, fingen die Leinen auf und machten sie fest.

In der Erwartung, dass Michael sogleich über den Pier zum Schiff laufen würde, hielt Isobel nach ihm Ausschau.

Doch da knirschten Schritte auf dem Kies. Michael war ihr nachgekommen und stand bereits unmittelbar hinter ihr.

»Guten Morgen, Mädchen«, sagte er.

»Das wünsche ich Euch ebenfalls, Sir.«

»Ihr seid früh auf den Beinen.«

»Ja.« Sie blickte ihn gespannt an. Bestimmt würde er sie jetzt tadeln, weil sie allein hierhergekommen war.

Doch er setzte nur hinzu: »Es ist ein herrlicher Morgen, nicht wahr?«

Sie nickte, seltsam befangen. Dann fuhr sie sich rasch mit der Zunge über die trockenen Lippen und sagte: »Ich dachte, das dort wäre Euer Schiff, aber eigentlich kann es doch noch gar nicht hier sein.«

»Doch, das ist die *Raven«*, antwortete er und setzte hinzu: »Ich wollte mit Euch sprechen, bevor Ihr Hugo kennenlernt.«

»Ist Hugo der Diener, der Euch nach Eilean Donan begleitet hat?«

»Na ja, so ähnlich«, erwiderte er mit einem etwas schiefen Lächeln. »Aber da kommt er ja schon. Er hat es anscheinend eilig.«

Der Mann, der mit großen Schritten über den Steg herankam, wirkte in keiner Weise wie ein Untergebener. Er war beinahe so groß wie Michael und ähnelte ihm sehr. Im Schein der aufgehenden Sonne tanzten rotgoldene Lichter auf seinem hellbraunen Haar, und als er näher kam, sah Isobel, dass er die gleichen himmelblauen Augen wie Michael hatte.

Als sie Michael anblickte, bemerkte sie, dass ein winziger Muskel in seinem Mundwinkel zuckte, als habe ihn etwas aus seiner unerschütterlichen Ruhe gebracht. Obwohl er ihren Blick nicht erwiderte, schien er zu wissen, dass sie ihn ansah.

»Michael, alter Junge!«, rief der Neuankömmling. »Wie bin ich froh, dich heil und gesund wiederzusehen! Was hast du dir nur dabei gedacht, dich einfach so aus dem Staub zu machen?«

So, wie er mit Michael sprach, konnte er kein Diener sein. Michael musste sie angelogen haben. Jetzt war sie erst recht froh, dass sie seinen Antrag abgewiesen hatte.

»Schön, dich wiederzusehen, Hugo«, erwiderte Michael, während er die ausgestreckte Hand des Fremden ergriff und ihm einen Schlag auf die Schulter versetzte. »Tut mir leid, dass ich dir einen Schreck eingejagt habe, aber mir scheint, unser Bote war ziemlich schnell auf Eilean Donan.«

»Was für ein Bote? Wenn du diesen jungen Taugenichts Ian MacCaig meinst, den haben wir in Glen Mòr in Gesellschaft eines hübschen jungen Mädchens getroffen. Die beiden stritten sich, welchen Weg sie einschlagen sollten. Als er uns kommen sah, wollte er, dass sie sich schnell versteckte, doch das Mädchen war bockig und rückte und rührte sich nicht von der Stelle.«

Isobel presste die Lippen zusammen, als sie so respektlos über ihre ältere Schwester reden hörte. Doch sie sagte nichts, weil sie abwarten wollte, zu welchen interessanten Bemerkungen sich der Mann noch hinreißen lassen würde.

Da mischte sich Michael ein. »Achte auf deine Worte, Hugo«, warnte er den anderen, dann wandte er sich an Isobel: »Mylady, ich hoffe, Ihr verzeiht meinem Vetter die Ungezogenheit und erlaubt mir, ihn Euch vorzustellen.« Ohne ihre Antwort abzuwarten, fuhr er fort: »Dieser Mensch, der sich so ungeschickt eingeführt hat, ist mein Vetter, Sir Hugo Robison von Strathearn.«

»Es freut mich, Euch kennenzulernen«, sagte Isobel. »Ich wusste gar nicht, dass Sir Michael hier in der Gegend Verwandte hat. Er sagte nur, er habe einen Diener auf Eilean Donan zurückgelassen.«

Sir Hugo zog die Augenbrauen hoch und warf Michael einen spöttischen Blick zu. »Einen Diener, soso. Ich werde dir schon zeigen, was ich von dieser Frechheit halte.«

Zu Isobels Überraschung lachte Michael. »Versuch's nur!«, rief er. »Aber bei Euch, Mylady, entschuldige ich mich für meine Flunkerei.«

»Das macht gar nichts, Sir«, erwiderte Isobel mit unerschütterlicher Höflichkeit, bemüht, sich ihre wahren Gefühle nicht anmerken zu lassen. »Schließlich hattet Ihr keinen Grund, mir die Wahrheit zu sagen.« Mit den Worten »Und nun lasse ich Euch allein. Ihr habt bestimmt wichtige Privatangelegenheiten zu besprechen« wandte sie sich zum Gehen.

»Wartet, Mädchen«, sagte Michael und legte ihr leicht die Hand auf den Arm. »Sagt mir zuerst, ob Ihr noch immer der gleichen Meinung seid wie gestern Abend.«

»Aber selbstverständlich«, erwiderte sie. »Euer Verhalten hat mich in meiner Ansicht nur bestätigt.«

»Nun gut«, sagte er. »Wir werden also mit der Flut auslaufen und direkt nach Kirkwall segeln. Trotzdem braucht Ihr nicht so einfach davonzulaufen«, fügte er hinzu, als sie ihm ihren Arm entziehen wollte. »Wir geleiten Euch heim, wie es sich gehört.«

»Ja, wirklich, Lady Isobel«, kam ihm Sir Hugo zu Hilfe. »Ihr dürft nicht weggehen, bevor ich Euch nicht die Botschaften von Lady Adela ausgerichtet habe. So ähnlich wie Ihr Euch seht, hätte ich mir denken können, dass Ihr Schwestern seid.« In seine Augen trat ein mutwilliges Funkeln. »Ich hoffe, Ihr könnt mir verzeihen. Ich wollte wirklich nicht respektlos sein.«

Isobel schenkte ihm ein bezauberndes Lächeln. »Ich nehme an, Ihr wart auf der Suche nach Eurem Vetter, als Ihr Adela und Ian in Glen Mòr getroffen habt. Deshalb seid Ihr auch so schnell hierhergekommen. Es ist nur schade, dass Ihr meine Zofe nicht mitgebracht habt.«

»Lady Adela wollte eigentlich, dass ich das Mädchen zu Hause abhole und hierherbringe«, erwiderte er mit einem verschmitzten Lächeln. »Sie hat mir fast den Kopf abgerissen, als ich ihr sagte, ich hätte keine Zeit dazu. Doch ich hatte es eilig, weil ich wusste, dass Michael auf mich wartet. Wenn ich gewusst hätte, dass er es sich hier gut gehen lässt, anstatt sich vor seinen Häschern zu verstecken, hätte ich mir mehr Zeit gelassen.«

»Ein Glück, dass du es nicht getan hast«, entgegnete Michael trocken. »Und jetzt lass uns gehen. Die Wachen haben deine Ankunft bestimmt schon gemeldet, und ich möchte Hector Reaganach nicht schon wieder verärgern.«

Hugos Augenbrauen schossen erneut nach oben. »Himmel, hast du das etwa schon einmal getan? Ich muss gestehen, ich möchte ihn zu gerne kennenlernen. Ich bin ihm zwar schon des Öfteren begegnet, doch immer nur auf großen Gesellschaften bei Hofe. Man hat uns einander noch nie offiziell vorgestellt.«

»Die Ehre steht dir ja jetzt bevor«, erwiderte Michael. »Zweifellos wird er dich auch seiner Lady, die ebenfalls eine Schwester von Lady Isobel ist, vorstellen und außerdem der Prinzessin Margaret Stewart, deren Tochter Mairi von den Inseln und Lachlan Lubanach Maclean, dem Großadmiral der Inseln.«

»Na, du befindest dich ja in höchst illustrer Gesellschaft!«, rief Sir Hugo. An Isobel gerichtet fügte er übermütig hinzu: »Ihr wisst ja gar nicht, was für einen Halunken Ihr Eurer Familie da präsentiert habt. Sie hätten ihn besser gleich davonjagen sollen.«

»Aber das haben sie nun einmal nicht«, gab Isobel zurück. »Sie wollen sogar, dass ich ihn heirate.«

Sie wusste gar nicht, welcher Teufel sie geritten hatte, damit herauszuplatzen. Hugo war jedoch keineswegs entsetzt; er wirkte nicht einmal besonders überrascht.

Er schaute sie nur eindringlich an und sagte: »Ihr hoffe nur, Ihr wart so klug, ihn abzuweisen. Wahrscheinlich hat er es deshalb so eilig, von Lochbuie fortzukommen.«

»Ja, das stimmt«, sagte sie. »Aber offen gestanden, Sir, das hatte nichts mit Klugheit zu tun. Ich will einfach überhaupt nicht heiraten. Meine Verwandten wünschen diese Heirat nur, weil sie glauben, er hätte mich kompromittiert.«

»Ich glaube kaum, dass das der einzige Grund ist, Mylady. Ich könnte mir jedenfalls noch einige andere denken. Aber da Ihr ihn ja bereits abgewiesen habt, erübrigt sich jedes weitere Wort darüber«, sagte er mit unverhohlenem Spott, während Michael auffallend schweigsam geworden war. Sie lächelte Sir Hugo zu, nahm seinen Arm und schritt mit ihm durchs Burgtor und die Treppe hinauf in die Halle.

Michael verkniff sich jede Bemerkung über den Humor seines übermütigen Vetters und ließ die beiden vorangehen. Dabei überlegte er, warum es ihn so wenig störte, dass Hugo mit Lady Isabel flirtete. Die beiden Männer standen sich so nahe wie Brüder. Zuweilen hatte es sogar den Anschein, als könnte jeder von ihnen die Gedanken des anderen lesen. Dennoch hatten sie von Kindesbeinen an in allen möglichen Dingen miteinander gewetteifert, nicht zuletzt, was ihren Erfolg bei Frauen anging. Dabei waren sie in der Vergangenheit mehrmals fast aneinandergeraten, doch jetzt empfand Michael seinem Vetter gegenüber nichts als Dankbarkeit dafür, dass er Lady Isobel aufgemuntert hatte. Wenn ihn überhaupt etwas störte, dann die Tatsache, dass sie auf sein Getändel eingegangen war. Doch zugleich musste er sich eingestehen, dass er kein Recht hatte, sich darüber aufzuregen.

Dieses Mädchen war ihm ein Rätsel. Alle Frauen, denen er bisher begegnet war, dachten von morgens bis abends nur ans Heiraten, und ihre Gedanken kreisten einzig und allein um Haushalt, Kinder und gesellschaftliche Ereignisse. Eine unverheiratete Frau galt gemeinhin als bedauernswertes Geschöpf, was man jedoch von Isobel ganz und gar nicht behaupten konnte. Dabei war sie bereits über das Alter hinaus, in dem ein Mädchen gewöhnlich von ihrem Vater verheiratet wurde. Und Lady Adela war sogar noch älter.

Wenn er sich recht erinnerte, hatte Isobel gesagt, dass sie acht Schwestern seien, von denen außer ihr drei weitere noch ledig waren. Er hatte angenommen, dass es Macleod nicht gelungen war, mehr als die Hälfte seiner Töchter unter die Haube zu bringen, weil er nicht genug Geld besaß, um sie alle mit einer anständigen Mitgift auszustatten. Doch wenn alle so schön waren wie Isobel und Adela, brauchten sie gar keine große Mitgift.

Als er hinter Hugo und Isobel die Halle betrat, hatten sich die anderen bereits zum Frühstück versammelt. Er selbst war noch beim Ankleiden gewesen, als er durch das Fenster Isobel erblickte. Daraufhin machte er sich rasch fertig und lief, so schnell er konnte, die Wendeltreppe hinab, die von seiner kleinen Schlafkammer an der Halle und den darunterliegenden Küchenräumen vorbei zur Eingangstür führte. Kaum war er durch das Burgtor getreten, sah er schon die *Raven,* die gerade um die Landzunge bog. Daraufhin war er auf der Stelle zum Pier hinuntergelaufen, um Hugo abzufangen und ihm alles zu erklären, bevor er Isobel begegnete. Doch er war zu spät gekommen.

Hector Reaganach erhob sich von seinem Platz. »Sind noch weitere Gäste angekommen, Isobel?«, fragte er.

»Dieser Gentleman hier ist Sir Michaels Vetter, der ihn abholen möchte«, erwiderte sie, wobei sie die Hand von Sir Hugos Arm löste und einen Schritt zurücktrat.

Als Hector den Blick auf Michael richtete, sagte der: »Sehr richtig, Mylord. Das ist mein Vetter Sir Hugo Robison von Strathearn.«

»Seid willkommen auf Lochbuie, Robison«, begrüßte ihn Hector. »Ich glaube, Ihr seid mit Isabella, Gräfin von Strathearn und Caithness verwandt, nicht wahr?«

»Ich habe die Ehre, Mylord«, erwiderte Hugo mit einer Verneigung. Daraufhin machte Hector ihn mit den Anwesenden, besonders mit Prinzessin Margaret, bekannt, bevor er die beiden Männer einlud, am Tisch Platz zu nehmen.

Als sie saßen, fügte Hector hinzu: »Ich nehme an, Eure Männer leisten uns ebenfalls Gesellschaft. Bestimmt haben meine Leute sie schon eingeladen.«

»Ja, Mylord, sie haben sich sehr darüber gefreut«, antwortete Sir Hugo. »Allerdings werden sie sich nicht lange ausruhen können, denn Michael möchte mit der Nachmittagsflut auslaufen. Wahrscheinlich haben sie gehofft ...«

»Du meine Güte!«, rief Lady Euphemia. »Nach dieser langen Fahrt brauchen Eure Männer aber unbedingt eine Ruhepause. Ihr wollt uns doch nicht schon verlassen, Sir Michael!«

»Ihr seid sehr liebenswürdig, Mylady«, erwiderte Michael. »Aber ich kann mich nicht länger aufhalten. Wenn die Dinge anders verlaufen wären ...«

Er verstummte und drehte sich mit einem vielsagenden Blick nach Isobel um.

Doch die war nicht mehr da. Er sah gerade noch, wie ein Zipfel ihres Rockes in der Tür zum Treppenhaus verschwand.

Isobel war der scharfe Blick nicht entgangen, mit dem Cristina ihre Aufmachung gemustert hatte. Daher erschien es ihr nicht ratsam, sich in dem schäbigen alten Kleid, das sie zu ihrem Strandspaziergang angezogen hatte, mit den anderen zu Tisch zu setzen. Sie beschloss, ihr Frühstück zu verschieben und sich in einem günstigen Augenblick unbemerkt zurückzuziehen.

Sie bat eine Dienstmagd, die ihr auf der Treppe entgegenkam, ihr Brot und Ale in ihre Kammer zu bringen.

»Jawohl, sofort, Mylady« sagte das Mädchen.

»Ich brauche auch deine Hilfe beim Umkleiden, Ada. In diesem Kleid kann ich mich unmöglich zu Prinzessin Margaret an den Tisch setzen.«

»Oh nein, Mylady«, erwiderte die Magd augenzwinkernd. »An Euren Stiefeln klebt Sand, und Euer Haar sieht aus, als hätten Euch ein paar Teufel gezaust.«

An ihre Frisur hatte Isobel noch gar keinen Gedanken verschwendet. Sie hatte sich nach dem Aufstehen nicht einmal richtig gekämmt, sondern nur die dicken Flechten mit den Händen glatt gestrichen, bevor sie an den Strand hinuntergelaufen war. In der steifen Brise hatten sich die Zöpfe gelöst, und Isobel konnte sich vorstellen, welchen Anblick sie bot. Kein Wunder, dass Cristina sie strafend angesehen hatte.

Kurz darauf erschien Ada in Isobels Schlafkammer und brachte ihr nicht nur Brot und Ale, sondern auch ein paar Scheiben Schinken. Während Isobel aß, richtete die Dienstmagd ihr geschickt das Haar.

»In der Halle wimmelt es von Männern«, berichtete Ada und fügte mit einem Seufzer der Enttäuschung hinzu: »Aber sie werden wohl nicht lange bleiben.«

Isobel stellte fest, dass sie ebenfalls traurig darüber war, dass ihre Gäste so bald abreisen wollten. Sie versuchte sich einzureden, es sei nur deswegen, weil sie Sir Hugo amüsant fand und ihn gerne näher kennengelernt hätte. Dieser Gedanke erinnerte sie daran, dass sie in Zukunft kaum noch Gelegenheit haben würde, junge Männer kennenzulernen. Schließlich war ihr Ruf ruiniert, und all die gesellschaftlichen Anlässe, die ihr immer so viel Freude bereitet hatten, gehörten der Vergangenheit an. Sie versuchte sich einzureden, dass sie leichten Herzens darauf verzichten könnte und ihr die Einsamkeit nichts ausmachen würde, doch im Grunde glaubte sie selbst nicht recht daran.

»Ist Sir Michael wirklich ein richtiger Prinz?«, erkundigte sich Ada.

»Nein«, erwiderte Isobel.

»Aber wenn Sir Henry doch ein Fürst ist, ist dann sein Bruder nicht automatisch ein Prinz?«

»Du sollst nicht über die Gäste des Lairds tratschen«, wies Isobel das Mädchen zurecht und fügte hinzu: »Und überhaupt ist Sir Michaels Bruder noch gar kein Landesfürst.«

»Ja, schon, aber wenn er einer ist, wird dann nicht ...«

»Genug jetzt, Ada. Das reicht.« Sie hatte keine Lust, über Michael und seinen Bruder zu reden, der bald Herrscher der Orkney-Inseln sein würde.

Doch sie wünschte, sie hätte besser hingehört, als Hector und Lachlan mit ihrem Vater, Ian Dubh Maclean, über die Zeremonie gesprochen hatten, die bald weit oben im Norden stattfinden sollte.

Das Einzige, was sie daran interessiert hatte, war die Tatsache, dass ein Schotte über ein norwegisches Territorium herrschen sollte. Jetzt sehnte sie sich danach, bei den Feierlichkeiten dabei zu sein.

Sie hatte sich entschlossen, nicht zu den anderen nach unten zu gehen. Daher war sie nicht allzu erfreut, als ihre Schwester in die Kammer trat, kaum dass Ada hinausgegangen war. Vielleicht hätte sie sich irgendwo verstecken sollen, dachte Isobel.

»Guten Morgen, Liebes«, sagte Cristina und umarmte ihre Schwester. »Ich wäre schon gestern Abend zu dir gekommen, aber Hector meinte, du wolltest in Ruhe nachdenken.«

»Damit wollte er wohl sagen, dass ich in Ruhe nachdenken *solle*«, entgegnete Isobel.

»Ja, aber ich wollte unbedingt mit dir reden. Und als du so plötzlich verschwunden bist, war ich sicher, dass du nicht wieder herunterkommen würdest, stimmt's?«

»Ja«, musste Isobel zugeben. »Ich sah einfach nicht präsentabel aus, und als ich dann einmal oben war …« Sie breitete die Hände in einer hilflosen Geste aus. »Ich will nur hoffen, dass du mich nicht auch zu dieser Heirat überreden willst.«

»Nein, gewiss nicht«, erwiderte Cristina, trat ans Fenster und blickte auf den Burghof hinaus.

»Gut. Ich habe meine Meinung nämlich nicht geändert«, sagte Isobel.

»Ich verstehe. Bist du dir ganz sicher, dass du als seine Ehefrau nicht glücklich werden könntest? Die Familie St. Clair soll äußerst wohlhabend sein, musst du wissen.«

»Ach ja? Deshalb glaubt sein Vetter wohl, dass Hector diese Ehe wünscht«, erwiderte Isobel. »Sir Hugo hat nämlich angedeutet, dass es mehrere Gründe dafür geben könnte.«

»Nun, es ist doch nicht schlecht, dass Sir Michael dir ein angenehmeres Leben bieten könnte als die meisten anderen Männer.«

»Ich kann mir nicht vorstellen, dass Michael viel besitzt«, wandte Isobel ein. »Er sieht nicht wie ein reicher Mann aus und gibt sich auch nicht so. Ich nehme an, das ganze Geld gehört seinem Bruder. Der ist schließlich bald ein Fürst, und die müssen einfach reich sein.«

»Mairi sagt, die ganze Familie lebt sogar auf größerem Fuß als die Verwandten ihrer Mutter«, erklärte Cristina. »Die St. Clairs besitzen drei Burgen, sagt sie. Eine Verbindung mit ihnen wäre nicht nur für dich von Vorteil, Isobel. Denk doch nur mal, was es für Adela, Sorcha und Sidony bedeuten würde.«

»Dann soll doch eine von ihnen Michael heiraten«, entgegnete Isobel schnippisch.

Als sie Cristinas Blick bemerkte, seufzte sie. »Das hätte ich nicht sagen sollen, aber ich habe einfach keine Lust, mich zu opfern, Cristina. Schließlich bin ich keine Adelige und will auch keine sein. Genau das habe ich nämlich befürchtet, schon bevor ich wusste, dass Geld im Spiel ist.«

»Was meinst du damit?«

»Ich kann mir vorstellen, dass alle, nicht nur Hector, du und Tante Euphemia, sondern auch Mairi, Lachlan, Prinzessin Margaret und sogar Ian Dubh, versuchen werden, mich zu dieser Heirat zu überreden. Ganz zu schweigen von unserem Vater«, fügte sie hinzu, als ihr einfiel, wie Macleod wohl reagieren würde, wenn er hörte, dass ein reicher Mann um ihre Hand angehalten hatte. »Wahrscheinlich muss ich ins Kloster gehen, wenn ich meine Ruhe haben will.«

»Ich jedenfalls werde dich jetzt in Ruhe lassen«, bemerkte Cristina und ging zur Tür. Dort blieb sie noch einmal stehen und drehte sich um. »Aber du sollst wissen, dass wir uns alle Sorgen um dich machen, Isobel. Du solltest dir darüber im Klaren sein, wie dein Leben aussehen wird, wenn du weiterhin so starrsinnig bleibst.«

Mit diesen Worten ging sie hinaus und zog die Tür hinter sich zu. Isobel starrte eine Zeit lang vor sich hin, bevor sie ebenfalls die Kammer verließ. Sie hatte nicht die geringste Lust, den Tag in der Gesellschaft dieser wohlmeinenden Besserwisser zu verbringen. Cristina war die Einzige, mit der sie offen reden durfte. Den anderen gegenüber musste sie sich respektvoll benehmen, und sie wusste nicht, wie viele gute Ratschläge sie noch ertragen konnte, bevor ihr der Kragen platzte.

Daher beschloss sie, ihren unterbrochenen Spaziergang fortzusetzen. Um nicht an der großen Halle vorbeigehen zu müssen, schlich sie sich über die Dienstbotentreppe, die zur Küche führte, hinunter. Auf dem ersten Treppenabsatz blieb sie wie angewurzelt stehen, als sie Stimmen hörte. Es waren Michael und sein Vetter, die sich unterhielten.

Sie konnte die beiden Männer nicht sehen, doch ihre Stimmen klangen laut und deutlich durch das eng gewundene Treppenhaus.

Sie drehte sich auf dem Absatz um und wollte gerade wieder nach oben laufen, als Sir Hugos Worte sie mitten in der Bewegung verharren ließen.

»Du hast dem Mädchen also nichts von deiner Suche erzählt?«, fragte er gerade.

Um nichts in der Welt hätte Isobel sich jetzt noch vom Fleck gerührt. Gute Manieren waren eine Sache, doch überwältigende Neugier eine ganz andere.

8

»Nicht hier, Hugo«, sagte Michael warnend.

»Die Leute in der Küche achten doch gar nicht auf uns, Michael«, erwiderte Hugo. »Hier haben wir wahrscheinlich mehr Ruhe als in deiner Kammer. Schließlich wolltest du doch ins Treppenhaus gehen, damit uns keiner von den anderen aufspürt und uns unbequeme Fragen stellt, nicht wahr? Jetzt brauchst du nur meine Frage zu beantworten, und die wäre, was du bei dieser Höhle zu suchen hattest.«

Michael stieß einen Seufzer aus. Nicht zum ersten Mal wünschte er, Hugo, der nur ein Jahr älter war, würde sich nicht immer aufspielen, als sei er Michaels Vater oder sein älterer Bruder. Hugo hatte ihm und Henry Lehnstreue geschworen und sich stets als fröhlicher Kumpan, aber auch als zuverlässiger Beschützer erwiesen. Doch das hieß noch lange nicht, dass er sich alles herausnehmen durfte.

»Hugo, ich weiß, dass du es mir übel nimmst, dass ich ohne dich zu dieser Höhle gegangen bin«, sagte Michael. »Aber ich bin gar nicht auf den Gedanken gekommen, dass es gefährlich sein könnte. Außerdem hast du doch nie geglaubt, dass eine Höhle irgendetwas mit unseren Familiengeheimnissen zu tun hat. Und weil ich keine Lust hatte, schon wieder mit dir darüber zu streiten, habe ich dich schlafen lassen.«

»Ja, sicher, du warst ja immer der Denker von uns beiden«, entgegnete Hugo sarkastisch. »Hast du mir deshalb auch verschwiegen, dass sich Waldron in der Gegend herumtreibt?«

»Was, hier auf Lochbuie?«

»Treib's nicht zu weit, Vetter!«

»Wie kommst du darauf, dass Waldron etwas damit zu tun haben könnte?«

»Wer sonst würde dich mit seinen Männern verfolgen? Lady Adela sagte, dass mehrere Männer hinter dir her seien. Sie behaupteten, du wärst ein Verbrecher und hättest Lady Isobel entführt. Sie hat auch gesagt, sie hätten dich ausgepeitscht. Stimmt das?«

»Ja«, erwiderte Michael. »Aber …«

»Mein Gott, Junge, was hast du dir bloß dabei gedacht, zwei unschuldige Mädchen da mit hineinzuziehen?«

Michael musste lachen. »Du hast ja keine Ahnung, Vetter. Und außerdem kennst du Lady Isobel nicht. Sie hat sich von sich aus eingemischt. Und wenn du jetzt aufhören würdest, mit mir zu schimpfen, als wärst du mein Vater – der das übrigens viel besser konnte als du –, dann berichte ich dir von unserem Abenteuer. Aber lass uns zuerst einmal nach oben gehen. Ich unterhalte mich nämlich ungern auf der Treppe. Ich verspreche dir auch, dass ich dich vor Hector und dem Rest der Familie beschütze.«

Hugo wollte sich seinen Vetter gerade schnappen, da erstarrte er mitten in der Bewegung und lauschte mit leicht geneigtem Kopf.

Michael hatte es ebenfalls gehört – leise Schritte über ihnen auf der Treppe. Er legte den Finger auf die Lippen, doch es war alles still. »Wahrscheinlich einer von den Dienstboten«, murmelte er. »Vom Treppenhaus gehen überall kleine Kammern ab; deshalb würde ich lieber in meinem Zimmer weiterreden. Also komm jetzt.«

Er ging voraus, und Hugo folgte ihm ohne Widerrede.

So leise wie möglich huschte Isobel die Treppe zu ihrer Kammer hinauf. Als sie den Familientrakt erreicht hatte, wohin die Männer ihr mit Sicherheit nicht folgen würden, blieb sie stehen, bis die Schritte der beiden verklungen waren. Dann eilte sie wieder die Treppe hinunter und durch die rückwärtige Pforte hinaus, wobei sie darauf achtete, keinem Familienmitglied in die Arme zu laufen. Dem Wächter an der Tür sagte sie, dass sie ihren Morgenspaziergang fortsetzen wolle, den sie wegen der Ankunft der Gäste hatte abbrechen müssen.

»Sie sagten, sie wollten mit der Nachmittagsflut wieder fortsegeln, Mylady. Aber seht nur, dort drüben – es zieht Regen auf«, fügte er warnend hinzu.

Nach einem Blick gen Westen, wo sich dunkle Wolken türmten, erwiderte sie lächelnd: »Ich bin ja schließlich nicht aus Zucker.« Dann lief sie hurtig den Weg hinunter, bevor sie jemand zurückrufen und ihr auftragen konnte, sich von den Gästen zu verabschieden. Mairi, Lachlan und Prinzessin Margaret würden vermutlich ebenfalls am Nachmittag abreisen.

Nun musste ein Schiff mit dem Auslaufen nicht unbedingt auf den Gezeitenwechsel warten, da eine Galeere auch gegen die Strömung gerudert werden konnte. Allerdings vermied ein Kapitän es in der Regel, die Kräfte seiner Ruderer derart sinnlos zu vergeuden – eine Einstellung, die offensichtlich auch Michael und Sir Hugo teilten.

Isobel, die unbedingt das prächtige Schiff sehen wollte, verschwendete keine Zeit damit, mit den wenigen Leute zu schwatzen, die sich am Wasser aufhielten. Seit ihrem morgendlichen Besuch war der Strand beträchtlich kleiner geworden. Die zuvor von Schlick bedeckte Fläche war nun vom Wasser überspült, das nur noch einen schmalen Streifen Kiesstrand übrig ließ. Darauf bedacht, den größeren Wellen auszuweichen, wanderte Isobel am Strand entlang und versuchte, Ordnung in ihre Gedanken zu bringen.

Kurz bevor die Leute auf der Burg zu Mittag aßen, war Gezeitenwechsel, und bald darauf, mit einsetzender Ebbe, würden die Gäste davonsegeln. Wenn Isobel mit Michael und Sir Hugo an einem Tisch gesessen hätte, hätte sie es sich unmöglich verkneifen können, sie über ihr Geheimnis auszufragen. Doch da die beiden ihr wahrscheinlich sowieso nichts verraten würden, ging sie lieber spazieren.

Isobel durfte nach Herzenslust auf der Insel umherstreifen, solange sie nur in Sichtweite der Wächter auf den Zinnen blieb. Um in Ruhe nachzudenken, stieg sie auf die Hügelkuppe, auf der sie zuvor die kleinen dicken Papageientaucher beobachtet hatte, und ging dann weiter bis zu der niedrigen Landzunge, die die Bucht nach Westen begrenzte. Die Papageientaucher waren nicht mehr da, doch im flachen Wasser spielten zwei Otter, und über ihr am Himmel schrien die Möwen. Der Wind frischte immer mehr auf. Er bauschte Isobels Umhang, ließ ihre Röcke wehen und trieb die Regenwolken heran. Sie fühlte sich eins mit den Elementen und war glücklich. Jeden Gedanken an die Burg und ihre Bewohner drängte sie rasch beiseite. Bestimmt waren die anderen froh, wenn sie sich nicht mit ihr und ihren Problemen befassen mussten. Erst als die Glocke die Mittagsstunde schlug, beschloss sie kehrtzumachen. Weit und breit war keine Menschenseele mehr zu sehen. Nur in der Ferne erblickte sie einen Jungen, der auf die Burg zurannte. Offenbar hatte er Angst, das Mittagessen zu versäumen.

Am Ende des verlassenen Piers wartete die goldene Galeere fest vertäut auf ihren Herrn, daneben, näher zum Land hin, schwankte ein kleineres Schiff auf den Wellen, das, wie sie wusste, Lachlan gehörte. Nirgendwo standen Wachen.

Anscheinend hatten sich die Besatzungen auf die Burgwächter verlassen und waren ebenfalls zum Essen gegangen. Selbst der Wehrgang auf den Zinnen wirkte verlassen, doch Isobel wusste, dass es nur so aussah. Lochbuie wurde stets gut gesichert.

Gedankenverloren wanderte sie zur Burg zurück, bis sie den einsamen Wachtposten sehen konnte, der hinter der Brustwehr seine Runde machte. Plötzlich fiel ihr ein, dass sie sich gerne Michaels Schiff näher angesehen hätte.

Sie blickte sich prüfend nach allen Seiten um, doch dann

sagte sie sich, dass sie ja nichts Verbotenes tat. Niemand konnte etwas dagegen haben, dass sie sich ein Schiff anschaute, das am Pier von Lochbuie vor Anker lag, noch dazu eines, das die Galeere des Großadmirals der Inseln noch an Größe übertraf.

Also schlenderte sie an den Gestellen in der Mitte des Piers entlang, in denen die Riemen aufrecht, mit den Ruderblättern nach oben, standen, bis sie zu der goldenen Galeere mit dem flatternden Banner kam. Michael hatte gesagt, dass der Name des Schiffes *Raven* war, doch das Banner zeigte keinen Raben, sondern ein schwarzes Kreuz auf silbernem Grund. Sie musste wieder an die fremden Reiter denken, von denen Matthias auf ihrem Weg nach Lochbuie berichtet hatte. Ihr Banner hatte ähnlich ausgesehen, nur dass das Kreuz darauf weiß gewesen war.

Sie zählte fünfzehn blank polierte Ruderbänke. Wenn, wie üblich, auf jeder vier Ruderknechte saßen, von denen sich jeweils zwei beim Rudern ablösten, dann musste Sir Hugo mit mindestens sechzig Männern gekommen sein. Doch sie konnte sich vorstellen, dass auf diesen Bänken hier auch sechs oder acht Männer Platz fanden. Auf den Galeeren gab es normalerweise nur dreizehn Bänke und sechsundzwanzig Ruder. Selbst auf langen Fahrten benötigte Hector selten mehr als zweiundfünfzig Männer, auch wenn seine Galeere, wenn nötig, von achtzig Ruderern angetrieben werden konnte.

Als hoch über ihr eine Dreizehenmöwe ihren unverwechselbaren Schrei ausstieß, zuckte Isobel vor Schreck zusammen und warf abermals einen Blick auf den Wehrturm der Burg. Die einsame Wache patrouillierte noch immer auf den Zinnen. Offensichtlich hatte der Mann sie gesehen, es jedoch nicht für nötig gehalten, die Beobachtung zu melden. Als er um die Ecke verschwunden war, stieg sie über den Dollbord und trat auf eine der Ruderbänke. Während sie von Bankreihe zu Bankreihe springend durch das ganze Schiff lief, fiel ihr auf, dass es ebenso sauber und gut in Schuss war wie Hectors Schiffe. Michaels Männer waren offensichtlich sehr tüchtig. Der hochgezogene Bug bot Schutz vor der frischen Brise, die noch immer aus Nordwesten wehte, und die Sonne schien warm. Isobel ließ den Umhang von den Schultern gleiten und setzte sich auf die letzte, dem Hafen zugewandte Bankreihe, unter der sich – ebenso wie unter der gegenüberliegenden Bank – eine Kiste für Ersatz-Segelleinwand, Ölzeug und weitere Ausrüstungsgegenstände befand. Sie lehnte sich mit dem Rücken gegen die Eichenplanken des Hochbugs, schloss die Augen und genoss das Wiegen des Schiffes und die Wärme der Sonne auf ihrem Gesicht.

Erst als Stimmen ertönten und sich Schritte auf den Planken des Landungsstegs näherten, merkte sie, dass sie – erschöpft und übermüdet, wie sie war – in der angenehmen Wärme eingenickt sein musste. Sie bekam einen Schreck, als sie Mairis und Lachlans Stimmen erkannte, und musste daran denken, dass Mairi hartnäckig von *ihrem* Michael gesprochen hatte. Isobel hatte nicht die geringste Lust, den beiden zu erklären, was sie ausgerechnet auf Michaels Schiff zu suchen hatte.

Das Trappeln zahlreicher Füße verriet ihr, dass die beiden von Lachlans Ruderern, und gewiss auch von Prinzessin Margaret, begleitet wurden. Sie wollten sich auf den Rückweg nach Duart Castle machen.

Mairi, Lachlan und die anderen würden wahrscheinlich gar nicht bis zu ihr kommen, sondern ihr eigenes Schiff besteigen, das weiter vorn lag, doch jetzt, da das Mittagessen vorüber war, konnte es nicht mehr lange dauern, bis Michael und seine Leute ebenfalls an den Pier hinunterkamen.

Isobel wollte auf keinen Fall, dass Lachlan sie entdeckte und sie ausschalt, weil sie auf ein fremdes Schiff geklettert war. Daher blickte sie sich rasch nach einem geeigneten Versteck um. Plötzlich fiel ihr Blick auf die beiden Gerätekisten.

Hastig öffnete sie die erste, doch die war bis obenhin voller Dollen aus Messing und anderer sperriger Gerätschaften. Die zweite Kiste jedoch war, bis auf eine Rolle Segeltuch, leer und bot Isobel ausreichend Platz. Ohne sich lange zu besinnen, kletterte sie hinein, rollte sich zusammen und schloss leise den Deckel über sich.

Michael, der hinter dem Großadmiral und Lady Mairi einherschlenderte, spähte den Strand entlang in der Hoffnung, das Mädchen zu entdecken. Als sie nicht zum Essen erschienen war, hatte Hector Reaganach einen Diener nach ihr geschickt. Doch als dieser ihm kurz darauf mitteilte, dass Isobel zu einem Spaziergang am Strand aufgebrochen war, nickte Hector nur und widmete sich wieder seiner Mahlzeit.

Michael bewunderte die Selbstbeherrschung des Mannes. Seit ihrer unerwarteten Ankunft auf Lochbuie hatte das Mädchen Hectors Geduld mehr als einmal auf eine harte Probe gestellt, doch der nahm ihren Ungehorsam gelassener hin als jeder andere mächtige Mann, den Michael kannte.

Doch es war eine Frage der Höflichkeit, scheidende Gäste gebührend zu verabschieden. Daher stand Isobel einiger Ärger bevor, weil sie ihre Pflicht so sträflich vernachlässigt hatte. Der Gedanke löste zwiespältige Gefühle in Michael aus.

Einerseits fand er, dass ihr recht geschehen würde, doch andererseits hoffte er, Hector würde nicht zu hart mit ihr ins Gericht gehen und ihr doch noch erlauben, an Henrys Einsetzungszeremonie teilzunehmen.

Nachdem er sich von Lachlan Lubanach, seiner Lady und Prinzessin Margaret verabschiedet hatte, ging er gedankenverloren weiter zu seinem Schiff, der *Raven*. Er wusste, dass Hector seinen Entschluss vermutlich nicht ändern würde. Wenn er Isobel mit nach Kirkwall nähme, würde sie nicht nur mit gesellschaftlicher Ächtung, sondern auch mit seiner Mutter, der Gräfin von Strathearn, konfrontiert werden. Und deren Missbilligung wünschte er wahrlich niemandem.

Erst jetzt fiel ihm ein, dass es auch seinem eigenen Ruf

schaden konnte, wenn die Nachricht, dass er eine Nacht allein mit dem Mädchen verbracht hatte, bis nach Orkney oder Caithness drang. Ob Isobel jemals daran gedacht hatte, dass er bei der ganzen Geschichte als Bösewicht dastehen würde? Doch wahrscheinlich würde nicht einmal das etwas an ihrem Entschluss, ledig zu bleiben, ändern.

Er hatte sich einzureden versucht, dass ihre Entscheidung ihm gleichgültig wäre, und war nicht darauf gefasst gewesen, wie sehr ihn ihre Zurückweisung verletzte. Doch wahrscheinlich war es so am besten, denn als seine Frau wäre auch sie Waldrons ständigen Intrigen ausgesetzt, und Michael wollte sie nicht in seine Probleme hineinziehen.

Hugo gab einen knappen Befehl, worauf die Ruderer eilig an Bord gingen und zu den Riemen griffen. Selbst wenn die Rast nur kurz gewesen war, so hatten die Männer doch zumindest gut gegessen und ausreichend Kräfte gesammelt, bis sie für die Nacht anlegen und sich ihr Abendessen angeln und erjagen konnten. Bis zum Einbruch der Dunkelheit würden sie es bis nach Skye schaffen und dort Gowrie von Kyle Rhea um ein Nachtlager bitten.

Michael teilte seinen Plan Hugo mit, der nickte und den Befehl an Caird, den Steuermann, weitergab. Ganz in Gedanken an Isobel versunken, suchte Michael noch ein letztes Mal mit den Augen den Strand ab. Daher dauerte es einen Augenblick, bis er bemerkte, dass sein Vetter und der Steuermann im Heck lebhaft miteinander debattierten.

Gleich darauf trat Hugo wieder zu ihm und sagte: »Mir ist eingefallen, dass sich Waldron vielleicht irgendwo eine Galeere oder ein Langboot besorgt und ausgekundschaftet hat, wohin wir fahren.«

Michael nickte nur. Zwar hatte Gowrie Stillschweigen gelobt, doch wenn Waldron etwas herausbekommen wollte, gelang ihm das für gewöhnlich auch. Und außerdem hatten Michaels Verfolger gesehen, wie er mit Isobel und Matthias nach Skye übergesetzt hatte.

»Was sollen wir deiner und Cairds Meinung nach tun?«, fragte er Hugo.

»Statt durch den Sund von Mull zu fahren, wo sie uns womöglich auflauern, sollten wir uns nach Westen halten und an der Küste von Irland entlangsegeln.«

Mit einem Nicken stimmte Michael dem Vorschlag zu und ließ sich auf der Gerätekiste an Backbord nieder.

»Konntest du letzte Nacht überhaupt schlafen?«, erkundigte sich Hugo.

»Nicht besonders«, gab Michael zu. Den größten Teil der Nacht hatte er wach gelegen und sich vorgestellt, wie es wäre, wenn Isobel wieder neben ihm liegen und ihn küssen würde, wie sie es auf dem Schiff getan hatte. Außerdem tat ihm sein wunder Rücken noch immer weh.

»Das habe ich mir gedacht«, antwortete Hugo. Zu einem Ruderknecht, der gerade mit zwei Umhängetaschen voller Kleider zum Wechseln vorbeikam, sagte er: »Lass die hier. Wir können sie nachher gut als Kissen gebrauchen.«

»Jawohl, Sir«, erwiderte der Mann, legte die Taschen ab und nahm seinen Platz auf der Ruderbank ein.

Michael wartete, bis sich seine Gastgeber von ihren übrigen Gästen verabschiedet hatten und Lachlan Lubanachs Galeere vom Pier ablegte. Dann stieg er auf die Kiste und schüttelte Hector noch einmal die Hand. Hugo tat es ihm nach. Der Laird und seine Lady gingen zurück zur Burg, und Michael ließ sich erneut auf der Kiste nieder.

Die *Raven* verließ die Bucht und nahm Kurs aufs offene Meer.

Isobel wagte kaum zu atmen. So unwohl sie sich auch in dem finsteren, engen Raum fühlte, die Angst, sich zu verraten, war noch stärker. Wegen Michael machte sie sich keine Sorgen; den konnte sie jederzeit mühelos um den Finger wickeln. Und auch mit Sir Hugo würde sie fertig werden. Bis zu einem gewissen Grad tat er, was Michael ihm sagte, und außerdem war er auch nur einer dieser ständig zum Schäkern aufgelegten Männer, die sie zur Genüge bei Hofe und anderen Gelegenheiten getroffen hatte. Doch was Hector betraf, so sah die Sache schon anders aus. Wenn sie nur daran dachte, was er zu ihrer neuesten Eskapade sagen würde, wurde ihr angst und bange.

Am stärkeren Schwanken des Bootes und dem Knattern der Segel im Wind merkte sie, dass sie sich auf offener See befanden. Der Unterhaltung der Männer hatte sie entnommen, dass sie nach Westen segeln wollten, für den Fall, dass Waldron sie verfolgte. Wie er das allerdings bewerkstelligen wollte, wusste sie nicht. Weder Gowrie noch Mackenzie würden ihm eine Galeere zur Verfügung stellen, und Michael hatte nie erwähnt, dass Waldron sonst noch jemanden in Kintail oder Glenelg kannte. Von Macleod hatte er ganz gewiss keine Hilfe zu erwarten.

Noch immer unterhielten sich die beiden Männer, doch zu Isobels Leidwesen erwähnten sie Michaels geheimnisvolle Suche nicht wieder. Schließlich wurden ihre Bemerkungen immer spärlicher, bis sie schließlich ganz verstummten und nur noch der Gong des Steuermannes und das rhythmische Klatschen der Riemen an ihr Ohr drangen.

Einige Zeit später wurde sie von stampfenden Schritten und einem kräftigen Fluch aus dem Schlummer gerissen. »Es regnet, Michael!«, brüllte Hugo. »Gleich wird es in Strömen gießen. Wir müssen die Plane rausholen!«

Bevor Isobel es sich versah, wurde der Deckel der Kiste aufgerissen, und ein paar Regentropfen klatschten ihr ins Gesicht. Sie kniff fest die Augen zu.

Da stand Michael im strömenden Regen und starrte verdutzt und mit wachsendem Zorn auf sie hinunter. Dann schaute er hilfesuchend seinen Vetter an, nur um festzustellen, dass dessen Augen belustigt funkelten. Als er Michaels Miene bemerkte, warf Hugo schuldbewusst einen Blick über die

Schulter, doch die schwer schuftenden Ruderer saßen mit dem Rücken zu ihm. Ohne sich am Regen zu stören, konzentrierten sie sich einzig und allein auf ihre Arbeit und würden unablässig weiterrudern, bis der Steuermann ihnen einen neuen Befehl gab.

»Sag Caird, er soll anlegen lassen«, befahl Michael barsch. Er wünschte, Hugo würde nicht so betont rücksichtsvoll wegsehen.

Dieser drehte sich jetzt vollends um, machte einige Schritte und rief dem Steuermann den Befehl zu.

Da packte Michael Isobel ohne Umschweife beim Arm und zog sie aus der Kiste.

Sie straffte die Schultern und erwiderte unerschrocken seinen Blick. »Ich kann alles erklären«, sagte sie mit erzwungener Ruhe.

»Still jetzt!«, fuhr er sie an. Dann streckte er den Kopf vor, bis ihre Gesichter nur wenige Zentimeter voneinander entfernt waren. »Ich habe ebenfalls ein Wörtchen mit Euch zu reden, mein Mädchen«, knurrte er. »Aber das muss warten, bis wir unter uns sind.«

Isobel starrte Michael entgeistert an, bevor sie sich die Kapuze über den Kopf zog und ihren Umhang enger um sich wickelte. Sie wünschte, sie hätte eine etwas bessere Figur gemacht, doch es war nicht leicht, eine würdige Haltung an den Tag zu legen, wenn man mit Brachialgewalt aus einer Kiste gezerrt wurde.

Michael schaute sie nicht länger mit diesem drohenden, eiskalten Blick an, doch er war noch immer wütend. Es hätte sie nicht verwundert, wenn er überrascht gewesen wäre oder sich Sorgen gemacht hätte, dass Hector Reaganach ihn zur Verantwortung ziehen könnte. Schließlich rechnete er ja immer mit dem Schlimmsten. Doch dass er so zornig werden konnte, hätte sie nie von ihm erwartet.

Sie hatte wie selbstverständlich die Schuld auf sich nehmen

wollen und gedacht, der sanftmütige Michael würde ihr ohne weiteres verzeihen. Doch nun hing sein Zorn wie eine Gewitterwolke über ihrem Haupt und jagte ihr beträchtliche Angst ein. Starr vor Schreck stand sie da und brachte kein Wort mehr heraus.

»Da«, sagte Michael und deutete zum Land hin. »Der Strand dort hinten scheint zum Anlegen geeignet, Hugo.«

Hugo musste wohl eine ablehnende Geste gemacht haben, denn Michaels Züge wurden so hart, dass es ihr einen Schauer über den Rücken jagte. Es war beinahe wie in der Höhle an dem Tag, als sie ihn zum ersten Mal gesehen hatte. Auch ihr behagte der Gedanke nicht, dass die Galeere hier anlegen sollte, doch wenn das Schiff nicht allzu weit auf den Strand geriet, konnten die Ruderer es leicht wieder flottmachen.

Schließlich gab Hugo den Befehl zum Anlegen, worauf ihn mehrere der Männer erstaunt anblickten. Doch niemand sagte ein Wort.

»Sollen wir das Beiboot zu Wasser lassen?«, fragte Hugo.

»Eine Planke genügt«, erwiderte Michael.

»Das Ufer ist hier so flach, dass wir nicht nahe genug herankommen. Du wirst dir nasse Füße holen.«

Michael gab keine Antwort. Der Regen hatte sich inzwischen zu einem steten Nieseln entwickelt.

»Soll ich mit an Land gehen?«, fragte Hugo.

»Nein, nur das Mädchen.«

»Um Himmels willen, Sir!«, rief Isobel, die sich nicht mehr zurückhalten konnte. »Wollt Ihr mich etwa an Land setzen und nach Lochbuie zurücklaufen lassen?«

»Verdient hättet Ihr es«, erwiderte er schroff. »Und damit würdet Ihr noch gut wegkommen. Ich weiß sehr wohl, dass ich an der ganzen Angelegenheit nicht unschuldig bin, aber Ihr könnt mir glauben, wenn ich mit Euch fertig bin, werdet Ihr wünschen, ich hätte Euch über Bord geworfen und nach Hause schwimmen lassen.«

Er sagte es in einem so trügerisch ruhigen Ton, dass ihr

abermals heiß und kalt wurde. Nun wurde ihr klar, dass sie ihn völlig falsch eingeschätzt hatte. Im Grunde kannte sie ihn überhaupt nicht.

Sand und Kies knirschten, als der Schiffskiel aufsetzte. Ohne auf Isobels Proteste zu achten, hob Michael sie hoch und wartete ungeduldig, dass die Männer die Planke an die Bordwand anlegten.

Sie fühlte sich klein und hilflos in seinen Armen, als er mit ihr den Steg hinabschritt, doch zugleich auch sicher und geborgen, was angesichts seines Zorns verwunderlich war. Die Planke endete im knietiefen Wasser, sodass er an Land waten musste. Als sie etwas sagen wollte, schnitt er ihr kurzerhand das Wort ab: »Mir reißt gleich der Geduldsfaden, Mädchen. Ich habe zwei Nächte kaum geschlafen, meine Stiefel waren noch ganz neu, und Euch möchte ich am liebsten den Hals umdrehen. Also haltet, verdammt noch mal, den Mund, oder ich kann für nichts garantieren.«

Isobel presste die Lippen fest zusammen, doch der Drang, ihm gehörig die Meinung zu sagen, zerriss sie fast. Sie war immer so stolz darauf gewesen, dass sie jedem die Stirn bieten konnte – zuweilen selbst Hector dem Grimmigen. Doch seltsamerweise hatte sie nicht die geringste Lust, sich mit Michael St. Clair anzulegen. Zumindest nicht im Augenblick.

Er trug sie leicht und sicher an Land, doch setzte er sie nicht sofort ab, sondern ging mit ihr noch ein Stück den Strand hinauf bis zu einem Birkenwäldchen, das oberhalb des Flutsaumes begann. Als er sie endlich auf die Füße stellte, war sie weniger erleichtert als zutiefst argwöhnisch. Sie fragte sich, was Michael wohl mit ihr vorhatte. Zumindest waren sie durch das dichte Blätterdach vor dem Regen geschützt.

Er grub die Finger in ihre Schultern. »Seid Ihr eigentlich noch ganz bei Sinnen?«, herrschte er sie an. »Ihr wolltet doch nichts mehr mit mir zu tun haben, was habt Ihr Euch also dabei gedacht, Euch auf meinem Schiff zu verstecken?«

»Hab ich doch gar nicht!«

Er schüttelte sie kurz. »Von all Euren sinnlosen Lügen ist das ja wohl die dreisteste. Wie könnt Ihr so etwas behaupten, wo ich Euch doch selbst in dieser Kiste gefunden habe?«

»Bitte, Michael, lasst es mich erklären.«

»Ich höre«, erwiderte er grimmig, während er noch immer ihre Schultern umfasst hielt. Das würde blaue Flecken geben, dachte Isobel.

Sie schluckte die Tränen hinunter, die ihr in die Augen stiegen. »Es war ganz anders«, erklärte sie. »Ich wollte mich gar nicht auf Eurem Schiff verstecken, sondern war einfach nur neugierig. Ich wollte mir die *Raven* ansehen, weil ich Schiffe liebe und weil sie Euch gehört und noch größer ist als Lachlans Galeere.«

Als er nicht antwortete, überlegte sie, ob er sich wohl geschmeichelt fühlte, weil sie die Größe des Schiffes erwähnt hatte. Männer waren gewöhnlich stolz auf ihre Schiffe.

Als sie sah, wie sich seine Augen verengten, fügte sie hastig hinzu: »Ich wollte nicht, dass Mairi mich dort sieht, weil ...«

»Warum nicht?«, hakte er nach, als sie zögerte. »Warum hattet Ihr Angst vor Lady Mairi, wenn Ihr doch nichts Schlimmes getan habt?«

Sie nagte an ihrer Unterlippe. Hector und Lachlan würden wahrscheinlich sagen, dass sie auf Michaels Schiff nichts zu suchen hatte, und so, wie es aussah, war Michael der gleichen Meinung.

Isobel seufzte. »Ich dachte, Ihr hättet nichts dagegen, wenn ich es mir einmal ansehe, doch gleichzeitig war mir klar, dass Hector deswegen mit mir schimpfen würde und ...«

»Und Ihr hattet Angst, Lachlan Lubanach und seine Lady würden Euch ebenfalls ausschelten.«

Seine Stimme klang nun sanfter; er schien zu seiner gewöhnlichen Seelenruhe zurückzufinden. Schon wollte sie ihm zustimmen, doch dann beschloss sie, ihm die Wahrheit zu sagen.

»Was … was Lachlan angeht, habt Ihr recht«, gab sie zu. »Er ist fast immer einer Meinung mit Hector, doch wenn Ihr es unbedingt wissen müsst, Mairi hat Euch gestern Abend *meinen* Michael genannt, und wenn sie mich auf Eurem Schiff entdeckt hätte, hätte sie mich noch mehr gehänselt. Ich wusste, dass Lachlan und Hector mein Verhalten nicht gutheißen würden, doch ich dachte, Ihr hättet nichts dagegen. Als ich daher die anderen kommen hörte, habe ich mich versteckt. Und dann kamt Ihr an Bord, und ich konnte nicht mehr …«

Wieder brach sie ab und biss sich auf die Lippen. Sie wusste nicht, wie sie ihm ihre Gefühle beschreiben sollte.

»Ihr hattet nicht genug Vertrauen zu mir, um Euch zu zeigen«, stellte Michael mit so ausdrucksloser Stimme fest, dass sie ihm nur zu gerne widersprochen hätte. »Stattdessen«, fuhr er fort, »habt Ihr Euch mucksmäuschenstill verhalten, bis wir weit genug von Lochbuie entfernt waren und ich Euch entdeckt habe.«

»Ich habe nicht gedacht …«

»So viel ist wahr, Mädchen. Gedacht habt Ihr wirklich nicht«, schnitt er ihr das Wort ab.

»Ihr versteht mich nicht.«

»Das stimmt ebenfalls«, erwiderte er in vorwurfsvollem Ton. »Ich verstehe wirklich nicht, was für ein Spiel Ihr mit mir treibt. Aber wie auch immer, ich rate Euch, seht Euch vor. Ihr wisst so gut wie nichts über mich und über die gefährlichen Angelegenheiten, in die Ihr Euch da eingemischt habt. Aber Ihr könntet es schneller erfahren, als Euch lieb ist, falls Ihr mir noch mehr solche Streiche spielt.«

»Ich hätte doch so gerne gewusst …«

»Wenn Ihr bereit gewesen wäret, mich zu heiraten, hätte ich Euch alles erzählt«, erwiderte er. »Aber das hat sich ja nun erledigt. Ich und meine Geheimnisse brauchen Euch nicht länger zu interessieren. Und da Euer Ruf, wie Ihr sagtet, mich nichts angeht, brauchen wir darüber auch nicht zu reden. Was hätte ich Eurer Meinung nach tun sollen, als ich Euch in dieser Kiste fand?«

Schweigend versuchte sie einzuschätzen, ob er sich bereits so weit beruhigt hatte, dass er ein offenes Wort vertragen konnte.

Er schaute sie abwartend an. Sein Schweigen in einer Situation, in der die meisten Männer sie angeschrien hätten, verwirrte sie, sodass sie zögerte.

»Wann wärt Ihr eigentlich von selbst aus der Kiste gekommen?«, fragte er sie in diesem eigentümlich sanften Ton.

»Ich weiß es nicht«, erwiderte sie schroffer als beabsichtigt. »Ich hatte, ehrlich gesagt, überhaupt keinen Plan. Ihr habt gut reden, dass ich mich hätte zeigen sollen, aber das kam mir gar nicht in den Sinn. Als Ihr und Sir Hugo mit Euren Männern an Bord kamt, war ich vor Schreck wie gelähmt und wäre am liebsten im Boden versunken.«

»Was soll ich nun mit Euch anfangen?«, fragte er, noch immer ganz ruhig.

Seine Hände lagen nach wie vor auf ihren Schultern, doch sein Griff war nicht mehr schmerzhaft. Vielmehr benahm er sich wieder gesittet und respektvoll. Also fasste sie sich ein Herz und antwortete: »Ich verstehe, dass Ihr nicht wieder den ganzen Weg nach Lochbuie zurückfahren wollt, Sir. Daher wäre es vielleicht besser, wenn Ihr mich mit nach Norden nehmen würdet.«

Ganz leicht zuckten seine Finger; er blickte sie unverwandt an. »Und was glaubt Ihr, wird geschehen, wenn wir zusammen in Kirkwall auftauchen?«

»Sir Henry wird mich bestimmt unter seinen Schutz nehmen.«

»Ja, sicher. Nur dass der Schutz des Bischofs Euch mehr nützen würde, da wir in seinem Palast wohnen werden. Aber natürlich wird ein geistlicher Herr wie er sich überaus großzügig erweisen, und meine Mutter wird sich ebenfalls fürsorglich um Euch kümmern.«

»Glaubt Ihr wirklich?«, fragte sie zweifelnd.

»Nein, Ihr Unschuldslamm, das glaube ich keineswegs. Meine Mutter würde Euch eher den Kopf abreißen. Ich glaube vielmehr, dass Ihr völlig den Verstand verloren habt. Denkt Ihr denn, ich lasse Euch weiter in Euer Unglück rennen? Nein, kein Wort jetzt! Ich will nicht noch mehr Dummheiten hören. Außerdem bin ich noch nicht fertig. Ich bin davon überzeugt«, fuhr er fort, als sie ihn nur betreten anblickte, »dass Ihr eine feste Hand gebraucht hättet. Man muss Euch nämlich vor Euch selbst beschützen. Dass Euer Vater dazu nicht in der Lage war, wundert mich nicht. Schließlich hatte er acht Töchter, und gegen so viele Mädchen kommt kein Mann an. Von Eurem Pflegevater hätte ich allerdings etwas mehr Strenge erwartet, aber das kann ja noch kommen. Was wird er wohl sagen, wenn er hört, dass Ihr in Kirkwall seid? Er selbst wird bald bei meinem Bruder zu Gast sein. Soll Henry Euch vielleicht auch vor Hector beschützen?«

Isobel hatte nicht die geringste Lust, sich mit dieser Frage zu beschäftigen. Daher würdigte sie ihn keiner Antwort. Doch je länger er sie abkanzelte, desto unbehaglicher wurde ihr zumute.

»Ihr glaubt wohl, alles müsste immer nach Eurem Kopf gehen«, fuhr er in demselben beiläufigen Plauderton fort wie zuvor. »Aber auch das ist nicht mein Problem, sondern Hector Reaganachs. Wenn es nach mir ginge, würde ich Euch auf der Stelle übers Knie legen und Euch Manieren beibringen. Auf jeden Fall schicke ich Euch nach Lochbuie zurück.«

»Aber ich dachte, Ihr würdet mir helfen! Schließlich habt Ihr mich doch geküsst, und da dachte ich eben ...«

Er zog sie ungestüm in die Arme, und als sie ihn überrascht anblickte, presste er sie fest an sich und gab ihr einen leidenschaftlichen Kuss, wobei seine Zunge in ihren Mund eindrang.

Sie schlang ihre Arme um ihn und erwiderte seufzend den Kuss.

Da fasste er sie erneut bei den Schultern und hielt sie ein Stück von sich ab. »Wie Ihr seht, fällt es mir gar nicht schwer, Euch zu küssen, Mädchen«, sagte er streng. »Doch das hat überhaupt nichts zu bedeuten.«

»Aber Ihr ...«

»Habt Ihr gedacht, ich würde meine Meinung wegen eines Kusses ändern? Dann habt Ihr Euch geirrt. Aber ich möchte Euch gerne helfen. Offen gestanden, ist mir in meinem ganzen Leben noch nie so viel an einer Frau gelegen wie an Euch. Doch aus ebendiesem Grund würde ich Euch am liebsten prügeln, bis Ihr um Gnade fleht.«

»Aber dann ...«

Er bedeutete ihr mit einer Geste zu schweigen. »Ich lasse Euch nicht nach Lochbuie laufen, Isobel, doch Ihr müsst wieder nach Hause zurückkehren und Hector gegenübertreten. Und gerade weil Ihr mir so viel bedeutet, wünschte ich mir, er würde Euch endlich härter anfassen.«

»Glaubt Ihr denn, ich hätte mich nur auf dem Schiff versteckt, um nach Kirkwall zu kommen?«, fragte sie, noch ganz wirr im Kopf von seinem Kuss und seinen Worten. »Ich schwöre Euch, so war es nicht. Es ist genauso passiert, wie ich gesagt habe.«

»Das ist doch jetzt vollkommen egal«, entgegnete er. »Auf jeden Fall seid Ihr nicht sofort aus Eurem Versteck gekommen, sondern habt erst einmal abgewartet. Und deshalb sitzen wir jetzt beide in der Klemme. Ich finde, Ihr habt eine Strafe verdient, mein Mädchen, aber vielleicht ist Hector Reaganach ja nachsichtiger als ich und gibt sich mit einer Entschuldigung zufrieden.«

9

Niedergeschlagen, wie sie war, schien Isobel die Rückfahrt nach Lochbuie viel zu schnell zu vergehen.

Obgleich der Regen einem schwer lastenden Nebel gewichen war und die Männer Umhänge aus eingeöltem Segeltuch verteilt hatten, war es feucht und ungemütlich.

Michaels letzte Worte klangen ihr noch immer in den Ohren, denn seit sie wieder an Bord waren, hatte er kein Wort mehr mit ihr gesprochen. Schweigend waren sie zum Strand zurückgegangen, wo er sie abermals aufgehoben und über die Planke aufs Schiff getragen hatte.

Isobel bezweifelte, dass Hector sich lange Erklärungen anhören würde; sie hätte auch gar nicht gewusst, was sie ihm sagen sollte. Eine Zeit lang hatte sie sich einreden können, dass ihr dummer Streich keine bösen Folgen haben würde, doch Michaels Worte hatten ihre Zuversicht erschüttert.

Sie wusste mittlerweile selbst nicht mehr, warum sie ihn gebeten hatte, sie mit zu den Orkneys zu nehmen. Es war einfach dumm von ihr gewesen. Trotzdem hatte Michaels Antwort sie verletzt. Warum nur war sie nicht tapfer genug gewesen, von selbst aus dem Versteck hervorzukommen?

Seine harschen Worte und seine körperliche Nähe hatten sie so durcheinandergebracht, dass sie ihm nichts entgegnen konnte. Kaum waren sie jedoch wieder auf dem Weg nach Lochbuie, fielen ihr tausend Dinge ein, die sie hätte sagen können.

Doch sobald sie sich ein wenig beruhigt hatte und wieder einen klaren Gedanken fassen konnte, merkte sie, wie unsinnig ihre Argumente klangen. Damit würde sie Hector auf keinen Fall überzeugen. Er würde ihr wahrscheinlich eher verzeihen als Michael, dachte sie. Auf einmal wünschte sie sich nichts sehnlicher, als Frieden mit Michael zu schließen.

Unbeweglich stand er auf dem schwankenden Deck, mit der Schulter gegen den hochgezogenen Vordersteven gelehnt, die Arme über der Brust verschränkt, und starrte grimmig geradeaus. Sein Zorn darüber, dass sie seine Pläne durchkreuzt hatte, war beinahe mit Händen zu greifen.

Zumindest war es für die Ruderer jetzt, da der Wind von Backbord blies, ein wenig leichter. Selbst die Schiffsjungen, die in die Wanten klettern mussten, um das Segel zu setzen, hatten weniger als sonst zu tun. Doch Isobel wusste, dass das Rudern gegen den Wind die ohnehin schon erschöpften Männer viel Kraft gekostet hatte. Bestimmt waren sie noch weniger als Michael von der Idee erbaut, die Fahrt noch einmal machen zu müssen.

Schließlich kam die Bucht von Lochbuie in Sicht. Isobel wusste nicht, was schlimmer wäre – wenn Michael sie einfach an Land setzen und sie ihrem Schicksal überlassen würde oder wenn er sie begleiten und Hector alles haarklein erzählen würde. Doch die Frage erwies sich als überflüssig. Noch bevor die Galeere den Pier erreichte, kam Hector bereits eilig durch den steten Nieselregen geschritten. Ihr wurde angst und bange, denn bereits die Haltung des großen, kräftigen Kriegers verriet, wie wütend er auf sie war. Am liebsten hätte sie sich wieder in der Gerätekiste verkrochen.

Groß und drohend stand Hector da, während Michael ihr behilflich war, auf die Bank und von dort aus auf den Landungssteg zu klettern. Ihr kamen die Tränen, als sie daran dachte, dass sie mit einer kleinen, unbedachten Handlung die beiden Männer gegen sich aufgebracht hatte, die ihr auf der Welt am meisten bedeuteten.

Verblüfft über ihren eigenen Gedanken fiel ihr ein, dass sie Michael erst seit drei Tagen kannte. Warum war es ihr nur so wichtig, was er von ihr hielt?

Als Michael sah, mit welcher Selbstbeherrschung Isobel die Tränen zurückhielt, bekam er Mitleid, und sein Zorn verrauchte fast ganz.

Hector der Grimmige dagegen sah genauso aus, wie man es sich unter den gegebenen Umständen vorgestellt hätte. Auch wenn Michael der Meinung war, Isobel habe einen Rüffel verdient, bekam er bei Hectors Anblick doch Angst, dass dieser es mit der Bestrafung übertreiben könnte. Von dem liebenswürdigen Gastgeber des vergangenen Abends war nichts mehr zu erkennen.

Er schaute Michael fest an und sagte: »Ich kann mir schon denken, wer hierfür verantwortlich ist, mein Junge. Also blickt nicht so bekümmert drein; ich weiß, dass Ihr sie nicht entführen wolltet.«

»Nein, gewiss nicht, Mylord«, erwiderte Michael, während Hector mit festem Griff Isobels Arm packte. Dann fügte er hinzu: »Aber da meine Ruderer seit gestern wenig Ruhe hatten, dachte ich, wir könnten vielleicht doch, mit Eurer Erlaubnis, über Nacht hierbleiben.«

»Gerne. Das wäre noch aus einem anderen Grund eine gute Idee, denn ich habe gesehen, dass Ihr Kurs nach Westen genommen habt.« Mit einem strengen Blick auf Isobel fügte er hinzu: »Vielleicht hat unsere Ausreißerin Euch ja sogar einen Dienst erwiesen.«

»Wie das?«, fragte Michael, wobei er es vermied, Isobel anzusehen.

»Ihr sagtet doch, dass Euer Gegner Verbindungen zur römischen Kirche habe«, erklärte Hector. »Nun müsst Ihr wissen, dass der Grüne Abt von Iona ein eingeschworener Feind des Gillean-Clans ist. Es wäre möglich, dass Eure Verfolger sich mit den hiesigen Mackinnons zusammengetan haben. Falls die wissen, dass Ihr auf Mull seid, werden sie Euch auf Schritt und Tritt beobachten. Da ist es ganz gut, dass Ihr nicht zur Heiligen Insel gefahren seid, wo man Euer Banner womöglich erkannt hätte.«

»Die Lady und ich sind ein, zwei Stunden westlich von hier kurz an Land gegangen, aber wir haben uns nicht lange aufgehalten«, sagte Michael mit ruhiger Stimme.

»Ich verstehe«, erwiderte Hector und blickte von einem zum anderen. »Ich finde, wir sollten jetzt ins Trockene gehen. Nachdem ich mit Isobel gesprochen habe, würde ich gerne mehr über die Schwierigkeiten erfahren, in denen Ihr steckt, mein Junge. Eure Männer werden in der Halle mit uns zu Abend essen.«

»Vielen Dank, Mylord. Ihr seid überaus großzügig.«

»Aber Junge, schließlich bin ich für Lady Isobel verantwortlich, und sie ist schuld, dass Ihr umkehren musstet«, erwiderte Hector. »Da ist es doch das Mindeste, was ich tun kann, Euch und Euren Leuten ein warmes Essen und ein trockenes Nachtlager anzubieten. Welche Wiedergutmachung die Lady leisten muss, wird sich zeigen«, schloss er mit einem weiteren grimmigen Blick auf Isobel.

Isobel stand unbeweglich, krampfhaft bemüht, das Restchen Würde zu bewahren, das ihr noch geblieben war. So wütend hatte sie Hector noch nie zuvor erlebt. Wie ein Schraubstock umklammerte seine Hand ihren Arm, sodass sie wohl noch ein paar weitere blaue Flecke davontragen würde. Auch der erboste Ton, mit der er ihren Namen aussprach, verhieß nichts Gutes.

Er hatte sie mehr als einmal übers Knie gelegt, seit sie bei ihm und Cristina lebte, doch danach war der Streit immer rasch vergessen. So glimpflich würde sie diesmal nicht davonkommen, zumal er auch noch Rückendeckung von Michael bekam. Am besten, sie brachte es so schnell wie möglich hinter sich.

Daher ließ sie sich widerspruchslos von Hector wegführen, als er jetzt mit Riesenschritten davonstürmte. Ihr Umhang flatterte im kalten Wind, doch wenigstens ließ der Regen auf halbem Weg zur Burg nach.

Michael hatte seinen Vetter gebeten, dafür zu sorgen, dass die Ruderer die Riemen verstauten und die *Raven* für die Nacht fertig machten. Ohne sich umzudrehen, wusste Isobel, dass Hugo nun hinter ihnen herkam. Es war ihr entsetzlich peinlich, dass er wusste, welche Strafe sie erwartete, doch als sie in die Halle traten, wartete neues Ungemach auf sie.

Mit den Worten »Oh, mein Liebes, ich habe mir solche Sorgen um dich gemacht! Wo bist du nur gewesen?« kam Cristina herbeigelaufen. Nachdem ihre Schwester sie näher angeschaut hatte, rief sie: »Du bist ja ganz nass! Bist du hingefallen? Bist du den Mackinnons in die Hände geraten? Du kannst dir nicht vorstellen, welche Ängste ich ausgestanden habe, als der Wachtposten mir sagte, er habe dich aus den Augen verloren!«

Bevor Isobel antworten konnte, sagte Hector: »Ich habe dir doch versprochen, dass ich sie finde, meine Liebe. Du hättest dir also nicht solche Sorgen zu machen brauchen. Sie hat sich mal wieder ein Stückchen geleistet, diesmal auf Kosten von Sir Michael und seinen Männern. Aber ich bin fest entschlossen, ihr nachdrücklich klarzumachen, was ich davon halte.«

Lady Euphemia, die Cristina auf den Fersen gefolgt war, rief: »Du meine Güte, Isobel, wie hast du das denn fertiggebracht? Sir Michael ist doch schon vor Stunden aufgebrochen!«

Beide Frauen blickten sie erwartungsvoll an, während Michael und Hector, der sie noch immer am Arm hielt, zu beiden Seiten von ihr Aufstellung genommen hatten. Offensichtlich erwarteten alle eine Erklärung von ihr, also schob sich Isobel die Kapuze vom Kopf und sagte: »Ich … ich war auf seinem Schiff, Tante Euphemia. Rein zufällig, natürlich, das versichere ich dir, aber …«

»Wie kann man denn zufällig auf ein Schiff geraten?«, wollte Lady Euphemia wissen. »Das ist doch unmöglich. Entweder man geht an Bord, oder nicht. Ich muss schon sagen, meine Liebe, du wirst unserer armen Mariota von Tag zu Tag ähnlicher. Ich dachte, diese merkwürdigen Geschichten hätten wir hinter uns, als sie ...«

»Wir haben sie auch hinter uns, Madam«, unterbrach sie Hector. »Dafür werde ich schon sorgen. Also entschuldigt mich bitte, ich muss jetzt auf der Stelle die Angelegenheit mit Isobel regeln. Ihr könnt gern mitkommen, St. Clair«, fügte er knapp hinzu.

Zu Isobels Entsetzen sagte Michael ganz ruhig: »Gern, Sir. Vielen Dank.«

Michael wusste, dass Hector ihm aus Höflichkeit angeboten hatte, der Bestrafung beizuwohnen, weil Isobel ihm als Gast Unannehmlichkeiten bereitet hatte. Er wusste auch, dass es sich gehört hätte, das Angebot abzulehnen.

Das Recht, ein Mädchen zu züchtigen, oblag dem Vater, Pflegevater oder auch dem Ehemann. Fremde hatten dabei normalerweise nichts zu suchen. Michael wusste selbst nicht genau, warum er zugestimmt hatte; er hatte es aus dem Bauch heraus beschlossen, und er handelte selten gegen sein Gefühl.

Isobel war bleich, als Hector sie in die kleine Kammer führte, wo am vergangenen Abend die Unterredung der beiden Männer stattgefunden hatte. Noch vor wenigen Minuten hatte sie einen recht gefassten Eindruck gemacht. Sie war rot geworden und hatte ergeben vor sich hin gestarrt, als die beiden Frauen sie ausschalten, doch erst, als sie hörte, dass Michael bei der Bestrafung anwesend sein würde, war sie erbleicht, als sei das für sie der Gipfel der Demütigung.

Sie tat ihm leid, doch er konnte ihr auch nicht helfen. Was geschehen sollte, geschah, und es gab für ihn nun kein Zurück mehr.

Die Tür fiel hinter ihr ins Schloss. Isobel, die sich Michaels Gegenwart nur allzu bewusst war, blickte Hector wie betäubt an. Sie hatte nur den Wunsch, es schnell hinter sich zu bringen, damit sie endlich in die Einsamkeit ihrer Schlafkammer entfliehen konnte.

Diesmal ging Hector nicht um den schweren Tisch herum, sondern setzte sich auf eine Ecke der Tischplatte, verschränkte die Arme vor der Brust und schaute sie lange und eindringlich an.

Unbeweglich erwiderte sie seinen Blick.

»Ich bin enttäuscht von dir, Isobel«, sagte er schließlich leise. Seine Worte schnürten ihr die Kehle zu; sie suchte krampfhaft nach einer Antwort. Obwohl sie wusste, dass sie den Tadel verdient hatte, senkte sie nicht den Blick. Und sie würde auch nicht weinen, nicht, solange Michael dabei war.

»Ach Gott«, seufzte Hector nach einer Pause. »Ich weiß einfach nicht, was ich mit dir anfangen soll. Es ist schon schlimm genug, dass du dich leichtfertig in einen Streit unter Männern einmischen musstest, und du weißt ja, was ich davon halte, dass du die Nacht mit Sir Michael ganz allein warst. Aber es war dir alles keine Lehre. Wie soll ich dir nur begreiflich machen, dass deine jüngste Eskapade nach einer strengen Strafe verlangt?«

Als er kurz innehielt, um Luft zu holen, sagte sie leise: »Ich weiß, das war nicht recht von mir, Sir, aber ich kann alles erklären.«

»Ich wünsche weder Ausreden noch Erklärungen«, schnitt ihr Hector das Wort ab. »Doch bevor ich fortfahre, möchte ich, dass du dich endlich einmal verantwortlich zeigst und dich bei Sir Michael für dein unmögliches Benehmen entschuldigst.«

Sie schluckte; ihre Kehle brannte wie Feuer. Ohne Michael anzusehen, erwiderte sie: »Es tut mir leid, dass ich Sir Michaels Schiff betreten habe. Zwar bin ich davon ausgegangen, dass es ihn nicht stören würde, dennoch war es falsch von mir, mich zu verstecken, als ich die Männer kommen hörte. Ich habe es nicht böse gemeint. Ich wollte nur …«

Hier versagte ihr die Stimme, und sie verstummte.

»Es ist dir doch wohl klar, dass so etwas früher oder später herumgetratscht wird«, sagte Hector. »Als wenn der Skandal nicht schon groß genug wäre! Nimm den Umhang ab, Mädchen. Mir bleibt nichts anderes übrig, als …«

Ohne seine Worte abzuwarten, band sie den Umhang auf, ließ ihn von den Schultern gleiten und wartete gefasst auf das, was kommen würde.

»… Es sei denn …« Wieder schwieg er und zog vielsagend eine Braue hoch.

»Es sei denn, was?« Isobel konnte sich die Frage nicht verkneifen.

»Ich dachte gerade, dass doch noch alles gut werden könnte, wenn sich die ganze Sache als romantisches Abenteuer darstellen ließe«, sagte Hector nachdenklich.

Isobel starrte ihn an. Sie brachte kein Wort heraus.

»Also was ist, Mädchen? Willst du ihn weiterhin zurückweisen, oder …?«

Michaels Gegenwart erschien ihr jetzt geradezu bedrohlich. Sie schloss für einen Moment die Augen, dann murmelte sie: »Ich bezweifle, dass er mich jetzt noch will.«

»St. Clair?«

Isobel verharrte atemlos. Schließlich hörte sie Michaels gelassene Stimme: »Ich habe meine Meinung nicht geändert, Mylord.«

»Sie braucht eine feste Hand«, sagte Hector. »Aber wenn Ihr wirklich noch wollt, überlasse ich Euch den Rest. Ich würde vorschlagen, Ihr benutzt den Riemen oder eine kräftige Gerte.«

»Danke, Mylord. Ich werde schon mit ihr fertig.«

»Dann werde ich mal gehen und zusehen, dass alles für die Hochzeit vorbereitet wird«, sagte Hector, stand auf und reckte sich. »Kommt zu mir, wenn Ihr fertig seid. Dann reden wir weiter.« Er verließ das Zimmer und schloss die Tür hinter sich.

»Seht mich an, Mädchen.«

Isobel stand wie versteinert. Sie konnte kaum atmen. »Schaut mich an, Isobel.«

Nach einer ganzen Weile drehte sie sich mit aschfahlem Gesicht zu ihm um.

Er öffnete die Arme. Als sie zögerte, dachte er schon, sie habe ihn missverstanden. Doch dann warf sie einen Blick auf ihren regennassen Umhang, der auf dem Boden lag, trat darüber hinweg und kam wortlos in seine Arme.

Sie reichte ihm knapp bis zum Kinn, als sie jetzt den Kopf an seine Brust legte. Er hatte seinen durchweichten Umhang beim Eintreten einem Pagen übergeben, doch vermutlich war auch sein Wams feucht. Es schien sie nicht zu stören.

Als er sie an sich drückte, roch er ihr regenfeuchtes Haar und spürte ihren warmen, geschmeidigen Körper. Da löste sich das letzte Restchen Ungewissheit, das noch tief in ihm geschlummert hatte, in Wohlgefallen auf, und eine tiefe Zufriedenheit erfüllte ihn.

Kurz darauf regte sie sich und berührte schüchtern mit den Händen seine Taille.

»Legt die Arme um mich, meine Liebste«, flüsterte er in ihr Haar.

»Liebste?« Ihre Stimme klang undeutlich, weil ihr Kopf noch immer an seiner Brust lag.

»Ja.«

»Er will, dass Ihr mich züchtigt. Habt Ihr das denn nicht vor?«

Statt einer Antwort sagte er: »Ist Euch klar, warum er wütend ist?«

Sie nickte.

»Erscheint Euch das ungerecht?«

Sie schüttelte den Kopf.

»Seht mich an, Isobel.«

Sie gehorchte mit argwöhnischer Miene.

»Habt Ihr unserer Heirat nur zugestimmt, um Eurer gerechten Strafe zu entgehen?«

Wieder zögerte sie, dann sagte sie seufzend: »Ihr wollt mich also doch schlagen.«

»Beantwortet meine Frage.«

»Warum sollte ich? Ihr werft mir ja doch nur vor, dass ich lüge oder sage, was Ihr hören wollt. Und überhaupt habt Ihr ja nur in die Ehe eingewilligt, weil Ihr glaubt, Ihr wärt verantwortlich für das, was geschehen ist.«

Er hätte ihr liebend gern verraten, dass sie ihm vom ersten Augenblick an, als sie Waldron entgegentrat, gefallen hatte. Ihre Beherztheit, mit der sie notfalls den Mann in der Höhle getötet hätte, hatte sie nur noch anziehender gemacht. Doch er konnte sich gerade noch beherrschen. Es wäre ein großer Fehler gewesen, einem derart dickköpfigen Mädchen diese Waffe gegen ihn in die Hand zu geben.

In Wahrheit war es ihm völlig gleichgültig, aus welchen Gründen sie der Heirat zugestimmt hatte; er war froh, dass sie es überhaupt getan hatte. Er hätte sie auch nur sehr ungern der öffentlichen Schande überlassen, an der er ja nicht ganz unschuldig war. Sosehr ihm an Hector Reaganachs Wohlwollen gelegen war, so wichtig, dass er Isobel dafür verprügelt hätte, war es ihm nicht.

»Findet Ihr denn, dass ich Euch bestrafen sollte?«, fragte er sanft.

»Er erwartet es von Euch, also wird Euch wohl nichts anderes übrig bleiben.«

»Dass ich nicht das getan habe, was andere von mir erwarteten, hat mir schon mehr als einmal den Hals gerettet«, erwiderte er.

»Aber Sir, Hector wird Euch doch deswegen nicht umbringen!«

»Das will ich auch hoffen«, sagte er lächelnd.

Mit zusammengezogenen Brauen blickte sie ihn prüfend an. »Manchmal weiß ich einfach nicht, woran ich mit Euch bin«, sagte sie schließlich. »Werdet Ihr jemals Eure Geheimnisse mit mir teilen?«

»Vielleicht«, erwiderte er. »Ihr solltet wirklich mehr darüber wissen.«

»Erzählt Ihr mir von Eurer Suche?«

Als sie sah, wie er erstarrte, hätte Isobel sich für ihre Dummheit ohrfeigen mögen. Rasch fuhr sie sich mit der Zunge über die trockenen Lippen.

Mit unheilverkündender Stimme grollte Michael: »Ihr habt auf der Treppe gelauscht.«

Sie reckte das Kinn und entgegnete so gelassen wie möglich: »Ich wollte gerade über die Treppe zur Hintertür gehen, als ich Euch und Euren Vetter hörte. Das kann man doch wohl kaum lauschen nennen.«

»Doch«, entgegnete er unnachgiebig. »Jeder andere wäre einfach weitergegangen und hätte sich nicht mucksmäuschenstill verhalten und sich dann heimlich wieder nach oben geschlichen. Da muss ich doch fast annehmen, dass Ihr Euch in der Kiste versteckt habt, um uns erneut zu belauschen. Wahrscheinlich wollt Ihr mich auch nur heiraten, um mich auszuhorchen.«

Sie öffnete den Mund, um zu antworten, doch er legte ihr einen Finger auf die Lippen und sagte: »Vorsicht, Mädchen. Schließlich habt Ihr zugegeben, dass Ihr neugierig seid. Ich glaube, das ist auch der Grund, warum Ihr immer wieder in Schwierigkeiten geratet. Aber lasst Euch eines gesagt sein: Ich will keine Frau, die mich belügt und heimlich horcht.«

Noch bevor er den Finger von ihrem Mund nehmen konnte, beteuerte sie hastig: »Ich werde es nicht wieder tun.«

»Schwört es mir feierlich.«

»Ich schwöre«, sagte sie. »Und ich bin auch nicht auf Euer Schiff gegangen, weil ich mehr erfahren wollte«, fügte sie hinzu, wobei sie rasch die Erinnerung daran verdrängte, wie enttäuscht sie gewesen war, dass Michael und Hugo sich nicht über die geheimnisvolle Suche unterhielten.

Er blickte sie so lange an, bis sie ganz kribbelig wurde. Sie hatte schon eine eigenartige Erregung empfunden, als Hector sie mit Michael allein gelassen hatte, und als dieser sie dann in die Arme nahm, war ihr, als stünde ihr ganzer Körper in Flammen. Seine Stimme und sein Blick versetzten ihr Inneres vollends in Aufruhr.

Es war, als könne Michael ihr geradewegs in die Seele blicken. Jetzt zog er mit dem Finger die Linie ihres Kinns nach und sagte zärtlich: »Ich glaube Euch kein einziges Wort, meine Liebste. Aber ich hoffe, Ihr glaubt mir wenigstens.«

Ein Schauer lief ihr über den Rücken. Sie nickte und schmiegte sich mit einem wohligen Seufzer an ihn, als er sie wieder in die Arme nahm und sie an sich drückte.

Bald würde sie die Frau dieses Mannes sein, der so seltsame und widersprüchliche Gefühle in ihr weckte. Doch eines war sicher: Sie würde Michael St. Clair unter keinen Umständen noch einmal aus ihrem Leben davonsegeln lassen.

Michael wusste nicht, ob es ein Seufzer der Erleichterung war, weil er sie nicht bestrafte, oder ob tiefere Gefühle dahintersteckten. Doch er war es zufrieden, sie einfach in den Armen zu halten und ihr Ruhe und Geborgenheit zu schenken.

Da spürte er, wie ihm ein Wassertropfen in den Kragen rann, und ihm fiel ein, dass seine Haare noch immer nass waren. Isobel Haar war unter der Kapuze nur ein wenig feucht geworden und kräuselte sich jetzt leicht beim Trocknen. Sie mussten sich beide vor dem Abendessen noch umziehen, doch bestimmt würde sie keinen Schritt weichen, bevor sie nicht wusste, was er Hector Reaganach sagen wollte. Noch niemals zuvor hatte er ein derart neugieriges Mädchen getroffen, doch da dieser Wesenszug sie schließlich zu ihm geführt hatte, wollte er sich nicht beklagen. Allerdings würde er ihr zu ihrem eigenen Besten helfen müssen, diese Schwäche zu bekämpfen.

In diesem Augenblick fiel ihm wieder eine Frage ein, die

ihm schon eine ganze Weile im Kopf herumging: »Wer ist eigentlich Mariota, Mädchen?«

Sie richtete sich auf, holte tief Luft und rückte ein wenig von ihm ab. »Mariota war meine zweitälteste Schwester, Sir. Sie starb vor einigen Jahren im Herbst.«

In ihren Augen glitzerten Tränen. Er war sich nicht sicher, ob das an der Erinnerung an ihre Schwester oder an den Ereignissen des Abends lag, doch offensichtlich hatte sie keine Lust, über Mariota zu sprechen. Aber auch ihn plagte manchmal die Neugier. Jetzt zum Beispiel wollte er unbedingt mehr erfahren.

»Was meinte Lady Euphemia damit, dass Ihr Eurer Schwester immer ähnlicher werdet? Das hat sie nun schon zweimal gesagt.«

Isobel zögerte mit der Antwort. Endlich leckte sie sich – überaus verführerisch, wie er fand – über die Lippen und sagte mit einem kleinen unsicheren Lächeln: »Mariota war außergewöhnlich schön, aber sehr impulsiv, Sir. Da ich im Aussehen nicht mit ihr konkurrieren kann, meinte Tante Euphemia wahrscheinlich, dass ich ebenso sprunghaft bin wie Mariota.«

Er wartete gespannt, doch sie sagte nichts weiter. Ob sie darauf wartete, dass er ihr ein Kompliment wegen ihrer Schönheit machte? Doch nein, ihr Schweigen wirkte eher angespannt. Jetzt, wo er darüber nachdachte, fiel ihm ein, dass Isobel so blass geworden war, als Mariotas Name fiel. Doch jetzt war keine Zeit mehr für weitere Fragen. Hector wartete.

Michael zog sie noch einmal an sich, hob ihr Kinn mit einem Finger an und küsste sie zärtlich.

Als sie daraufhin aufstöhnte und ihren Mund hart auf den seinen presste, drückte er sie fest an sich. Sein Kuss wurde leidenschaftlicher, und er ließ seine Zunge in der weichen Höhle ihres Mundes spielen. Prompt reagierte sein Körper. Wenn er sich jetzt nicht beherrschte, würde er das Mädchen gleich hier in Hectors Kammer nehmen. Behutsam löste er sich von ihr und lächelte ihr zu.

»Bei Euch geht meine Leidenschaft mit mir durch, Mädchen. Ich glaube, wir warten damit lieber, bis wir verheiratet sind.«

Sie biss sich auf die Unterlippe, befreite sich sacht aus seinen Armen und hob ihren Umhang vom Boden auf. Als sie sich wieder aufrichtete, fiel ihm ihr forschender Blick auf.

»Was gibt es?«, wollte er wissen.

»Jetzt habt Ihr mich schon wieder neugierig gemacht«, sagte sie ein wenig verlegen.

Michael musste lachen. »Das scheint mir diesmal ein gutes Zeichen für uns beide zu sein, meine Liebste. Aber nun kommt, Hector wartet auf uns.«

»Was wollt Ihr ihm sagen, wenn er sich nach meiner Bestrafung erkundigt?«

»Er wird nicht danach fragen«, antwortete Michael. »Wir beide sind so gut wie verheiratet, und kein Gentleman mischt sich in die Angelegenheiten zwischen einem anderen Mann und dessen Frau.«

Sie blickte ihn zweifelnd an, doch sie hätte sich keine Sorgen zu machen brauchen. Als sie in die Halle kamen, summte es dort geradezu vor Geschäftigkeit.

Hector trat auf sie zu. »Ihr habt ja ganz schön lange gebraucht, mein Junge. Aber jetzt zieht euch beide rasch etwas Trockenes an. Man hat mir berichtet, dass einige Schiffe bei Mingary den Eingang zum Sund blockieren. Wir brechen gleich nach dem Abendessen nach Duart auf.«

»Tatsächlich, Mylord?«, fragte Michael zweifelnd. »Ich fürchte nämlich, meine Männer schlafen beim Rudern ein.«

»Keine Angst, ich habe meinen Schiffsführern befohlen, eine Rudermannschaft für die *Raven* zusammenzustellen, damit Eure Männer sich ein wenig ausruhen können. Sie können auf meinen anderen Schiffen mitfahren und brauchen keinen Finger zu rühren. Ich habe bereits die nötigen

Vorkehrungen getroffen und auch Eurem Vetter Bescheid gesagt. Ihr könnt also in Ruhe essen.«

»Und was ist mit der Angelegenheit, über die wir uns unterhalten haben?«, fragte Michael.

»Ihr könnt Lachlan alles erzählen, sobald wir auf Duart sind«, sagte Hector.

Als er spürte, wie gespannt Isobel neben ihm war, sagte Michael: »Ich finde, Lady Isobel sollte ebenfalls eingeweiht werden, Mylord. Falls Ihr nicht möchtet, dass sie unserem Gespräch auf Duart beiwohnt, werde ich ihr vor unserer Abreise alles erzählen.«

Hector runzelte nachdenklich die Stirn, doch zu Michaels Erstaunen versuchte Isobel nicht, ihn zu überreden. Sie war überhaupt ungewöhnlich schweigsam.

In Wahrheit hatte es ihr einfach die Sprache verschlagen.

Sowohl Cristina als auch Lady Mairi waren starke, selbstbewusste Frauen, die von ihren Männern durchaus über alle wichtigen Belange auf dem Laufenden gehalten wurden. Doch wenn sie mehr erfahren wollten und bei Hector und Lachlan allzu sehr nachbohrten, mussten sie damit rechnen, abgewimmelt und zuweilen sogar scharf zurechtgewiesen zu werden.

Daher hätte Isobel niemals damit gerechnet, dass Michael sie von sich aus ins Vertrauen ziehen wollte. Doch sie verkniff sich jede Bemerkung darüber, aus Furcht, er könnte es sich anders überlegen.

Auch wenn Michael der Ansicht war, dass Hector sich nicht nach der Bestrafung erkundigen würde – sie kannte ihren Pflegevater besser. Wenn Hector etwas wissen wollte, dann fragte er einfach. Und wenn er die Wahrheit herausbekam, würde er die Züchtigung möglicherweise selbst nachholen. Vor der Strafe fürchtete sie sich nicht. Tatsächlich wäre es ihr beinahe lieber gewesen, Michael hätte getan, was Hector verlangte, denn dann hätte sie es schon hinter sich. So musste sie unablässig über Michaels Worte nachgrübeln.

Doch als sie Hector anblickte, sah sie zu ihrer Erleichterung, wie er ihr zuzwinkerte. »Ja, mein Junge«, sagte er zu Michael, »das ist eine gute Idee. Meistens ist sie ja ein ganz vernünftiges Mädchen, daher kann sie ruhig wissen, worum es geht.«

Mit einem Nicken erwiderte Michael: »Gut, aber – mit Verlaub – ich bin nach wie vor der Ansicht, dass die anderen Frauen nicht …«

»Einverstanden«, unterbrach ihn Hector. »Da Isobel bald Eure Gemahlin sein wird, sollte sie Bescheid wissen. Es gibt jedoch keinen Grund, Euer Geheimnis den anderen zu verraten. Es könnte sie sogar in Gefahr bringen, wenn Eure Feinde der Auffassung sind, sie könnten etwas von ihnen erfahren.«

Michael war die Erleichterung deutlich anzumerken, und Isobel fragte sich, ob er wirklich die Absicht hatte, Hector alles zu erzählen. Doch er sagte nur: »Dann gehen wir uns jetzt umziehen, Mylord.«

»Wartet«, sagte Isobel, als er ihr den Arm reichte. Dann wandte sie sich an Hector: »Was ist mit der Hochzeit, Sir? Ihr wolltet doch, dass sie so schnell wie möglich stattfindet. Sollen wir denn auf Duart heiraten?«

»Wie du weißt, haben wir hier keinen Geistlichen, und da ich annehme, dass du eine angemessene Trauung wünschst, wollte ich mich an den Kaplan Seiner Gnaden auf Ardtornish wenden.«

»Werden die Leute sich über eine derart überstürzte Heirat nicht den Mund zerreißen?«

»Ich glaubte nicht. Da Seine Gnaden so krank ist und Sir Michaels Bruder in Kirkwall auf ihn wartet, wird sich niemand über die Eile wundern. Doch selbst wenn ihr noch ein paar Tage warten würdet, bliebe nicht mehr genug Zeit, um das Aufgebot zu bestellen. Aber das wird den Kaplan Seiner

Gnaden wohl kaum stören, und falls Sir Henry nichts dagegen hat, möchte ich gerne, dass wir alle zusammen nach Norden fahren.«

»Gegen Gäste hat mein Bruder nie etwas einzuwenden, Sir«, erwiderte Michael. »Er ist ein sehr geselliger Mensch und freut sich immer über Besuch.«

»Dann ist das also abgemacht«, sagte Hector. »Nun geht und haltet euch nicht lange auf.«

Michael begleitete Isobel bis an die Tür ihrer Schlafkammer. Dort gab er ihr einen zarten Kuss und sagte: »Ärgert Euch nicht, falls Hector oder Lachlan Lubanach Euch nicht immer bei unseren Gesprächen dabeihaben wollen. Ich bin mir noch nicht sicher, wie viel ich ihnen letzten Endes verraten werde, aber Ihr werdet alles erfahren. Das verspreche ich.«

»Darum mache ich mir keine Sorgen, Sir«, erwiderte sie. »Hector hat mir sein Wort gegeben, und das hält er für gewöhnlich auch.«

»Ebenso wie ich, Mädchen. Vergesst das nicht«, flüsterte er, legte seine Finger um ihren Nacken und zog ihren Kopf sanft zu sich heran. Seine Hand fühlte sich stark und angenehm an.

»Zieht Euch etwas Warmes an«, riet er ihr, bevor er sie noch einmal küsste.

Als er sie schließlich freigab, lief sie in ihre Kammer, ganz atemlos vor Staunen darüber, welch überraschende Wendung ihr Leben genommen hatte. Dann fiel ihr ein, dass sie gar nicht genügend Zeit hatte, um in Ruhe Kleider für die lange Reise und die Ernennungszeremonie, geschweige denn für ihre Hochzeit, einzupacken.

10

Isobel staunte, wie schnell alles zur Abfahrt bereit war. Sie hatte kaum angefangen, ein paar Kleider auszuwählen, da kam Cristina schon herein, um ihr mitzuteilen, dass Brona, ihre Zofe, schon alles für Isobel gepackt hätte.

»Weil ich nicht wusste, ob du es schaffen würdest, dir auf Chalamine neue Kleider machen zu lassen, habe ich dir hier ein paar schneidern lassen«, sagte sie. »Du kannst sie auf Duart oder in Kirkwall anprobieren und sie, wenn nötig, von Brona oder Mairis Zofe Meg ändern lassen.«

»Ich danke dir«, sagte Isobel. »Adela hat mir auf Chalamine drei neue Kleider machen lassen, aber ich habe sie, ebenso wie meine Zofe, dort zurückgelassen.«

»Nun ja«, erwiderte Cristina. »Ich hatte ja auch den ganzen Sommer über Zeit, mich auf diese Reise vorzubereiten. So hast du wenigstens ein neues Kleid für die Trauung, wie es sich für eine Braut gehört.«

»Ich weiß, das soll Glück bringen«, entgegnete Isobel grinsend. »Du klingst schon genauso abergläubisch wie Vater.«

»Ein bisschen abergläubisch ist doch fast jeder«, rechtfertigte sich Cristina. »Vor allem, wenn es um Hochzeiten geht. Als wir geheiratet haben, gab Tante Euphemia Hector eine Silbermünze, die er in seinen Schuh legen sollte, und sie hat doch sonst mit dergleichen nicht viel im Sinn.«

»Na, das hat ihm ja viel genützt«, kicherte Isobel.

Nun musste auch Cristina lächeln. »So etwas Ähnliches hat er sich damals wohl auch gedacht, Miss Naseweis, aber heute sieht er es wohl ein bisschen anders. Und jetzt schau einmal die Sachen durch, die Brona für dich eingepackt hat, damit wir nichts vergessen.« Noch immer lächelnd umarmte sie Isobel und fügte hinzu: »Schließlich habe ich nicht damit gerechnet, dass du noch vor unserer Ankunft in Kirkwall Hochzeit hältst.«

Nachdem sie Isobel noch einmal kräftig gedrückt hatte, ging Cristina hinaus, um die Vorbereitungen zu überwachen. Da Hector jederzeit auf unvorhergesehene Ereignisse gefasst war, lagen die zwölf Schiffe mitsamt Passagieren binnen einer Stunde zur Abfahrt bereit. Die schnittigen Galeeren brauchten für die Fahrt kaum mehr als drei Stunden. Als sie in den kleinen Hafen unterhalb von Duart Castle einliefen, läutete gerade die Glocke zur Komplet.

Während der Fahrt hatte sich der Wind fast gänzlich gelegt, und die Wolken waren davongezogen, sodass hoch am Himmel der ovale Mond zum Vorschein kam. Die Burg, die auf einem steilen Felsen am Zusammenfluss des Sundes von Mull mit dem Loch Linnhe und dem Firth of Lorn lag, schimmerte silbrig im milden grauweißen Mondlicht.

Trotz der späten Stunde wimmelte es im Hafen und auf dem Burghügel von Bewaffneten, und im Sund und dem Firth fuhren Boote Patrouille.

Der Burgherr und seine Gemahlin waren noch nicht zu Bett gegangen, und nachdem Hector seinem Bruder die veränderten Umstände erklärt und ihn um eine Unterredung gebeten hatte, nickte Lachlan und sagte: »Mairi kann schon mal mit den Frauen nach oben gehen und ihnen ihre Zimmer zeigen. Du und ich und Sir Michael ziehen uns unterdessen in meine Kammer zurück, wo uns keiner stört. Ich nehme an, ihr habt alle bereits zu Abend gegessen?«

»Ja, schon vor Stunden«, antwortete Hector. Nachdem er einen Blick mit Michael gewechselt hatte, fügte er hinzu: »Isobel bleibt ebenfalls bei uns.«

Lachlan schaute von einem zum anderen, dann nickte er wortlos.

»Vielleicht sollten wir ja alle dabei sein«, schlug Mairi vor.

Dieses Mal blickten sich Lachlan und sein Zwillingsbruder kurz an, bevor der Hausherr erwiderte: »Nein, Mädchen. Du sorgst besser dafür, dass die Damen und ihre Zofen gut untergebracht werden. Ich könnte mir vorstellen, dass einige von uns morgen früh nach Norden fahren.«

»Ja«, stimmte Hector ihm zu. »Ich glaube, wir sollten so viele Schiffe wie möglich mitnehmen.«

Wieder nickte Lachlan, dann sagte er zu seiner Frau: »Sag den Männern, sie sollen alles zur Abfahrt bereit machen, und schick einen Boten nach Ardtornish. Falls deine Mutter nicht mit den Übrigen reisen möchte, braucht sie es nur zu sagen. Dann treffe ich für sie andere Vorkehrungen.« Mit den Worten »Was gibt es?« drehte er sich zu Hector um, der ihm ein Zeichen gemacht hatte.

»Bevor du einen Boten nach Ardtornish schickst, solltest du wissen, dass unsere Isobel Sir Michaels Heiratsantrag angenommen hat. Angesichts des schlechten Gesundheitszustandes Seiner Gnaden und weil es besser ist, wenn das Mädchen als Sir Michaels Gemahlin nach Norden reist, soll die Hochzeit so schnell wie möglich stattfinden.«

»Ja, du hast recht. Das wird alle Klatschmäuler zum Schweigen bringen«, pflichtete Mairi ihm bei. Dann eilte sie zu Isobel und schloss sie in die Arme. »Ich bin so froh, dass du deine Meinung geändert hast, meine Liebe.«

»Wenn die beiden noch vor der Abreise heiraten wollen, dann müsste es auf Ardtornish oder hier auf Duart geschehen«, erklärte Hector. »Ich hatte eigentlich vor, den Kaplan Seiner Gnaden zu bitten, die Trauung zu vollziehen.«

»Eine vorzügliche Idee«, erwiderte Lachlan und fügte an seine Lady gewandt hinzu: »Nun lauf, Mädchen. Schick Ian mit der Botschaft nach Ardtornish, und sag einem der Burschen in der Halle, er soll aufpassen, dass uns keiner stört.« Er sah Hector an. »Was ist mit Macleod? Weiß er schon von den Heiratsplänen?«

»Nein. Ich dachte, wir machen auf dem Weg in Glenelg halt.«

Lachlan nickte nur, und bevor Isobel sich darüber wundern konnte, wie selbstverständlich ihre große Neuigkeit aufgenommen wurde, saß sie schon zwischen Hector und Michael an dem langen Tisch in der inneren Kammer, in der Lachlan gewöhnlich seine zahlreichen Informanten empfing oder sich mit den Freunden und Verbündeten des Lords der Inseln beriet.

Lachlan nahm am Kopfende der Tafel Platz und sagte: »Ich nehme an, ihr habt gehört, dass unmittelbar am westlichen Ende des Sundes, bei Mingary, mehrere fremde Galeeren gesichtet wurden.«

»Ja«, erwiderte Hector. »Sir Michael wollte nach Westen segeln, um seinen Feinden nicht in die Arme zu laufen, doch ich habe ihm davon abgeraten, der Heiligen Insel zu nahe zu kommen. Deshalb sind wir alle hergereist.«

Errötend bemerkte Isobel den Blick, den Lachlan seinem Zwillingsbruder zuwarf. Offenbar ahnte er, dass Hector, was ihren plötzlichen Entschluss zu heiraten anging, ein paar Einzelheiten ausließ. Doch er sagte nur: »Du hast gut daran getan, ihn mit hierher zu bringen.«

Dann wandte sich Lachlan an Michael: »Ich hatte eigentlich vor, mich selbst um die Eindringlinge zu kümmern, doch dann hat mir Hector erzählt, dass Eure Feinde überzeugt sind, dass Ihr etwas besitzt, das die Kirche für sich beansprucht, und ich wollte erst einmal Näheres erfahren. Ich hoffe, Ihr könnt mir mehr darüber berichten.«

»Ich werde mein Bestes tun, Sir«, erwiderte Michael. »Es stimmt, unsere Gegner vermuten wirklich, dass meine Familie etwas Derartiges besitzt.«

»Und Ihr wisst nicht, worum es sich dabei handelt?«

»Nein, Mylord. Ich weiß nur, dass es etwas mit der Vergangenheit zu tun hat. Denn mein Vater hat immer gesagt, es sei unsere heilige Pflicht, die Geheimnisse der St. Clairs zu bewahren, eine Pflicht, die uns von meinem Großvater auferlegt wurde. Um ehrlich zu sein, meinem Vater würde es wohl kaum gefallen, dass ich Euch und Hector Reaganach auch nur das wenige, was ich weiß, verrate.«

»Euer Vertrauen ehrt uns, Sir, und ich versichere Euch, dass wir nichts, was Ihr uns mitteilt, ohne Euer Einverständnis weitergeben werden. Habe ich es richtig verstanden, dass Euer Geheimnis bis auf die vorletzte Generation zurückgeht?«

»Ich glaube, ja, aber weder ich noch mein Bruder wissen Näheres darüber.«

»Seid Ihr da sicher? Schließlich ist Henry älter als Ihr und der Erbe Eures Vaters.«

»Schon, Sir, aber Henry ist mir gegenüber stets aufrichtig, da er sehr strenge Ehrbegriffe hat. Außerdem hat er mir einmal erzählt, dass unser Vater ihm das Geheimnis am Tag seiner Volljährigkeit anvertrauen wollte. Doch Vater ist vorher gestorben, und meines Wissens weiß niemand sonst Bescheid.«

»Ich verstehe«, sagte Lachlan und zog gedankenvoll die Stirn kraus.

Isobel, die sich vorstellen konnte, was ihm durch den Kopf ging, sagte eifrig: »Ihr denkt an Euren Vater, nicht wahr, Sir? Michael, ich habe Euch doch von Ian Dubhs Interesse an Geschichte erzählt. Wahrscheinlich weiß er mehr über diese Dinge als wir anderen zusammen und kann uns einen Hinweis geben, wonach Ihr suchen müsst.«

»Mein Vater hält sich zurzeit hier auf Duart auf«, sagte Lachlan und erhob sich. »Er ist Oberhaupt des Gillean-Clans, und daher habe ich mir erlaubt, ihm heute Morgen von Euren Problemen zu berichten. Aber keine Angst, Ihr könnt ihm ebenso vertrauen wie uns. Mit Eurer Erlaubnis werde ich ihn herbitten lassen.«

Michael musterte die ernsten Gesichter in der Runde. Er hatte das unangenehme Gefühl, dass ihm die Angelegenheit entglitt. Andererseits wollte er unbedingt wissen, was hinter dem Familiengeheimnis steckte. Er nahm an, dass es sich dabei um einen Gegenstand handelte, der von großer Bedeutung nicht nur für die St. Clairs war, doch was es genau war und wo man es suchen sollte, konnte er sich nicht vorstellen. Da Lachlan Lubanach sein Einverständnis offenbar voraussetzte, sagte Michael: »Ich wäre Ian Dubh sehr dankbar für seinen Rat. Bittet ihn zu uns.«

In diesem Augenblick bewegte sich Isobel, die neben ihm saß, ein wenig, was seine Gedanken kurzfristig von dem Familiengeheimnis ablenkte.

Während Lachlan die Tür öffnete und einem Pagen befahl, Ian Dubh zu holen, legte Michael unter dem Tisch verstohlen die Hand auf Isobels Bein. Es war amüsant zu beobachten, wie sie vor Schreck leicht zusammenzuckte, ohne dabei jedoch eine Miene zu verziehen. Hatte sie etwa schon öfter derart unangemessen mit Männern geflirtet? Ihm fiel wieder ein, wie kokett sie sich gegenüber Hugo und sogar gegen diesen Schurken Fin Wylie in der Höhle benommen hatte.

Rasch rief er sich zur Ordnung. Das Geschäker mit Fin Wylie war schließlich nur eine Finte gewesen, und außerdem hing sie viel zu sehr an ihrer Freiheit, um irgendwelchen Männern Hoffnungen zu machen.

Gerade als ihre Hand die seine berührte, trat ein älterer Herr ein, und Michael erhob sich mit den Übrigen, um ihn zu begrüßen. Trotz des grauen Haares, das sein fortgeschrittenes Alter verriet, war Ian Dubhs Haltung aufrecht, sein Schritt energisch und sicher. Er war dünn und kleiner als seine beiden Söhne, dennoch sah Michael sofort, dass auch er kein Schwächling war.

»Das ist Sir Michael St. Clair, Vater. Der Gentleman, von dem ich Euch heute Morgen erzählt habe«, sagte Lachlan. »Er hat um unsere Isobel angehalten, und sie hat eingewilligt. Hoffentlich könnt Ihr uns helfen, sein Geheimnis zu lüften.«

Ian Dubh begrüßte Michael mit einem herzlichen Lächeln und einem kräftigen Handschlag. »Eine passende Verbindung«, sagte er. »Ihr seid Herr auf Roslin, nicht wahr, und außerdem der Enkel von Sir William St. Clair, der dabei war, als Sir James Douglas und Robert Logan den verhängnisvollen Versuch unternahmen, das Herz von Robert the Bruce nach Jerusalem zu bringen.«

»Ich habe die Ehre, Sir«, erwiderte Michael.

»Aber ich habe gehört, Sir, dass es nicht Sir Michaels Großvater, sondern sein Vater war, der Bruce' Herz fortbrachte, nachdem sie zuvor gemeinsam bei Bannockburn gekämpft hatten«, bemerkte Isobel.

»Nein, Mädchen«, widersprach Michael. »Es war mein Großvater. Er starb, ebenso wie Robert the Bruce, bereits fünfzehn Jahre vor Henrys Geburt.«

»Diesen Fehler begehen viele, Isobel«, erklärte Ian Dubh. »Die Leute neigen dazu, einem berühmten Mann immer neue Heldentaten anzudichten, als würde dann etwas von seinem Ruhm auf sie abfärben. Sir Michaels Vater hieß ebenfalls Sir William St. Clair. Er starb zweiundzwanzig Jahre später nach einem Sturz vom Pferd.«

»Er war aber auch ein Krieger«, sagte Michael.

»Sehr richtig. Ebenso wie sein Vater und Großvater«, pflichtete ihm Ian Dubh bei. Es hatte den Anschein, als wollte er noch etwas hinzufügen, doch stattdessen warf er Lachlan und Hector einen Blick zu, bevor er an Michael gewandt fortfuhr: »Vielleicht möchtet Ihr lieber unter vier Augen darüber sprechen, mein Junge.«

Michael blickte Hector und Lachlan an. Er war sich nicht sicher, ob es unhöflich wäre, das Angebot anzunehmen.

Isobel hatte Michael genau beobachtet. Sie verstand sehr gut, wie ungern er vor den anderen über seine persönlichen Angelegenheiten redete. Daher nahm sie all ihren Mut zusammen und sagte leise: »Immerhin ist es Michaels Familiengeheimnis. Wenn Ian Dubh wirklich etwas darüber weiß, sollte er es vielleicht erst einmal nur Michael erzählen.«

Bei diesen Worten wirkte Hector ein wenig konsterniert, und auch Lachlan sah aus, als wollte er Einspruch erheben.

Doch bevor einer von ihnen ein Wort herausbrachte, sagte Ian Dubh in einem so entschiedenen Ton, wie Isobel ihn selten von ihm gehört hatte: »Ich werde allein mit Sir Michael reden.«

»Isobel soll alles hören, Sir«, erwiderte Michael bestimmt.

»Da sie bald Eure Frau wird, müsst Ihr das entscheiden, Junge«, entgegnete Ian Dubh mit leichtem Tadel. »Ich würde allerdings abraten. Geheimnisse sind nichts für Frauen. Sie könnte sich verplappern, und wenn Eure Feinde erfahren, dass sie Bescheid weiß, ist vielleicht ihr Leben in Gefahr.«

»Ich glaube, sie wäre im Gegenteil sicherer, wenn sie es wüsste, Sir. Außerdem habe ich ihr mein Wort gegeben.«

»Dann bleibt es dabei. Ihr beide könnt jetzt gehen«, wandte er sich an seine Söhne.

Ohne ein weiteres Wort verließen die beiden den Raum.

Isobel starrte ihnen überrascht nach, bis die Tür hinter ihnen zufiel. »Wundert es Euch, dass sie ohne Widerrede gegangen sind, Mädchen?«, fragte Ian Dubh gleichmütig.

Sie nickte geistesabwesend, dann riss sie sich zusammen und antwortete: »Ja, Sir. Ich habe nicht damit gerechnet, dass sie gehen, während ich hierbleiben darf.«

»Auch wenn Lachlan im Laufe der letzten Jahre viele meiner Pflichten übernommen hat, so bin ich doch noch immer Chief des Gillean-Clans. Ich erlaube dir lediglich zu bleiben, weil Sir Michael es so wünscht. Denn in dieser Frage hat er zu bestimmen.«

»Könnt Ihr Euch denken, worauf meine Feinde aus sind, Sir?«, erkundigte sich Michael.

»Bevor ich Eure Frage beantworte, sollte Isobel wissen, dass Euer Vater, ebenso wie sein Vater vor ihm, kein einfacher Krieger, sondern ein Ritter des Templerordens war. Ich nehme an, Ihr und Sir Henry seid ebenfalls Templer, nicht wahr?«

Obwohl er sich normalerweise gut unter Kontrolle hatte, starrte Michael ihn vor Verblüffung mit offenem Mund an. Dann sagte er vorsichtig: »Der Orden der Tempelritter existiert nicht mehr, Sir. Er hörte schon lange vor meiner Geburt auf zu bestehen. Außerdem bin ich kein Krieger.«

Der alte Mann zwinkerte ihm zu. »Ach Junge, vor mir braucht Ihr Euch doch nicht zu verstellen. Und was das Mädchen angeht, so war es schließlich Euer Wunsch, dass sie dabei ist.«

Michael blickte zu Isobel hinüber und sah, wie sich ihre Augen verengten. Hastig sagte er: »Vor der Lady habe ich nichts zu verbergen. Aber ich maße mir nicht an, ein Tempelritter zu sein. Mein Großvater hatte diese Ehre, wie man auf seinem Grabstein auf Roslin Castle nachlesen kann, und auch mein Vater war ein tapferer Kämpfer. Doch als er starb, war ich erst fünf und viel zu jung, um in seine Fußstapfen zu treten.«

Ian Dubh blickte ihn prüfend an, doch Michael hatte sich wieder gefasst und erwiderte gelassen seinen Blick. Er hatte sein Versprechen Isobel gegenüber gehalten und trotzdem nichts gesagt, was nicht der Wahrheit entsprach.

Isobel blickte zwischen Michael und Ian Dubh hin und her. Sie merkte, dass der ältere Mann Michael nicht glaubte, doch dieser wirkte vollkommen aufrichtig. Sie hatte schon ab und an von den Tempelrittern gehört, wenn Lady Euphemia und Ian Dubh aus der Vergangenheit erzählten, doch viel wusste sie nicht.

Ian Dubh nahm ihnen gegenüber am Tisch Platz und betrachtete Michael nachdenklich, bevor er sagte: »Ihr wollt es vielleicht nicht wahrhaben, Junge, aber ich glaube, die Antwort auf Eure Fragen liegt in der Geschichte des Ordens.«

»Aber es ist doch schon mehr als siebzig Jahren her, seit der Papst die Templer zu Ketzern erklärte, sie einsperren ließ und den Orden auflöste«, erwiderte Michael.

»Das geschah vor allem in Frankreich, auf Befehl König Philipps des Schönen«, sagte Ian Dubh. »Er hatte bereits zwei Päpste beseitigen lassen, und der nächste war stark von ihm abhängig, doch auf die Tempelritter hatte er keinen Einfluss. Darüber hinaus schuldete er dem Orden enorme Summen, die er nicht zurückzuzahlen gedachte. Um den Orden zu zerschlagen, brauchte er einen willfährigen Papst.«

»Mit Verlaub, Sir ...«, begann Michael, doch Ian Dubh sprach unbeirrt weiter: »In Schottland wurde der Orden nie aufgelöst, weil die entsprechende päpstliche Bulle hier niemals verkündet wurde. Und selbst wenn, welchen Einfluss, glaubt Ihr, hatte in diesem Land wohl ein Papst, der ein Jahr zuvor Robert the Bruce mit dem Kirchenbann belegt hatte?«

»Vermutlich gar keinen«, musste Michael zugeben. »Doch uns bleibt wenig Zeit für Geschichtsunterricht, wenn Lady Isobel und ich noch vor der Fahrt in den Norden heiraten wollen. Und außerdem liegen meine Feinde schon auf der Lauer. Worauf also haben sie es Eurer Meinung nach abgesehen?«

»Auf den Schatz natürlich«, erwiderte Ian Dubh.

»Was für einen Schatz?«, hauchte Isobel.

»Die Templer waren nicht nur hervorragende Soldaten, sondern hatten auch das größte Bankensystem der Welt aufgebaut«, erklärte der Alte. »Ein Mann konnte beispielsweise hier in Schottland oder in England Geld bei einer dieser Banken einzahlen und mit einem einfachen Dokument selbst in so weit entfernten Gegenden wie dem Heiligen Land die gleiche Summe abheben. So brauchte er kein Bargeld mit sich herumzuschleppen. Die Templer konnten diese Dienste anbieten, weil in ihren Ordenshäusern und Komtureien riesige Geldmengen deponiert wurden und der Orden im Laufe seiner Geschichte beträchtliche Reichtümer angehäuft hatte.«

»Aber wenn sie doch Ketzer waren ...« Isobel blickte unsicher zu Michael hinüber. Immerhin war auch sein Großvater einer von ihnen gewesen.

»Nicht die Ketzerei hat zu ihrem Untergang geführt – wenn überhaupt etwas Wahres daran war«, sagte Ian Dubh, »sondern die hohen Geldsummen, die sie den Mächtigen der Welt geliehen hatten. Unter ihnen auch Philipp von Frankreich, der keine Lust hatte, seine Schulden zu bezahlen. Zu jener Zeit war der Papst nicht mehr als eine Marionette in den Händen des französischen Königs. Sobald Clemens sein Einverständnis gegeben hatte, erließ Philipp den Befehl, alle Tempelritter Frankreichs festzunehmen und ihr Vermögen, das in Paris lagerte, zu beschlagnahmen. Doch die Schatzkammer war leer. Ihr Inhalt hatte sich scheinbar ebenso in Luft aufgelöst wie die meisten französischen Templer. Auch ihre bedeutende Flotte, die vor La Rochelle gelegen hatte, war verschwunden.«

»Wohin sind sie gefahren?«

Ian Dubh lächelte. »Das weiß keiner, würden wohl die meisten sagen.«

»Aber Ihr wisst es, nicht wahr?«, erwiderte Isobel.

»Das möchte ich nicht behaupten. Aber als ich noch ein kleiner Junge war, war mein Vater Burgvogt von Tarbert Castle. Einmal, in einer dunklen, nebligen Nacht, als ich eigentlich im Bett liegen sollte, beobachtete ich, wie eine Reihe fremder Schiffe lautlos und wie von Geisterhand bewegt über den Loch glitten. Sie wurden nämlich von Schleppkähnen gezogen. Ich fand heraus, dass mein Vater wusste, welche Bewandnis es mit ihnen hatte. Daher hoffte ich, mehr von ihm zu erfahren, doch am nächsten Morgen waren die Schiffe verschwunden, und mein Vater leugnete, etwas darüber zu wissen. Obendrein bestrafte er mich, weil ich ohne Erlaubnis mitten in der Nacht hinausgelaufen war.«

»Aber wohin könnten sie gefahren sein?«

»Ach Gott, wer weiß das schon? Aber Ihr werdet Euch gewiss erinnern, dass ich mich jahrelang mit alten Dokumenten aus der Zeit von Robert the Bruce beschäftigt habe.«

»Ja, sicher«, erwiderte Isobel.

Zu Michael sagte er: »Ich werde Euch einige dieser Dokumente zeigen. Sie enthalten nur wenige Hinweise auf den Schatz von Paris, es geht jedoch aus ihnen hervor, dass Euer Großvater mit Einverständnis von Angus Og, dem Vater Seiner Gnaden, den Schatz nach Schottland bringen ließ. Zu der Zeit war Angus Og bereits Lehnsherr über zahlreiche Inselclans, besonders südlich der Insel Skye. Ihm entging so schnell nichts, was in den dortigen Gewässern geschah, denn sein Netz von Informanten funktionierte mindestens ebenso rasch und zuverlässig wie das, mit dem Lachlan Lubanach heutzutage Informationen für Seine Gnaden sammelt. Angus Og hätte es mit Sicherheit erfahren, wenn fremde Schiffe den Sund von Isla passiert hätten, an dem sein Hauptsitz Finlaggan lag. Ohne seine Erlaubnis wäre kein Schiff bis zum Loch Tarbert vorgedrungen.«

»Wenn es damals einen Kampf gegeben hätte, würden die Barden bis auf den heutigen Tag davon singen. Also ist wohl alles ruhig verlaufen«, sagte Michael nachdenklich.

»Ja. Robert the Bruce war vermutlich froh über die militärische Unterstützung durch die Tempelritter, zu denen auch Mitglieder Eurer Familie zählten. Kein schottischer Templer wurde jemals eingekerkert oder hingerichtet. Schließlich hatte der Papst Robert the Bruce mit dem Kirchenbann belegt, daher fühlte sich dieser nicht verpflichtet, Anweisungen aus Rom zu befolgen.«

Isobel ging der Schatz der Templer nicht aus dem Sinn. »Hätte man diese unvorstellbaren Reichtümer überhaupt auf Schiffen transportieren können?«

»Die Flotte der Templer soll riesig gewesen sein, Mädchen. Den Aufzeichnungen zufolge lagen wenigstens achtzehn Schiffe vor La Rochelle, und viele andere waren irgendwo auf Fahrt. Auch sie kehrten nie wieder nach Frankreich zurück.«

»Aber wo sind sie alle geblieben?«, fragte Isobel.

»Templerschiffe beförderten viele Waren, mit denen die Leute auf den Inseln Handel trieben, vor allem unser Sturmvogelöl, das jahrelang in ganz Britannien, Europa und anderswo als heiliges Öl in der Kirche verwendet wurde. Heutzutage werden die Sachen meist mit Schiffen der St. Clairs transportiert«, fügte er mit einem vielsagenden Blick auf Michael hinzu.

»Aber warum sollten die Templer ihren Schatz denn hierher bringen?«, fragte Isobel Michael. »Stammte Euer Großvater von den Inseln?«

»Nein, er lebte auf Roslin Castle in Lothian, zehn Meilen südlich von Edinburgh.«

»Sehr richtig«, bemerkte Ian Dubh. »Aber vergesst nicht, dass damals, bevor Robert the Bruce sie besiegte, die Engländer über einen Teil Schottlands südlich von Edinburgh herrschten. Daher war es sicherer, den Schatz hier auf den Inseln zu verstecken und später aufs Festland zu schaffen.«

Michael seufzte. »Wahrscheinlich verraten Eure Aufzeichnungen nichts darüber, wo sie ihn versteckt haben und was daraus wurde.«

»Nein, aber was ist mit Euren eigenen Dokumenten? Jede Adelsfamilie besitzt Urkunden – über die Verleihung von Titeln, den Nachweis von Landbesitz und so fort. Habt Ihr dort schon einmal nachgesehen?«

Michael nickte. »Henry und ich haben alles durchgelesen, was wir auf Roslin finden konnten. Viel war es, um ehrlich zu sein, nicht, außer der Besitzurkunde für die Burg, Dokumenten über die Verleihung der Baronswürde, dem Ehevertrag meiner Mutter und einigen Gerichtsurteilen. Henry ist auch Baron von Roslin«, fügte er für Isobel erklärend hinzu. »Mein Titel – Herr auf Roslin – geht auf Henrys Sohn über, sobald er einen hat.«

»Was Euren Titel betrifft«, sagte Ian Dubh lächelnd, »so ändert er sich, wenn Henry offiziell zum Grafen von Orkney – wie er in Schottland heißen wird – ernannt wird. Soweit ich weiß, war das ein Teil der Vereinbarung zwischen Henry und dem König der Schotten.«

Michael nickte. »Was für eine Vereinbarung war das?«, wollte Isobel wissen.

Als Michael schwieg, erklärte Ian Dubh: »Mit seiner Ernennung erhält Sir Henry zahlreiche Privilegien eines Landesfürsten, Mädchen. So darf er beispielsweise eigene Münzen prägen lassen und innerhalb seines Territoriums die richterliche Gewalt ausüben. Sir Michael, als sein Bruder und möglicher Erbe, wird dann den Titel Lord Michael St. Clair of Roslin tragen.«

»Das hat aber nicht viel zu sagen, denn Henry wird bald einen Sohn und Erben haben, und mir ist wenig daran gelegen, ein Fürst oder Graf von Orkney zu sein«, sagte Michael.

»Das ist sehr klug von Euch, mein Junge, denn derartige Titel sind mit mehr Pflichten verbunden, als man meinen sollte. Es gab mehrere Bewerber um den Fürstentitel, und der König von Norwegen verlangte als Gegenleistung einen Treueeid, gar nicht zu reden davon, dass so ein Titel mehr kostet, als die meisten Männer besitzen.«

»Der Fürstentitel ist Henrys Angelegenheit«, erwiderte Michael. »Mich interessiert mehr dieser geheimnisvolle Schatz. Könnt Ihr mir mehr darüber erzählen, Sir? Woraus soll er bestehen?«

»Das weiß ich auch nicht«, musste Ian Dubh zugeben. »Aber ich nehme an, dass viele Leute auf den Inseln von den Schiffen und wahrscheinlich auch dem Schatz gewusst haben. Dem Ansehen, das Angus Og und Robert the Bruce genossen, und der Loyalität, die die heutigen Inselbewohner Seiner Gnaden entgegenbringen, ist es zu verdanken, dass sie das Geheimnis bewahrt haben. Wenn Ihr wollt, könnt Ihr Euch in meiner Kammer die Dokumente ansehen. Von einigen habe ich ein paar recht gute Abschriften angefertigt, die ich Euch gerne überlasse. Doch ich bin nach wie vor davon überzeugt, dass der Schlüssel zu dem Geheimnis auf Roslin liegt. In Caithness werdet Ihr wohl kaum etwas finden, da es durch Eure Mutter in den Besitz Eurer Familie kam.«

»Möchtet Ihr die Dokumente auch sehen, Mädchen?«, fragte Michael Isobel.

Sie schüttelte den Kopf, ganz überwältigt von der Fülle der Neuigkeiten. Erst durch Ian Dubhs Erklärung hatte sie begriffen, welche Stellung Michael eigentlich hatte. Vorher hatte sie kaum darüber nachgedacht, was es hieß, der Bruder eines norwegischen Fürsten zu sein. Auch Henrys Reichtum hatte sie kaum beeindruckt, denn wenn ein Mann viel Geld hatte, bedeutete das nicht unbedingt, dass auch seine Geschwister wohlhabend waren. Geld hatte ihr überhaupt noch nie sonderlich viel bedeutet. Doch nun, da sie wusste, dass Michael oder auch seine Kinder möglicherweise den Fürstentitel erben würden, bekam die Sache ein ganz anderes Gewicht. Darüber musste sie erst einmal gründlich nachdenken.

Sie hätte am liebsten gleich mit Michael darüber gesprochen, doch der war noch immer in sein Gespräch mit Ian Dubh vertieft, und sie wollte die beiden nicht stören.

»Wenn Ihr mich bitte entschuldigen wollt«, sagte sie daher und stand auf. Dabei merkte sie gar nicht, dass sie Ian Dubh mitten im Satz unterbrochen hatte. »Ich wünsche Euch beiden eine gute Nacht, denn morgen wartet ein langer und anstrengender Tag auf uns.«

Beide Männer erhoben sich ebenfalls, und Michael sagte: »Ich geleite Euch zu Eurer Kammer, bevor ich einen Blick auf Ian Dubhs Dokumente werfe.«

»Macht Euch bitte keine Mühe, Sir«, erwiderte sie. »Der Weg ist mir vertraut, denn immer, wenn wir auf Duart sind, teile ich ein Zimmer mit meiner Tante.«

»Ich komme trotzdem mit«, beharrte er. Dann drehte er sich zu Ian Dubh um und sagte: »Ich lasse mich anschließend von einem Diener zu Eurer Kammer führen, Sir. Es dauert bestimmt nicht lange.«

»Ich kann warten«, erwiderte Ian Dubh. Mit einem abschätzenden Blick auf Isobel fügte er hinzu: »Schlaf gut,

Mädchen. Wenn Lachlan die Vorbereitungen für deine Hochzeit in die Hand nimmt, wirst du morgen wohl schon verheiratet sein, bevor du richtig wach bist.«

»Jawohl, Sir«, sagte sie und machte einen kleinen Knicks. Wenn er noch weiterredete, würde sie bestimmt weinen müssen.

Als Michael ihre Hand nahm und sie sich mit festem Griff in die Armbeuge legte, fragte sie sich, wann aus dem Michael, der ihr in allem bereitwillig gefolgt war, eigentlich der eigensinnige Mann geworden war, der stets tat, was er wollte. Doch sie sagte nichts, als sie neben ihm auf die Haupttreppe zuschritt.

Da die Wendeltreppe sich nach dem ersten Absatz verengte, musste Isobel vorausgehen, doch als sie die Tür der Kammer erreichten, die sie zusammen mit Lady Euphemia bewohnte, fasste er ihre Hand und hielt sie zurück.

»Wartet, Mädchen«, sagte er leise. »Was hat Euch so aus der Fassung gebracht?«

»Ian Dubh wartet auf Euch, Sir. Und außerdem kann meine Tante uns hören.«

»Ian Dubh kann sich noch ein wenig gedulden, und Eure Tante schnarcht laut und vernehmlich. Also, was ist los?«

»Nichts Besonderes«, erwiderte sie unbeschwerter, als ihr zumute war. Sie hätte ihm nicht erklären können, was sie beunruhigte, ohne Verrat an ihrer Familie zu üben.

Er blickte ihr so lange tief in die Augen, bis ihre Wangen glühten und ihr ganz unbehaglich wurde.

»Denkt Euch besser eine glaubwürdigere Antwort aus, meine Liebste«, sagte er schließlich.

Um seinem bohrenden Blick zu entfliehen, hätte sie ihm gerne die Wahrheit gesagt, doch das ging einfach nicht. Endlich, als sie es nicht mehr aushielt, sagte sie: »Diese Hochzeit, sie kommt einfach zu schnell. Ich finde, wir sollten damit noch warten. Immerhin ist es ja nicht so, als würden wir noch einmal allein eine Reise unternehmen. Hector und Lachlan werden schon dafür sorgen, dass wir während der ganzen Fahrt von Familienmitgliedern und anderen Leuten umgeben sind. Und im Grunde genommen wollt Ihr mich doch gar nicht heiraten, Sir, das müsst Ihr zugeben. Ihr fühlt Euch in der gleichen Weise dazu verpflichtet wie ich.«

Sie zuckte vor Schmerz zusammen, als er ihr die Hände auf die Schultern legte, wo seine Finger zuvor blaue Flecken hinterlassen hatten. Sofort lockerte er seinen Griff, nahm die Hände jedoch nicht weg. »Auch diese Antwort überzeugt mich nicht, Mädchen«, sagte er. »Wir werden heiraten, sobald wir einen Priester auftreiben können, der uns traut. Und solange Ihr mir keinen wirklich guten Grund nennen könnt, werde ich die Hochzeit nicht abblasen. Wir müssen uns nämlich beeilen, Isobel. Henry ist möglicherweise in Gefahr.«

»Wie das? Er hat doch bestimmt genügend Männer, die ihn beschützen.«

»Das schon, aber das wird ihm gegen Waldron nicht viel nützen.«

»Der liegt doch am Eingang zum Sund auf der Lauer«, gab sie zu bedenken. »Jetzt, wo Lachlan von seiner Anwesenheit weiß, stellt Waldron keine Gefahr mehr für uns dar.«

»Wir wissen nur, dass es seine Galeeren sind, jedoch nicht, ob er sich auch an Bord befindet. Und Waldron ist in Caithness und auf Roslin jederzeit gern gesehen.«

»Du meine Güte, wieso denn das?«

»Trotz seiner unehelichen Geburt ist er immer noch mein Vetter«, flüsterte Michael. »Und außerdem hält meine Mutter große Stücke auf ihn, weil er es immer verstanden hat, ihr zu schmeicheln. Von Henry und der Einsetzungszeremonie war zwischen Waldron und mir nie die Rede. Er wollte nur immer von mir wissen, wo ›er‹ sei. Ich wusste nicht, was er damit meinte, doch er ließ nicht locker. Mittlerweile bin ich überzeugt davon, dass es ihm um den Schatz ging. Das macht die Sache noch komplizierter, zumal es nach Ian Dubhs Worten auch noch weitere Bewerber um den Fürstentitel gibt.«

»Glaubt Ihr, dass Waldron zu diesen Bewerbern gehört?«, fragte Isobel leise.

»Er hätte keine Aussichten auf den Titel, weil er von niederer Geburt ist und dem französischen Zweig unserer Familie entstammt. Henry leitet seinen Anspruch nicht nur von unserer Mutter ab, die eine Cousine des norwegischen Königs ist, sondern auch von seiner ersten Frau.«

»Er war schon einmal verheiratet?«

»Ja, mit der Tochter des norwegischen Königs. Sie waren damals beide noch sehr jung, und die Frau starb bald darauf. Ihr Vater war uns behilflich, eine neue Ehefrau für Henry zu finden.«

»Doch all das spielt keine Rolle mehr, wenn Sir Henry erst einmal Fürst von Orkney ist.«

»Das stimmt. Ich glaube auch nicht, dass ihm jetzt noch jemand den Titel streitig machen kann. Doch ob Waldron auch dieser Meinung ist, bezweifle ich. Er ist davon überzeugt, dass er alles bekommt, was er will, und wird mit allen Mitteln versuchen, seinen Willen durchzusetzen.«

Isobel schwirrte der Kopf. Sie musste sich anstrengen, um den verlorenen Faden wieder aufzunehmen. »Trotzdem glaube ich, dass Euer Bruder auf sich selbst aufpassen kann und …«

»Lasst uns jetzt nicht weiter darüber reden, Mädchen. Ihr braucht Euren Schlaf, und ich möchte mich unbedingt noch mit Ian Dubh unterhalten. Morgen früh sehen wir weiter.«

Bevor sie einen weiteren Einwand erheben konnte, hatte er schon die Tür geöffnet und sie in die Kammer geschoben. Hinter ihr fiel die Tür ins Schloss.

Während sie ihr Kleid ablegte und im Hemd zu Lady Euphemia ins Bett schlüpfte, nahm sie sich fest vor, Michael gleich früh am nächsten Morgen alles zu erzählen. Er durfte sie auf keinen Fall heiraten, denn sonst bestand die Gefahr, dass sie den Fluch, mit dem sie selbst beladen war, an seine Kinder weitergab.

11

Kurz darauf folgte Michael einem Pagen zu Ian Dubhs Kammer. Als er eintrat, saß der ältere Mann im Schein einiger Kerzen und Fackeln an einem Tisch und entzifferte ein Pergament, an dem schwere rote Wachssiegel baumelten. Neben ihm stapelten sich mehrere Rollen ähnlicher Dokumente.

»Kommt herein, Junge«, sagte er aufblickend. »Ich hoffe, mit Eurem Mädchen ist alles in Ordnung.«

»Ja, Sir«, erwiderte Michael und schloss die Tür. »Doch ich möchte Euch nicht länger als nötig aufhalten, also lasst uns bitte gleich zur Sache kommen.«

»Ich habe die Dokumente hier«, sagte Ian Dubh und deutete auf den Stapel Pergamentrollen auf dem Tisch. »Ihr könnt nach Herzenslust darin stöbern, und von den beiden, die sich besonders auf die Familie St. Clair beziehen, gebe ich Euch Kopien mit. Ich finde dasjenige am interessantesten, in dem es heißt, dass Euer Großvater den Templern bei der Flucht nach Schottland geholfen hat. Allerdings schreibt sich der Familienname dort noch anders.«

»Ich weiß, Sir. Mein Großvater schrieb ›Sinclair‹, so, wie es sich spricht«, erwiderte Michael. »Doch meine Mutter bevorzugt die französische Schreibweise, die dann auch mein Vater und Henry übernommen haben.«

»Tatsächlich? Mir ist so etwas zu Ohren gekommen. Dennoch überrascht es mich ein wenig, dass die Familie sich nicht nach Eurem verehrten Großvater gerichtet hat.«

»Es würde Euch vermutlich weniger überraschen, wenn Ihr schon einmal das Vergnügen gehabt hättet, meiner Mutter zu begegnen.«

»Ich verstehe. Nun ja, kommt her, dann zeige ich Euch die

Stellen, die sich auf Sir William beziehen. Doch vorher möchte ich Euch noch etwas sagen.«

»Was denn?«

»Als ich Euch von den Geisterschiffen erzählte«, fuhr Ian Dubh fort, »habe ich etwas ausgelassen. Ihr müsst nämlich wissen, dass ich in jener Nacht nicht allein war.«

»Nein?«

»Ich war damals erst sechs Jahre alt und hätte es, um ehrlich zu sein, nicht gewagt, mich gegen den Willen meines Vaters nachts heimlich hinauszuschleichen.«

»Aber Ihr habt es dann doch getan.«

»Ja. Ich lief jemandem nach, den ich sehr bewunderte.«

»Einem älteren Jungen?«

»Ja, meinem Vetter. Sein Vater hatte auf Tarbert Castle noch mehr zu sagen als mein eigener.«

Gespannt sagte Michael: »Da Euer Vater der Burgvogt auf Tarbert war, kann das nur einer sein.«

»Zwei, wenn man den König der Schotten mitzählt«, erwiderte Ian Dubh. »Doch wenn man bedenkt, dass damals große Uneinigkeit darüber herrschte, wer überhaupt König war, bleibt wirklich nur ein Mann übrig.«

»Angus Og, der Vater Seiner Gnaden. Also war der Vetter, dem ihr gefolgt seid …«

»Seine Gnaden höchstpersönlich. In Anbetracht der Tatsache, dass der Lord der Inseln schwer krank ist, habe ich die Zeit genutzt, während Ihr ein wenig mit unserer Isobel geplaudert habt, und dem Boten, den Lachlan morgen nach Ardtornish schicken will, noch etwas aufgetragen.«

»Darf ich fragen, was?«

»Ich möchte, dass Seine Gnaden von Eurer Anwesenheit hier erfährt. Wenn er einverstanden ist, solltet Ihr mit ihm sprechen. Ich habe seinerzeit die Schiffe mit eigenen Augen gesehen und wusste, dass sie mit Angus Ogs Wissen den West Loch Tarbert passierten. Mehr als das und die wenigen Hinweise in den Dokumenten konnte ich bis heute jedoch nicht herausfinden. Als ich einmal Seine Gnaden darauf ansprach, wollte er nicht darüber reden. Alte Geschichten soll man nicht wieder aufwärmen, meinte er.«

»Warum sollte er sich dann mit mir darüber unterhalten?«

»Weil der Bote auch erwähnen soll, dass Euer Leben in Gefahr ist. Seine Gnaden mag Isobel sehr, daher wird er Euch ohnehin kennenlernen und Euch beiden seinen Segen geben wollen. Und dann werden wir weitersehen.«

Mit diesen Worten breitete er weitere Urkunden vor Michael aus und erläuterte ihm so viele Einzelheiten, dass Michael der Kopf schwirrte. Es war schon spät, als er endlich ins Bett kam und auf der Stelle in tiefen Schlaf sank.

Das Erste, was Isobel sah, als sie am nächsten Morgen die Augen aufschlug, war Mairis lächelndes Gesicht, als sie sich über sie beugte. »Wach auf, Isobel«, sagte sie vergnügt. »Der Priester ist da, und ich bin gekommen, um dir beim Ankleiden für die Hochzeit behilflich zu sein.«

Es schien Isobel, als würden von nun an ausschließlich andere über ihr Leben bestimmen. Sie überwachten, lenkten und maßregelten sie so sehr, dass sich alles in ihr dagegen sträubte. Doch da es sich um Autoritätspersonen handelte, fiel es ihr schwer, sich mit ihrer gewohnten Energie gegen die Bevormundung zu wehren.

Einen schwachen Versuch unternahm sie allerdings.

Als Mairi sie aus dem Bett scheuchte, sagte Isobel, sie sei keineswegs sicher, ob sie überhaupt heiraten wolle.

»Ach, Unfug«, entgegnete Mairi kurz angebunden, bevor sie sich an ihre Zofe wandte: »Brona, wir brauchen das Moosgrüne aus Seide.«

Isobel nahm einen neuen Anlauf. »Aber Mairi …«

»Cristina pflückt gerade die Blumen für dich, Liebes. Ich weiß, dass es angeblich Unglück bringen soll, wenn ein anderer als die Braut das tut. Aber bestimmt werdet Cristina und du nichts um dieses abergläubische Gerede geben. Du bist sicher froh, wenn dir jemand diese Arbeit abnimmt. Du weißt ja, dass weder Hector noch Lachlan mit übermäßiger Geduld gesegnet ist, und wenn ich deinen Michael richtig einschätze, ist es bei ihm nicht viel anders. Außerdem habe ich die Erfahrung gemacht, dass es Männern gar nicht schnell genug gehen kann, wenn sie sich erst einmal etwas in den Kopf gesetzt haben.«

So plapperte Mairi immer weiter und ließ Isobel gerade genug Zeit, um auf eine der Fragen zu antworten, die sie hin und wieder in ihren Monolog einflocht. Wollte Isobel ihr Haar offen oder aufgesteckt tragen? Glaubte sie, das moosgrüne Seidenkleid würde gut zu dem Schal in Dunkelblau und Gelb passen? Fände sie es nicht auch sinnvoller, feste Schuhe zum Hochzeitskleid zu tragen, da sie doch gleich nach der Trauung an Bord gehen wollten?

Plötzlich kam es Isobel in den Sinn, dass Cristina, die als ältere Schwester der Braut hätte zur Hand gehen sollen, Mairi sicher vorgeschickt hatte. Wahrscheinlich war sie der Meinung, dass Isobel sich gegen Mairi schlechter durchsetzen konnte. Und damit hatte sie recht gehabt, wie Isobel sich eingestehen musste. Ebenso wenig hätte sie es fertiggebracht, Lachlan oder dem Priester, der in aller Herrgottsfrühe von Ardtornish aufgebrochen war, ins Gesicht zu sagen, dass sie doch noch nicht heiraten wolle.

Also stieg sie ergeben mit Lady Mairi die Treppe zur großen Halle hinunter, wo praktisch alle Bewohner von Duart Castle sich schon für die Hochzeit versammelt hatten. Auf dem Podium warteten außer Michael auch Lachlan und Hector mit dem grauhaarigen Priester. Sir Hugo, der neben Michael stand, zwinkerte ihr lächelnd zu. Als sie zurücklächelte, blickte Michael seinen Vetter an, doch Hugo achtete nicht weiter darauf und blinzelte noch einmal.

Cristina trat vor und reichte ihrer Schwester den Blumenstrauß, den sie gepflückt hatte. Doch zuvor zog sie zwei rosafarbene Rosen heraus und steckte sie Isobel in das flachsblonde Haar, das ihr in Wellen über den Rücken fiel. Dann trat Cristina einen Schritt zurück, um die Wirkung zu begutachten, und sagte: »Du warst noch nie so schön, mein Schatz.«

»Das stimmt«, pflichtete Lady Euphemia ihr bei. »Keine von euch wird jemals unserer Mariota gleichkommen, doch heute ist Isobel, wie ich finde, schon nahe daran.«

»Danke, Tante Euphemia«, sagte Isobel ein wenig kläglich. Das Letzte, was sie wollte, war, wie Mariota zu sein. Als sie Michaels Blick spürte, nahm sie sich zusammen, straffte die Schultern und dachte: Nun gut, hoffentlich bekommt er mit dieser Ehe das, was er sich davon verspricht.

Der Priester trat einen Schritt vor, breitete die Arme aus, bis Stille eintrat, und bedeutete Michael und Isobel, vor den rasch errichteten Altar auf dem Podium zu treten. Die folgende Zeremonie verging für Isobel wie im Traum, bis der Geistliche – nach wenigen Minuten, wie ihr schien – die Worte sprach: »Ich präsentiere Euch hiermit Sir Michael und Lady St. Clair. Ihr dürft die Braut jetzt küssen, Sir.«

Grinsend nahm Michael Isobel vor der ganzen Versammlung in die Arme, hob ihr Kinn leicht an und drückte ihr einen feurigen Kuss auf die Lippen, bei dem ihr ganz schwach wurde. Doch in Anbetracht der Zuschauer riss sie sich zusammen und bewahrte Haltung.

Zur Antwort presste er sie noch fester an sich und berührte mit der Zungenspitze leicht ihre Lippen. Schließlich gab er ihr noch einen Kuss auf die Wange, wobei er ihr zuflüsterte: »Es ist überstanden, Liebste. Vergiss nicht, dass du gelobt hast, gehorsam Tisch und Bett mit mir zu teilen. Ich werde dir kein harter Ehemann sein, doch ich dulde bei meiner Frau auch keine Launen.«

Es überraschte sie, dass er sie so gut durchschaut hatte. »Ihr habt gesagt, wir würden vorher noch darüber reden«, murmelte sie, bemüht, die aufwallende Erregung zu unterdrücken, bevor die anderen noch etwas bemerkten.

»Na ja, es ging eben alles so schnell«, erwiderte er. »Und

außerdem hast du doch keine Einwände gegen die Eheschließung erhoben.«

Isobel wollte nicht eingestehen, dass die Ereignisse – oder Mairi – sie geradezu überrollt hatten, daher schwieg sie.

Im Handumdrehen hatten die Diener ein einfaches, aus Brot, Ale und Fleisch bestehendes Frühstück aufgetragen. Als alle gegessen hatten, schnallte sich Hector seine legendäre Streitaxt um die Schulter. Alle, die mit auf die Fahrt gehen wollten, rafften ihre Siebensachen zusammen, gingen den steilen Pfad zum Hafen hinunter und bestiegen die Galeeren. Nachdem sie fünf Meilen hinter sich gebracht hatten, fuhren die Schiffe in die Bucht von Ardtornish ein. Überrascht über den unerwarteten Halt schreckte Isobel aus ihren Gedanken auf und blickte Cristina fragend an. Doch schon sagte Mairi lächelnd: »Wie du weißt, haben wir meiner Mutter gestern Abend eine Botschaft gesandt, dass wir heute aufbrechen wollten. Daraufhin ließ sie uns durch den Priester ausrichten, sie wolle mitkommen, doch vorher sollten wir alle in die Burg kommen, damit du meinem Vater deinen frischgebackenen Ehemann vorstellen kannst.«

An Prinzessin Margaret hatte Isobel gar nicht mehr gedacht, doch Michael wirkte keineswegs überrascht. Er hatte bestimmt die ganze Zeit über gewusst, dass sie auf Ardtornish haltmachen würden. Sie nahm sich vor, es ihm heimzuzahlen, dass er ihr nichts verraten hatte.

In diesem Augenblick erhob er sich und reichte ihr die Hand. Als sie sie ergriff und in seine lächelnden Augen blickte, fiel ihr mit einem Mal ein, dass die Ehe noch etwas mit sich brachte, an das sie bisher viel zu wenig gedacht hatte.

Michael konnte es noch kaum fassen, dass Isobel nun die Seine war. Er hatte sie von Anfang an für eine Schönheit gehalten, doch als sie jetzt so vor ihm stand, mit ihren glatten, rosigen Wangen, den blaugrauen Augen und dem blonden Haar, das ihr wie ein goldener Schleier bis fast zur Taille fiel, gekleidet in ein elegantes, tief ausgeschnittenes Kleid, das die sanft gerundeten Brüste betonte, dachte er, dass keine Frau schöner sein konnte. Und zum wiederholten Male fragte er sich, wie die viel beschworene Mariota wohl ausgesehen haben mochte.

Doch für derlei Überlegungen war jetzt keine Zeit. Mit seiner Lady am Arm erklomm er als Erster die steilen, in den Fels gehauenen Stufen, die vom Hafen zu der Burg aus schwarzem Basalt führten, die groß und imposant auf dem Felsvorsprung über ihnen thronte. Drinnen stiegen sie eine weitere Treppe hinauf, durchschritten die große Halle und betraten den kleineren Raum dahinter.

Die innere Kammer enthielt ein großes Bett, dessen blaue Vorhänge kunstvoll mit Vögeln und Blumen in Rot, Grün und Blau bestickt waren. In dem Bett lag, von Kissen gestützt, MacDonald, der Lord der Inseln.

Geschwächt von der Krankheit, wirkte er hager und, wie es Michael schien, bedeutend älter als Ian Dubh. Sein weißes Haar war schütter, seine hellblauen Augen wässrig und gerötet, und sein Gesicht mit den Bartstoppeln schien grau. Doch als er die Ankömmlinge bemerkte, richtete er sich auf und bedachte Michael mit einem durchdringenden prüfenden Blick.

Ian Dubh war auf Duart geblieben, und Lady Euphemia wartete mit den Zofen in der Halle, daher begleiteten nur Hector, Lachlan und ihre Ladys das Brautpaar.

Mairi trat ans Bett und ergriff die ausgestreckte Hand ihres Vaters. Dann beugte sie sich hinunter und gab ihm einen Kuss auf die Wange. »Guten Morgen, Sir«, sagte sie. »Hier bringe ich Euch Isobel und ihren frisch angetrauten Gemahl, damit Ihr ihn kennenlernen könnt, bevor wir in den Norden weiterfahren.«

»Ja, Mädchen, das sehe ich.« Seine Stimme war noch immer kräftig.

»Eigentlich«, fügte Mairi lächelnd hinzu, »müsste ich sie

Euer Gnaden ja als Sir Michael St. Clair und seine Lady vorstellen.«

Als Michael sich verbeugte und Isobel einen Knicks machte, sagte MacDonald: »Tretet näher, ihr beiden. Ich würde gerne mehr über eure überstürzte Hochzeit erfahren.«

Mairi öffnete schon den Mund, doch Michael kam ihr zuvor. »Ich bedaure die unziemliche Eile, Euer Gnaden«, erklärte er gelassen, »doch ich muss bei meinem Bruder sein, wenn er als Fürst von Orkney eingesetzt wird, und wollte meine Lady nicht allein zurücklassen. Meine Feinde wissen, dass wir uns lange genug kennen, dass sie über meine Angelegenheiten informiert ist. Zwar weiß ich bei weitem nicht so viel, wie meine Feinde glauben, und konnte ihr daher auch kaum etwas verraten. Dennoch erschien es mir sicherer, sie mitzunehmen.«

MacDonald zog die Augenbrauen hoch. »Glaubt Ihr, wir wären nicht in der Lage, sie zu beschützen, Sir?«

Lächelnd erwiderte Michael: »Ich weiß sehr wohl, dass Ihr sie zu schützen vermögt, Euer Gnaden, und ich habe zuvor alles mit Hector Reaganach besprochen. Doch Ihr werdet mir gewiss zustimmen, dass manche Dinge sich nach der Hochzeit leichter regeln lassen. Ich möchte meine Lady nämlich in mehr als einer Hinsicht beschützt wissen.«

»Das ist ein ausgezeichnetes Argument, Junge«, erwiderte MacDonald und fügte ohne Umschweife hinzu: »Soll das heißen, Ihr habt dem Mädchen schon beigewohnt?«

Als er Isobels feuerrote Wangen bemerkte, verkniff sich Michael ein Grinsen und sagte nur: »Noch nicht, Sir. Wir waren heute ein wenig in Eile.«

»Eure Feinde sollen ruhig noch ein Stündchen länger warten«, sagte MacDonald. »Während sich Eure Gemahlin mit Mairi und Cristina in die Schlafkammer zurückzieht, die meine Lady für sie hergerichtet hat, und sich für Euch bereit macht, könnt Ihr hierbleiben und mir Gesellschaft leisten.«

Diesmal wagte Michael nicht, Isobel anzusehen. Ihr erschrockenes Keuchen verriet ihm, dass sie sich noch immer nicht mit allen ehelichen Pflichten abgefunden hatte, doch er wollte darüber auf keinen Fall ausgerechnet im Schlafzimmer Seiner Gnaden einen Disput mit ihr führen. Daher war er froh, als Mairi und Cristina sie hinausbugsierten.

Hector und Lachlan wären offensichtlich gerne geblieben, doch MacDonald entließ sie mit einer Handbewegung, und gleich darauf fand sich Michael allein mit dem Lord der Inseln.

»Zieht Euch den Hocker dort heran, Junge«, sagte MacDonald. »Ich nehme an, Ian Dubh hat Euch schon eine Geschichtslektion erteilt. Die Nachricht, die er mir übermitteln ließ, war zwar etwas wirr, doch mich dünkt, ich soll Euch erzählen, was wir in jener Nacht sahen.«

Michael wusste genau, dass Seine Gnaden ihm nur so viel berichten würde, wie es ihm gefiel. Also schwieg er und zog sich gehorsam den Hocker ans Bett.

»Damals haben wir beide Blut und Wasser geschwitzt«, begann MacDonald und lächelte leise bei der Erinnerung. »Ich schätze, er hat Euch alles mitgeteilt, was er über die Angelegenheit weiß, einschließlich des wenigen, was seine geliebten Dokumente darüber sagen.«

»Ja, Sir. Er hat mir von den vier Schiffen erzählt, die ihr unterhalb von Tarbert Castle gesehen habt. Am nächsten Morgen seien sie verschwunden gewesen, und ihr hättet nie wieder etwas davon gehört, sagte er.«

MacDonald lachte leise. »Ich beschloss in jener Nacht, nicht darüber zu reden, doch mein kleiner Vetter war weniger klug. Außerdem wurde er schon damals von der gleichen unstillbaren Neugier geplagt wie heute.«

Und er ist noch nicht einmal ein Macleod, dachte Michael. »Warum lächelt Ihr, Sir?«

»Ich musste in letzter Zeit feststellen, dass Neugier eine auf den Inseln sehr verbreitete Eigenschaft ist, Sir«, erwiderte Michael.

»Da habt Ihr recht«, antwortete MacDonald augenzwinkernd. »Ich kenne Isobel gut. Ich hätte gerne mehr darüber erfahren, wie Ihr Euch kennengelernt habt und wie es zu dieser plötzlichen Hochzeit kam, doch ich weiß, dass Ihr vor Sehnsucht nach Eurer Frau fast vergeht. Daher will ich Euch nicht länger als nötig aufhalten. Ihr wollt also etwas über diese Schiffe wissen.«

»Ja, Sir, sofern es Euch beliebt.«

»Wenn es Euch gegen Eure Feinde hilft, erzähle ich Euch gerne alles, was ich weiß. Doch ich fürchte, das ist nicht allzu viel.« Er dachte einen Augenblick nach, bevor er weitersprach. »Aufgrund der Erfahrungen während meiner langen Herrschaft als Lord der Inseln habe ich mir die Zusammenhänge größtenteils selbst zusammengereimt.«

»Habe ich Euch recht verstanden, dass ihr beide damals erwischt wurdet, weil Ian Dubh sich verplappert hat?«

»Ja, das stimmt. Es hat uns eine tüchtige Tracht Prügel eingebracht. Doch im Laufe der Zeit verriet mein Vater mir doch das eine oder andere. Was wisst Ihr über die Tempelritter?«

Die Frage kam nicht allzu überraschend für Michael, daher erwiderte er nur: »Mir ist bekannt, Euer Gnaden, dass mein Großvater, ebenso wie viele andere schottische Adelige, Mitglied des Ordens war. Papst Clemens löste den Orden auf und ließ die Mitglieder verfolgen. Nach Ian Dubhs Worten handelte der Papst im Auftrag Philipps von Frankreich.«

»Ja, und nachdem Clemens das Edikt erlassen hatte, wurden in Frankreich alle Templer eingekerkert. Wir scherten uns hier natürlich nicht um den Erlass. Zu jener Zeit sorgte Edward von England in ganz Schottland für Unruhe, besonders hier an der Westküste bis hinauf nach Isla, ebenso wie an der Westküste von Irland. Doch selbst Edward gelang es nicht, die Anordnungen des Papstes hierzulande durchzusetzen. Und Robert the Bruce hatte selbstverständlich keinerlei Interesse daran.«

»Aber hätte solch ein Erlass mit der Zeit nicht doch …«

»Selbst heute ist der Grüne Abt von Iona der Einzige, der den Weisungen des Papstes gehorcht. Und das auch nur, wenn es ihm in den Kram passt, so wie in diesem Fall vermutlich.«

»Dann glaubt Ihr also auch, dass der Abt mit für meine Schwierigkeiten verantwortlich ist?«

»Ja«, antwortete MacDonald. »Schon vor Jahren wurde er zum Verräter, als er mit seinen Anhängern versuchte, mich und den König der Schotten zu ermorden. Der König befahl ihm, für den Rest seiner Tage auf der Heiligen Insel zu bleiben, und im Großen und Ganzen hat der Abt sich daran gehalten. Doch Fingon Mackinnon ist unberechenbar. Wenn Ihr ihm also jemals begegnen solltet, nehmt Euch vor ihm in Acht. Er kennt übrigens auch Eure Lady, aber sie weiß, dass sie sich vor ihm hüten muss.«

»Was geschah mit den vier Schiffen?«, fragte Michael, als er merkte, dass MacDonald nun rasch ermüdete.

»Ich weiß es nicht genau. Mein Vater war nämlich der Ansicht, dass es besser wäre, wenn so wenige wie möglich eingeweiht wären. Falls mich jemand ins Vertrauen ziehen möchte, wird er sich schon bei mir melden, pflegte er immer zu sagen. Das hat bis heute niemand getan, doch ich bin ziemlich sicher, dass die Schiffe entweder bei Sween Castle, Kilmory oder Kilmartin anlegten und entladen wurden. Das sind alles Orte, an denen Euer Großvater und Robert the Bruce über großen Einfluss verfügten. Mir ist ebenfalls bekannt, dass die Templerflotte aus mehr als vier Schiffen bestand und dass Euer Vater und schließlich Euer Bruder die Flotte der St. Clairs so weit ausgebaut haben, dass sie sich mit denen der meisten europäischen Herrscher messen kann.«

»Ja, ein paar Schiffe haben wir schon«, gab Michael zu. »Doch die Galeeren, die damals aus Frankreich kamen, sind heute doch bestimmt schon zu Staub zerfallen.«

»Mag sein«, erwiderte MacDonald. »Doch Schiffe verrotten nicht so schnell, vor allem, wenn man sie so gut instand hält, wie es Eure Familie tut. Schließlich verfügt sie ja auch über die entsprechenden Mittel.«

Diesmal konnte Michael nicht so tun, als hätte er die Anspielung nicht verstanden. »Meine Güte, Sir, wollt Ihr damit sagen, dass mein Großvater den Schatz für sich behalten hat? Denn eine solche Behauptung …«

»Immer mit der Ruhe«, entgegnete MacDonald. »Ich behaupte gar nichts. Euer Großvater gilt als ehrlicher und anständiger Mann, dem ich eine solche Tat niemals zutrauen würde. Außerdem ist mir bekannt, dass Euer Familienvermögen in erster Linie durch Eure Mutter, Isabella von Strathearn, in die Ehe eingebracht wurde.«

»Aber?«

»Nun ja, es ist schließlich kein Geheimnis, dass Eure Familie noch reicher ist als die Eurer Mutter, ja selbst als der König von Norwegen. Das dürfte auch der Grund dafür sein, dass dieser gerissene Gentleman Eurem Bruder Henry einen Fürstentitel, wie Henry es zu nennen beliebt, verleihen will. Das verschafft Eurem Bruder den zweithöchsten Rang in ganz Skandinavien, direkt nach dem norwegischen König selbst.«

»Ian Dubh hat mir gesagt, was Henry dafür bezahlen muss«, sagte Michael. »Doch es scheint noch weitere Bewerber um den Titel zu geben.«

»So, wie es noch andere Templer geben muss, die von der Existenz des Schatzes wissen.«

»Aber es heißt doch allgemein, dass der Templerorden nicht mehr existiert, nicht wahr?«, fragte Michael. Er war gespannt darauf, ob MacDonald ihm die gleiche Antwort wie Ian Dubh geben würde.

»Ja, gewiss. Hier in Schottland gewannen dafür die Johanniter an Bedeutung, die *Knights of St. John.*« Abermals zwinkerte MacDonald ihm zu. »Mein Vater hat mir erzählt, dass fast alle Templer – die Ritter selbst, ihre Lehnsmänner und Knappen – vor der Verfolgung in ihren Heimatländern nach

Schottland geflohen sind. Selbst aus Irland kamen sie, obwohl die Verhaftungen dort erst sieben Jahre nach den Pariser Vorfällen einsetzten. Sie kamen also zu Hunderten, und die meisten von ihnen waren über den Reichtum des Ordens und das Verschwinden des Schatzes durchaus im Bilde.«

»Und Schottland nahm sie alle auf«, sagte Michael.

»Gewiss. Als König Philipp in Paris den Templerschatz konfiszieren ließ, war Robert the Bruce schon seit über einem Jahr König der Schotten. Es dauerte dann allerdings noch einmal fünf Jahre, bis er Schottland geeint und von den englischen Truppen unter Edward befreit hatte. Doch unser Sieg bei Bannockburn brachte schließlich die Entscheidung.«

»An der die Templer beteiligt waren.«

»Das stimmt«, erwiderte MacDonald. »Bruce war natürlich froh über die Hilfe dieser gut ausgebildeten Ritter, zumal die meisten bei ihrer Flucht Ausrüstung und Waffen hatten retten können. *Sein* Schatz waren also die Templer. Zusammen mit meinem Vater, der sein enger Freund war, und Eurem Großvater ließ der König überall verkünden, dass die Templer in Schottland willkommen seien. Nach jenem schwarzen Tag in Paris kamen sie dann, nicht alle auf einmal, doch einzeln oder in kleinen Gruppen sickerten sie in Schottland ein und trugen zu unserem Sieg bei Bannockburn bei.«

Michael nickte, dann fragte er: »Und was geschah später?«

»Ich fürchte, viel mehr kann ich Euch auch nicht sagen. Ich vermute, dass einige dieser Ritter den Schatz bewachten, doch zugegeben hat es mir gegenüber nie einer. Falls es jedoch die Aufgabe Eures Großvaters war, so möchte ich wetten, dass der Schatz auf dem Gebiet der St. Clairs versteckt liegt, und zwar an einem Ort, der schon seit langem der Familie gehört und wahrscheinlich für immer in ihrem Besitz bleiben wird.«

»Dann müsste er sich am ehesten auf Roslin befinden, doch Henry und ich haben die gesamte Burg abgesucht.«

»All die alten Templerburgen sind mittlerweile in anderen Händen. Ich würde also vorschlagen, Ihr seht noch einmal gründlich nach. Doch jetzt solltet Ihr Eure Braut nicht länger warten lassen, Junge. Unsere Isobel kann nämlich ganz schön wütend werden, auch wenn es selten vorkommt.«

»Euch gegenüber doch bestimmt nicht, Mylord.«

»Das nicht, aber hier auf den Inseln spricht sich so etwas schnell herum. Ihr werdet schon sehen.«

»Wenn man eine Rose begehrt, muss man die Dornen in Kauf nehmen, Euer Gnaden.«

Als MacDonald jetzt lachte, wirkte er zehn Jahre jünger. »Das habe ich mir auch sagen lassen, mein Junge. Euer Vater hat mir vor Jahren erzählt, dass es ein altes persisches Sprichwort sei.«

»Mein Vater?«

»Ja. Wenn ich mich recht entsinne, zitierte er es, bevor er Eure Mutter heiratete. Und nun geht zu Eurer Gemahlin, Sir. Ich gebe Euch beiden meinen Segen.«

»Ich danke Euch, Euer Gnaden«, sagte Michael ernst, bevor er sich verneigte und den alten Mann sich selbst überließ. Er mochte MacDonald und konnte verstehen, warum der Lord der Inseln so beliebt war. Doch kaum hatte Michael die Kammer verlassen, hatte er nur noch Gedanken für seine Braut.

Isobel war noch nie so nervös gewesen wie jetzt, da sie in Gesellschaft von Cristina, Mairi, ihrer Tante Euphemia und der Zofen darauf wartete, dass Michael kam, um die Ehe mit ihr zu vollziehen. Sie wusste kaum, was das eigentlich bedeutete, da sie ohne ihre Mutter, die sie im Alter von vier Jahren verloren hatte, auf Chalamine aufgewachsen war. Später dann war sie nach Lochbuie übergesiedelt, wo der Laird und seine Lady den Luxus einer separaten Schlafkammer genossen.

Sie wünschte, sie hätte nicht nur die Dienstmägde, sondern auch die übrigen Frauen einfach fortschicken können, doch bei Cristina, Lady Mairi und Lady Euphemia ging das natürlich nicht an. So harrte sie weiter nackt unter dem Laken in diesem fremden Bett aus und kam sich klein und hilflos vor.

Schließlich jedoch konnte sie sich eine Bemerkung nicht länger verkneifen. »Ich habe nur eine sehr vage Vorstellung davon, was verheiratete Männer und Frauen tun. Ob das wohl genügt?«

»Ich hätte wahrscheinlich mit dir darüber reden sollen, Liebes«, erwiderte Cristina, die ein schlechtes Gewissen verspürte. »Doch es ging alles auf einmal so schnell, dass ich nicht mehr dazu gekommen bin.«

»Ach Unsinn«, warf Mairi ein. »Du wirst schon wissen, was du tun musst, wenn es so weit ist, Isobel. Und wenn du nicht sicher bist, wird Michael es dir zeigen.« Mit breitem Lächeln fügte sie hinzu: »Wenn es so ist wie bei mir, wirst du großen Gefallen daran finden.«

Die Dienstmägde kicherten, und Isobel wünschte sich, sie hätte nicht davon angefangen. In diesem Augenblick knarrte die Tür, und gleich darauf stand ihr Mann im Zimmer, dicht gefolgt vom Priester.

»Ich wäre Euch dankbar, wenn Ihr Euch mit dem Segnen des Bettes ein wenig beeilen würdet«, sagte Michael zu ihm.

Der Geistliche lächelte nachsichtig. »Ein Bräutigam ist immer ungeduldig, Sir. Doch schließlich muss alles seine Richtigkeit haben, nicht wahr?«

Dann ging alles doch recht schnell. Gerade als das kurze Ritual beendet war, erschienen Hector und Lachlan in der Tür.

Michael wirkte ein wenig ungehalten. »Ich bin Euch sehr dankbar, dass Ihr gekommen seid, Mylords. Dennoch würde ich jetzt gerne mit meiner Lady allein sein.«

Die beiden Brüder zwinkerten einander zu, und für einen Augenblick befürchtete Isobel, sie wollten bleiben und Michael zu Bett geleiten, wie es verbreitete Sitte war. Doch da sagte Michael, an Lady Mairi gewandt: »Ich könnte mir vorstellen, dass Prinzessin Margaret Euch bei ihren Reisevorbereitungen benötigt, Madam. Und Lady Cristina und die Zofen ebenfalls.«

»Ja, da habt Ihr wohl recht«, erwiderte Mairi mit leisem Lachen. Dann ergriff sie entschlossen ihren Mann beim Arm: »Kommt mit, ihr Männer, und überlasst die glücklichen Brautleute ihren wichtigen Geschäften, damit wir alle so bald wie möglich nach Kirkwall aufbrechen können.«

Gleich darauf waren sie fort, und Isobel sah mit einer Mischung aus Erleichterung und Argwohn zu, wie Michael die Tür verriegelte.

Dann drehte er sich zu ihr um und sagte: »Ich habe Vertrauen zu ihnen, aber du fühlst dich vermutlich sicherer, wenn uns keiner überraschen kann.«

»Sicher fühle ich mich nun gerade nicht«, murmelte sie.

Er trat an das hohe Fenster und zog mit einem Ruck die Vorhänge bis auf einen schmalen Spalt zu, durch den nur wenig Licht hereindrang. Dann kam er zum Bett und sah auf Isobel herunter.

»Du brauchst keine Angst vor mir zu haben, Mädchen«, sagte er freundlich, während er sein Wams öffnete. »Ich werde so behutsam wie möglich sein.«

»Wird es wehtun?«, fragte sie.

»Beim ersten Mal kann es ein wenig schmerzen«, erwiderte er und ließ sich auf der Bettkante nieder.

»Werde ich ein Kind davon bekommen?«

»Möchtest du denn ein Kind?«, fragte er lächelnd. Der Gedanke schien ihm zu behagen.

»Werde ich nun eines bekomme oder nicht?«, hakte sie nach.

»Ich weiß nicht. Vielleicht.«

»Dann sollten wir uns zuerst über ein paar Dinge unterhalten.«

»Nein, Mädchen. Es ist meine heilige Pflicht, die Ehe so bald wie möglich zu vollziehen. Zu deinem eigenen Schutz möchte ich verhindern, dass jemand unsere Verbindung anfechten kann.«

»Wir können ja einfach sagen, wir hätten sie vollzogen«, schlug sie vor.

»Könntest du Hector und die anderen derart belügen?«

Hector zu belügen war eine ausgesprochen unangenehme Vorstellung, doch wenn es sein musste … »Ich glaube schon«, erwiderte sie. Selbst in diesem Dämmerlicht sah sie, wie seine Augenbrauen nach oben schossen. »Heißt das, du würdest auch mich belügen?«

»Ich lüge nicht«, erwiderte sie ein wenig verlegen. »Manchmal, wenn es nötig ist, biege ich die Wahrheit ein bisschen zurecht oder verschweige gelegentlich etwas.«

Sicherheitshalber rückte sie ein wenig von ihm ab, doch er legte ihr leicht die Hand auf die bloße Schulter. Seine Finger waren warm, doch sein Blick dafür umso kühler. »Könntest du auch einem Priester oder Seiner Gnaden eine Lüge auftischen, wenn sie uns fragen, ob die Ehe vollzogen wurde?«

Dem Grünen Abt gegenüber hätte sie keine Gewissensbisse gehabt, doch mit dem Lord der Inseln war es etwas anderes. »Nein, Seiner Gnaden nicht«, sagte sie.

»Weißt du noch, wie ich dich auf meinem Schiff gefunden habe?«, fragte er leise.

Ihr wurde noch mulmiger. »Ich weiß nicht, warum Ihr jetzt davon anfangen müsst, Sir. Das ist doch vorbei.«

»Ja, das stimmt«, sagte er und streichelte ihren Arm. »Aber du solltest nicht vergessen, dass ich auch wütend werden kann, meine Liebste. Also reizt du mich besser nicht.«

Sie runzelte die Stirn. »Wollt Ihr damit sagen, Ihr wäret böse, wenn ich nicht mit Euch schlafen wollte?«

»Nein, Mädchen, das musst du selbst entscheiden, denn ich würde nie eine Frau dazu zwingen, und erst recht nicht meine Gemahlin. Ich muss darauf bestehen, dass wir die Ehe vollziehen, doch es soll mit deinem Einverständnis geschehen. Meine Warnung bezog sich nur auf das Lügen. Ich wollte damit sagen, dass es dir schlecht bekommen könnte, wenn du mich anlügst.«

»Dann werde ich es auch nicht tun«, sagte sie. »Es ist nur so, dass man zuweilen gezwungen ist, die Unwahrheit zu sagen. Zum Beispiel, wenn jemand fragt, wie einem ein Kleid oder ein Hut gefällt. Dann ist es manchmal einfach taktvoll, nicht die Wahrheit zu sagen.«

Er umfasste mit festem Griff ihr Kinn und sah ihr tief in die Augen. »Wenn ich dir eine Frage stelle, Isobel, wirst du mir eine ehrliche Antwort geben?«

»Und Ihr, Sir? Werdet auch Ihr meine Fragen aufrichtig beantworten?«

»Ja, wenn ich irgend kann«, erwiderte er. »Wenn nicht, werde ich dir den Grund dafür nennen. So darf ich beispielsweise ein Geheimnis, das mir jemand anvertraut hat, nicht weitererzählen.«

»Vielleicht habe ich ja auch meine Geheimnisse.«

»Tatsächlich?«

Sie wich seinem Blick aus. »Nicht jetzt«, sagte sie. »Vielleicht eines Tages. Wenn es so weit ist …«

»Eine Frau sollte keine Geheimnisse vor ihrem Ehemann haben«, erwiderte er nur.

»Ich verstehe«, entgegnete Isobel. »Doch ein Ehemann darf Geheimnisse vor seiner Frau haben.«

Er seufzte. »Das wollte ich damit nicht sagen. Wir haben jetzt auch gar keine Zeit, darüber zu reden. Wir kommen später darauf zurück, denn ich muss zugeben, dass du nicht unrecht hast. Doch jetzt gibt es Wichtigeres zu tun.«

»Unsere Ehe vollziehen und vielleicht ein Kind zeugen.«

»Ja.« Er legte sein Wams ab, schnürte seine Hose auf und schleuderte die Stiefel von den Füßen.

Isobel beobachtete ihn und nagte dabei an ihrer Unterlippe. Doch als er sich ihr zuwandte, sagte sie: »Ein Geheimnis müsst Ihr wissen, bevor wir das Bett miteinander teilen, Sir. Mariota war wahnsinnig.«

12

Michael, der eben im Begriff war, seine Unterwäsche abzulegen, hielt inne, richtete sich auf und blickte mit widerstreitenden Gefühlen auf Isobel. Einerseits sagte ihm sein Gefühl, dass sie nach bestem Wissen die Wahrheit sprach. Doch andererseits konnte er Hector Reaganach, dem Admiral und dem Lord der Inseln ebenso vertrauen.

Das hieß, entweder wussten die Brüder Maclean und MacDonald nichts von der wahnsinnigen Schwester, oder Isobel irrte sich.

Mit einem Blick vergewisserte sich Michael, dass die Tür auch wirklich verschlossen war. Dabei überlegte er, wie lange sich die anderen wohl gedulden würden. Doch hier ging es schließlich um ihr gemeinsames Leben, und das hatte jetzt Vorrang.

Er zog sich gänzlich aus und schlüpfte zu seiner Braut ins Bett.

Als sie ein wenig vor ihm zurückwich, sagte er: »Ich habe mich geirrt, Liebste. Über diese Sache müssen wir wirklich reden. Aber ich würde dich dabei gerne im Arm halten, wenn es dir recht ist.«

»Dann glaubt Ihr mir also«, sagte sie erleichtert. Offenbar war sie von dem überzeugt, was sie sagte.

»Ja. Und jetzt komm her.« Er streckte einen Arm aus und wartete, bis sie näher gerückt war und den Kopf an seine Schulter gelegt hatte. Dann zog er sie noch dichter heran und strich mit den Fingerspitzen über die seidenglatte Haut an ihrem Arm. Hoffentlich würde sie bald die Scheu vor ihm verlieren. »Erzähl mir, wie Lady Mariota starb.«

Sie zögerte einen Augenblick, als suche sie nach den passenden Worten, dann sagte sie: »Über der Burg erhebt sich eine Klippe.«

»Auf Chalamine?«

»Nein, hier auf Ardtornish. Man nennt sie *Creag nan Corp.*«

»Ja, davon habe ich gehört. Von diesem Felsen lässt MacDonald Verbrecher hinabstürzen. Aber deine Schwester hatte doch gewiss nichts verbrochen.«

»Nein«, antwortete Isobel. »Eines Tages ... waren wir oben auf dem Felsen – Cristina, Mariota und ich. Dabei ...« Diesmal zögerte sie noch länger, bevor sie hastig weiterredete: »Mariota und ich stürzten ab. Wir konnten uns gerade noch an einem Strauch festhalten, doch Cristina bekam nur mich zu fassen. Mariota ...«

Wieder verstummte sie, die Lippen fest zusammengepresst, als könne sie ihrer Stimme nicht trauen.

Ihn schauderte bei dem Gedanken, dass sie sich vielleicht nie kennengelernt hätten. Ohne sie loszulassen, drehte er sich auf die Seite und blickte ihr tief in die Augen. Dabei wünschte er, er hätte die Vorhänge offen gelassen, damit er ihr Gesicht besser erkennen konnte. Unter seinem Blick wurde sie ein wenig unruhig, schien jedoch keine Angst vor ihm zu haben. Als sie den Blick abwandte, sagte er nur: »Das muss schrecklich für dich gewesen sein.«

»Ja, schließlich war ich damals erst zwölf.«

Ohne sie zu drängen, wartete er geduldig darauf, dass sie weiterredete.

Sein eindringlicher Blick verschlug ihr fast die Sprache. Sie wusste einfach nicht, wie sie es ihm beibringen sollte, was Mariota zugestoßen war. Zu allem Überfluss warnte eine innere Stimme sie, dass sie im Begriff war, Verrat an ihrer Familie zu üben. Doch andererseits würde er es bestimmt merken, wenn sie ihm etwas verschwieg. Und wie er dazu stand, hatte er ja deutlich gesagt. Am liebsten hätte sie das ganze Gespräch auf später verschoben, doch das hätte die Sache nicht leichter gemacht. Sie blickte ihn erneut an und wünschte, er würde etwas sagen.

»Ich … ich weiß nicht, wie ich es ausdrücken soll«, sagte sie schließlich.

»Warum habt ihr euch überhaupt dort oben aufgehalten?«, fragte er.

Als die Hitze ihr in die Wangen schoss, war sie heilfroh, dass es so dämmrig in der Kammer war. Sie hätte es sich denken können, dass er nachbohren würde, denn er war mindestens ebenso neugierig wie sie und ließ sich nicht so leicht abspeisen.

Sie erwiderte seinen Blick und antwortete: »Mariota und Cristina waren schon auf dem Felsen, als ich oben ankam.«

Er runzelte die Stirn. »Seid ihr denn nicht zusammen ausgeritten?«

»Nein, ich bin ihnen gefolgt.«

»Du hattest also schon mit zwölf deinen eigenen Kopf.«

»Ja, manchmal schon.« Sie verzog das Gesicht, dann setzte sie leicht gereizt hinzu: »Bringt mich bitte nicht durcheinander, Sir. Es ist schon schwer genug, Euch das alles zu erzählen.«

»Gut«, sagte er gleichmütig. Dennoch entging ihr der ungeduldige Unterton in seiner Stimme nicht. Sie musste jetzt rasch zur Sache kommen.

Isobel schloss die Augen und fuhr fort: »Mariota hatte gedroht, sich vom Felsen zu stürzen, und als Cristina sie daran hindern wollte, versuchte Mariota stattdessen, sie hinunterzustoßen.«

»Und welche Rolle hast du dabei gespielt?«

Seine Stimme klang so freundlich, dass sie einen raschen Blick riskierte. Doch als sie sein Gesicht sah, machte sie die Augen gleich wieder zu und schluckte schwer, bevor sie fortfuhr: »Mariota hatte mir verraten, was sie vorhatte, und ich erzählte es Cristina. Deshalb ritt Cristina ihr nach.«

»Das leuchtet mir noch einigermaßen ein, da sie ja die Älteste ist. Obwohl ich der Meinung bin, ihr hättet es Hector erzählen müssen. Aber bist du den beiden denn nur aus Neugier gefolgt?«

Dass Männer immer glaubten, eine Frau könnte ohne ihre Hilfe mit keinem Problem fertig werden! Hastig redete sie weiter: »Ich hatte Angst, und zu Recht, wie sich herausstellte. Denn als ich oben ankam, versuchte Mariota gerade Cristina zu überreden, sich neben sie an die Felskante zu stellen. Mir kam das komisch vor, und deshalb rief ich Cristina eine Warnung zu. Aber Cristina denkt von allen Menschen immer nur das Beste, vor allem von Mariota, die sie sehr liebte. Also befahl sie mir zu schweigen und gab Mariota nach. Ich sprang von meinem Pony und rannte zu ihnen. Die beiden beachteten mich nicht, da sie lautstark miteinander stritten. Cristina versuchte Mariota zur Heimkehr zu bewegen, doch in diesem Augenblick packte Mariota sie und versuchte, sie über die Felskante zu stoßen. Ich konnte Cristina gerade noch festhalten. Doch Mariota ließ nicht los, sondern zog und zerrte, und ich zog auch und dann …«

»… Dann seid ihr, du und Mariota, hinuntergefallen«, beendete er den Satz, als sie plötzlich aufschluchzte. Mit seltsam rauer Stimme setzte er hinzu: »Sprich weiter, Liebste. Erzähl mir, was dann geschah.«

Sein ruhiger Ton besänftigte sie ein wenig, und sie fuhr fort: »Cristina streckte die Hand nach uns aus, doch sie kam nicht heran. Als Mariota sah, dass Cristina möglicherweise mich, doch ganz gewiss nicht sie würde retten können …« Sie schluckte angesichts der schrecklichen Erinnerung, zwang sich dann aber weiterzusprechen. »Ach, Michael, sie packte meinen Fuß und wollte sich an mir hochziehen. Doch ich … ich trat nach ihr, und sie … stürzte hinunter.«

Jetzt bebte ihr ganzer Körper vor Schluchzen. Michael nahm sie fest in die Arme und drückte sie an sich. Er wartete, bis der schlimmste Sturm sich gelegt hatte, dann flüsterte er: »Weine nur, Liebste. Weine dich richtig aus, dann geht es dir besser.«

Doch seine Worte hatten die gegenteilige Wirkung. Isobels Tränen versiegten, und sie fasste sich rasch wieder.

Tröstend strich er ihr über das Haar. Darauf stieß sie einen tiefen Seufzer aus und schmiegte sich in seine Arme.

»Ist es besser?«, fragte er.

»Ja«, murmelte sie. »Ich verstehe gar nicht, wie ich derart die Fassung verlieren konnte. Ich glaube, so sehr habe ich noch nicht einmal geweint, als Mariota starb.«

»Hältst du dich für schuldig an ihrem Tod, weil du nach ihr getreten hast?«

Die Kehle war ihr wie zugeschnürt, als er so offen aussprach, was ihr unzählige Male durch den Kopf gegangen war. Doch rasch gewann die Vernunft wieder die Oberhand. »Noch nie zuvor habe ich es jemandem so erzählt«, sagte sie. »Hector hat mich dann schließlich gerettet, denn Cristina schaffte es zwar, mich festzuhalten, konnte mich aber nicht hinaufziehen. Wir – Hector und ich – machten uns große Sorgen um sie. Aber Mariota muss doch wirklich wahnsinnig gewesen sein, nicht wahr, Sir? Wie hätte sie sonst so etwas tun können?«

»Eines ist jedenfalls sicher, meine Liebste. Nämlich, dass du schon mit zwölf so tapfer warst wie heute. Und wenn unsere Kinder deinen Mut erben, werde ich sehr stolz auf sie sein.«

Seine Worte machten sie sehr glücklich. Dennoch blickte sie ihn prüfend an, ob er es auch wirklich ernst gemeint hatte.

Ruhig erwiderte er ihren Blick, dann beugte er sich hinunter und küsste sie auf den Mund. Als sein Kuss fordernder wurde, zuckte sie zurück. »Aber sie war wahnsinnig«, beharrte sie. »Es gibt keine andere Erklärung.«

»Ich glaube eher, dass sie einfach nur eine verwöhnte Schönheit war, die immer ihren Kopf durchsetzte. Und das hat sie eben wieder versucht, nur dass dann alles schiefging.

Und selbst wenn sie verrückt war, du hast noch sechs Schwestern und zahllose Verwandte, meine Liebste. Wie viele von denen sind wahnsinnig?«

»Keiner, soweit ich weiß«, musste sie zugeben. »Aber Ihr wollt doch gewiss nicht riskieren, dass durch mich der Wahnsinn in die Familie St. Clair kommt.«

Er lachte. »Was geschehen soll, geschieht sowieso. Und außerdem solltest du warten, bis du Henry kennengelernt hast. Dann denkst du vielleicht anders darüber, wer den Wahnsinn in die Familie bringt. Vielleicht tut es dir dann leid, dass du mich geheiratet hast.«

»Aber Sir, Henry wird bald ein Fürst sein! Doch was ist mit unseren Kindern? Was ist, wenn …«

»Unsere Kinder werden von ihrer Mutter Tapferkeit und Klugheit mitbekommen«, sagte er bestimmt. »Dagegen kommt kein Wahnsinn an.«

»Seid Ihr sicher?«

»Ganz sicher«, erwiderte er in ebenso festem Ton. »Und nun, Mädchen …«

In diesem Augenblick schraken beide zusammen, als es dreimal scharf an der Tür klopfte und Hectors dröhnende Stimme erklang: »Es wird höchste Zeit, ihr beiden, die Flut kommt. Falls ihr dabei sein wollt, wenn wir auf eure Feinde treffen, dann macht schnell, dass ihr aus dem Bett kommt.«

»Wir sind gleich da, Mylord!«, rief Michael.

»Aber Sir, was machen wir denn jetzt?«, sagte Isobel. »Ich weiß ja, es ist meine Schuld, aber …«

Michael legte ihr einen Finger auf die Lippen. »Wir wollen doch unsere Ehe nicht in Hast vollziehen, Liebste. Zum einen könnte ich dir dann wehtun, und zum anderen möchte ich meine Braut doch in aller Ruhe genießen.«

»Aber was sollen wir ihnen nur sagen? Sie werden bestimmt sehen, dass ich geweint habe.«

»Dann werden sie eben denken, dass es an mir liegt. Ich möchte dich nur bitten, keinem zu verraten, worüber wir gesprochen haben. Wenn deine Schwester dich fragt, dann sagst du einfach, es wäre alles in Ordnung. Du wirst feststellen, dass die Leute den Willen einer verheirateten Frau gewöhnlich respektieren und sie nicht weiter bedrängen.«

Das konnte sich Isobel kaum vorstellen. Noch niemals hatten ihre Schwestern Hemmungen gehabt, sie auszufragen, wenn sie etwas unbedingt herauskriegen wollten. Michael war aufgestanden und griff nach seinen Kleidern. Als sie noch zögerte, blickte er sie lächelnd über die Schulter an und warf ihr das Unterhemd zu.

»Zieh das über, Mädchen. Sobald ich fertig bin, gehe ich dir mit den übrigen Sachen zur Hand. Oder soll ich lieber nach der Zofe deiner Schwester schicken?«

»Nein, danke«, sagte sie und errötete bei dem Gedanken, dass er ihr beim Ankleiden helfen wollte. Doch wenn Brona um sie herumwuselte, wäre es noch schlimmer.

Sie zog sich an, so rasch sie konnte, dann knöpfte Michael ihr das Kleid im Rücken zu und schnürte die Bänder. Als sie schon die Tür öffnen wollte, bedeutete er ihr mit einer Handbewegung zu warten. Zu ihrem Erstaunen zog er seinen Dolch aus der Stiefelstulpe und ritzte sich damit leicht den Oberarm.

»Was macht Ihr denn da?«, rief sie.

Er lächelte. »Sie werden das Laken nach Blutflecken absuchen. Wenn sie welche finden, wird niemand irgendwelche Fragen stellen. Hast du etwas zur Hand, womit ich mich hinterher verbinden kann?«

»Ans Verbinden denkt ein Mann erst, wenn er den ganzen Teppich vollgeblutet hat«, erwiderte sie trocken, nahm ihm den Dolch aus der Hand und schnitt damit einen Streifen von ihrem roten Unterrock ab. »Damit muss es gehen. Ich hoffe, man sieht unter dem Ärmel nichts davon.«

Er lachte leise, ging zum Bett und rieb sorgsam ein wenig Blut auf das Laken.

»Um Himmels willen, das ist feinstes Leinen und gehört

Seiner Gnaden und Prinzessin Margaret!«, rief sie, entsetzt bei dem Gedanken, dass man glauben könnte, es sei ihr Blut.

»Ist schon gut«, sagte er grinsend. »Verbindest du jetzt meinen Kratzer?«

Sie wickelte ihm den Stoffstreifen um den Arm und zog den Ärmel darüber. Darauf blickte er sich in der Kammer um, ob sie auch nichts vergessen hatten, legte ihr den Umhang um die Schultern und band ihn unter ihrem Kinn fest. Als sie zur Tür gehen wollte, zog er sie noch einmal an sich und küsste sie.

»Danke, dass du es mir gesagt hast, Liebste«, sagte er. »Ich weiß, dass es dir nicht leichtgefallen ist, aber ich hoffe, du wirst mir immer alles erzählen, von dem du glaubst, dass ich es wissen sollte.«

Sie schaute ihm in die Augen und fragte sich, ob sie den Mann, den sie geheiratet hatte, wohl jemals verstehen würde. Doch jetzt blieb ihnen keine Zeit mehr, denn Hector hämmerte schon wieder an die Tür.

Michael öffnete und sagte, einen Arm um Isobels Schultern gelegt: »Wir sind bereit, Sir. Geht bitte schon voraus.«

Als Hector sie musterte, wurde Isobel ganz rot und brachte kaum ein Lächeln zustande, doch, wie Michael vorausgesagt hatte, stellte Hector keine Fragen. Stattdessen befahl er Brona, die mit frischer Bettwäsche hinter ihm stand: »Kümmere dich um das Bett, Mädchen, und zwar schnell. Das Schiff, auf dem du mit den Zofen Ihrer Gnaden fahren sollst, wartet schon.«

Während er zur Treppe ging, fügte er über die Schulter gewandt hinzu: »Ich habe mir gedacht, es wäre dir lieber, wenn Brona das Bett macht als eine von den Dienstmägden Seiner Gnaden.«

Als Michael sie kurz an sich drückte, lächelte sie verstohlen, während sie Hector die steile Felstreppe hinab zum Anlegeplatz folgten. Sie hatte schon lange die Erfahrung gemacht, dass Männer Frauen gegenüber gerne mit ihrer Umsicht prahlten.

Am Pier sagte Hector zu Michael: »Um sie im Ernstfall aus der Kampflinie zu halten, wollen wir die Ladys und ihre Zofen auf den beiden vorletzten Schiffen unterbringen, denen dann noch ein Schiff als Nachhut folgt. Uns stehen insgesamt fünfzehn Schiffe und viele mit Pfeil und Bogen, Dolchen und anderen Waffen ausgerüstete Männer zur Verfügung.«

»Das ist eine gute Regelung, Sir«, sagte Michael. »Und ich würde, mit Verlaub, auch vorschlagen, dass Ihr, der Admiral, Hugo und ich auf gesonderten Schiffen fahren.«

»Aber es könnte doch sein, dass wir etwas besprechen müssen«, erwiderte Hector.

»Das ist schon wahr, Sir, aber ich kenne meinen Vetter Waldron. Jedem wilden Tier, das ihn angreift, versucht er den Kopf abzuschlagen. Wenn er merkt, dass wir uns alle auf einer Galeere befinden, würde er seinen Angriff auf sie konzentrieren und sich nicht um die anderen Schiffe kümmern.«

Hector nickte. »Alle Kräfte zu bündeln, um ein einzelnes Schiff aus einer ganzen Flottille anzugreifen, wäre zwar nicht die übliche Art der Kriegführung, sondern eher selbstmörderisch, es könnte aber durchaus zum Erfolg führen.«

»Ja, denn ohne Kopf ist kein Geschöpf lebensfähig«, sagte Michael. »Das ist zumindest Waldrons Motto. Ihr braucht übrigens keine Angst zu haben, dass Hugo oder ich Eure Befehle oder die des Admirals missachten«, fügte er ein wenig verlegen hinzu. »Hugo ist ein tapferer Krieger, der Waldron genauso gut kennt wie ich, doch wir können auch gehorchen, besonders so hervorragenden Befehlshabern wie Euch und Eurem Bruder.«

Isobel, die seit langem mit Hectors Art vertraut war, entging nicht der scharfe Blick, den er Michael zuwarf. »Da mache ich mir keine Sorgen, Junge. Ich bin sicher, wenn es zu einem Kampf kommt, werdet Ihr schon das Richtige tun.«

»Ich danke Euch, Mylord.«

Als Isobel ihren Mann ansah, dachte sie, dass seine Persönlichkeit aus so vielen unterschiedliche Facetten bestand.

Wenn er mit Hector sprach, ähnelte er in keiner Weise dem Mann, der ihr in der Höhle so bereitwillig die Führung überlassen hatte. Es schien ihr, als wäre er nur deswegen bereit, Hector zu gehorchen, weil er dessen Ruf als ausgezeichneter Kämpfer kannte.

»Ich bringe dich jetzt zu den anderen Frauen«, sagte Michael.

»Ich will aber nicht mit ihnen fahren«, protestierte Isobel. Sie verspürte nicht die geringste Lust, über die Erlebnisse des Brautbettes Auskunft zu geben. Brona und Mairis Zofe Meg Raith mochten sich ja vielleicht nicht trauen zu fragen, doch Cristina und Mairi hatten in dieser Hinsicht bestimmt keine Hemmungen.

»Das kommt gar nicht infrage«, sagte Michael. »Vielleicht werden wir am Eingang zum Sund in einen Kampf verwickelt. Da hat eine Frau auf der vordersten Galeere nichts zu suchen.«

»Glaubt Ihr wirklich, Euer Vetter würde ein Schiff angreifen, auf dem sich eine Frau befindet?«, fragte sie.

»Aber sicher. Du hast doch gehört, was ich Hector Reaganach erzählt habe, und hast Waldron selbst gesehen. An der Höhle hätte er keinen Augenblick gezögert, dir etwas anzutun, um mich zum Reden zu bringen.«

»Aber Ihr habt doch gesagt, Ihr könnt ihm gar nichts verraten, weil Ihr nichts wisst.«

Er sah sie an. »Das stimmt auch. Und vielleicht hätte ich ihn irgendwann auch davon überzeugen können.«

Sie blickte aufs Wasser hinaus und dachte über seine Worte nach, die ihr Unbehagen verursachten.

»Wir verfügen über fünfzehn Schiffe, einige davon mit Rammspornen«, erwiderte sie schließlich. »So viele können sie unmöglich haben. Und außerdem kann ich einfach nicht glauben, dass die Ruderer Eures Vetters keine Rücksicht auf eine Frau nehmen würden, selbst wenn er es nicht tut.«

»Mach dir keine falschen Vorstellungen von Waldron«,

sagte Michael in so hartem Ton, wie sie es von ihm gar nicht gewohnt war. »Er nimmt nur Leute in seine Dienste, auf die er sich voll und ganz verlassen kann, und seine Männer wissen genau, was ihnen blüht, wenn sie sich seinen Befehlen widersetzen. Die gehen, ohne zu zögern, für ihn in den Tod, Mädchen, weil er sie sonst nämlich eigenhändig umbringt.«

»Du lieber Himmel, was ist das nur für ein Mann?«

»Er ist ein herzloser Mörder, der geborene Assassin. Vergiss das nie.«

»Was heißt ›Assassin‹?«, fragte sie stirnrunzelnd.

»Es ist ein Fremdwort«, erklärte er. »Ich habe es von meinem Vater gelernt, und der wiederum von seinem. Es bezeichnet eine Art Meuchelmörder. Ich will nur hoffen, dass es hier nicht eines Tages allzu bekannt sein wird. Aber auf Waldron passt das ausländische Wort sehr gut.«

»Warum denn das? Ich dachte, er gehört zu Eurem Clan?«

»Er entstammt dem französischen Zweig der Familie«, erwiderte Michael. »Mitglieder unseres Clans sind mit Wilhelm dem Eroberer aus der Normandie nach Britannien gekommen. Waldron spricht fließend Englisch und Gälisch, dazu noch Französisch, seine Muttersprache, und weitere Sprachen, die er während seiner militärischen Ausbildung gelernt hat. Aber jetzt haben wir keine Zeit mehr«, fügte er hinzu, während er über ihre Schulter in die Ferne blickte.

Da ertönte auch schon Hectors Stimme hinter ihnen. »Lieber Himmel, Junge, nun macht mal Schluss mit Eurem Getändel, und bringt das Mädchen an Bord. Wir müssen zusehen, dass wir fertig werden.«

»Ja, Sir, es tut mir leid. Aber Ihr habt bestimmt Verständnis dafür«, erwiderte Michael mit einem kleinen verlegenen Lächeln. Er gab Isobel noch einen herzhaften Kuss, bevor er ihr in das Schiff mit den Damen half. Es ging alles so schnell, dass sie gar keine Zeit hatte zu protestieren, und außerdem wollte sie Hectors Aufmerksamkeit nicht unnötig auf sich lenken.

Isobel wurde freudig begrüßt, als sie zwischen ihrer Schwester und Lady Mairi auf der mit Kissen belegten Bank Platz nahm. Die Zofen fuhren auf einem anderen Schiff, das ebenfalls von sechsundzwanzig Ruderern angetrieben wurde und neben dem Banner des Lords der Inseln, das ein kleines schwarzes Schiff zeigte, auch das des Gillean-Clans führte.

Michael ging zur *Raven* hinüber, um sich mit Sir Hugo zu beraten, der ihn mit einem breiten Grinsen und einem Schlag auf den Rücken empfing. Sie unterhielten sich kurz, dann begab sich Michael zu Hector und Lachlan, die am Ende des Piers bei der steilen Felsentreppe beieinanderstanden.

Zu Isobels Erleichterung brachten weder Cristina noch Mairi das Brautbett zur Sprache, sondern schwatzten über Belanglosigkeiten und überließen Isobel weitgehend ihren Gedanken. Kurz darauf kam Prinzessin Margaret mit ihren beiden Zofen die Treppe heruntergeschritten. Lachlan geleitete sie zum Frauenschiff und führte sie zu ihrem Platz in der Nähe des Vorderstevens, wo sie am besten vor Wind und Gischt geschützt waren.

»Ich bitte um Verzeihung, falls ich Euch aufgehalten habe«, sagte Margaret. »Seine Gnaden ließ mich noch einmal rufen, weil er wissen wollte, ob wir an das bestickte Segel – ein Geschenk für Sir Henrys Hauptgaleere – gedacht haben. Selbstverständlich ist es schon an Bord.« An Isobel gewandt fügte sie lächelnd hinzu: »Es ist sicher etwas merkwürdig, seine Ehe auf diese Weise zu beginnen, meine Liebe.«

»Oh nein, Euer Gnaden«, versicherte Isobel. »Ich liebe das Abenteuer, müsst Ihr wissen, und finde es sehr aufregend, so weit nach Norden zu fahren.«

»Ich verstehe. Lachlan Lubanach hat gesagt, wir könnten es heute noch bis zur Insel Skye schaffen, wenn uns diese Schiffe bei Mingary nicht allzu lange aufhalten. Sobald die Gefahr vorüber ist, will er ein Boot zu Macleod von Glenelg und Gowrie von Kyle Rhea vorausschicken, damit sie wissen, dass wir kommen. Vielleicht wollen sie sich uns ja anschließen.«

Isobel nagte an ihrer Unterlippe.

»Was ist?«, fragte Cristina leise. »Geht es dir gut?«

»Oh ja«, beeilte sich Isobel zu versichern. »Ich dachte nur gerade, dass Vater jetzt bald von meiner Eheschließung erfahren wird. Ich mag mir gar nicht vorstellen, was er sagen wird.«

»Hast du etwa Angst, er könnte dir deswegen böse sein?«

»Ja, sicher«, erwiderte Isobel. »Er lehnt doch alles ab, was nicht seine Idee ist.«

»Aber bestimmt nicht die Tatsache, dass du in die Familie St. Clair eingeheiratet hast«, sagte Cristina. »Hector hat gesagt, sie sollen unvorstellbar reich sein. Eine solche Verbindung stärkt die Machtposition der Macleods. Deshalb wird sich nicht nur Vater, sondern jeder Macleod auf den Inseln darüber freuen.«

Isobel runzelte die Stirn. »Ich habe natürlich auch davon gehört, und es mag ja sein, dass Sir Henry wohlhabend ist, doch was Michael angeht, bin ich mir nicht sicher. Er besitzt zwar eine eigene Galeere oder benutzt die seines Bruders, und er ist Herr auf Roslin Castle. Doch das ist nur eine Formsache, denn die Burg gehört Henry.«

»Hector hat mir erzählt, dass Sir Michael einen äußerst großzügigen Ehevertrag hat aufsetzen lassen, an dem auch Sir Henry nichts mehr ändern kann«, erklärte Cristina. »Nein, an eurer Vermählung hat bestimmt niemand etwas auszusetzen, und schon gar nicht unser Vater.«

Da sie etwas lauter gesprochen hatte, war Mairi, die sich leise mit ihrer Mutter unterhielt, aufmerksam geworden.

»Cristina hat recht«, sagte sie lächelnd zu Isobel. »Wegen deines Vaters brauchst du dir wirklich keine Sorgen zu machen, Isobel. Mein Vater hatte im Laufe der Jahre öfter mit ihm zu tun, und er war immer der Meinung, Macleod sei ein fast so praktisch denkender Mann wie er selbst. Und das will schon etwas heißen, nicht wahr, Madam?«, wandte sie sich an ihre Mutter.

»Dir und Lachlan Lubanach kam er wahrscheinlich so vor«, erwiderte Margaret trocken.

»Ja«, erwiderte Mairi lächelnd. »Und genauso wird sich Macleod dir gegenüber verhalten, Isobel.«

Trotzdem war Isobel noch immer nicht sicher, ob es eine gute Idee gewesen war, Michael St. Clair zu heiraten. Das würde sie wohl erst wissen, wenn sie ihn besser kannte. Doch dazu mussten sie erst einmal den Kampf überleben, der ihnen bevorstand.

Michael döste auf der Galeere, die Hector ihm zugewiesen hatte, vor sich hin. Der Kapitän und der Steuermann des Schiffes wussten, was sie zu tun hatten, und so hoffte Michael, dass er sich aus allem, was sie an der westlichen Einfahrt zum Sund von Mull erwartete, würde heraushalten können.

Der regelmäßige Gongschlag des Steuermannes und das leichte Dahingleiten auf den Wellen übten eine beruhigende Wirkung auf ihn aus. Dennoch schloss er die Augen nie ganz, sondern warf hin und wieder einen Blick unter den gesenkten Lidern hervor. Dabei bemerkte er, dass ihm von Zeit zu Zeit einer der Ruderer einen belustigten Blick zuwarf. Doch Michael störte sich nicht daran. Er behielt auch die beiden Schiffe im Auge, die die Flottille anführten und von den beiden Gillean-Söhnen befehligt wurden. Wie es sich gehörte, fuhr Hectors Schiff ein wenig voraus, da es seine Aufgabe war, den Lord Großadmiral zu beschützen. Lachlan dagegen stand neben seinem Steuermann und schien das Südufer des Sundes zu beobachten. Immer wieder blitzten dort auf den Hügeln Signale auf. Sie wurden entweder durch Fackeln, die man hin- und herschwenkte, gegeben oder mithilfe glatter Flächen, die das Sonnenlicht reflektierten.

Plötzlich verlangsamten die Ruderer des Admirals ihre Geschwindigkeit. Als ihr Schiff und die *Raven* auf gleicher Höhe waren, rief Lachlan Hugo zu: »Sechs Schiffe, nicht vier! Sie liegen westlich von Mingary auf der Lauer.«

Zum Zeichen, dass sie verstanden hatten, winkten Hugo und Michael Lachlan Lubanach zu. Michael hätte Lachlan am liebsten noch einmal davor gewarnt, die Gefahr zu unterschätzen. Auch sechs Schiffe waren gefährlich, wenn ihr Kommandant Waldron von Edgelaw hieß. Doch dann beschloss er, nichts zu sagen. Die Gillean-Brüder würden schon wissen, was sie taten. In diesem Augenblick tauchte vor ihnen, dort wo der Sund eine scharfe Biegung nach Westen machte, Mingary Castle auf.

Besorgt blickte sich Michael nach dem Schiff mit den Frauen um, doch es gab keinen Grund zur Sorge. Drei weitere wohlbewaffnete Galeeren hatten sich zurückfallen lassen und umringten schützend das Schiff. Ihre Kapitäne hatten den Befehl, unverzüglich kehrtzumachen und nach Ardtornish zurückzukehren, falls es brenzlig wurde.

Es bestand auch keine Gefahr, dass Isobel wieder einmal einen Alleingang unternahm. Selbst sie würde es nicht wagen, sich Prinzessin Margaret, geschweige denn den Männern Seiner Gnaden, zu widersetzen.

So blieben nur noch zehn kampfbereite Schiffe übrig, doch an der Einfahrt zum Sund war nichts Verdächtiges zu sehen. Michael ließ Lachlans Galeere nicht aus den Augen. Plötzlich schoss ein drittes, leuchtend rotes Banner am Mast empor, worauf sich Michael rasch nach den drei mit Rammspornen ausgerüsteten Schiffen umsah. Ohne dass der Takt des Gongschlages sich verändert hätte, verdoppelten die Ruderer der Rammschiffe ihre Schlaggeschwindigkeit und zogen an den anderen Galeeren vorbei, die ebenfalls beschleunigten, um nicht abgehängt zu werden. Die Männer in den Rammschiffen erhielten ihre Befehle ausschließlich durch Handzeichen des Kapitäns, und da nur auf vier der Galeeren die Gongs den Takt schlugen, wäre niemand, der die Flottille nicht sehen konnte, auf den Gedanken gekommen, dass es in Wirklichkeit mehr als doppelt so viele Schiffe waren.

Die gesamte Gegend – einschließlich der Halbinsel Ardnamurchan im Norden, der Nordküste von Mull im Süden und der Insel Coll im Westen – gehörte zu MacDonalds Herrschaftsgebiet und befand sich fest in der Hand des Lords der Inseln und seiner treuen Gefolgsleute. Die würden schon dafür sorgen, dass sich kein fremder Späher anschleichen und herausfinden konnte, dass sich zehn Schiffe mit großer Geschwindigkeit näherten. Doch Michael hatte schon vor langer Zeit gelernt, Waldrons Findigkeit nicht zu unterschätzen.

In diesem Zusammenhang fielen ihm wieder Hectors Worte ein, dass der Grüne Abt von Iona und andere Mitglieder des Mackinnon-Clans Waldron möglicherweise unterstützten, nur weil dieser sich als treuer Anhänger der Kirche ausgab.

Auf der Insel Mull lebten nicht nur Angehörige des MacDonalds- und des Gillean-Clans, sondern auch zahlreiche Mackinnons, von denen einige jetzt wahrscheinlich am Südufer des Sundes Ausschau hielten, so wie Lachlans Männer vom Nordufer aus. Vielleicht hatten diese Mackinnons Waldrons Schiffen ein Zeichen gegeben, sich in Richtung Süden davonzumachen und in der Meerenge zwischen der Heiligen Insel und der Westküste Mulls zu warten.

Michael überprüfte, ob sein Dolch in der Stiefelstulpe steckte und sein Kurzschwert und Schild griffbereit lagen. Wegen der Pfeile, die in der Seeschlacht eingesetzt wurden, war es am wahrscheinlichsten, dass er den Schild benötigte, doch er wollte für alle Eventualitäten gerüstet sein.

Zu gerne hätte Michael mit seinem Schiff zur Vorhut aufgeschlossen, besonders, als die *Raven* mit Hugo an Bord an ihm vorbeizog, doch dann besann er sich darauf, was er mit seinem Freund vereinbart hatte. Da Waldron dazu neigte, Michael zu unterschätzen, tat dieser gut daran, sich jetzt ein wenig im Hintergrund zu halten. Vielleicht konnte er sich auf diese Weise Vorteile gegenüber seinem Feind verschaffen.

Während sie Kurs gen Westen nahmen, bildeten die acht Schiffe an der Spitze eine geschlossene Formation. Das erwies sich als kluger Schachzug, sobald sie die Halbinsel umfahren hatten. Michael behielt die See im Auge, die hier rauer war als am Südende des Sundes. Plötzlich wurde er durch Rufe aufgeschreckt. Aus Richtung der Landspitze von Ardnamurchan hielten zwei Schiffe auf sie zu. Gleichzeitig näherten sich jeweils zwei weitere von Süden und von hinten aus Richtung Oronsay. Waldron versuchte, sie in die Zange zu nehmen.

Kaum hatten sie die Schiffe unter dem Banner des Lords der Inseln gesichtet, nahmen die feindlichen Galeeren geschlossen Kurs auf die *Raven,* die sich ein wenig von den anderen Schiffen entfernt hatte. Offensichtlich hatte der Kommandant den Befehl, sein Schiff zu kapern und ihn selbst gefangen zu nehmen, dachte Michael. Als er zur *Raven* hinüberblickte, sah er, dass Hugo hoch aufgerichtet am Heck stand und sich an dem Tau festhielt, das vom Hintersteven zum Mast führte.

Wieder ertönten Rufe, und schon ging von den Schiffen an der Spitze ein Hagel von Pfeilen auf die Angreifer nieder, die das Feuer erwiderten. Das Schiff, auf dem sich Michael befand, nahm Fahrt auf und hatte die anderen schon fast erreicht. Ruder wurden hochgerissen, als eine der größeren Galeeren – vermutlich Hectors – dem größten von Waldrons Schiffen bedenklich nahe kam. Im gleichen Augenblick machten sich die Männer daran, mithilfe von Enterhaken und Tauen die Schiffe der Flottille miteinander zu verbinden – keine leichte Aufgabe angesichts der hohen Wellen, die vom offenen Meer hereinbrandeten und sich am Rumpf der Schiffe brachen. Doch binnen kurzem waren sämtliche Schiffe der Flottille miteinander vertäut. Sie drehten sich so, dass sie mit dem Bug nach außen und dem Heck nach innen einen großen Kreis bildeten, und nahmen die *Raven* schützend in die Mitte. Jetzt griffen auch die übrigen Ruderer zu den Waffen und schossen ihre Pfeile auf die feindlichen Schiffe ab. Noch bevor Michaels Galeere mit den anderen vertäut worden war, enterten einige Männer bereits zwei der feindlichen Schiffe, woraufhin eine von Waldrons Galeeren die Flucht ergriff. Die Verteidiger schleuderten ihr Steine nach, von denen einer sein Ziel mit solcher Wucht erreichte, dass der getroffene Mann rückwärts ins Wasser stürzte. Seine Kameraden konnten ihn gerade noch packen und wieder an Bord hieven, doch er war entweder tot oder bewusstlos, denn er rührte sich nicht mehr.

Die Waffen in der Hand, stand Michael bereit, und kaum war sein Schiff nahe genug, dass er auf das danebenliegende springen konnte, stürzte er sich ins Getümmel.

13

Entsetzt verfolgte Isobel den Kampf. Es ging alles so schnell. Im Gewimmel der Boote und der Menschen, die durcheinanderliefen und mit den Schwertern aufeinander einhieben, hatte sie Michaels Galeere aus den Augen verloren. Die einzigen Schiffe, die sie noch erkennen konnte, waren die *Raven* in der Mitte und Lachlans Fahrzeug mit den leuchtenden Bannern. Plötzlich merkte sie, dass sie auf der Bank stand und den Dollbord so krampfhaft umklammerte, dass ihre Fingerknöchel weiß hervortraten. Sie konnte sich gar nicht entsinnen, hinaufgeklettert zu sein.

Auch die anderen Frauen waren aufgesprungen und beobachteten gespannt das Geschehen. Obwohl er stets beteuerte, dass er ein friedlicher Mensch sei, war Michael ganz offensichtlich mitten im Kampfgewühl. Im Eifer des Gefechts schienen die Streitenden übereinander hinweg und von Schiff zu Schiff zu springen. Isobel sah Speere durch die Luft fliegen und Schwerter blitzen. Sie hörte Schlachtrufe und die Schreie der Verwundeten. Doch langsam ließ der Gefechtslärm nach. MacDonalds Schiffe waren größer als die der Angreifer, besser geschützt und außerdem weit in der Überzahl.

Die Besatzungen der drei Galeeren, die das Schiff mit den Frauen bewachen sollten, wirkten, als hätten sie sich nur allzu gerne ebenfalls in den Kampf gestürzt. Isobel konnte es den Männern nicht verdenken. Sie selbst hatte zwar nicht die geringste Neigung mitzumachen, doch sie wäre gerne näher dran gewesen, um besser sehen zu können. Doch der Kapitän ihres Schiffes wies die Crew an, die Galeere mit kleinen Ruderschlägen an Ort und Stelle zu halten und jederzeit zum Rückzug bereit zu sein, falls sich das Blatt wenden sollte. Isobel hatte keine Angst um sich selbst, sondern fürchtete nur, dass Michael verwundet oder getötet werden könnte.

Cristina wirkte ebenfalls beunruhigt, doch Mairi war die Ruhe selbst. Und obwohl Isobel nicht die gleiche Gelassenheit wie sie aufbringen konnte, fasste sie sich doch etwas. Als eines der feindlichen Schiffe sich zur Flucht nach Süden wendete, hätte sie die Ruderer am liebsten angefeuert, ihm nachzujagen. Doch der Kapitän blickte dem fliehenden Gefährt nur mit verächtlicher Miene nach und machte keine Anstalten, die Verfolgung aufzunehmen.

Wenige Minuten später war der Kampf vorüber. Noch einem weiteren Boot war es gelungen zu entkommen. Hector und Lachlan ließen es ziehen, denn sie waren offenbar damit zufrieden, die restlichen vier Galeeren in ihrer Gewalt zu haben.

»Siehst du irgendwo Hector oder Sir Michael?«, fragte Cristina. »Ich kann sie nirgends entdecken.«

»Hectors Schiff geht gerade längsseits zu Lachlans Galeere. Mach dir keine Sorgen. Ich bin überzeugt, sie sind alle in Sicherheit«, erwiderte Mairi.

Isobel hatte keine Ahnung, wo Michael war. »Ich weiß nicht, wie du die Boote auseinanderhalten kannst«, sagte sie. »Für mich sehen sie alle gleich aus, bis auf die Admiralsgaleere und die *Raven.*«

Mairi lächelte nur, ohne die Augen von den Schiffen zu wenden, und Isobel kam der Gedanke, dass die andere Frau vielleicht nicht ganz so unbesorgt war, wie sie sich gab. Sie hoffte, dass der abscheuliche Waldron ihnen ins Netz gegangen war, doch vor allem musste sie wissen, ob alle ihre Lieben unversehrt waren.

Im Handumdrehen hatten Lachlans Männer die vier feindlichen Schiffe geentert und das Kommando übernommen. Als Michael sah, wie sich die beiden anderen Schiffe davonmachten, während die übrigen sich nach kurzer Gegenwehr ergaben, wusste er, dass sie alle nicht von Waldron befehligt wurden. Er vermutete, dass die beiden fliehenden Galeeren dem Grünen Abt von Iona gehörten, doch wie Waldron zu den anderen gekommen sein mochte, war ihm ein Rätsel.

Kurz darauf trat Lachlan zu ihm, um ihm mitzuteilen, dass man den Gefangenen, wie es Brauch war, die Gelegenheit geben würde, dem Lord der Inseln Lehnstreue zu schwören. Darauf sagte Michael: »Mit Verlaub, Mylord, aber davon würde ich abraten. Damit holen wir uns nur Waldrons Spione in unsere Reihen. Ich habe mich sowieso gefragt, warum sie eine so große Übermacht angegriffen haben. Vielleicht war es ja gerade ihre Absicht, ihre Männer bei uns einzuschleusen. Schließlich gibt ein Sieger den Unterlegenen fast immer die Möglichkeit, zu ihm überzulaufen.«

»Damit mögt Ihr durchaus recht haben«, erwiderte Lachlan. »Hier bei uns kann man auch einem Gegner vertrauen, wenn er erst einmal Seiner Gnaden den Eid geschworen hat, doch bei den Leuten Eures Vetters ist das wohl anders.«

»Das stimmt, Sir«, sagte Michael. »Ihre Loyalität gehört allein Waldron und sonst niemandem.«

Lachlan nickte. »Wir werden Seine Gnaden davon unterrichten.«

Er sagte leise etwas zu einem seiner Männer, dann wies er den Kapitän einer der Galeeren an, nach Glenelg vorauszufahren und Macleod ihre Ankunft anzukündigen. Schließlich befahl er seinem Steuermann, das Schiff von den übrigen loszumachen. Als alle Schiffe wieder frei waren, legten sie am Strand von Ardnamurchan an, um die Gefangenen, die samt und sonders den Treueeid auf MacDonald von den Inseln abgelegt hatte, an Land zu setzen. Sie sollten sich nach Ardtornish begeben und dort den Schwur noch einmal gegenüber Seiner Gnaden wiederholen, bevor sie in seine Dienste traten.

»Um eure Galeeren und Waffen werden wir uns schon kümmern«, sagte Lachlan zu ihnen. »Für einen Angriff auf MacDonald von den Inseln ist das noch eine milde Strafe.«

Nachdem von jedem der Schiffe einige Männer als Ruderer auf die neuen Galeeren verteilt worden waren, setzte die auf neunzehn Boote vergrößerte Flottille die Fahrt fort. Als sie von Ardnamurchan ablegten, überlegte Michael, ob Lachlan daran gedacht hatte, MacDonald vor Waldrons Anhängern zu warnen. Dann fielen ihm wieder die zahlreichen Signale ein, die die Admiralsgaleere am Nordufer des Sundes erreicht hatten, und er dachte daran, wie er gesehen hatte, dass Lachlan einem seiner Männer etwas zugeflüstert hatte. Lächelnd sagte sich Michael, dass der Admiral zweifellos Herr der Lage war.

Verwundert sah Isobel, dass die Männer, die doch gerade eine Schlacht geschlagen hatte, kein Zeichen von Erschöpfung zeigten, sondern die Fahrt mit unverminderter Geschwindigkeit fortsetzten. Sie hatte Michael entdeckt und ihm zugewinkt, doch statt erleichtert zu sein, dass er unversehrt war, war sie ein wenig ärgerlich. Denn er sah aus, als hätte ihm die ganze Sache Spaß gemacht. Dann war es wohl kein besonders anstrengendes Gefecht gewesen.

Gegen Mittag machten sie halt, gingen jedoch nicht an Land. Stattdessen banden sie die Schiffe erneut zusammen, damit ein Teil der Besatzung sich ausruhen konnte, und nahmen einen Imbiss aus kaltem Fleisch, Brot und Ale ein.

Isobel bekam Lust, von einem Schiff zum nächsten zu springen, so wie sie es bei den Männern gesehen hatte. Sie wollte Michael fragen, ob sie jetzt, da der Kampf vorüber war, eine Weile bei ihm mitfahren durfte. Das wäre nämlich wesentlich spannender gewesen. Doch als sie aufstand und gerade auf die Bank klettern wollte, sagte Cristina in scharfem Ton: »Schlag es dir aus dem Kopf, Isobel! Du wirst schön hier sitzen bleiben, wie es sich für eine Dame geziemt, und nicht wie eine wilde Göre auf den Schiffen herumhüpfen.«

Isobel reckte das Kinn. »Ich bin jetzt eine verheiratete Frau, Cristina, und möchte dich bitten, das zu respektieren und mich nicht wie ein Kind zurechtzuweisen.«

»Nein, Mädchen, sie hat vollkommen recht«, ertönte da Michaels Stimme hinter ihr.

Sie erschrak, als er so plötzlich auftauchte, denn sie hatte angenommen, er wäre bei Sir Hugo auf der *Raven*. Daher erwiderte sie gereizt: »Ich bin ziemlich flink auf den Beinen, Sir, und ich möchte gerne alles über die Schlacht wissen. Von unserem Schiff aus konnte man kaum etwas erkennen.«

»Ich werde Euch gerne in allen Einzelheiten berichten, meine Liebste, sobald wir ein wenig Zeit für uns haben. Doch jetzt bleibt Ihr erst einmal hier bei Prinzessin Margaret, Lady Mairi und Eurer Schwester.«

Es ärgerte sie gewaltig, dass er glaubte, über sie bestimmen zu können, doch bevor sie etwas erwidern konnte, fiel ihr ein, dass Prinzessin Margaret ihr Gespräch mithörte. Also sagte sie lediglich: »Dann vergesst aber nicht wieder, dass wir uns unterhalten wollten, Sir.«

»Nein, Mädchen, ich werde daran denken.« Seine Stimme hatte einen warnenden Unterton.

Daraufhin drehte Isobel sich einfach um und nahm wieder auf der Bank Platz. Er würde schon sehen, was er davon hatte, wenn er sich so tyrannisch benahm.

»Du bringst mich in Verlegenheit mit deinen Manieren, Isobel«, zischte Cristina ihr zu. »So solltest du nicht mit ihm sprechen. Und was meintest du überhaupt mit *›wieder vergessen‹?*«

»Es gehört sich auch nicht, sich in die Angelegenheiten von Eheleuten einzumischen, Cristina«, flüsterte Isobel zurück. »Muss ich diese Frage wirklich beantworten?«

»Nein, natürlich nicht«, entschuldigte sich Cristina. »Verzeih mir, mein Schatz.«

Bei Cristinas Worten regte sich Isobels Gewissen, wenn auch nicht so sehr, dass sie ihrer Schwester alles erzählt hätte. Doch sie murmelte zerknirscht: »Da gibt es nichts zu verzeihen. Ich hätte das nicht zu dir sagen sollen.«

Damit war der Friede zwischen ihnen wiederhergestellt.

Der Rest des Tages zog sich hin, denn so gerne Isobel auch mit dem Schiff reiste, war die Landschaft doch sehr eintönig. Selbst die gepolsterte Bank fühlte sich schon hart an, als sie endlich den Sund von Sleat erreichten, der das westliche Hochland von der Ostküste der Insel Skye trennt.

Als sie bemerkte, wo sie sich befanden, sagte Isobel erstaunt: »Gehen wir nicht im Loch Eishort vor Anker? Schließlich ist das der bestgeschützte Hafen im Sund.«

»Nein«, antwortete Mairi. »Die kürzeste Strecke nach Norden führt durch die Kyles und den Inneren Sund.«

»Warst du schon einmal auf den Orkney-Inseln?«

Mairi lachte. »Nein, aber ich habe Lachlan so lange gelöchert, bis er mir eine Karte gezeichnet und die genaue Strecke gezeigt hat.«

Sie hatten kaum in der Bucht von Chalamine angelegt, und das Boot mit den Frauen hatte noch nicht den Strand erreicht, da erschien oben auf dem Burghügel schon ein Empfangskomitee, um die Ankömmlinge zu begrüßen. Gerade als die Reiter in der Bucht angelangt waren, gingen auch Michael und die übrigen Männer an Land.

»Da sind Vater und Adela, aber Sidony und Sorcha sind nicht bei ihnen«, sagte Cristina. »Ich hoffe, er erwartet nicht, dass wir länger als die eine Nacht bleiben.«

»Lachlan hat ihm durch einen Boten von dem Gefecht berichtet«, erwiderte Hector. »Daher weiß er auch, dass wir für die erbeuteten Schiffe Ruderer brauchen und im Morgengrauen wieder aufbrechen wollen. Wir haben noch eine weite Reise vor uns.«

Der stämmige, stark ergraute Macleod begrüßte Ihre Gnaden und Lady Mairi mit formeller Höflichkeit, seine Töchter dagegen mit einer Art rauer Herzlichkeit. Dann teilte er Hector und Lachlan mit, dass er Wachtposten aufgestellt habe.

»Von Eurem Boten weiß ich, dass Ihr morgen in aller Frühe weiterfahren wollt«, sagte er. »Da habt Ihr bestimmt keine

Lust, noch eine Stunde bis zu den Schiffen zu reiten. Außerdem würde ich mich Euch gerne mit meinen Schiffen anschließen, wenn Sir Henry nichts dagegen hat.«

»Ganz bestimmt nicht, Sir«, erwiderte Michael.

Als Macleod ihm einen schiefen Blick zuwarf, lachte Hector und erklärte: »Erlaubt mir, Euch Euren frischgebackenen Schwiegersohn vorzustellen, Macleod. Und Euch einen neuen Schwager, Lady Adela«, fügte er hinzu, als Adela zu ihnen trat. »Das ist Sir Michael St. Clair, Isobels Gemahl und Bruder ebenjenes Sir Henry, dessen Gäste wir in Kirkwall sein werden.«

»Ja, wahrhaftig!«, rief Macleod und schüttelte Michael erfreut die Hand, wobei er weiter mit Hector sprach: »Dieser Bote hat etwas von einer Hochzeit erwähnt, und Adela hat mir von Sir Michael erzählt. Ich heiße Euch herzlich in unserer Familie willkommen, mein Junge. Also, glaubt Ihr, es würde Sir Henry stören, wenn noch ein paar Leute mehr mitkommen? Ihr müsst nämlich wissen, dass uns meine Adela hier auch begleiten wird. Natürlich hätte ich sie ebenso gut in der Obhut ihrer Schwestern und ihrer Tante lassen können, doch da sie nun einmal mitwollte, dachte ich mir, wir finden bei der Gelegenheit vielleicht einen Mann für sie. Die beiden jüngeren lassen wir aber zu Hause, denn auf drei von ihnen aufzupassen ist schlimmer, als einen Sack Flöhe zu hüten.«

Lächelnd versicherte Michael ihm, dass Sir Henry entzückt wäre.

»Wir werden hier unten am Strand mit Euch zu Abend essen«, sagte Macleod. »Meine Jungs haben jede Menge Hammelkoteletts, Weißbrote und gebratene Keulen von unseren guten Hochlandrindern mitgebracht. Die können wir am Spieß über dem Feuer aufwärmen, sofern Ihr etwas auftreiben könnt, was sich als Spieß verwenden lässt, und ein paar Männer zum Drehen habt. So haben wir Zeit, uns ein wenig zu unterhalten, bis das Essen fertig ist.«

Als das geregelt war, gesellten sie sich zu den Übrigen, um alles für den Abend vorzubereiten.

Isobel, die sich freute, Adela wiederzusehen und zu erfahren, dass sie mit ihnen fahren würde, lud ihre Schwester ein, mit ihr in einem der Frauenzelte zu schlafen. Noch bevor die Männer die Feuer entfacht und die Zelte am Fuße der Hügel, in sicherem Abstand zum Ufer, errichtet hatten, brach die Dämmerung herein. Für die sechs Damen und ihre Zofen standen zwei große Zelte zur Verfügung und weitere von ähnlicher Größe für die Ruderer, von denen jedoch einige es vorzogen, unter freiem Himmel zu nächtigen, nur durch ihre wollenen Umhänge, die sie »Plaids« nannten, gegen die Kälte der Nacht geschützt.

Adela war schockiert, als sie hörte, in welch unziemlicher Hast die Hochzeit vonstattengegangen war. Doch sie beruhigte sich wieder ein wenig, als Isobel ihr den Grund dafür erklärte. Von ihrer Abneigung gegen das Heiraten sagte Isobel nichts. Stattdessen bat sie Adela, mit auf das Schiff zu kommen, wo sie ihr Cape und eine Tasche holen wollte.

Adela hatte ihrer Schwester ihre Kleider mitgebracht, doch Macleod war nicht bereit gewesen, Isobels Zofe ebenfalls mit auf die Reise zu nehmen. »Ich werde sie nicht vermissen«, sagte Isobel. »Mittlerweile habe ich mich daran gewöhnt, dass Brona und Meg Raith sich auch um mich kümmern.«

Sie waren auf dem Weg zurück zum Frauenzelt, um schlafen zu gehen, als sich plötzlich eine Hand auf Isobels Arm legte und eine vertraute Stimme sagte: »Ihr schlaft heute Nacht bei mir.«

»Ich wünschte, Ihr würdet Euch nicht so anschleichen«, erwiderte Isobel erbost. »Immer taucht ihr wie aus dem Nichts auf.«

»Kommt mit mir, dann zeige ich Euch, wo wir schlafen.«

»Wenn ich mit den Frauen fahren muss, dann schlafe ich auch bei ihnen«, erwiderte Isobel.

»Nein, Mädchen. Wir werden auf dieser Reise nämlich nur

ein oder zwei Nächte miteinander verbringen können. Also müssen wir die Gelegenheit nutzen.«

»Ich dachte, wir haben vereinbart, dass wir alles miteinander besprechen, und jetzt kommandiert Ihr mich herum, wie es jeder andere Mann auch tun würde.«

»Also wirklich, Isobel!«, rief Adela. »Wie kannst du nur so mit deinem Gemahl sprechen!«

»Ich habe Euch ein Gespräch zugesichert, und heute Nacht in meinem Zelt haben wie die Muße dazu«, sagte Michael und fügte hinzu: »Lady Adela, ich glaube, Lady Cristina sucht nach Euch.«

»Ich gehe auf der Stelle zu ihr«, erwiderte Adela und machte sich eilig davon, nicht ohne Isobel noch einen vorwurfsvollen Blick zuzuwerfen.

Während sie ihr nachschaute, fragte Isobel: »Sucht Cristina wirklich nach ihr?«

»Ich weiß es nicht.«

Sie sah ihn an.

In demselben gleichmütigen Ton, der ihr allmählich auf die Nerven ging, fuhr er fort: »Da Ihr Euch ja so gut an meine Worte erinnert, werte Gemahlin, werdet Ihr bestimmt auch noch wissen, dass ich keine Launenhaftigkeit dulde.«

»Dann hört lieber auf, mir Befehle zu erteilen, Sir. Das kann ich nämlich nicht ausstehen.«

Die Bemerkung war ihr so herausgerutscht, doch jetzt war es zu spät. Ergeben senkte sie die Augen und wartete auf die Standpauke, die immer dann folgte, wenn sie frech gewesen war.

Doch wieder einmal überraschte Michael sie. Er legte ihr den Arm um die Schultern und hob mit einem Finger ihr Kinn ein wenig an.

Verblüfft hob sie den Blick wieder.

Er lächelte und gab ihr einen langen, innigen Kuss. Sie entspannte sich und erwiderte seine Zärtlichkeit, doch schon löste er sich wieder und sagte: »Ich zanke mich ungern mit dir, Liebste. Können wir nicht wenigstens so lange Frieden schließen, bis wir uns unterhalten und vielleicht ein wenig geschlafen haben?«

»Ja«, antwortete sie mit einem zerknirschten Lächeln. »Außer während der Schlacht und meines Gesprächs mit Adela habe ich mich den ganzen Tag über schrecklich gelangweilt. So ein kleiner Streit bringt wenigstens das Blut in Wallung.«

»Wie wahr«, sagte er, während er sie erneut küsste und sich an sie presste. Als ihr Körper den Druck erwiderte, zwinkerte er ihr zu und fragte: »Hast du wirklich Hunger?«

»Ich bin am Verhungern«, erwiderte sie entschieden. »Aber vorher müssen wir reden.«

»Das werden wir schon tun«, erwiderte er. »Ich finde, wir sollten zuerst einmal etwas essen.«

Isobel biss die Zähne zusammen, sagte jedoch nichts. Sie gingen gemeinsam hinüber zu den Kochfeuern und der Tafel, die man eilig aus Böcken und darübergelegten Planken errichtet hatte.

Als Michael ein wenig beiseiteging, um ein paar Worte mit Sir Hugo zu wechseln, flüsterte Cristina ihrer Schwester zu: »Du musst lächeln, Liebes, sonst gibt es nur Gerede. Du machst ja ein Gesicht wie sieben Tage Regenwetter. So schlimm kann es doch alles nicht sein. Wir sollten uns freuen, dass keiner von den Unseren heute ernsthaft verletzt wurde. Einige haben ein paar Kratzer abbekommen, und einer hat durch einen Steinwurf eine dicke Beule am Kopf davongetragen. Doch unsere Gatten sind unversehrt, und das ist ein Grund, dankbar zu sein.«

»Ja, sicher. Aber, weißt du, ich wollte doch eigentlich gar keinen Ehemann. Außerdem benimmt er sich genauso, wie ich befürchtet habe, und so eine Verbindung ist schließlich für die Ewigkeit. Die Ewigkeit kann ganz schön lang sein, Cristina.«

Mit einem raschen Blick in die Runde sagte Cristina: »Sprich leise, Isobel. Es braucht doch nicht alle Welt zu erfahren, was du denkst und fühlst. Was meinst du damit, er benimmt sich genauso, wie du befürchtet hast? So verhalten sich Ehemänner eben, und eine Ehe ist mehr oder weniger immer das Gleiche.«

»Aber ich dachte, er wäre anders als andere Männer«, sagte Isobel seufzend. »Er kam mir viel vernünftiger vor, so als würde er auf mich hören und meine Worte nicht als Weibergeschwätz abtun. Ein paarmal«, fügte sie nachdenklich hinzu, »hätte ich fast die Geduld mit ihm verloren, weil ich den Eindruck hatte, er könnte gar nicht selbstständig denken. Doch jetzt ist er genauso tyrannisch wie andere Männer auch.«

Cristina lachte. »So sind Männer eben, Isobel. Ich weiß auch nicht, warum Sir Michael vorher anders aufgetreten ist, doch vergiss nicht, dass er aus einer einflussreichen Familie kommt. Da ist er ans Befehlen gewöhnt. Jedenfalls hat er sich weder von Hector noch von Lachlan in die Tasche stecken lassen, und die beiden können schon ziemlich einschüchternd wirken.«

»Ja, aber du hast ja nicht gesehen, wie er vorher war. Noch auf Lochbuie hat er mir immer meinen Willen gelassen.«

Cristina presste die Lippen zusammen und blickte sich verstohlen um. Offensichtlich hatte sie noch immer Angst, dass jemand ihr Gespräch belauschen könnte. Schließlich sagte sie leise: »Darüber sollten nicht wir beide reden, Liebes. Wenn du Sir Michaels Verhalten nicht verstehst, musst du ihn selbst fragen. Schließlich ist er jetzt dein Mann und wird es bleiben, bis der Tod euch scheidet.«

»Ja, aber ich glaube, ich will ihn gar nicht mehr«, erwiderte Isobel. »Was würdest du sagen, wenn ich dir verrate, dass wir die Ehe noch nicht vollzogen haben?«

Cristina schnappte entsetzt nach Luft und schlug die Hand vor den Mund. »Isobel, so etwas darfst du doch nicht in aller Öffentlichkeit sagen! Außerdem glaube ich dir kein Wort, denn Brona hat den Beweis für das Gegenteil gesehen. Hast du gedacht, sie würde es mir nicht erzählen? Guten Abend, Vater«, sagte sie plötzlich und ging an Isobel vorbei, um Macleod zu begrüßen.

Das war auch gut so, denn bei dem Gedanken daran, was die Zofe Cristina berichtet hatte, war Isobel feuerrot geworden. Jetzt aber musste sie ebenfalls ihren Vater begrüßen. Sie holte tief Luft.

Isobel konnte sich nicht erinnern, wann ihr Vater sie das letzte Mal umarmt hatte, doch jetzt kam Macleod ihr lächelnd und mit offenen Armen entgegen.

»Ich hatte Angst, Ihr wärt böse mit mir, Sir, weil ich Euch nicht zu meiner Hochzeit eingeladen habe«, sagte sie.

»Hector Reaganach hat mir den Grund für die Eile genannt. Und wenn es um die Einheirat in eine fürstliche Familie geht, muss man fünf gerade sein lassen«, erwiderte er und entließ sie aus seiner Umarmung. »Wer hätte gedacht, dass ausgerechnet dir diese Ehre zuteilwürde?«

»Sir Henry ist genau genommen gar kein Fürst«, stellte sie richtig. »Der König der Schotten hat erklärt, dass dieser Titel den Mitgliedern seiner Familie vorbehalten bleibt. Hier in Schottland ist Sir Henry lediglich Graf von Orkney.«

»Ja, und so ist es auch richtig«, stimmte ihr Macleod zu. »Dennoch ist der Mann Herrscher über ein Fürstentum, und sei es auch ein norwegisches. Und ein mächtiger obendrein. So eine Verbindung kann nur von Vorteil für uns sein. Ich muss allerdings zugeben, ich war ziemlich wütend, als dieser Kerl, dieser Waldron von Edgelaw, auf der Suche nach dir in Chalamine einfiel.«

»Wieso einfiel? Ich dachte, er hätte nur eine Nacht hier verbracht und wäre am nächsten Morgen wieder fortgeritten.«

»Ja, das stimmt, aber er erhob schwere Beschuldigungen gegen deinen Sir Michael. Waldron behauptete, Michael habe dich entführt, oder du wärst mit ihm durchgebrannt.«

»Das ist nicht wahr«, erwiderte Isobel. »Wir mussten fliehen, weil Waldron etwas von Michael haben wollte, das dieser gar nicht besitzt. Ich möchte wetten, davon hat der Schuft dir nichts erzählt.«

»Doch«, entgegnete Macleod. »Er sagte, Sir Michaels Familie hätte sich während der Kreuzzüge etwas angeeignet, das der Kirche gehört und das der Heilige Vater jetzt wiederhaben will. Wenn das stimmt ...«

»Du meine Güte, Sir! Selbst wenn es so wäre, die Kreuzzüge sind doch seit fast einhundert Jahren vorbei. Wie könnte Michael etwas darüber wissen?«

Macleod zuckte die Achseln. »Ich glaube, ich werde ihn gelegentlich selbst danach fragen.«

»Was wollt Ihr mich fragen, Sir?« Michael trat zu ihnen und legte den Arm um Isobel.

»Wir sprachen von Waldron«, sagte sie und überlegte, ob sie ihm nicht ein Glöckchen an den Hut nähen sollte, damit sie ihn in Zukunft kommen hörte. »Er hat meinem Vater erzählt, dass Eure Familie während der Kreuzzüge etwas an sich genommen hat, das er der Kirche zurückgeben will.« Isobel sprach in beiläufigem Ton, um ihren Vater und Cristina nicht merken zu lassen, wie viel sie über die Angelegenheit wusste.

»Soso«, erwiderte Michael und wandte sich dann lächelnd an Macleod: »Da Ihr ein scharfsinniger Mann seid, Sir, habt Ihr bestimmt gemerkt, dass mein Vetter nur auf seinen eigenen Vorteil aus ist. Irgendwie ist er auf diese Geschichte gekommen, und nun erzählt er sie überall herum. Doch ich versichere Euch, es ist nichts Wahres daran. Denn wenn es stimmte, was Waldron sagt, wäre mein Großvater, der sein Leben im Dienst von Robert the Bruce ließ, ein nichtswürdiger Schuft gewesen.«

»Da habt Ihr wohl recht«, erwiderte Macleod stirnrunzelnd. »Ich habe auch kein Wort davon geglaubt, das versichere ich Euch. Ihr seid jederzeit herzlich willkommen auf Chalamine.«

»Ich fühle mich geehrt und danke Euch«, erwiderte Michael. »Doch nun entschuldigt uns bitte. Es war ein harter Tag, und jetzt wird es Zeit, dass meine Gemahlin etwas zu essen und ein wenig Ruhe bekommt. Ich wollte ihr nur kurz Bescheid sagen, dass wir das Abendessen für uns allein in unserem Zelt einnehmen.«

Mit diesen Worten reichte er ihr den Arm, und unter dem zufriedenen Blick ihres Vaters und den wachsamen Augen Cristinas ließ sich Isobel seufzend wegführen.

Sie gingen den schmalen Kiesstrand entlang. Jetzt während des Gezeitenwechsels war das Wasser des Meeresarms, das zuvor die Schiffe in den Loch Alsh gespült hatte, seicht und vollkommen unbewegt.

»Wir können erst aufbrechen, wenn die See wieder so ruhig ist wie jetzt, damit die Schiffe heil durch die Meerenge kommen«, sagte Isobel.

»Ja, das hat der Admiral auch gesagt«, erwiderte Michael. »Auf jeden Fall können wir morgen in Ruhe ausschlafen, denn er will noch hören, was bei der Befragung der Gefangenen herausgekommen ist, bevor wir die Anker lichten. Vielleicht erfahren wir ja dann, welche Absicht hinter dem Angriff heute Morgen steckte.«

»Habt Ihr Waldron auf einem der beiden Schiffe gesehen, die entkommen sind?«, fragte sie.

»Nein, und das gibt mir zu denken, ebenso wie die Tatsache, dass die zwei Schiffe so schnell kehrtgemacht haben. Ich glaube, dass dieses kleine Scharmützel uns nur aufhalten sollte. Aber ich wüsste gerne, warum Waldron das so arrangiert hat.«

»Die geflohenen Galeeren gehörten vielleicht dem Grünen Abt.«

»Ja, wahrscheinlich. Aber es muss doch einen Grund dafür geben, dass Waldron den Abt um Hilfe bittet.«

»Vielleicht brauchte er einfach Schiffe, und der Grüne Abt lässt keine Gelegenheit aus, MacDonald und dem Gillean-Clan eins auszuwischen.«

»Ja, mag sein«, erwiderte Michael, doch es klang nicht überzeugt.

Er führte sie einen Abhang hinauf zu einem Zelt, das ein Stück von den anderen entfernt stand. Über einen großen, flachen Felsen in der Nähe hatte jemand ein weißes Tischtuch gebreitet und darauf ein vollständiges Mahl angerichtet.

»Das Essen ist wahrscheinlich mittlerweile kalt«, sagte Michael lächelnd. »Aber ich habe den Burschen gesagt, wir würden uns selbst bedienen. So können wir uns wenigstens in Ruhe unterhalten.«

Sie blickte ihn argwöhnisch an. »Meint Ihr das ernst, oder wollt Ihr doch nur mit mir schimpfen, weil ich vorhin so mit Euch geredet habe?«

»Setz dich hin, Mädchen. Ich bin todmüde und habe keine Lust, mich zu zanken. Wenn ich unterhalten sage, dann meine ich es auch. Ich weiß ja, dass du böse bist, weil wir vor der Trauung heute Morgen kaum ein Wort miteinander wechseln konnten. Aber sag selbst, was hätte ich – oder wir beide – denn daran ändern können?«

Sie zog ein Gesicht, als sie sich auf einem Felsen niederließ, der mit weichen Fellen gepolstert war. Zum Schutz vor Fliegen und anderen Insekten bedeckten Leintücher die Schale mit Äpfeln und die Holzbretter mit Scheiben von Rinder- und Hammelbraten. Auch die Becher mit Claret und der Weißbrotlaib waren vorsorglich abgedeckt worden.

Michael hatte wirklich an alles gedacht.

Isobel nahm das Tuch von ihrem Becher und legte es sich als Serviette auf den Schoß. Dann sagte sie zu Michael: »So gesehen habt Ihr recht. Wir hätten wirklich nicht viel tun können, da die anderen es unbedingt so haben wollten, aber dennoch …«

»Einer von uns hätte die Ereignisse aufhalten können, aber das war nicht ich«, unterbrach er sie.

Sie legte den Kopf schief. »Lasst Ihr so einfach über Euch bestimmen, Sir? Das habe ich anfangs tatsächlich geglaubt, doch mittlerweile kenne ich Euch gut genug, um zu wissen, dass Ihr niemandem blindlings gehorchen würdet.«

»Du wirst feststellen, dass ich manchmal, wenn es mir nützlich erscheint, in eine Rolle schlüpfe. So kann es passieren, dass du mich gelegentlich für etwas einfältig hältst. Aber ein friedfertiger Mensch bin ich wirklich, Isobel – zumindest, wenn die Umstände es erlauben. Und ich bin auch jederzeit bereit, mich einer zuverlässigen Führung anzuvertrauen. Ich bin dir gefolgt, weil du die Gegend besser kanntest und wusstest, wie wir Waldron entkommen konnten.«

Sie nahm einen Schluck Claret und setzte den Becher wieder ab. Dann blickte sie ihn an und sagte: »Und ich dachte schon, Ihr wärt ein Hohlkopf. Ich verlor langsam die Geduld mit Euch.«

»Ja, ich weiß«, erwiderte er lächelnd.

»Woher wisst Ihr das? Wieso könnt Ihr meine Gedanken lesen und ich Eure nicht?«

»Du könntest es durchaus, wenn du dir ein wenig Mühe geben würdest, meine Liebste. Mit der Zeit wirst du es schon lernen. Für diejenigen, die mich gut kennen, bin ich überhaupt nicht rätselhaft. Allerdings kennen mich nur wenige so gut. Aber ich bin sicher, dass du bald zu diesen wenigen gehören wirst.«

»Woher wollt Ihr das wissen?«

»Ich weiß es eben.«

Sie dachte über seine Worte nach, dann fragte sie: »Hättet Ihr die Hochzeit wirklich nicht auf einen späteren Zeitpunkt verlegen lassen können?«

»Ganz bestimmt nicht. Überleg doch mal. Du hattest dich schließlich Hector Reaganach gegenüber bereit erklärt, mich zu heiraten. Wenn ich dann gebeten hätte, die Trauung zu verschieben, hätte es doch so ausgesehen, als wollte ich dich nicht haben. Ein Gentleman, der so etwas tut, steht wie ein ausgemachter Schuft da.«

»Da habt Ihr wohl recht«, musste sie zugeben.

»Iss dein Abendessen, Liebste. Ich brenne darauf, endlich meine Braut in Besitz zu nehmen.«

Bei diesen Worten stieg ihr die Hitze nicht nur in die Wangen, doch eines wollte sie noch wissen.

»Darf ich Euch noch etwas fragen?«

»Du kannst fragen, was du willst – später«, erwiderte er. »Ich hoffe, du wirst es mir stets sagen, wenn du etwas auf dem Herzen hast.«

Sie nagte an ihrer Unterlippe, bevor sie lächelnd antwortete: »Vermutlich wird Euch nicht immer gefallen, was ich Euch zu sagen habe.«

»Da bin ich sicher, Liebste. Aber ich werde es mir zumindest anhören. Und jetzt iss.«

Die restliche Mahlzeit über schwiegen sie. Michael aß hastig und schien mit seinen Gedanken woanders zu sein. Immer wieder schaute er Isobel lächelnd an; er ließ seine Augen zärtlich über ihren ganzen Körper wandern, bis sie so erregt war, dass sie sich kaum noch auf ihr Essen konzentrieren konnte.

Sie nagte gerade an einem Kotelettknochen und zupfte die letzten Fleischfasern mit den Zähnen ab, als ihre Blicke sich trafen. Reglos, den Knochen noch in der Hand, sah sie ihn an und leckte sich dabei das Fett von den Lippen.

Als ihr einfiel, wie töricht sie aussehen musste, begann sie wieder an dem Knochen zu knabbern, ohne Michael jedoch aus den Augen zu lassen. Dennoch erschrak sie, als er plötzlich die Hand ausstreckte und ihr den Knochen abnahm.

»Gehen wir«, sagte er mit ungewohnt tiefer, rauer Stimme. Er legte den Knochen hin, nahm ein Tuch und wischte ihr damit jeden Finger einzeln ab.

»Da hinten ist ein kleiner Bach«, sagte sie, überrascht, wie unsicher ihre Stimme klang. »Ich ... ich wasche mir dort kurz die Hände.«

»Später«, erwiderte er, warf das Tuch beiseite und erhob sich.

»Aber was ist mit dem restlichen Essen?«

»Lass einfach alles stehen.« Von seiner Hand, die er ihr reichte, ging eine Wärme aus, die sich auf dem Weg zu ihrem Nachtlager in ihrem ganzen Körper ausbreitete.

Es war nur ein einfaches, niedriges Zelt, doch Michael hatte einen Platz dafür gewählt, an dem es durch Büsche vor neugierigen Blicken geschützt war. Drinnen hatte er Felle auf dem Boden ausgebreitet und Plaids, mit denen sie sich zudecken konnten. Allerdings vermochte Isobel sich nicht vorzustellen, wie sie sich in diesem beengten Raum entkleiden sollte.

Sie blickte sich ein wenig ratlos um und sagte: »Ich ziehe mich gewöhnlich nur in Gegenwart unserer Zofen aus. Soll ich meine Kleider vielleicht hier im Freien ablegen, Sir?«

Er lächelte ihr aufmunternd zu. »Hier stört uns keiner, Liebste, und ich möchte auch bei diesem Zwielicht so viel wie möglich von meiner Braut sehen. Ich helfe dir mit Freuden und achte darauf, dass dich keiner beobachtet.«

Wieder fuhr sie sich mit der Zunge über die Lippen, ohne zu ahnen, dass sie damit auf ein Neues Wollust und uralte Instinkte in ihm weckte. Er musste daran denken, dass die Männer einstmals weniger rücksichtsvoll gewesen waren als in diesen ritterlichen Zeiten. Auch er verspürte den Drang, ihr die Kleider vom Leib zu reißen, sie auf die Felle niederzuwerfen und sie ohne weitere Umschweife in Besitz zu nehmen. Doch zugleich war ihm bewusst, dass er viel mehr von seiner Verbindung mit dieser Frau erwartete als sinnliche Befriedigung. Er wollte auch in ihr Lust wecken, ihre Wonne miterleben und herausfinden, was ihr am meisten gefiel. Und außerdem wollte er ihr beibringen, ihm Lust zu bereiten und selbst Freude daran zu haben.

Also bezwang er seine eigene Erregung und begann, ihre Leidenschaft zu entfachen.

14

Isobel stand ganz steif da, als Michael nach ihren Schnürbändern griff. Doch kaum streiften seine Finger dabei ihre Brust, stöhnte sie vor Erregung auf. Sie konnte es selbst kaum glauben, wie stark ihr Körper auf diese leichte Berührung reagierte. Jeder Nerv schien zu vibrieren, ein heißer Strom raste durch ihre Adern.

Sie schaute ihm in die Augen, um zu sehen, ob er das Gleiche empfand, doch bevor sie noch etwas anderes als seinen Mund und die kleinen Lachfältchen in seinen Augenwinkeln erkennen konnte, riss er sie an sich und presste seine Lippen auf die ihren.

Auch sie drängte sich an ihn, genoss die Wärme seines Mundes und umspielte mit ihrer Zunge die seine.

Mit einem Arm hielt er Isobel eng umschlungen, während er mit der anderen geschickt die Bänder an ihrem Kleid löste und ihre Brüste aus der Schnürung befreite. Im Handumdrehen hatte er die Schleife an ihrem Unterhemd aufgebunden und schob ihr das weite Gewand von den Schultern.

»Ach, Liebste«, flüsterte er, als er sich hinunterbeugte, um ihre Brüste zu küssen. »Du weißt ja nicht, was deine Nähe mit mir macht.«

»Meine Güte, Sir, das klingt ja, als würde ich Euch foltern.«

»Genau so ist es auch.« Er grinste. »Können wir diesen ganzen Stoff nicht einfach abstreifen und zu Boden fallen lassen?«

»Sicher«, erwiderte sie, »aber wenn die Kleider schmutzig werden, müsst Ihr mir neue machen lassen.«

»Ich lasse dir machen, was immer du willst, solange ich nur das Muster aussuchen darf«, antwortete er.

Bei dem Gedanken, dass ein Mann Stoff für Frauenkleider aussuchte, musste sie lachen. Sie wollte ihn gerade damit necken, doch erneut verschloss er ihr den Mund mit einem Kuss.

Ehe sie es sich versah, lagen ihr Kleid und Unterhemd in einem Knäuel auf dem Boden, und die leichte Brise liebkoste ihre nackte Haut.

Mit den Worten »Wenn ich hier nackt im Mondlicht stehen muss, dann sollt Ihr das auch tun« machte sie Anstalten, sein Wams zu öffnen.

Er lachte und gab ihr einen Klaps auf das bloße Hinterteil. »Geh ins Zelt, Liebste. Ich möchte auf keinen Fall riskieren, dass dich jemand so sieht, obwohl das hier recht unwahrscheinlich ist.«

Sie verbarg sich nur allzu gern vor fremden Blicken, und als sie sich auf die Felle legte, stellte sie fest, das sie noch viel weicher waren, als sie gedacht hatte. Das Gefühl steigerte ihre Erregung noch. Michael stand im Zelteingang und betrachtete sie. Er hatte ebenfalls seine Kleider abgelegt, seine breitschultrige, schmalhüftige Silhouette hob sich gegen den nachtblauen Himmel ab. Zum ersten Mal wünschte sie sich, es wäre heller, damit sie ihn besser sehen könnte.

Dann trat er ins Zelt und streckte sich neben ihr aus. Seine Haut fühlte sich kühl an, bis er sie an sich zog und ein Plaid über sie beide breitete. Seine Lippen suchten ihren Mund, während er mit einer Hand ihre Brust umfasste und den Daumen um die Brustwarze kreisen ließ. Sie erwiderte seinen Kuss voller Verlangen, das noch stärker wurde, als er begann, ihren ganzen Körper zu streicheln. Doch als er dann die Hand zwischen ihre Beine legte, versteifte sie sich ängstlich.

»Ganz ruhig, Mädchen«, flüsterte er. »Ich möchte dir keine Schmerzen zufügen, aber, wie ich schon sagte, kann es beim ersten Mal doch wehtun. Ich werde aber so vorsichtig wie möglich sein.«

»Ihr scheint so viel mehr davon zu verstehen als ich«, sagte sie leise.

Er lachte. »Ich verspreche, dir alles beizubringen, was ich weiß.«

Als er nun seine Finger spielen ließ, verlor sie jedes Interesse an Wortgefechten und überließ sich völlig den herrlichen Empfindungen, die seine Berührung in ihr auslöste.

Sein Körper fühlte sich noch stärker und muskulöser an, als sie es in Erinnerung hatte, doch seine Finger und Lippen waren sanft und zärtlich, und seine sinnliche Stimme lullte sie stärker ein als das Rauschen des Meeres, das sie so sehr liebte.

Da das Plaid hinuntergerutscht war, waren sie der kühlen Nachtluft ausgesetzt, doch Isobel merkte es kaum. Mit allen Sinnen konzentrierte sie sich auf seine Berührung, und als schließlich sein warmer Finger spielerisch in sie eindrang und Stellen ihres Körpers erforschte, die sie selbst noch niemals berührt hatte, stöhnte sie leise auf. Gleichzeitig kam ihr der Gedanke, ob es wohl schlimm wäre, dass sie seine Zärtlichkeiten so sehr genoss. Manche Leute würden gewiss etwas Schlechtes dabei finden.

Wieder schnappte sie nach Luft, als er jetzt ein wenig tiefer rutschte, eine ihrer Brustwarzen in den Mund nahm und gierig daran zu saugen und zu lecken begann.

Sein Haar fühlte sich unter ihren Händen wie ein lebendiges Wesen an; die weichen Locken ringelten sich um ihre Finger, als wollten selbst sie ihren Körper in Besitz nehmen. Sie begann sich unter ihm zu winden, getrieben von einem Drang, den sie selbst nicht verstand. Als er sich erneut bewegte, spürte sie die Schwellung neben seiner geschäftigen Hand. Jetzt war ihr klar, was er vorhatte.

Ihr Herz schien einen Schlag auszusetzen. Noch immer flüsterte er ihr beruhigende Worte zu, doch sie hörte nichts mehr. All ihre Sinne waren auf den Teil seines Körpers gerichtet, der jetzt Einlass in den ihren begehrte.

In einem leidenschaftlichen Kuss stieß er ihr die Zunge weit in den Mund, während er behutsam in sie eindrang. Ein ungekannter Schmerz durchzuckte ihren Körper und überwältigte sie für einen Augenblick, während sie ihn in sich aufnahm.

Eine Weile hörte sie nichts als ihre eigenen keuchenden Atemzüge, doch dann konnte sie wieder verstehen, was er sagte.

»Es tut nur dieses eine Mal weh, Liebste. Und der Schmerz wird auch rasch vergehen. Das habe ich mir zumindest sagen lassen.«

Bei dieser Bemerkung musste sie lächeln, doch schon bewegte er sich erneut. Er zog sich ein wenig aus ihr zurück und stieß dann so kräftig zu, dass sie vor Schmerz aufschrie. Doch er ließ nicht von ihr ab. Er hatte die Augen geschlossen und schien auf einmal weit weg. Schweigend bewegte er sich schneller und schneller, stieß immer wieder zu, bis er schließlich mit einem leisen befriedigten Seufzer auf ihr zusammensank.

Er blieb nur einen kurzen Augenblick mit seinem ganzen Gewicht auf ihr liegen, bevor er sie mit sich herumrollte, ohne sie loszulassen.

»Rück nicht weg«, sagte er, als sie sich etwas zurückziehen wollte. »Ich möchte noch ein wenig in dir bleiben und deine samtige Weichheit genießen.«

Der Schmerz hatte nachgelassen, sobald Michael sich nicht mehr bewegte, und angenehmeren Gefühlen Platz gemacht. Sie fühlte sich so sicher und geborgen bei ihm wie nie zuvor in ihrem Leben, außer vielleicht als kleines Kind, bevor ihre Mutter starb und ihre ganze Welt zerbrach.

Ein winziger Verdacht regte sich in ihr. Vielleicht war eine solche Geborgenheit ja gefährlich. Vielleicht lag darin ja die Macht begründet, die Männer über ihre Frauen ausübten. Rasch schob sie den Gedanken beiseite und fragte sich, was er als Nächstes tun würde.

Gleich darauf machte sie die erstaunliche Erfahrung, dass ihr Körper, der gerade noch geschmerzt hatte, sich nun mit der gleichen Intensität nach Zärtlichkeit sehnte. Sie legte Michael eine Hand auf die Brust und spielte mit dem weichen krausen Haar.

Er nahm sie in die Arme, küsste ihr Ohrläppchen und flüsterte: »Sag mir, was du denkst, Liebste.«

Sie lächelte. »Ich denke, dass ich schon viel über mich selbst gelernt habe. Und ich bin gespannt, was ich zusammen mit dir noch entdecken werde.«

»Auf diese Entdeckungsfahrt freue ich mich jetzt schon«, sagte er mit einem trägen kleinen Lachen. Gleich darauf war er eingeschlafen.

Eine lange Zeit, wie es ihr schien, lag sie ganz still, bemüht, ihn nicht zu wecken. Sie wusste nicht recht, was sie tun sollte. Das klebrige Gefühl zwischen den Beinen wurde ihr langsam unangenehm. Sie erinnerte sich an ein Gespräch zwischen Cristina und einer jungen Braut, das sie heimlich mit angehört hatte. Die Braut hatte davon erzählt, wie entsetzt sie gewesen war, als sie nach dem ersten Beischlaf geblutet hatte. Sie hatte gedacht, sie müsse sterben. Cristina hatte gelacht, doch dann zugeben müssen, dass sie sich bestimmt ebenso gefürchtet hätte, wenn ihr Mann ihr vorher nicht alles erklärt hätte.

Normalerweise wäre das wohl die Aufgabe der Mutter gewesen, dachte Isobel. Sie war froh, dass sie damals gelauscht hatte, auch wenn sie von Glück sagen konnte, dass Hector sie nicht dabei erwischt hatte. Über Leute, die an Türen horchten, war er in etwa der gleichen Meinung wie Michael.

Bestimmt hatte Michael auch über das Blut Bescheid gewusst. Warum hätte er sonst auf Ardtornish den Fleck auf dem Laken hinterlassen? Erwartete er etwa, dass sie die ganze Nacht hier so unbehaglich liegen blieb?

Als sie ihn leise schnarchen hörte, empfand sie plötzlich eine fast mütterliche Belustigung. Auf einmal erschien ihr alles ganz einfach. Sie brauchte doch nicht hierzubleiben. Schließlich war sie eine verheiratete Frau, die es gewohnt war, ihre eigenen Entscheidungen zu treffen. Nicht immer zur Zufriedenheit der anderen, wie sie zugeben musste. Und auch Michael würde nicht alles gutheißen, was sie tat, doch gerechterweise musste sie zugeben, dass er ihre Meinung sogar noch mehr respektierte, als es Hector getan hatte.

Sie erhob sich leise, trat aus dem Zelt und hob ihr Hemd und Unterkleid vom Boden auf. Nachdem sie beides übergezogen hatte, schlüpfte sie in ihre Schuhe, obwohl ihr das Leder ohne Strümpfe hart und rau erschien und ihr die Schuhe zu weit waren. Doch das war jetzt nicht so wichtig.

Der mittlerweile völlig dunkle Himmel war von Sternen übersät. Über den Horizont lugte der Mond und wies Isobel den Weg zu dem kleinen Wasserlauf, der vom Hügel herabplätscherte. Dort tauchte sie die Leintücher vom Abendessen, die sie mitgenommen hatte, in das kalte Wasser und begann sich zu säubern.

In der Ferne ertönte der Ruf eines Nachtvogels, und unten im Sund stieg die Flut. Das Klatschen der Wellen am Strand übertönte beinahe das Sprudeln des Baches.

Hätte Isobel nicht gerade in dieser Sekunde aufgeblickt, und wären die dunklen Gestalten weiter unten am Abhang nicht genau im selben Moment auf die andere Seite des Flüsschens übergewechselt, hätte Isobel nichts bemerkt.

»Wacht auf, Michael!«

Er hörte Isobels Stimme wie von weit her und hatte das Gefühl, als müsse er sich zum Erwachen erst den Weg an die Erdoberfläche bahnen. Sie rief noch einmal, und es klang noch dringender.

Sein Gespür für Gefahr ließ ihn mit einem Schlag hellwach werden.

»Was ist denn, Mädchen?«, fragte er und setzte sich kerzengerade auf.

»Da sind Männer auf dem Hügel, am Fluss. Sie sahen gerade nach unten, deshalb haben sie mich nicht bemerkt, aber sie schleichen sich zum Lager hinunter, und von unseren Wachen ist nichts zu sehen. Ich wusste nicht, ob ich Alarm schlagen sollte, deshalb bin ich erst einmal zu Euch gekommen.«

»Gut gemacht, Mädchen«, sagte er, während er sich die Hosen anzog. »Gib mir doch bitte meine Weste, ja?« Während sie sich umsah, griff er nach seinem Schwert und dem Dolch, die neben ihm unter den Fellen lagen. Er machte sich nicht die Mühe, sein Hemd und das Wams zu suchen, sondern zog nur die Lederweste über, die sie ihm reichte. Schließlich schlüpfte er in seine Stiefel, zog sich den Schwertgurt über den Kopf und rückte sich die Waffe an der Hüfte zurecht.

»Folge mir nicht, und warte auch nicht hier auf mich, Mädchen«, sagte er eindringlich. »Kletter weiter den Hügel hinauf, und pass auf, dass dich niemand sieht. Und bleib unter allen Umständen in deinem Versteck, bis ich dich rufe.«

»Das mache ich, Sir. Aber was wollt Ihr tun?«

»Erst einmal muss ich herausfinden, was überhaupt los ist, dann werde ich weitersehen. Auf jeden Fall ist es für mich leichter, wenn ich mir keine Sorgen um dich machen muss.«

»Ich weiß«, erwiderte sie. »Geht jetzt, schnell!«

Doch er war schon in der Dunkelheit verschwunden. Wie ein Geist schien er sich in Luft aufgelöst zu haben. Isobel konnte noch immer einen der Eindringlinge erspähen, der von einem Gebüsch zum anderen huschte, doch von Michael war keine Spur mehr zu sehen.

Damit die Fremden sie nicht entdeckten, zog sie sich das Plaid über den Kopf, bevor sie am Bach entlang den Hügel hinaufstieg. Dabei achtete sie darauf, dass sie nur auf Gras und weiche Erde trat und nicht auf den lockeren Steinen am Bachufer ausrutschte.

Gerade noch hatte sie sich selbst gelobt, was für eine gehorsame Gemahlin sie doch war, als schon ihre Neugier erwachte. Von unten drang kein Laut zu ihr herauf, und sie hätte zu gerne gewusst, was dort vor sich ging.

Ein Stück weiter oben schlängelte sich der Bach durch eine Art tiefe Mulde, wie sie die Schotten an der Küste *Combe* nannten. Wenn sie etwas sehen wollte, musste Isobel den Rand dieser Vertiefung erklimmen. Da das gegenüberliegende Ufer des Baches mit Gestrüpp überwuchert war, kletterte sie – immer in geduckter Haltung – auf ihrer Seite auf den Rand und ging dann hinter einem großen Felsen in Deckung.

Von dort oben hatte sie einen freien Blick über das Land bis zum Sund, auf dessen Wellen sich das Mondlicht spiegelte. Doch nirgends war etwas zu sehen oder zu hören. Plötzlich bekam sie Angst, dass es den geheimnisvollen Fremden gelungen war, Michael zu überwältigen, bevor er die anderen warnen konnte, und sie wäre am liebsten schreiend den Hügel hinuntergerannt, um ihre Leute zu wecken.

Doch dann überlegte sie, dass sie weder wusste, wie viele Feinde hier draußen herumschlichen, noch, wie schwer sie bewaffnet waren oder wo sie sich genau aufhielten. Außerdem sagte ihr ihr Instinkt, dass sie sich auf Michael verlassen konnte. Wenn sie jetzt Alarm schlug, würde sie die Sache womöglich nur schlimmer machen.

Sie entschloss sich, langsam bis hundert zu zählen und dann den Hügel hinunterzulaufen und Hector oder Lachlan zu warnen.

Sie war bis siebenundachtzig gekommen, als der Tumult losbrach. Während sie in dem Gewühl hin und her rennender Menschen verzweifelt nach Michael Ausschau hielt, entdeckte sie Hector. Er schwang seine gewaltige Streitaxt, dass die Klinge im Mondlicht blitzte. Die berühmte Waffe war schon seit über hundert Jahren im Besitz des Gillean-Clans. Damals hatte ein Vorfahr sie erfolgreich in der Schlacht von Largs eingesetzt, bei der die Inselbewohner mit der Hilfe

Gottes und eines vier Tage andauernden Sturmes die angreifenden Wikinger ein für alle Mal von den Inseln vertrieben hatten.

Vorsichtig schlich Isobel näher. Sie überlegte, wo die Frauen wohl sein mochten. Wahrscheinlich hatten sie sich unter dem Schutz einiger Männer in eines der Boote geflüchtet. Doch Mairi würde sich bestimmt irgendwo aufhalten, wo sie alles genau sehen konnte.

Da! Sie hatte schon mehr als einen Mann ausgemacht, der nur mit einer Lederweste und Hosen bekleidet war, doch nur einer ähnelte Michael. Zuerst war sie ganz sicher, doch je länger sie hinschaute, desto mehr schien es ihr, als könnte es sich ebenso gut um Sir Hugo handeln. Der Mann war überall zugleich, sprang hin und her und hieb jeden nieder, der sich ihm in den Weg stellte. Sicher war es Hugo.

Dann war mit einem Mal alles vorbei. Sie hörte, wie Hector mit weit hallender Stimme den Kriegsschrei der MacDonalds ausstieß. Andere fielen ein, darunter auch die Männer der Clans Gillean und Macleod. Sie hatten den Feind besiegt.

Freudig rannte Isobel, so schnell sie konnte, den Hügel hinab. Dabei sah sie, wie sich einige Boote von Kyle Rhea näherten. Als sie unten ankam, war Donald Mòr Gowrie mit seinen Männern schon da.

Während sie noch in der Menge nach Michael suchte, hörte sie Hector seinen Namen rufen und sah, wie Michael auf ihn zueilte. Darauf raffte sie mit einer Hand ihre Röcke, hielt mit der anderen das Plaid fest und rannte los, so gut es in den schlappenden Schuhen eben ging.

Als sie die beiden Männer erreichte, schlug Hector gerade Michael auf die Schulter und sagte: »Gut gemacht, mein Junge! Hättet Ihr sie nicht entdeckt, nachdem sie unsere Wachen überwältigt hatten, und uns alarmiert, wären wir wahrscheinlich alle im Schlaf ermordet worden.«

Isobel blieb wie angewurzelt stehen. Beinahe hätte sie gerufen, dass sie die Angreifer entdeckt hatte, doch dann zog sie es vor zu schweigen.

In diesem Augenblick sagte Michael auf seine gewohnt ruhige Art: »Die Ehre gebührt nicht mir, Sir, sondern meiner Gemahlin. Sie war …« Isobel wurde ganz heiß bei dem Gedanken, dass er sie verraten könnte, doch er fuhr fort: »… aufgewacht, weil sie etwas gehört hatte. Daraufhin hat sie mich geweckt.«

Als Hector sie bemerkte, lächelte er ihr zu. »Wir sind dir zu großem Dank verpflichtet, Mädchen, obwohl ich mir nicht erklären kann, warum du etwas gehört hast und unsere Wachen nicht. Du musst ja Ohren wie ein Luchs haben.«

Isobel wusste nicht, was sie darauf erwidern sollte, denn sie wollte Hector nicht belügen. Doch schon warf Michael in leicht belustigtem Ton ein: »Selbstverständlich konnte sie vom Zelt aus nichts hören. Sie verspürte wahrscheinlich ein dringendes Bedürfnis und ging hinaus, ohne mir Bescheid zu sagen. Und jetzt ist es ihr unangenehm, wenn es zur Sprache kommt. Du darfst nicht einfach nachts allein nach draußen gehen, Mädchen«, fügte er besorgt hinzu. »Solange Waldron hinter uns her ist, ist die Gefahr einfach zu groß.«

Sie erwartete, dass auch Hector eine Bemerkung dazu machen würde, doch er schwieg. Offensichtlich hatte Michael recht, und man wurde als verheiratete Frau selbst von Respektspersonen nicht so leicht zurechtgewiesen. Vielleicht war ein Ehemann also doch eine ganz nützliche Angelegenheit.

Michael wandte sich an Hector: »Ihr benötigt uns wohl nicht länger, Mylord. Bestimmt wollt Ihr Euch um die Gefangenen kümmern und ihre Boote ausfindig machen.«

»Ja, ihr beide habt für heute genug geleistet«, erwiderte Hector. »Seht zu, dass ihr noch ein wenig Schlaf bekommt, denn morgen erwartet uns wieder ein langer Tag.«

Michael legte den Arm um Isobels Schultern und ging mit ihr den Hügel hinauf zu ihrem Zelt.

Als sie außer Hörweite waren, flüsterte er ihr zu: »Ich habe dir doch gesagt, du sollst so lange in deinem Versteck bleiben, bis ich dich rufe.«

Bei seinen Worten spannte sich ihr ganzer Körper an, und sie musste wieder an den wilden Schwertkämpfer denken, den sie zunächst für Michael und dann für Hugo gehalten hatte. Jetzt war sie sicher zu wissen, wer der Mann gewesen war. »Ich dachte, Ihr wärt ein friedliebender Mensch.«

»Sollte ich es vielleicht zulassen, dass sie das Lager angreifen?«

»Natürlich nicht, aber ich wusste gar nicht, dass Ihr so zu kämpfen versteht.«

»Wenn man schon gezwungen ist, etwas zu tun, dann sollte man es auch richtig machen. Aber du versuchst, das Thema zu wechseln, Mädchen. Ich muss mich auf dich verlassen können.«

Unvermittelt stiegen ihr die Tränen in die Augen. Als er ihr unterdrücktes Schluchzen hörte, blieb er stehen, fasste sie bei den Schultern und drehte sie zu sich herum.

»Ich hoffe, du versuchst nicht, mich mit deinen Tränen zu erweichen. Das wird dir nämlich nicht gelingen.«

»Das würde ich nie tun«, sagte sie entrüstet, wobei ihr die Tränen die Wangen hinunterliefen. »Ich weiß auch nicht, warum ich weine. Aber es hat nichts damit zu tun, was Ihr gesagt habt. Das nehme ich jedenfalls an.«

»Was ist dann der Grund dafür?«

»Ich bin mir nicht sicher, aber ich habe mir solche Sorgen um Euch gemacht. Ich dachte, Ihr wäret gefangen oder verletzt oder tot. Und dann sah ich Euch dort mitten im Getümmel ... oder zumindest glaubte ich, dass Ihr es wart. Ich musste einfach Gewissheit haben. Ich konnte nicht länger warten.«

Er fasste ihre Schultern fester. »Das ist kein hinreichender Grund, Isobel. Du kennst mich noch nicht besonders gut, und ich pflege auch nicht mit meinen Kampfkünsten zu prahlen, aber ich versichere dir, dass ich mit fast allen Waffen umzugehen weiß.«

»Mit dem Schwert bestimmt«, erwiderte sie.

»Nun ja, sowohl mein Vater als auch mein Großvater legten viel Wert darauf, dass ihre Söhne alles lernten, was sie selbst beherrschten. Henry hat diese Ausbildung ebenfalls erhalten, doch auch er stellt seine Gewandtheit nicht zur Schau. Es gibt nämlich Männer, die sich mit jedem guten Kämpfer messen wollen und ihn ohne jeden Grund herausfordern. Deshalb hat man Henry und mich ermahnt, unsere Fähigkeiten nicht an die große Glocke zu hängen, aber trotzdem stetig an ihnen zu arbeiten und sie zu verbessern.«

»Ist Waldron auch im Umgang mit Waffen unterrichtet worden?«

»Ja, wenn er auch nicht dieselben Lehrer hatte. Und es gibt noch einen wichtigen Unterschied. Du hast doch gehört, was Hector Reaganach von den Tempelrittern erzählte.«

»Ja.«

»Sie waren bekannt als die besten Krieger der gesamten Christenheit. Und ihre Fertigkeiten hat mich mein Pflegevater gelehrt.«

»Wer war Euer Pflegevater?«

»Vielleicht bringe ich dich eines Tages zu ihm«, erwiderte Michael. »Was Waldron angeht, so bekam er praktisch den gleichen Unterricht wie Henry und ich, doch ich glaube, er hat sich aus allem, was man ihm beibrachte, nur das herausgepickt, was ihm gefiel. Mein Vater bestand darauf, dass auch er eine gute Ausbildung erhielt, doch Waldron war schon immer habgierig, und diese Eigenschaft wirkt sich auf alles aus, was er tut.«

»Wieso denn das?«

»Aufgrund seiner Fähigkeiten glaubt er, er könnte sich alles erlauben und tun und lassen, was ihm gerade passt.«

»Aber wie kommt er denn auf diese Idee?«, fragte Isobel. »Niemand kann immer das tun, was er will.«

»Seit Waldron sich auf die Seite der Kirche geschlagen hat, ist er überzeugt davon, in Gottes Namen zu handeln. Mit dieser Einstellung ist er nicht allein. Viele Männer, unter ihnen auch die Templer, glauben, dass Gott die Soldaten Christi beschützt und ihnen all ihre Sünden vergibt. Und deshalb ist Waldron der Meinung, er könne tun, was ihm gefällt.«

»Aber Ihr habt doch die gleiche Ausbildung genossen wie er. Seid Ihr nicht ebenfalls dieser Ansicht?«

»Nein«, erwiderte er. »Eine solche Erziehung hat einfach den Zweck, dass im Notfall gute Soldaten zur Verfügung stehen. So sah es auch mein Vater. Er war der Meinung, dass Schottland so lange tapfere Kämpfer braucht, bis die Engländer uns unsere Eigenständigkeit zugestehen. Aber wir schweifen schon wieder vom Thema ab, Mädchen. Ich möchte dein Wort darauf, dass du mir in Zukunft gehorchst, wenn es hart auf hart kommt.«

Sie zögerte. In gewisser Weise hatte auch er das Thema gewechselt, doch er wartete noch immer, also sagte sie schließlich: »Ich verstehe ja, dass Ihr mich beschützen wolltet, und habe Euch auch gehorcht. Aber warum hätte ich nach dem Ende der Schlacht auf Euch warten sollen? Was wäre, wenn Ihr nun gefallen wärt?«

»Irgendwann hätte Hector oder jemand anderer dich schon geholt.«

»Ja, irgendwann, wenn sie mich vermisst hätten.«

Er antwortete nicht gleich, dann sagte er ruhig: »Wenn wir den Kampf verloren hätten, wärst du dort oben in den Hügeln sowieso besser aufgehoben gewesen.«

»Wenn wir verloren hätten, wäre ich auch nicht hinuntergelaufen, um Euch zu suchen«, erwiderte sie, doch sie war sich selbst nicht ganz sicher. Denn sie hätte auf jeden Fall herausfinden müssen, ob er verwundet oder tot war, und bei ihm sein wollen. Rasch sagte sie: »Ihr habt gesagt, bei der Höhle hättet Ihr Euch auf meine Führung verlassen, Michael.

Da solltet Ihr doch wissen, dass ich niemals so dumm wäre, mich blindlings ins Kampfgetümmel zu stürzen.«

»Da hast du recht, Mädchen«, erwiderte er. »Ich werde versuchen, daran zu denken. Aber du musst mich auch verstehen. Man hat mir immer eingeschärft, dass es meine heilige Pflicht ist, Frauen zu beschützen, weil sie schwächer sind und nicht mit Waffen umgehen können.«

»Aber ich bin nicht schwach und hilflos«, widersprach sie.

Er lächelte. »Du solltest dich nicht allzu sehr auf deinen kleinen Dolch verlassen, wenn du dich wieder einmal Hals über Kopf in ein gefährliches Abenteuer stürzt.«

Sie wollte erneut protestieren, da fiel ihr ein, wie sie beide sich kennengelernt hatten, und sie machte den Mund wieder zu.

»Ja, genau«, bemerkte er grinsend. »Ich habe selbst gesehen, wie impulsiv du sein kannst, und das macht mir Sorgen, auch wenn es in diesem Fall von Vorteil war. Ich werde mich in Zukunft bemühen, nicht bei jeder Kleinigkeit an dir herumzukritteln, sondern dich so zu behandeln, als wärst du ein junger Mann und mir ebenbürtig.«

»Ich danke Euch«, sagte sie ernsthaft.

»Nun gut, aber gnade dir Gott, falls du dich leichtfertig in Gefahr bringen solltest. Wenn einer der Männer unter meinem Befehl ohne Not sein Leben und das seiner Kameraden aufs Spiel setzt, pflege ich ihn hart zu bestrafen. Und du stehst ebenfalls unter meinem Kommando, vergiss das nie. Mit deinem Jawort hast du mir Gewalt über dich gegeben, ob dir das nun passt oder nicht. Da ich dir durch meine Geschicklichkeit und meine Ausbildung überlegen bin, habe ich ganz offiziell die Verantwortung für dich übernommen, und diese Verantwortung werde ich unter keinen Umständen aus der Hand geben.«

Isobel wusste nicht, was sie darauf erwidern sollte. Sein Ton und die Tatsache, dass er ganz vernünftig auf ihre Einwände geantwortet hatte, ließen es ihr geraten scheinen, sich nicht auf weitere Diskussionen einzulassen. Doch seine Worte beunruhigten sie, denn wenn sie etwas hasste, dann war es Zwang. Dagegen würde sie sich mit aller Kraft wehren. Sie überlegte kurz, ob sie ihm das sagen sollte, entschied sich dann aber dagegen.

Sie waren an ihrem Zelt angelangt, und Michael ging als Erster hinein, um die Felle und das Plaid glatt zu streichen. Als sie sich neben ihn legte, zog er sie an sich, und sie fragte sich, ob er wohl noch einmal mit ihr schlafen wollte. Doch er nahm sie nur in die Arme und gab ihr einen Kuss. Sie erwachte erst, als es schon Morgen war.

Sobald die Flut hoch genug stand, um die Schiffe sicher durch die schmalen Kyles zu tragen, brachen die Reisenden auf. Auf ihrem Weg nach Norden hielten sie unablässig Ausschau nach feindlichen Schiffe, konnten jedoch nichts entdecken. Zwar waren sie noch mehrere Tage unterwegs, doch die Zeit verging Isobel schneller als erwartet, und endlich kamen die Orkney-Inseln in Sicht. Als sie in den U-förmigen Hafen von Kirkwall einliefen, staunte Isobel über die vielen Schiffe, die dort vor Anker lagen. Sie hatte immer gedacht, die Flotte des Lords der Inseln sei groß, doch die der St. Clairs war eindeutig größer.

Als sie in die Boote umstiegen, die sie an Land bringen sollten, erblickten sie die große gelbe Kathedrale und den weitläufigen Bischofspalast, zu dem Michael sie führte, sobald sie angelegt hatten.

Sie betraten eine geräumige, behaglich wirkende Halle mit zwei riesigen Kaminen, in denen hohe Feuer loderten. Sie sollten die Kälte fernhalten, die selbst im Hochsommer auf den Orkney-Inseln herrschte.

Ihr Gastgeber erwartete sie zusammen mit zwei Frauen auf dem Podium. Sir Henry sah aus wie eine ältere Version seines Bruders, wenn auch sein Haar wesentlich heller war. Isobel, die beobachtete, wie er Prinzessin Margaret begrüßte, fand, dass er eine angenehme Art hatte und sich ehrlich über ihr Kommen zu freuen schien.

Er stellte die beiden Damen als seine Mutter und seine Frau vor, dann bedeutete er seinem Bruder vorzutreten. Hand in Hand mit Isobel trat Michael einen Schritt näher und präsentierte seine Gemahlin. Während sie ihren Knicks vor den drei Personen machte, bemerkte Isobel, dass Henry und seine Lady ihr freundlich zulächelten, Michaels Mutter dagegen keine Miene verzog.

Isabella von Strathearn, eine gertenschlanke, elegant gekleidete Dame, die wesentlich hochmütiger wirkte als Prinzessin Margaret, blickte Isobel so finster an, dass es der jungen Frau kalt über den Rücken lief.

In diesem Augenblick sagte Sir Henry, dem das Verhalten seiner Mutter offensichtlich entgangen war, vergnügt: »Du hattest schon immer einen ausgezeichneten Geschmack, Michael, und ich bin sicher, dass unser Vater sehr erfreut wäre. Ich bin es jedenfalls. Ich hoffe, die Reise war nicht allzu anstrengend, Mylady.«

»Ganz und gar nicht, Sir«, erwiderte Isobel lächelnd. »Eine Seefahrt kann für mich gar nicht lang genug sein.«

»Das geht mir genauso«, sagte er. »Eines Tages werde ich bis zum Rand der Erde segeln, und noch darüber hinaus.«

»Über den Rand hinaus?«, fragte sie verdutzt. »Wie soll das denn gehen?«

»Ich habe einmal eine Landkarte gesehen, die die Erde als Kugel zeigte, Mylady.«

Als seine Mutter einen leisen, missbilligenden Laut ausstieß, warf er ihr einen schuldbewussten Blick zu und fügte augenzwinkernd hinzu: »Aber darüber können wir uns ein andermal unterhalten. Bei diesem Thema finde ich nämlich kein Ende, und ich möchte doch Michael nicht die Überraschung verderben.«

»Eine Überraschung?«, fragte Michael stirnrunzelnd.

»Gewiss, mein Sohn, und eine große Ehre dazu, wie du

gleich sehen wirst«, antwortete Isabella, Gräfin von Strathearn und Caithness, und rang sich doch noch zu einem Lächeln durch.

»Bitte, Madam, kein weiteres Wort mehr«, unterbrach Henry sie mit einem kleinen Lachen. »Ihr habt mir versprochen, dass ich ihm die Überraschung präsentieren darf. Michael, ich bin sicher, du wirst entzückt sein, wenn ich dir sage, dass noch ein weiterer Gast zu meiner Einsetzung gekommen ist. Es ist ein Mann, den wir allzu lange nicht gesehen haben, und er hat jemanden mitgebracht, der dir bestimmt die Ehre erweisen wird, deine Ehe zu segnen. Komm heraus und zeige dich, Vetter!«

Isobel spürte, wie Michael neben ihr erstarrte. Dadurch gewarnt, gelang es ihr, einen Schrei zu unterdrücken, als nun Waldron von Edgelaw aus der dunklen Kaminecke trat. Als jedoch Fingon Mackinnon, der Grüne Abt von Iona, ihm auf dem Fuße folgte, starrte sie ihn mit offenem Mund an, bevor sie sich zu Michael umwandte. Doch als der fest ihre Hand drückte, verstand sie und sagte nichts.

15

Michael hoffte und betete, dass sich seine vorwitzige Braut ein einziges Mal zurückhalten würde. Daher umklammerte er ihre Hand fest, während er Waldron schweigend zunickte.

Als sein Vetter vor ihm stand, sagte Michael kühl: »Ich muss gestehen, ich habe mir schon gedacht, dass du hier bist. Gehe ich richtig in der Annahme, dass dein Begleiter, der uns seinen Segen geben will, der sagenumwobene Grüne Abt von Iona ist?«

Waldrons blaue Augen funkelten schadenfroh, doch er reichte seinem Vetter nicht die Hand zum Gruß. »Ach, alter Junge, bist du immer noch böse auf mich? Ich dachte, wir hätten unsere Zwistigkeiten schon vor langer Zeit begraben.« Mit einem scheinheiligen Blick auf die Umstehenden fügte er hinzu: »Er nimmt es mir noch immer übel, dass ich ihn als Junge bei unseren Trainingskämpfen geschlagen habe.«

Die einzige Antwort auf seine Worte war ein leises Füßescharren. Was seine Mitreisenden aus dem Süden von Waldrons Behauptung hielten, vermochte Michael nicht zu sagen, da er den Blick nicht von seinem Vetter wandte.

Lange lastete das Schweigen, doch Waldron, der noch immer erheitert schien, wartete ruhig ab. Schließlich sagte Michael gleichmütig: »Ich habe keine Lust, alte Geschichten aufzuwärmen, Vetter. Außerdem hast du meine Frage nicht beantwortet. Ist dieser Mann dort Abt Mackinnon von der Heiligen Insel?«

»Ja, und ein guter Freund von mir dazu«, erwiderte Waldron. »Deshalb habe ich ihn mitgebracht, damit er unseren kühnen Fürsten und deine junge Ehe segnet. Du und Henry, ihr macht den St. Clairs alle Ehre und habt dafür einen Segen verdient. Jetzt muss nur noch unser Hugo etwas Bedeutendes leisten, aber Macleod hat ja noch viele Töchter, nicht wahr?«

Erst als Isobel leicht seine Hand drückte, merkte Michael, dass er schon wieder ganz starr geworden war. Er wusste auch ohne ihre Warnung, dass er sich in Acht nehmen musste. Auch Waldron hatte offenbar seine Reaktion bemerkt, denn er warf ihm einen höhnischen Blick zu. Soll er doch, dachte Michael und sagte: »Ich glaube, zwei von Macleods Töchtern hast du schon kennengelernt. Doch es war wohl nicht der richtige Zeitpunkt, ihnen den Hof zu machen.«

Der Spott verschwand aus Waldrons Augen, doch im gleichen Augenblick mischte sich Michaels Mutter ein: »Was willst du damit sagen, Michael? Ich verstehe dich nicht. Du solltest lieber unserem geschätzten Gast, dem Abt Mackinnon, deine Reverenz erweisen und ihm dafür danken, dass er deiner Ehe seinen Segen erteilen will. Vielleicht wäre morgen während des Hochamtes die beste Gelegenheit dazu.«

»Es ist mir ein Vergnügen, Gräfin«, sagte Fingon Mackinnon und verneigte sich leicht in ihre Richtung. »Im Übrigen bewundere ich Lady Isobels Klugheit.«

Isobel presste seine Finger so fest, dass es ihm fast das Blut abschnürte, ging jedoch nicht auf die Bemerkung ein.

Doch Michael wusste, sie würde sich nicht mehr lange beherrschen können und mit einer unbedachten Äußerung herausplatzen. Also sagte er liebenswürdig: »Zu viel der Ehre, Sir. Doch jetzt erlaubt uns bitte, dass wir uns zurückziehen und uns ein wenig frisch machen. Wie Ihr ja wisst, haben wir eine weite Reise hinter uns.«

Mit diesen Worten wandte er sich zu Henry um und verbeugte sich. Dabei blickte er seinem Bruder tief in die Augen. Auch wenn es Henry hin und wieder gefiel, den Narren zu spielen und von wundersamen Abenteuern zu schwafeln, verfügte er doch über einen messerscharfen Verstand. Daher wusste Michael, dass seine Botschaft angekommen war, auch wenn sein Bruder sich nicht das Geringste anmerken ließ.

Freundlich lächelnd sagte Henry: »Diesen Wunsch teilen sicher alle neu eingetroffenen Gäste. Der Bischof von Orkney und ich haben Zimmer für Euch alle im Palast und dem nahe gelegenen geräumigen Hallenhaus vorbereiten lassen. Wenn Ihr Euch nun dorthin begeben wollt, kommen wir kurz nach der Vesper wieder hier zum Abendessen zusammen.«

Während die Palastdiener sich anschickten, die Gäste hinauszugeleiten, sagte Isabella: »Ich würde mich freuen, wenn wir beide uns noch ein wenig unterhalten könnten, Abt Mackinnon. Wir haben hier nur selten Kontakt mit einem so bedeutenden Vertreter der Kirche.«

»Aber Madam«, wandte Henry ein, »gerade jetzt genießen wir doch die Gastfreundschaft Seiner Eminenz des Bischofs von Orkney, und außerdem haben wir noch unseren eigenen Kaplan. An geistlicher Betreuung mangelt es uns nun wirklich nicht.«

»Das ist nicht dasselbe«, erwiderte Isabella kurz angebunden.

Der Grüne Abt verbeugte sich noch einmal und sagte: »Ich werde mich bald zu Euch gesellen und gerne ein Stündchen mit Euch plaudern, Gräfin. Doch jetzt muss ich zu Seiner Eminenz, da ich ihm versprochen habe, ihn noch vor der Vesper aufzusuchen.«

Ohne sich weiter um seine Mutter, den Abt und Waldron zu kümmern, drehten sich Michael und Isobel um und stiegen vom Podium. Dabei bemerkte Michael die grimmigen Blicke seiner Gefährten.

Isobel musste sich zwingen, sich im Hinausgehen nicht nach Waldron umzudrehen. Zwar wollte sie nicht zeigen, wie sehr seine Anwesenheit sie beunruhigte, doch gleichzeitig war sie neugierig, was er vorhatte. Offenbar glaubte er sich in Kirkwall ebenso gut gelitten wie Michael, und nach dem Verhalten der Gräfin zu urteilen, war er mit Sicherheit willkommener als Michaels Braut.

Im selben Augenblick, als Isobel an Michaels Arm die Stufen des Podiums hinabschritt, bemerkte sie Waldrons Blick. Den Ausdruck, mit dem er sie betrachtete, hatte sie am Hofe schon oft bei jungen Männern gesehen, die dem Brogac, dem starken Whisky der Inseln, zu eifrig zugesprochen hatten. Es war ein begehrlicher, hungriger Blick. Doch bei Waldron lag noch etwas anderes darin – die Gewissheit, dass sein Hunger bald gestillt würde.

Als sie und Michael zu ihren Begleitern traten, schaute Hector wütend drein, Lachlan dagegen gab sich betont ruhig. Mairi hatte eine Hand auf Prinzessin Margarets Arm gelegt, und Lady Euphemia wirkte niedergeschlagen. Die beiden Zofen von Prinzessin Margaret, zwei Schwestern mittleren Alters, die Mairi immer Rose und Kraut nannte, machten sich um ihre Herrin zu schaffen und erstarrten abrupt, als der Abt an Michael und Isobel vorüberschritt und Prinzessin Margaret mit den Worten »Madam, ich hoffe, Ihr befindet Euch wohl« zunickte.

Wortlos nickte Margaret zurück, worauf der Abt seinen Weg fortsetzte und durch eine Tür am Ende der Halle verschwand. Er kannte sich im Bischofspalast offensichtlich bestens aus.

Überzeugt, dass Waldron ihm folgen würde, blickte sich Isobel verstohlen um, doch Waldron war nirgends zu sehen. »Wo ist er hin?«, fragte sie Michael erstaunt.

»Wahrscheinlich ist er mit meiner Frau Mutter in ihre Gemächer gegangen«, erwiderte Michael, der ihrem Blick gefolgt war. »Die Tür hinter dem Podium führt dorthin.« An Hector gewandt sagte er: »Rechnet Ihr damit, dass mein Vetter oder der Abt hier Unruhe stiften, Mylord? Ich glaube es eher nicht. Mein Vetter erfreut sich der Gunst meiner Mutter und würde sie nicht leichtfertig aufs Spiel setzen.«

»Ich gehe ebenfalls davon aus, dass er sich benehmen wird«, stimmte Hector ihm zu. »Vielleicht hatten sie ursprünglich vor, Eurem Bruder Schwierigkeiten zu machen, denn soweit ich von Euch weiß, hat Waldron von Edgelaw es ja auf den Besitz der St. Clairs abgesehen. Wenn er Henry den Fürstentitel hätte streitig machen können, dann hätte er es bestimmt getan.«

»Ich hatte auch die Befürchtung, dass er Henry schaden wollte«, sagte Michael.

»Dagegen sprechen mehrere Dinge«, wandte Lachlan ein.

Die vielen Galeeren im Hafen zum Beispiel, dachte Isobel, wagte jedoch nicht, es laut zu sagen. Bestimmt würde es Prinzessin Margaret missfallen, wenn sie sich in das Gespräch einmischte.

Zu ihrer Verblüffung erwiderte Lachlan: »Da sind zunächst einmal die tausend Goldstücke, die Euer Bruder dem norwegischen König an Martini zahlen wird. So viel Geld könnte Euer Vetter wohl kaum aufbringen. Und selbst wenn es ihm doch irgendwie gelänge, wäret Ihr als Henrys Bruder immer noch der nächste Anwärter auf den Titel. Um selbst an die Reihe zu kommen, müsste Waldron schon drei Menschen beseitigen – Euch, Henry und dessen augenscheinlich schwangere Frau. Eine solche Freveltat würde ihm der norwegische König niemals verzeihen. Vielleicht hat Waldron es wirklich irgendwann einmal so geplant, doch mittlerweile hat er seinen Irrtum bestimmt eingesehen. Henry verfügt einfach über zu viele mächtige Freunde, und Waldron wird vermutlich bald herausfinden, was Henry und der norwegische König vereinbart haben – wenn er es nicht schon weiß.«

»Womöglich glaubt Waldron ja, er könne sich alles erlauben, weil Gott auf seiner Seite ist«, sagte Michael. »Und wenn seine Pläne fehlschlagen, wird er schrecklich wütend werden, und dann ist er noch gefährlicher als sonst.«

»Auf jeden Fall wird er seinen Ärger nicht an uns auslassen«, erwiderte Lachlan und reichte einen Arm der Prinzessin Margaret und den anderen seiner Lady. »Und jetzt würde ich vorschlagen, dass wir Henrys großherzige Gastfreundschaft in Anspruch nehmen und vor dem Abendessen noch ein wenig ruhen.«

Michael nickte, legte Isobels Hand in seine Armbeuge und folgte mit dem Rest der Reisegesellschaft zwei Palastdienern, die sie nach oben zu ihren Zimmern führten. Als Isobel bemerkte, dass Sir Hugo Adela seinen Arm bot, blickte sie Michael fragend an, doch er tat, als habe er nichts gesehen. Adela nahm Sir Hugos Begleitung lächelnd an.

Nachdem er Adela sicher zu der Kammer gebracht hatte, die sie mit Lady Euphemia teilte, ging Hugo zu Michael und Isobel hinüber. Isobel rechnete damit, dass Michael ihn fortschicken würde, doch als er ihn stattdessen einließ, wurde ihr klar, dass die beiden Männer sich irgendwie abgesprochen haben mussten.

Hugo trat in die kleine, spärlich möblierte Kammer, schloss die Tür hinter sich, ging zu dem schmalen Fenster und schaute hinaus. »Können wir hier ungestört reden?«, fragte er Michael.

»Für den Moment reicht es«, erwiderte Michael. »Doch ich glaube, wir werden erst wirklich sicher sein, wenn wir dieses reizende Paar von hinten sehen.«

»Das heißt, erst nach Henrys Zeremonie«, sagte Hugo. »Und die findet erst in zwei Tagen statt, nicht wahr?«

»Ja, am Sonntag.«

»Sieh dich bis dahin vor, mein Junge«, sagte Hugo und warf einen bedeutsamen Blick auf Isobel.

»Ja«, antwortete Michael und setzte, ebenfalls nach einem Blick auf seine Frau, hinzu: »Und du sei auch auf der Hut, Mädchen. Achte vor allem darauf, Waldron niemals allein zu begegnen. Das heißt, du darfst nirgendwo ohne Begleitung hingehen. Halte dich stets an mich oder Hugo, Hector Reaganach oder den Admiral. Und wenn keiner von uns verfügbar ist, schick nach einem Pagen oder einem von Henrys Dienern. Du erkennst sie an ihrer grauen Livree mit dem schwarzen Kreuz der St. Clairs.«

Sie hätte ihm zu gern auf der Stelle gesagt, was sie davon hielt, dass er ihr vor Sir Hugo Anweisungen gab, doch sie wartete, bis der Gentleman gegangen war. Kaum war jedoch die Tür hinter ihm ins Schloss gefallen, sagte sie in scharfem Ton: »Haltet Ihr mich eigentlich für dumm?«

Er hatte anscheinend an etwas anderes gedacht, denn er schaute sie einen Augenblick lang ausdruckslos an. Als er seine Gedanken gesammelt hatte, sagte er: »Keineswegs. Wie kommst du darauf?«

»Warum musstet Ihr Euch dann vor Sir Hugo als fürsorglicher Ehemann aufspielen?«

»Ich wollte dir damit nur deutlich machen, dass du dich nicht zu scheuen brauchst, Hugo, wenn nötig, um Hilfe zu bitten. Er wird es niemals als Zumutung empfinden.«

»Mit anderen Worten, ich soll keine Gelegenheit haben, meinem eigenen Urteil zu trauen und selbstständige Entscheidungen zu treffen.«

»Stimmt«, sagte er grinsend. Er freute sich offensichtlich, dass sie ihn so gut verstanden hatte. »Und nun, da diese Frage geklärt ist, würde ich vorschlagen, wir wenden uns erfreulichen Dingen zu, bis es Zeit zum Abendessen ist.«

»Wir müssen uns doch vor dem Essen noch ein wenig frisch machen, umziehen, und was sonst noch zu tun ist.«

»Genau das wollte ich damit sagen«, erwiderte er und griff nach ihren Schnürbändern.

Sie trat einen Schritt zurück. »Ich will nicht.«

Seine Hand verharrte mitten in der Luft. »Wie bitte?«

»Ihr habt mich schon verstanden.«

»Ja, aber ich bin doch dein Ehemann, Mädchen. Und du bist meine Frau.«

»Ihr habt gesagt, Ihr würdet nie mit Eurer Frau gegen ihren Willen schlafen.«

Er seufzte. »Das tue ich auch nicht, Liebste. Ich weiß ja,

dass es dir beim ersten Mal wehgetan hat. Und was anschließend geschah, hat dir bestimmt einen Schock versetzt. Und deshalb bist du jetzt ein wenig unsicher, aber …«

»Es hat nichts mit Schmerzen oder Unsicherheit zu tun, Sir, sondern mit Vertrauen.«

»Vertrauen?«

»Ja. Euer Vertrauen zu mir. Seit wir uns zum ersten Mal begegnet sind, damals in dieser Höhle, wo wir die Hand nicht vor Augen sehen konnten, habt Ihr immer wieder von mir verlangt, dass ich Euch vertrauen soll. Ihr wolltet mir auch weismachen, dass Ihr nicht wisst, was Waldron von Euch will.«

»Ich weiß es ja auch nicht.«

»Das spielt jetzt keine Rolle. Ich will damit nur sagen, wie oft Ihr schon an mein Vertrauen appelliert habt, Sir.«

Er blickte zu Boden und biss sich auf die Lippen. Sie wusste nicht, ob er sie lieber angebrüllt oder ausgelacht hätte, doch auch das war ihr egal. Sie musste es sich einfach von der Seele reden.

»Mein ganzes Leben lang hat man von mir verlangt, dass ich selbstständig denken soll. Und wenn ich es dann tat, wurde ich ausgeschimpft. Oder man traute es mir gar nicht erst zu«, sagte sie. »Ich habe mich bisher immer geweigert zu heiraten, weil ich nicht wollte, dass schon wieder jemand über mich bestimmt. Ihr habt versprochen, es nicht zu tun, aber Ihr tut es doch. Ich soll Euch stets vertrauen; Ihr dagegen überlegt Euch sehr genau, wann Ihr mir Vertrauen entgegenbringt. Dazu kann ich nur sagen, dass für mich bedingungsloses Vertrauen auf Gegenseitigkeit beruhen muss.«

Er holte tief Luft und blickte sie eindringlich an. »Isobel, mir scheint es zwar, als würde ich dich schon mein ganzes Leben lang kennen, doch so ist es natürlich nicht. Wir müssen noch viel übereinander lernen. Ich vertraue dir wirklich. Denk doch nur daran, wie du dich in der Höhle befreit hast. Da habe ich dich entscheiden lassen, wie wir mit Waldrons

Handlanger Fin Wylie verfahren sollten. Auf dein Wort hin habe ich Matthias und Ian MacCaig vertraut. Ich bin dir blindlings gefolgt, als wir über den Kyle zur Insel Mull übersetzten und uns in den Schutz eines Mannes begaben, den ich nicht kannte und der einen furchterregenden Ruf genießt. Und als du mir sagtest, ich könne Donald Mòr Gowrie trauen, habe ich auch das getan. Ich habe mich sogar deinen Segelkünsten anvertraut.«

»Mag sein, aber Ihr habt meiner Erklärung nicht geglaubt, als Ihr mich auf Eurem Schiff fandet«, erwiderte sie und musste unwillkürlich daran denken, wie böse er damals mit ihr gewesen war. »Dann hieltet Ihr mich für so dumm, mitten in einen Kampf hineinzurennen, nur um Euch zu suchen. Und jetzt eben konntet Ihr mir nicht einfach sagen, ich solle mich an Hugo wenden, falls ich einen Begleiter brauche.«

Als er schwieg, war sie sicher, dass er seinen Zorn nur mit Mühe zügeln konnte. Doch von ihr aus sollte er sie ruhig anschreien, das machte ihr überhaupt nichts aus. Hauptsache, er begriff, was sie ihm sagen wollte. Aber warum hatte sie bloß das Gefühl, als würde sie jeden Augenblick in Tränen ausbrechen?

Michael versuchte sich zu beherrschen. Er hätte sie am liebsten geschüttelt, doch noch lieber hätte er der Diskussion ein Ende gemacht, damit er mit ihr schlafen konnte. Schon beim Übersetzen vom Schiff hatte er daran gedacht, und auch später in der großen Halle, bevor Waldron und der Grüne Abt aufgetaucht waren, war es ihm wieder in den Kopf gekommen. Um ehrlich zu sein, hatte er auch während seines Wortwechsels mit Waldron kaum an etwas anderes denken können. Später dann in der Schlafkammer hatte ihn ihre Nähe so erregt, dass er am liebsten Hugo aus dem Zimmer geschoben und die Tür hinter ihm verriegelt hätte.

Er hätte beinahe jedes ihrer Argumente entkräften können,

doch er merkte, wie wichtig ihr die Sache war. Wenn er sich jetzt nicht damit befasste, würde er es später bereuen.

Also atmete er noch einmal tief durch, wie er es bei seinen Waffenübungen gelernt hatte, und sagte ruhig: »Ich vertraue dir, Liebste. Aber du musst selbst zugeben, dass einige deiner Begründungen sehr fadenscheinig sind. Ich möchte jetzt nicht wiederholen, was ich damals auf dem Schiff zu dir gesagt habe, du erinnerst dich sicher daran. Mir ist klar, es ärgert dich, dass ich deine Erklärung nicht gelten ließ, aber ich habe dir auch den Grund dafür genannt. Das wirst du doch bestimmt noch wissen.«

Er wartete kurz auf ihre Entgegnung, doch sie schwieg.

»Des Weiteren«, fuhr er fort, »habe ich dir erklärt, warum du mir in einem Notfall gehorchen musst, und ich dachte, du hättest die Gründe dafür eingesehen. Ich weiß zwar nicht, was Waldron und der Grüne Abt hier vorhaben, doch allein ihre Anwesenheit ist für mich schon ein solcher Notfall. In einem hast du allerdings recht: Was deine Sicherheit betrifft, hätte ich darüber erst unter vier Augen mit dir reden sollen. Hugo kam mit, weil ich ihm ein paar Anweisungen geben wollte, und als wir dann alle drei beisammen waren, habe ich einfach die Gelegenheit genutzt und ihn wissen lassen, dass du dich bei Bedarf an ihn wenden würdest.«

Eine Träne lief ihr über die Wange, und er streckte die Hand aus und wischte sie mit dem Daumen fort. Doch ansonsten rührte er sie nicht an.

»Du hast auch noch in einem anderen Punkt recht«, sagte er in bemüht sanftem Ton. »Man kann jemandem Vertrauen erweisen, doch vor allem muss man es sich verdienen, denn niemand sollte einem anderen blindlings folgen. Wie alles, was Bestand haben soll, muss auch Vertrauen auf ein starkes und festes Fundament gegründet sein, und das entsteht nicht von heute auf morgen. Wir müssen von Fall zu Fall entscheiden, ob wir dem anderen vertrauen können, und du wirst dich vielleicht an Vorfälle erinnern, bei denen du es mir schwer gemacht hast, dir zu vertrauen. Aber um der Gerechtigkeit willen muss ich sagen, dass ich ebenfalls Fehler gemacht habe.«

Ihre einzige Antwort darauf waren noch eine Träne und ein unterdrücktes Schluchzen.

»Sieh mich an, Liebste.«

Mit tränenfeuchten Augen blickte sie zu ihm hoch.

»Verstehst du mich?«

»Ja. Ihr glaubt, Ihr könnt mir nicht vertrauen, weil ich zugegeben habe, dass ich manchmal nicht die ganze Wahrheit sage. Aber ich lüge nicht, Michael. Jedenfalls nicht denen gegenüber, die ich ... die ich mag. Und außerdem wisst Ihr eigentlich immer ganz genau, wann ich ein bisschen von der Wahrheit abweiche. Dann bekommt Ihr so einen gewissen Blick ...«

»Ja, da hast du recht. Aber siehst du denn nicht ein, dass ich mir immer sicher sein will? Ich habe versprochen, dir stets die Wahrheit zu sagen. Und wenn es einmal gute Gründe gibt, es nicht zu tun, werde ich es dich wissen lassen. An dieses Versprechen habe ich mich immer gehalten. Kannst du das nicht auch?«

Sie nagte an ihrer Lippe, dann antwortete sie: »Ich weiß es nicht. Gewöhnlich sage ich, was ich denke, doch manchmal ist es nicht ratsam, immer gleich die ganze Wahrheit herauszuposaunen. Wenn mich zum Beispiel jemand fragt, wie mir ein Hut oder ein Kleid gefällt, und ich es scheußlich finde ...«

»Du weißt genau, dass ich das nicht meine.«

»Aber so ähnlich ist es doch mit vielen Dingen, Michael. Und überhaupt zählen Taten viel mehr als Worte. Denkt nur an den Blick, den Ihr mit Hugo gewechselt habt, bevor Ihr mir sagtet, er solle mich bei Bedarf begleiten.«

Sein Lachen überraschte sie. »Hugo hat mich gefragt, ob er dir seine Hilfe anbieten soll. Du musst wissen, Liebste, dass er und ich in der Vergangenheit oft miteinander gewetteifert haben. Und zuweilen gab es Missstimmigkeiten wegen einer Frau. Schließlich hast du ja auch heftig mit ihm geflirtet, als er auf Lochbuie eintraf.«

»Habe ich nicht!«

»Isobel!«

Sie zog ein Gesicht. »Nun ja, jedenfalls nicht mehr als mit anderen auch. Das hat doch gar nichts zu bedeuten, nicht mehr als ein Blick oder ein Lächeln.«

»Für eine verheiratete Lady gehört es sich aber nicht«, sagte er.

»Du meine Güte, bei Hofe sind gerade die verheirateten Damen die Schlimmsten«, erwiderte sie.

»Das ist mir gleich«, sagte er. »Ich zähle darauf, dass du ein wenig zurückhaltender auftrittst.«

Sie dachte einen Augenblick über seine Worte nach, dann sagte sie: »Ihr haltet Euch wohl für sehr schlau, dass Ihr dem Gespräch eine solche Wendung gegeben habt, anstatt mir das Flirten schlichtweg zu verbieten. Aber das lässt mich an Eurer Aufrichtigkeit zweifeln.«

Ihm war, als hätte sie ihm eine Ohrfeige versetzt, und zwar verdientermaßen.

»Ich war wirklich aufrichtig«, erwiderte er zerknirscht. »Aber trotzdem ist dein Tadel berechtigt, Mädchen. Ich neige manchmal tatsächlich zur Eifersucht. Und darum ging es auch bei der Sache mit Hugo. Er wollte sich auf keinen Fall anmaßen, meiner Braut Befehle zu erteilen, doch zugleich wollte er sichergehen, dass wir uns Waldron gegenüber keine Fehler erlauben. Also bat er mich noch einmal, dir den Ernst der Lage klarzumachen.«

»Ich verstehe«, sagte sie. »Habt Ihr wirklich das Gefühl, mich schon ein Leben lang zu kennen?«

Er lächelte, erleichtert, dass ihre Gedanken endlich eine andere Richtung genommen hatten. »Ja«, antwortete er. »Das habe ich dir doch gesagt. Fühlst du es nicht auch?«

Isobel dachte über die Frage nach. Michael wusste ja gar

nicht, welche Wirkung seine Stimme auf sie ausübte, besonders, wenn sie das Gefühl hatte, er würde ihr ernsthaft zuhören. Er hatte ein besonderes Talent, ihr dieses Gefühl gerade dann zu geben, wenn sie fest überzeugt war, er sei wie alle anderen Männer.

Nur zu gern hätte sie geglaubt, dass er ihr immer zuhören würde, doch das war eher unwahrscheinlich.

Aber vielleicht hatte er ja gerade so etwas gemeint, als er sagte, sie müssten einander manchmal einfach vertrauen. Dann würde das Fundament ihrer Ehe hoffentlich immer fester werden.

Er wartete noch immer geduldig auf ihre Antwort. Schließlich sagte sie: »Ich weiß, was Ihr jetzt gern hören würdet, Sir. Zwar kann ich so gut mit Euch reden, als wäre ich schon lange vertraut mit Euch, doch immer wenn ich zu wissen glaube, wer Ihr seid und was Ihr denkt, stelle ich fest, dass ich Euch überhaupt nicht kenne. Ihr seid jetzt ein völlig anderer Mann als an dem Tag, an dem wir uns kennenlernten, und ich weiß einfach nicht, welchem von beiden ich denn nun vertrauen soll.«

Als er ihren Arm berührte, fühlte sie die Wärme seiner Hand durch den dünnen Stoff ihres Ärmels. »Mit der Zeit wirst du feststellen, dass du beiden vertrauen kannst«, sagte er sanft. Dann hob er mit einem Finger ihr Kinn ein wenig an und küsste sie zart.

»Mag sein, Sir, aber das muss ich noch herausfinden.«

Er begann die Schnürbänder an ihrem Mieder zu lösen. »Ich möchte auch etwas herausfinden«, sagte er. »Ich habe da nämlich ein paar besonders empfindliche Stellen an deinem schönen Körper entdeckt. Mit denen würde ich mich gerne noch eingehender befassen.«

Bei diesen Worten wurde ihr ganz heiß. Sie legte die Hand um seinen Hinterkopf, zog sein Gesicht zu sich herab und küsste ihn hingebungsvoll.

Mit einem leisen Seufzer nahm er sie in die Arme. Dann

ließ er zärtlich seine Hände über ihren Rücken gleiten, umfasste ihre Hinterbacken und presste sie fest an sich.

Sie spürte, wie er vor Verlangen pulsierte.

Wieder machten sich seine Finger an ihren Schnürbändern zu schaffen. Ihr schlichtes Mieder aus hellrosa Seide war wie eine Männerweste geschnitten und in der Taille eng geschnürt. An der Vorderseite lief es in zwei Spitzen aus. Im Handumdrehen hatte er es abgestreift und löste die rosafarbenen Bänder ihres tief ausgeschnittenen Batisthemdes. Als er ihr den Stoff von Schultern und Brust streifte, kam es ihr wie eine Befreiung vor. Gespannt wartete sie, was er als Nächstes tun würde.

Er blickte zu ihr hinab. Dann legte er die Spitze des rechten Zeigefingers in die Mulde zwischen ihren Brüsten und begann, ganz langsam das Hemd hinunterzuschieben.

Das leise Klopfen an der Tür klang ihnen wie ein Donnerschlag und ließ sie beide vor Schreck zusammenfahren.

»Das ist Henry«, sagte Michael.

»Habt Ihr ihn erwartet?«, fragte sie entgeistert.

»Ja, wenn auch nicht so bald. Ich werde ihm sagen, er soll sich zum Teufel scheren.«

»Um Himmels willen, Sir, das könnt Ihr doch nicht machen! Helft mir schnell, mein Mieder wieder anzuziehen.«

»Nein, Liebste. Ich will allein mit ihm reden.«

»Wenn er das wollte, hätte er Euch doch rufen lassen, nicht wahr?«, sagte sie.

»Ja, vielleicht«, erwiderte er, doch sein Stirnrunzeln verriet ihr, dass sie recht hatte. »Ich habe ganz vergessen, dass wir uns hier ja im Palast des Bischofs und nicht in seinem befinden.«

»Ich muss gestehen, dass ich Eurem Gespräch gern beiwohnen würde, weil es sicher um Waldron und die Vorfälle der letzten Zeit geht, doch wenn Ihr mich nicht dabeihaben wollt, sagt es mir gleich, und schickt mich nicht in seiner Gegenwart fort.«

»Lass uns erst einmal hören, was er will«, antwortete Michael. »Wenn du dann gehen musst, soll er es dir befehlen und nicht ich. Ich pflege meine Versprechen zu halten.«

Als Isobel schwieg, hob er ihr Mieder auf und half ihr, es anzuziehen. Dann zog er die Schnürbänder fest, sodass sie nur noch die Schleife zu binden brauchte, während er zur Tür ging.

Henry sagte nichts, bis er die Tür hinter sich geschlossen hatte. Dann wandte er sich mit einem entschuldigenden Blick an Isobel: »Verzeiht die Störung, Mylady, aber ich glaube, Euer Gemahl wollte ungestört mit mir reden, was bei den vielen Gästen im Haus nicht so einfach ist. Meine Mutter und ihr ergebener Abt halten sich in der Kammer auf, die ich normalerweise benutze, und so bin ich lieber hierher gekommen.«

»Ihr seid herzlich willkommen«, erwiderte Isobel und wechselte ein freundliches Lächeln mit ihm. Dann fasste sie sich ein Herz und fügte hinzu: »Ich hoffe, Ihr schickt mich nicht fort. Michael hat gesagt, ich muss gehen, wenn Ihr es verlangt, und selbstverständlich werde ich gehorchen. Doch da ich die jüngsten Ereignisse hautnah miterlebt habe und außerdem ein neugieriger Mensch bin, würde ich ihn hinterher sowieso bestürmen, mir alles zu erzählen.«

Mit angehaltenem Atem wartete sie auf die Reaktion der beiden Männer.

Michael sagte nichts, doch Henry lächelte ihr abermals zu und sagte: »Weiß Gott, Madam, wenn es Euch gelingt, etwas aus ihm herauszubekommen, seid Ihr mir noch willkommener in unserer Familie. Ihr müsst mir unbedingt verraten, wie Ihr das schafft.«

»Ihr stehen andere Waffen zur Verfügung als dir«, lachte Michael. »Jetzt nimm Platz, Henry, denn ich habe dir einiges zu berichten und muss dich auch etwas fragen, und uns bleibt nicht viel Zeit. Am besten, du setzt dich auf die Fensterbank«, fügte er hinzu, als Henry sich ratlos in der Kammer umsah, in der es außer dem Himmelbett und dem Waschtisch nur einen kleinen Hocker gab.

Also nahm Henry auf der schmalen Fensterbank Platz und stützte die Ellbogen auf die Knie, da seine breiten Schultern nicht in die enge Fensteröffnung passten. »Ich muss sagen, du wirktest nicht besonders überrascht, Waldron hier zu sehen.«

»Das war ich auch nicht«, erwiderte Michael und erzählte ihm die ganze Geschichte.

Schweigend hörte Isobel ihm zu, ganz verblüfft darüber, an wie viele Einzelheiten er sich noch erinnern konnte. Er berichtete Henry genau, was sich in der Höhle und später bei ihrer Flucht nach Mull zugetragen hatte. Dann erwähnte er, wie sehr es Hector missfallen hatte, dass Isobel und er allein mit den Ruderern auf dem Schiff gefahren waren, und wie erfreut er dagegen gewesen war, als Michael um Isobels Hand anhielt und sie einwilligte.

Unterschwellig hatte sie die ganze Zeit befürchtet, Michael könnte alles ausplaudern, was zwischen ihnen gesprochen worden war. Als sie jetzt einen erleichterten Seufzer ausstieß, schaute Sir Henry sie an, als könne er ihre Gedanken lesen. Er erinnerte sie sehr an Michael.

Während sein Bruder berichtete, stieß Henry ab und an einen leisen überraschten oder unwilligen Laut aus und sagte am Ende schließlich: »Waldron hat immer schon getan, was er wollte, doch ich hätte nie gedacht, dass er sich gegen einen von uns wie ein schändlicher Feigling benehmen würde. Soll ich ihn fortschicken?«

»Nein«, erwiderte Michael. »Hier können wir ihn im Auge behalten.«

»Ja«, stimmte ihm Isobel zu. »MacDonald von den Inseln sagt immer, man soll seine Feinde als Gäste aufnehmen, aber ihnen gut auf die Finger sehen, damit sie nicht das Silber stehlen.«

Henry lachte. »Das überlasse ich wohl besser meiner Mutter. Aber dein Bericht, Michael, hat mich auf den Gedanken gebracht, dass ich dir vielleicht Vaters Brief zeigen sollte.«

»Was für einen Brief? Ich dachte, wir hätten auf Roslin schon alle seine Unterlagen durchgesehen.«

»Dieses Schreiben nicht«, erwiderte Henry und verzog leicht das Gesicht. »Ich habe ihn niemandem gezeigt, weil er Dinge enthält, die keiner wissen sollte. Noch nicht einmal du. Du am allerwenigsten! Aber jetzt muss es wohl doch sein.«

»Ja, das glaube ich auch«, sagte Michael. »Wo ist er denn, auf Roslin oder St. Clair?«

»Er ist genau hier«, antwortete Henry und griff in sein Wams. »Ich gebe ihn niemals aus der Hand.«

16

Michael faltete den Brief auseinander. Da ihr Vater bereits seit mehr als zwanzig Jahren nicht mehr lebte, war das Schriftstück ein wenig abgenutzt, zumal Henry es offensichtlich schon längere Zeit mit sich herumgetragen hatte. Doch Sir William hatte eine Schreibfeder und Galltinte von guter Qualität verwendet und auf feinem, glattem Kalbspergament statt auf weniger haltbarem Papier geschrieben, was darauf hindeutete, dass der Brief auf Dauer im Besitz seines ältesten Sohnes bleiben sollte.

Nach einem Blick auf die Unterschrift sagte Michael: »Er hat es kurz vor seinem Tod geschrieben.«

»Ja, als wir anderen uns auf Dunclathy aufhielten.«

»Das ist Hugos Besitz in Strathearn«, erklärte Michael Isobel.

Henry fuhr fort: »Mutter erhielt den Brief zusammen mit der Nachricht von Vaters Tod. Sie wollte ihn mir sofort geben, vergaß es dann aber. Daher bekam ich ihn erst Wochen später zu Gesicht.«

»Sie hat es vergessen?«, fragte Michael skeptisch.

»Das hat sie zumindest gesagt. Ich vermute, sie las den Brief als Erste und entschied dann, es wäre rücksichtsvoller, ihn mir erst später zu geben. Denn Vater schrieb ihn, nachdem er durch Sir Edward von einem meiner Streiche erfahren hatte. Daher ist der erste Teil des Briefes, wie du sehen wirst, eine Gardinenpredigt über die Pflichten des Erben der St. Clairs, wobei er übrigens nicht die französische Schreibweise des Namens verwendet, sondern ihn so schreibt, wie er gesprochen wird, also ›Sinclair‹. Vielleicht hat Mutter mir den Brief auch deswegen nicht sofort gegeben. Sie hat immer die französische Schreibweise bevorzugt und hatte vielleicht Angst, ich könnte sie ändern. Aber viel wahrscheinlicher ist es, dass es um den Inhalt ging. Vaters Worte waren mir nicht sehr angenehm, doch sie haben mich seither stets daran erinnert, dass ein guter Ruf wichtiger ist als Reichtum und dass man jeden Tag so leben soll, als wäre es der letzte.«

»Hat er das so geschrieben?«

»Ja.«

»Das ist ja richtig unheimlich, wenn man bedenkt, dass es vermutlich sein letzter Brief war.«

»Das finde ich auch«, erwiderte Henry ernst. »Du wirst feststellen, dass das Schreiben wohl nichts mit dem Familiengeheimnis zu tun hat, dem wir schon so lange auf der Spur sind. Aber einige Worte oder der letzte Absatz könnten vielleicht doch wichtig sein. Ich muss gestehen, ich habe nie verstanden, was Vater damit meinte, aber möglicherweise hat er schon damals vorausgesehen, dass Waldron oder jemand anderer seines Schlages uns Schwierigkeiten machen könnte.«

Nachdem Michael den Brief überflogen hatte, war ihm klar, warum Henry ihn ungern jemand anderem zeigen wollte. Er fragte sich, was ein Dreizehnjähriger verbrochen haben konnte, um eine derart scharfe Zurechtweisung zu verdienen. Doch ihre Eltern hatten großen Wert auf Pflichterfüllung und Ehre gelegt, und auch Michael war später oft genug gerügt und getadelt worden. Zwar nicht von seinem Vater, der starb, als Michael erst acht war, doch von ihrem Pflegevater. Schließlich kam er zum letzten Absatz, der enttäuschend kurz war. *Und daher,* schrieb Sir William, *musst Du die volle Verantwortung für Dich selbst und unsere geliebte Familie übernehmen, falls es mir nicht vergönnt ist, zu Euch zurückzukehren. Bedenke also meine Worte wohl, und studiere mit deinen Lehrern fleißig die alten Philosophen. Und wenn Du Antworten auf Deine Fragen suchst, folge den bärtigen Männern, die Dir den Pfad der Wahrheit weisen. Möge der Allmächtige Dich auf Roslin beschützen, mein*

Sohn, und Dich vor Schaden bewahren. Dein Dich liebender Vater. Noch einmal las Michael Sir Williams Unterschrift und das Datum, dann blickte er auf. »Ich verstehe, warum du den Brief nur ungern jemandem zeigen wolltest, Henry«, sagte er. »Was ich nicht verstehe, ist, welchen Nutzen er für uns haben soll.«

Isobel konnte kaum noch ihre Ungeduld und Neugier zügeln, und bei Michaels letzter Bemerkung platzte sie heraus: »Aber was bedeutet das alles?«

Als Henry sie verblüfft anblickte und Michaels Lippen zuckten, merkte sie, dass ihre Stimme ein wenig zu schrill geklungen hatte, und sie fügte rasch hinzu: »Falls es Euch nichts ausmacht, mich einzuweihen.«

»Ihr sollt nicht den Inhalt des ganzen Briefs erfahren«, erwiderte Henry ruhig.

»Nein«, pflichtete Michael seinem Bruder bei. »Für uns ist im Moment sowieso nur der letzte Abschnitt von Interesse. Mal sehen, ob du daraus schlau wirst, Mädchen.«

Er las die Stelle laut vor und dann, auf Isobels Bitte hin, noch ein zweites Mal. Danach sagte sie zu Henry: »Geht es um diesen Pfad der Wahrheit, Sir? Denn ich muss gestehen, der Rest scheint mir unwichtig zu sein.«

Während er sich erhob, erwiderte Henry: »Es ist merkwürdig, dass Ihr gerade das erwähnt. Als wir in seinen anderen Briefen nach einer Antwort suchten, hatte ich manchmal ein schlechtes Gewissen, weil ich dir, Michael, diesen hier vorenthalten habe. Ich habe mich nämlich manchmal gefragt, ob unser Vater seinen Tod vorausgeahnt hat.«

»Es hat mich immer gewundert, dass er dir keine Verfügung für den Fall seines Todes hinterlassen hat. Bereits damals zeichnete sich doch ab, dass er in die Schlacht ziehen musste. Und er wusste, dass das Geheimnis im Falle seines Todes für immer verloren wäre, wenn er es nicht vorher an dich weitergeben würde.«

»Du meine Güte!«, rief Isobel. »Wo es doch schon riskant genug ist, eine einfache Reise zu unternehmen! Wenn sein Leben in Gefahr war, und er etwas wusste, das er mit niemandem sonst teilen wollte, etwas, das er selbst wiederum von seinem Vater erfahren hatte, dann hätte Euer Vater Euch doch zumindest verraten, wo Ihr Hinweise auf dieses Familiengeheimnis finden könnt, Sir Henry.«

»Dass er es nicht getan hat, könnte darauf hindeuten, dass unser Großvater ihm gar nichts darüber erzählt hat, bevor er mit dem Herzen von Robert the Bruce ins Heilige Land aufbrach«, gab Michael zu bedenken.

»Ja, schon«, sagte Henry. »Aber Vater muss Bescheid gewusst haben. Schließlich hast du mir gerade erzählt, dass Ian Dubhs Dokumente besagen, unser Großvater habe den Templern geholfen, hier in Schottland Zuflucht zu finden. Wenn er damit die Verantwortung für etwas so Wertvolles wie den Templerschatz übernommen hat, hätte er doch sicher unseren Vater davon unterrichtet. Schließlich war Vater damals schon erwachsen, und er hat später oft erwähnt, dass unsere Familie für irgendetwas eine große Verantwortung trage.«

»Auch wieder richtig«, stimmte Michael ihm zu. »Ich glaube, Isobel hat recht. Vater hätte bestimmt einen Weg gefunden, sein Wissen weiterzugeben. Vielleicht solltest du es von jemandem erfahren, dem er vertraute. Jemand, der eingeweiht war.«

»Dann wüsste ich es wohl mittlerweile«, erwiderte Henry trocken. »Ich bin jetzt vierunddreißig und seit zwanzig Jahren Oberhaupt unseres Clans.«

»Aber was ist, wenn die Vertrauensperson unvermutet gestorben ist?«, sagte Isobel.

»Damit wären wir wieder bei Henrys Brief«, erwiderte Michael. »Ich wüsste nicht, dass er noch ein anderes Schriftstück direkt an dich gerichtet hat, Henry. Oder gibt es noch mehr derartige Briefe?«

»Nein«, antwortete Henry nachdenklich. »Manchmal, wenn er nicht zu Hause war, gab Vater mir Anweisungen in den Briefen an unsere Frau Mutter. Doch die weniger persönlichen Mitteilungen wurden immer von den Bettelmönchen mündlich überbracht. Abgesehen von diesen Briefen an unsere Frau Mutter existiert meines Wissens kein persönliches Schriftstück.«

»Nun ja, das Geheimnis hätte er wohl weder den Mönchen noch unserer Mutter anvertraut«, sagte Michael. »Ich selbst weiß ja nicht viel über ihre Beziehung, doch du hast mir oft erzählt, wie gespannt das Verhältnis zuweilen war.«

»Das stimmt, aber ich glaube auch, dass er mir irgendeinen Hinweis hinterlassen hätte«, sagte Henry, als dächte er laut nach. »Vielleicht gibt es noch andere, die Bescheid wissen, vor allem, wenn der Schatz, den Ian Dubh erwähnte, nur Teil eines weit größeren Geheimnisses ist. Bestimmt hat unser Vater schwer an der Verantwortung getragen. Jedenfalls teilte er sie nicht mit Sir Edward, den er doch sogar weitgehend mit unserer Ausbildung betraut hat.«

»Aber es ist doch sehr unwahrscheinlich, dass er einem so jungen Burschen, wie du es damals warst, die ganze Geschichte anvertraut hätte, ob nun per Brief oder mündlich«, sagte Michael.

»Selbst wenn ich mich meinen Studien und den Waffenübungen etwas eifriger gewidmet hätte«, erwiderte Henry mit einem kleinen reumütigen Lächeln. »Wir müssen also davon ausgehen, dass Vater mir außer diesem Brief hier keine persönlichen Anweisungen hinterlassen hat. Ich wundere mich nur, dass ich das nicht schon viel früher erkannt habe.«

»Wir haben eben immer nach einer offiziellen Verfügung gesucht«, erwiderte Michael. »Doch so langsam glaube ich, er wollte es einfach nicht wahrhaben, dass er sterben könnte, ohne dir alles persönlich zu erzählen, so wie es sein eigener Vater getan hatte.«

»Diesen Fehler werde ich bestimmt nicht machen«, sagte

Sir Henry. »Aber ich glaube, wir sollten uns den Brief einmal näher ansehen. Wie deine Lady schon erwähnte, steht da etwas über einen Pfad der Wahrheit, und das ist doch immerhin ein Anhaltspunkt.«

»Können wir eine Abschrift vom letzten Abschnitt machen, Sir?«, fragte Isobel.

»Nicht nötig, Mädchen«, entgegnete Michael. »Ich habe mir den Inhalt eingeprägt, und du solltest ihn ebenfalls auswendig lernen. Es ist wahrscheinlich das Beste, wenn Henry den Brief weiterhin immer bei sich trägt. Eine Kopie zu machen wäre zu riskant.«

Isobel nickte zustimmend, doch Henry blickte beunruhigt.

Als ihr klar wurde, dass er ihr nur ungern den peinlichen Brief zeigen wollte, sagte sie: »Ich verspreche Euch, Sir, dass ich nur den letzten Abschnitt lesen werde.«

Henry warf einen raschen Blick auf Michael, der ihn beruhigte: »Du kannst ihr vertrauen, Henry. Wenn ich davon nicht überzeugt wäre, hätte ich die ganze Angelegenheit gar nicht in ihrer Gegenwart besprochen.«

Isobel wurde es ganz warm ums Herz, doch sie ließ sich nichts anmerken, sondern blickte Sir Henry weiterhin ernst an.

Da sagte der: »Nun gut, es fällt mir sehr schwer, ihn anderen zu zeigen, doch da Waldron anscheinend mehr über die Angelegenheit weiß als wir selbst und Euch deswegen bereits zugesetzt hat, seid Ihr jetzt sowieso in die Geschichte verwickelt, ob Ihr wollt oder nicht. Ich werde Euch also vertrauen, Mylady. Gib ihr den Brief, Michael.«

Sobald sie ihn in Händen hielt, achtete Isobel nicht mehr auf das Gespräch der beiden Männer, sondern versuchte, sich den Wortlaut des letzten Abschnitts einzuprägen. Dabei kam ihr eine Idee. »Hatte Euer Vater eigentlich einen Lieblingsphilosophen, Sir Henry?«

Er zuckte die Achseln. »Falls es so war, weiß ich es nicht.«

»Hector und Tante Euphemia mögen Publilius Syrus«,

sagte sie. »Die beiden Leitsätze in diesem Text stammen, glaube ich, auch von ihm. Aber meine Tante erwähnte noch weitere römische Philosophen. Das alte Rom brachte ja die berühmtesten hervor.«

Sir Henry und Michael wechselten einen Blick.

»Was ist?«, erkundigte sich Isobel. »Ich wünschte, Ihr würdet nicht ständig stumme Botschaften austauschen. Mit Sir Hugo macht Ihr das ebenso, Michael, und es geht mir erheblich auf die Nerven.«

Sir Henrys Augen funkelten belustigt. »Meine Mutter beklagt sich auch oft darüber. Ich bitte also vielmals um Entschuldigung, Mylady. Es ist nur so, dass wir noch viele andere – auch nicht römische – Philosophen studiert haben. Ich bin sicher, dass mein Vater sich mit ihnen ebenfalls befasst hat.«

»Gibt es denn so viele?«

»Ich befürchte, es sind Hunderte«, sagte Michael. »Wir können dir nicht in allen Einzelheiten von unserer Erziehung erzählen, Mädchen, doch jetzt, da der Grüne Abt sich in unsere Angelegenheiten eingemischt hat, werden dir wahrscheinlich verwirrende Dinge zu Ohren kommen. Dazu musst du wissen, dass in den Augen der Kirche von Rom die Lehren vieler jüdischer, islamischer und gnostischer Philosophen, mit denen wir uns beschäftigt haben, als Ketzerei gelten.«

Isobel schmunzelte. »Ich bin mir nicht ganz sicher, was all diese Begriffe bedeuten«, sagte sie. »Doch mein Vater sagt immer, dass der Papst nicht die geringste Ahnung von unseren keltischen Traditionen hat. Er verdammt alles, was nicht mit den Lehren der Kirche übereinstimmt oder was den Menschen Freude bereitet. Und selbst ein gesunder Aberglaube ist für ihn nichts als Ketzerei.«

»Ich habe gehört, dass Macleod von Glenelg ziemlich abergläubisch sein soll«, erwiderte Sir Henry ebenfalls lächelnd.

»Ja, er küsst seinen Daumen, um einen Schwur zu besiegeln. Er reist, wenn es irgend geht, nicht an einem Freitag, besonders wenn es der Dreizehnte ist, und er bestand darauf, dass meine Schwester Cristina als erste von seinen Töchtern heiratete, da sonst dem Clan Macleod angeblich schlimmes Unheil gedroht hätte. So kam es, dass sie Hector geheiratet hat. Ich wollte damit nur sagen«, fuhr Isobel rasch fort, als die beiden Männer abermals einen Blick wechselten, »ich stimme mit der Kirche nicht immer überein, wenn sie etwas verdammt. Ich würde gerne mehr über diese Dinge erfahren.«

»Nach den Lehren der heiligen Kirche ist man ein Ketzer, wenn man das Gedankengut der Juden, Moslems und Gnostiker studiert, Mylady«, sagte Henry. »Ich mag gar nicht daran denken, was der Papst dazu sagen würde, dass wir unseren Gemahlinnen gegenüber so etwas auch nur erwähnen. Doch für meinen Vater und seine Freunde gehörte es einfach zur höheren Bildung. Sie waren davon überzeugt, dass die Religion und Philosophie der Römer, Griechen, Moslems, Christen und Juden mehr Gemeinsamkeiten als Unterschiede aufweisen.«

»Sind alle Philosophen bärtige Männer?«, fragte Isobel.

Sir Henry und Michael blickten erst sie, dann einander verblüfft an.

»Wie kommst du denn darauf?«, fragte Michael.

»Weil er diese beiden Wörter unterstrichen hat«, antwortete sie und zeigte ihm die Stelle im Brief.

Er warf einen kurzen Blick darauf und sagte: »Ganz sicher hatten nicht alle Philosphen Bärte, Mädchen. Die Barttracht war schon immer eine Frage der Mode. Wahrscheinlich wollte unser Vater seinen Worten nur mehr Nachdruck verleihen. Schließlich war er zornig auf Henry. Ab und zu hielt er anscheinend auch beim Schreiben inne und setzte die Spitze der Feder auf, wie du an den kleinen Tintenklecksen hier sehen kannst.«

»Das sind winzige Pünktchen«, erwiderte sie. »Einige Sätze sind aber richtig unterstrichen.«

»Das machen viele Leute«, bemerkte Sir Henry.

Sie nickte und schaute sich den letzten Abschnitt noch einmal genau an. Dabei ließ sie ihren Blick unauffällig und ohne den Text zu lesen auch über den Rest des Blattes wandern, fand jedoch keine weiteren Pünktchen oder Unterstreichungen.

»Hört mir zu«, unterbrach sie Michael schließlich. »Das sind die Textstellen, die er unterstrichen oder mit Pünktchen versehen hat: *Bedenke also meine Worte wohl. Studiere fleißig. Folge den bärtigen Männern. Pfad der Wahrheit. Auf Roslin. Vor Schaden bewahren.*«

»Lass mich noch mal sehen«, sagte Michael und griff nach dem Brief.

Sir Henry trat näher und blickte seinem Bruder beim Lesen über die Schulter. Schließlich sagte Michael: »Ich glaube wahrhaftig, mein Mädchen hat deine Botschaft gefunden.«

»Ja«, erwiderte Henry und kratzte sich am Kopf. »Jetzt erscheint es mir ganz einleuchtend. Wieso haben wir es vorher nicht bemerkt?« Er blickte Isobel mit zusammengekniffenen Augen an.

Da musste Isobel lachen. »Ich versichere Euch, Sir, ich bin keine Hexe. Michael sagte, Euer Vater müsse irgendeinen Hinweis hinterlassen haben, und dies ist offensichtlich der einzige Brief, den er jemals direkt an Euch gerichtet hat. Also habe ich mir überlegt, wo er in diesem Schreiben eine Botschaft versteckt haben könnte. Die Linien und Punkte sind viel heller als die Schrift, auch wenn sie vielleicht mit der Zeit nachgedunkelt sind. Bestimmt hättet Ihr sie auch bald entdeckt.«

»Ihr seid sehr liebenswürdig, Mylady. Dennoch komme ich mir wie ein Dummkopf vor, dass ich dieses Ding so viele Jahre mit mir herumgetragen habe, ohne die Zeichen deuten zu können.«

»Trotzdem musst du dir noch weiter den Kopf zerbrechen, mein Junge«, sagte Michael. »Ich habe nämlich keine Ahnung, was diese Worte uns sagen sollen. Ich finde es nur komisch, dass Gott dich ausgerechnet auf Roslin und nicht ganz allgemein beschützen sollte.«

Plötzlich grinste Henry. »Ich habe mich gefragt, ob er damit wohl andeuten wollte, dass er Sir Edward gegenüber argwöhnisch war und mir riet, seinen Vetter nicht ins Vertrauen zu ziehen«, sagte er. »Gott sei Dank habe ich Sir Edward gegenüber nie etwas davon erwähnt.«

»Mir ist schon klar, dass er Euer Pflegevater war, aber wer genau ist eigentlich Sir Edward?«, wollte Isobel wissen.

»Sir Edward Robison von Strathearn ist Hugos Vater«, erklärte Michael.

»Aber ich dachte, Sir Hugo sei mit Eurer Mutter verwandt«, erwiderte sie. »Das hat er zumindest Hector erzählt.«

»Und es stimmt auch«, sagte Sir Henry. »Er ist von beiden Seiten unser Vetter. Seine Mutter ist eine St. Clair, sie ist die jüngste Schwester unseres Vaters.«

»Wenn Euer Vater und Sir Hugos Mutter den gleichen Vater hatten, heißt das dann, dass Hugo ebenfalls ein Tempelritter ist?«, fragte sie.

Sir Henry sah Michael an, doch diesmal sagte Isobel nichts, sondern schwieg erwartungsvoll.

Michael verdrehte die Augen, lächelte jedoch dabei. »Hugos Vater war einer, und wir drei haben dieselbe Ausbildung genossen, Mädchen. Aber ich möchte dich bitten, die Templer auf keinen Fall mehr zu erwähnen, denn hier haben selbst die Wände Ohren.«

»Ja, das mag wohl sein«, erwiderte sie, als sie daran dachte, wie oft sie selbst als Kind gelauscht hatte.

»Michael, du weißt doch, wie viele von den Steinbildern auf Roslin bärtige Männer darstellen, nicht wahr?«, fragte Henry.

»Daran habe ich auch schon gedacht«, erwiderte sein Bruder. »Jeder Türrahmen, jeder Giebel und jede Säule dort sind mit Ornamenten verziert, und die meisten Türfüllungen auch. Aber auf die Einzelheiten habe ich nie besonders geachtet.«

»Die Botschaft bezieht sich offensichtlich auf Roslin«, sagte Isobel, worauf Michael erwiderte: »Ja, und je eher wir uns die Schnitzereien dort näher ansehen, desto besser.«

»Du musst warten, bis die Zeremonie vorüber ist«, sagte Henry seufzend. »Ich hätte ja nichts dagegen, wenn du dich gleich auf die Suche machen würdest, aber unsere Frau Mutter …«

»Du brauchst nichts weiter darüber zu sagen«, unterbrach ihn Michael hastig. »Ich möchte sie auf keinen Fall noch wütender machen, als sie ohnehin schon ist. Ich habe gleich gemerkt, dass ihr meine Heirat missfällt.«

»Ich wüsste nicht, warum«, entgegnete Henry mit einem lächelnden Blick auf Isobel. »Ärgert Euch nicht über ihre Launen, Mylady. Sie mag zwar glauben, dass sie alle herumkommandieren kann, doch in Kirkwall und auf Roslin hat sie jedenfalls nicht das Sagen.«

»Ich werde mich nicht daran stören, Sir«, erwiderte Isobel zuversichtlich.

Michael legte einen Arm um sie. »Es ist bald Zeit zum Abendessen, Henry«, sagte er. »Musst du dich nicht für den Empfang fertig machen?«

»Ja. Meine Jean hat bestimmt schon Angst, dass Mutter ihr die Schuld für meine Verspätung gibt. Ich werde mich also sputen müssen. Denk du währenddessen noch einmal gründlich nach, Michael. Sobald du nach Roslin aufbrichst, wird sich Waldron an deine Fersen heften, wenn er den Verdacht hegt, wir hätten etwas herausgefunden.«

Michael nickte, und Isobel machte einen Knicks, doch Henry ergriff ihre Hände, zog sie hoch und gab ihr einen herzhaften brüderlichen Kuss auf die Wange. »Willkommen im Clan St. Clair, Mylady«, sagte er herzlich.

»Ich finde ihn kein bisschen verschroben, sondern sehr nett und freundlich«, sagte sie, als er fort war.

»Ja, er ist ein anständiger Kerl, auch wenn er glaubt, er könne bis zum Rand der Erde und darüber hinaus segeln«, erwiderte Michael.

»Er hat doch erwähnt, dass er eine Karte gesehen hat«, erinnerte sie ihn.

»Ja, aber ich glaube eher, er hat das alles nur geträumt, denn etwas Derartiges ist mir noch nie unter die Augen gekommen. Doch jetzt«, fügte er in zärtlichem Ton hinzu, »fällt mir wieder ein, dass Henry uns im ungünstigsten Augenblick gestört hat. Soll ich jetzt Eure Bänder lösen, Madam?«

Wie immer, wenn er diesen Ton anschlug, wurde ihr ganz heiß, und sie erwiderte mit einem spitzbübischen Lächeln: »Das dürft Ihr gerne tun, Sir. Aber falls Ihr es Euch nicht mit Eurer Mutter verderben wollt, würde ich vorschlagen, dass Ihr Euch vorerst damit begnügt.«

Er zog die Augenbrauen hoch. »Du glaubst wohl, damit kannst du mir Angst einjagen, Mädchen. Aber da irrst du dich. Meine Mutter schüchtert mich nicht ein, auch wenn sie es manchmal versucht. Ich bin mein eigener Herr.«

Sie sagte nichts, als er ihre Schnürbänder löste und dabei seine Finger ausgiebiger als nötig über ihren Körper wandern ließ. Schließlich streifte er ihr die Kleider ab und trug sie zum Bett.

Während er sich rasch auszog, murmelte sie nur: »Wir werden zu spät kommen.«

»Kann sein.«

Sie stieß ein leises kehliges Lachen aus, als er zu ihr ins Bett stieg, doch gleich darauf begann sie zu stöhnen. Sie hatte schon vergessen, wie schnell er mit Mund und Händen ihr Begehren wecken konnte, doch an den schneidenden Schmerz, den sie beim ersten Mal empfunden hatte, erinnerte sie sich nur allzu gut. Daher verkrampfte sie sich ängstlich, als er sie zwischen den Beinen berührte.

»Bleib ganz ruhig, Liebste, und fass mich an«, flüsterte er. Sie hatte ihn geküsst und sich erregt an seinem Körper gerieben, doch da sie nicht wusste, wohin mit den Händen, hatte sie sie nur auf seinen Rücken oder seine Seiten gelegt. Jetzt dachte sie daran, welche seiner Berührungen ihr besonders gefallen hatten, und sie wurde mutiger. Sie rutschte ein wenig tiefer und küsste seine Brustwarzen, leckte und saugte daran. Als sie sein Keuchen hörte, musste sie lächeln, während er fortfuhr, mit den Händen ihren Körper zu erkunden, bis sie vor Leidenschaft brannte.

Als er sie diesmal in Besitz nahm, spürte sie keinen Schmerz, sondern nur Verlangen. Bereitwillig nahm sie ihn in sich auf und passte sich mühelos dem Rhythmus seiner Bewegungen an. Immer stärker wurde ihre Erregung, bis sie keinen Gedanken mehr hatte als den, wie sie ihm eine ebensolche Lust bereiten könnte.

Plötzlich ging sein Atem rascher, und seine Stöße kamen immer schneller, doch ihr Körper hielt mit dem seinen Schritt. Im nächsten Augenblick überkam sie ein überwältigendes Glücksgefühl. Ihr war, als stiege sie immer höher hinauf, bis zu einem Punkt, wo es nur noch Licht und Wärme und Freude gab, wie sie sie noch nie erlebt hatte.

Stöhnend sank Michael auf ihr zusammen, das Gesicht an ihrem Hals vergraben. Er küsste ganz zart die Stelle unter ihrem Ohr und flüsterte: »Ach, Liebste, das war herrlich.«

Sie musste ein wenig nach Luft schnappen, da er so schwer war, und sagte mit unterdrücktem Lachen: »Es war ganz wunderbar, Sir, aber wenn Ihr Euch jetzt nicht von mir herunterbewegt, habt Ihr bald keine Frau mehr, und dann ist es vorbei damit.«

»Das wäre entsetzlich«, erwiderte er lachend und rollte sich von ihr herunter. »Ich könnte mir vorstellen, dass es für dich schöner war als beim letzten Mal.«

»Ja, es war wunderschön, aber ich kann gar nicht verstehen, wie man sich in einem Moment noch so voller Energie und im nächsten plötzlich so erschöpft fühlen kann.« In ihrer wohligen Mattigkeit hätte sie für immer liegen bleiben können, wo sie war, doch plötzlich fiel ihr ein, wie spät es schon war.

»Du lieber Himmel!«, rief sie und fuhr in die Höhe. »Wir kommen wahrhaftig zu spät zum Abendessen!«

»Höchstwahrscheinlich.« Auch seine Stimme klang träge.

Sie versuchte, ihn an seiner muskulösen Schulter aus dem Bett zu schieben, und rief: »Dann liegt hier nicht so herum, sondern steht auf, und zieht Euch schleunigst an!«

»Immer mit der Ruhe, Mädchen. Wir werden schon nicht verhungern«, erwiderte er.

»Jetzt hört mir mal zu, Michael St. Clair. Eure Mutter sieht mich sowieso schon an, als wäre ich etwas, das sie sich gerade vom Schuh gekratzt hat. Ich möchte sie nicht noch mehr gegen mich aufbringen, bevor sie mich richtig kennengelernt hat. Also hoch mit Euch, Sir, oder Ihr seid Eure Frau los, auch ohne sie im Bett erdrückt zu haben.«

»Um Gottes willen!«, rief er lachend und stand auf.

Die anderen hatten bereits ihre Plätze eingenommen, als Michael und Isobel die große Halle betraten, doch sie stellte fest, dass Sir Henrys Kaplan das Tischgebet noch nicht gesprochen hatte. Auf der Damenseite der hohen Tafel war noch ein Platz zwischen Cristina und Adela, auf der Männerseite zwischen Lachlan und Sir Hugo. Den Ehrenplatz neben Sir Henrys Gemahlin Jean nahm Prinzessin Margaret ein, neben ihr saß Mairi. Macleod von Glenelg war am hinteren Ende der Tafel untergebracht, und Waldron saß, zusammen mit einigen Männern, die sie nicht kannte, an einem der mittleren Tische unterhalb des Podiums. Michael warf ihm einen scharfen Blick zu. Der Grüne Abt war nirgends zu sehen; vielleicht hatte auch er sich verspätet.

Das Mahl verlief zügig und ohne Zwischenfälle; die Speisen waren schmackhaft, wenn auch etwas einfacher, als Isobel es von Lochbuie gewöhnt war, und der Claret floss an beiden Seiten der Tafel in Strömen. Während des Essens spielten Musikanten, doch als die Diener die Süßigkeiten herumreichten, kam ein Trüppchen Gaukler hereingestürmt und begann auf der freien Fläche in der Mitte der Halle sogleich seine Possen zu treiben. Zuerst gaben die Jongleure und Akrobaten eine Kostprobe ihrer Künste.

Noch bevor die Darbietung beendet war, gähnten viele aus Isobels Reisegesellschaft bereits hinter vorgehaltener Hand. Sie selbst hatte nur einen Becher Wein getrunken und fühlte sich trotz ihres kleinen Intermezzos mit Michael noch nicht müde. Cristina und Lady Euphemia waren dagegen schon sehr schläfrig, und bald erhob sich auch Prinzessin Margaret von ihrem Stuhl, um sich zurückzuziehen. Alle standen auf, bis sie mit ihren Damen die Halle verlassen hatte, und es dauerte nicht lange, bis weitere Gäste aufbrachen, darunter auch Lady Euphemia. Sie blieb neben Adela und Isobel stehen und sagte: »Es steht mir nicht zu, dir vorzuschreiben, wann du zu Bett gehen musst, Isobel. Als verheiratete Dame musst du dich nach deinem Gemahl richten. Doch du, meine liebe Adela, kommst jetzt auf der Stelle mit mir.«

»Ach bitte, Tante Euphemia, lasst mich noch etwas hierbleiben. Ich versichere Euch, ich bin überhaupt noch nicht müde, und ich möchte noch ein wenig den Gauklern zusehen. Seht, gerade nehmen sie Aufstellung.«

Es sah aus, als wollte Lady Euphemia ihr den Wunsch abschlagen, daher sagte Isobel: »Sie kann bei mir bleiben, Tante. Cristina ist ja auch noch hier, und wir werden dafür sorgen, dass sie nachher sicher auf ihr Zimmer kommt. Was sollte ihr in einem Bischofspalast schon zustoßen?«

»Das weiß ich nicht, meine Liebe, aber hier halten sich viele junge Männer auf, und auf das Benehmen junger Männer kann man sich von Natur aus nicht verlassen. Geht heute Abend also nirgendwo allein hin, sondern nur in Begleitung eines starken, verlässlichen Gentlemans. Aber ich nehme doch an, Sir Michael wird auf euch beide aufpassen, daher verlasse ich euch jetzt und sage Gute Nacht.«

Adela kicherte, als Lady Euphemia außer Hörweite war. »Ich habe wirklich nicht damit gerechnet, dass sie so schnell nachgeben würde. Ist es am Hofe Seiner Gnaden so wie hier, Isobel? Ich habe mich früher nie für derartige Dinge interessiert, aber heute Abend hätte ich Lust zu tanzen. Ich bin in letzter Zeit richtiggehend leichtsinnig geworden. Sir Hugo ist doch noch nicht gegangen, oder?«

Isobel sah sie an. »Gefällt er dir?«

Adela zuckte die Achseln. »Er ist ein spaßiger Mensch, nicht wahr? Ich finde ja, dass man über manche Dinge nicht scherzen sollte, aber er lacht einfach über alles.«

»Er hat wirklich ein heiteres Gemüt«, pflichtete Isobel ihr bei. »Aber seine Pflichten scheint er dennoch sehr ernst zu nehmen.«

»Oh ja«, sagte Adela und zog die Stirn kraus. »Das hatte ich ganz vergessen. Wusstest du, dass er sich geweigert hat, mit mir nach Chalamine zu reiten, um deine Zofe abzuholen? Dabei wusste er da noch gar nicht, dass wir dich so bald wiedersehen würden. Ich hatte ja auch keine Ahnung davon. Dabei hätte er sie ohne weiteres mitbringen können.«

»Am Ende hat sich doch noch alles geregelt«, erwiderte Isobel begütigend. »Ja?« Sie drehte sich zu dem Diener um, der die graue Livree mit dem schwarzen Kreuz der St. Clairs trug.

»Ich bitte um Verzeihung, Madam«, sagte er mit einer Verbeugung, »aber Prinzessin Margaret wünscht, Euch und Lady Adela umgehend in ihrer Kammer zu sehen. Ich soll Euch hinführen.«

»Nur Lady Adela und mich?«, fragte Isobel.

»Jawohl, Madam.«

Adela wurde blass. »Was haben wir nur angestellt?«, fragte sie.

»Ich habe keine Ahnung«, erwiderte Isobel. »Aber wir beeilen uns besser.«

Sie standen sofort auf, und als Cristina sie fragend anblickte, sagte Isobel: »Prinzessin Margaret hat nach Adela und mir geschickt. Ich weiß nicht, warum, aber wir sind sicher bald zurück. Falls Michael fragt, sag ihm, ein Diener der St. Clairs führt uns hin.«

Cristina nickte und gab die Auskunft an Mairi weiter.

Sie folgten dem Diener aus der Halle und durch einen Gang zum zentralen Treppenhaus, wo sie zwei Stockwerke zu einem anderen Korridor emporstiegen. In der Mitte dieses Korridors blieb der Diener stehen und klopfte an eine Tür. Als von innen geöffnet wurde, bedeutete er den beiden Frauen mit einer Handbewegung einzutreten. Aus der Kammer drang goldener Kerzenschein.

Adela ging vor, doch gleich darauf prallte Isobel gegen ihren Rücken, weil ihre Schwester mit einem überraschten Ausruf wie angewurzelt stehen blieb. Noch bevor Isobel etwas erkennen konnte, bekam sie von hinten einen kräftigen Stoß in den Rücken. Dann knallte die Tür zu, und der Riegel wurde vorgeschoben. Sie drehte sich um und sah den Diener, der sie hergeführt hatte, von innen vor der Tür stehen. Die Hände in die Hüften gestützt, grinste er sie frech an.

»Was nimmst du dir heraus?«, rief sie.

»Schimpft nicht mit ihm«, ertönte eine vertraute Stimme. »Er hat nur meine Befehle befolgt.«

Da trat Adela beiseite, und Isobel sah sich Auge in Auge mit Waldron von Edgelaw. Hinter ihm stand der Grüne Abt von Iona, dessen Fuchsgesicht in dem flackernden Licht noch raubtierhafter wirkte.

17

»Wie erfreulich, Euch beide zu sehen«, sagte Waldron mit einer tiefen Verbeugung.

»Wo ist Prinzessin Margaret?« Adela schaute sich verwirrt um.

Isobel verzog das Gesicht. »In ihrer Schlafkammer, bereit, ins Bett zu gehen, möchte ich wetten. Wahrscheinlich wäre sie überrascht zu hören, dass sie angeblich nach uns geschickt hat. Was habt Ihr mit uns vor, Ihr Schuft?«

Waldron blickte sie hämisch an. »Am liebsten, Miss Giftstachel, würde ich Euch beibringen, welcher Platz einer Frau auf dieser Welt zukommt.«

»Wirklich, Isobel, Mädchen«, sagte Abt Mackinnon beschwichtigend, »eine kluge Frau spricht doch nicht so mit einem Gentleman. Sie gibt sich nicht feindselig, sondern zeigt vielmehr Respekt, denn gute Manieren sind das A und O höfischen Benehmens.«

Isobel hielt seinem harten Blick stand und bemerkte gelassen: »›Der Gerechten Pfad glänzt wie das Licht am Morgen.‹ Das habe ich Euch einst sagen hören, Herr Abt. Falls Ihr mit diesem Mann hier im Bunde seid, wisst Ihr vielleicht nicht, was für ein Halunke er ist.«

»Solch böse Worte geziemen sich nicht«, sagte der Abt streng.

»›Doch die Wahrheit währet für und für‹«, erwiderte sie. Dieses eine Mal war Isobel dankbar für die Gewohnheit ihrer Tante, auf Schritt und Tritt aus der Bibel und ihren bevorzugten philosophischen Schriften zu zitieren. Daher kannte auch Isobel genügend Bibelverse und würde dem Grünen Abt jederzeit Paroli bieten können. »Dieser Mann hier hat mich vor kurzem gefangen genommen und mir damit gedroht, mich der Willkür seiner Männer auszuliefern«, fuhr sie fort. »Ihr habt meiner Familie einst Freundschaft gelobt, Sir. Wie könnt Ihr es da dulden, dass ein Mitglied dieser Familie derart niederträchtig behandelt wird?«

»Schluss mit diesem Theater«, herrschte Waldron sie an. »Abt Mackinnon weiß, dass ich Gott, der Kirche und Seiner Heiligkeit dem Papst diene. Das wäscht mich von allen Sünden rein.«

»Wenn Euer Gott Euch vergibt, dann ist er nicht der meine!«, fauchte Isobel ihn an.

Adela schnappte nach Luft. »Isobel, du versündigst dich!«

»Das ist wahr«, sagte der Abt. »Außerdem hat Waldron recht, Isobel. Gott vergibt denen, die für Christus und Seine Kirche kämpfen, und er will, dass du Waldron alles erzählst, was er wissen möchte.«

»Gar nichts werde ich ihm erzählen«, entgegnete Isobel verächtlich.

»Oh doch, Mädchen«, erwiderte Waldron. »Ich werde dich schon dazu bringen.«

»Um Himmels willen!«, rief Adela. »Sag ihm alles, was du weißt, Isobel!«

»Selbst wenn ich könnte, würde ich es nicht tun. Aber ich weiß noch nicht einmal, wovon sie reden.«

»So kommen wir nicht weiter, Herr Abt«, sagte Waldron. »Geht für ein paar Minuten mit Lady Adela hinaus, dann werde ich ein Wörtchen mit Lady Isobel reden und sie davon überzeugen, mir alles zu verraten, was sie weiß. Und falls mir das nicht gelingt, bringt Ihr Lady Adela wieder herein, und wir beschäftigen uns eingehender mit ihr. Wir wollen sehen, ob ich mit meinen speziellen Methoden nicht Lady Isobels Zunge lösen kann.«

Isobel warf einen Blick zum Abt, um zu sehen, welchen Eindruck Waldrons Worte auf ihn machten, doch er zeigte keinerlei Reaktion. Vermutlich hatten Hector und Seine

Gnaden recht, und der Grüne Abt war schon längst vom rechten Pfad abgekommen, wenn er denn jemals darauf gewandelt war.

Mackinnon packte mit festem Griff Adelas Arm, die sich aus Respekt gegenüber seinem geistlichen Amt von ihm hinausführen ließ. Dabei warf sie ihrer Schwester einen hilflosen Blick über die Schulter zu.

Während Isobel ihr nachsah, drehte sie sich leicht zur Seite und tastete nach dem Schlitz in ihrem Kleid und Hemd, um an den Dolch an ihrem Bein heranzukommen. Doch zu ihrem Schrecken war da kein Schlitz, denn das Kleid, das sie trug, hatte Mairi ihr bringen lassen. In ihrer Hast, sich fürs Abendessen umzukleiden, hatte Isobel nur darauf geachtet, ob das Kleid ihr auch stand, und keinen Gedanken an irgendwelche Schlitze verschwendet. Verzagt drehte sie sich zu Waldron um.

»Komm her, Mädchen, dann wollen wir mal sehen, ob du Mumm hast«, sagte er mit einem teuflischen Lächeln.

Sie hob das Kinn und straffte die Schultern. »Ich habe keine Angst vor Euch«, sagte sie und versuchte, möglichst überzeugend zu klingen. Während sie ihn unverwandt anstarrte, überlegte sie, ob Michael ihr wohl glauben würde, dass Adela und sie die Halle nicht ohne Begleitung verlassen hatten.

Wenn sie überhaupt noch Gelegenheit bekäme, es ihm zu erzählen.

Mit wütendem Blick kam Waldron auf sie zu. Daraufhin zog sie sich, ohne ihn aus den Augen zu lassen, Schritt für Schritt zurück, bis sie mit dem Rücken an die Wand stieß.

»Wie du siehst, meine Liebe, gibt es kein Entkommen«, sagte er mit einem neuerlichen grausamen Lächeln. Isobel blickte verzweifelt nach links und rechts, sah jedoch nichts, was sich als Waffe verwenden ließ. Nur in zwei Wandleuchtern flackerten munter die Kerzen. »Dann wollen wir mal«, hörte sie Waldron sagen.

Michael unterhielt sich an der hohen Tafel gerade leise mit Hugo und dem Großadmiral, als Isobel und ihre ältere Schwester die Halle verließen. Er blickte ihnen nach und wandte sich dann, nachdem er die Livree des Dieners erkannt hatte, erneut seinem Gespräch zu. Vermutlich wollten die beiden Frauen den Aborttrum aufsuchen oder, wie viele andere Gäste auch, einen kleinen Spaziergang im Freien machen, um nach dem Genuss des Clarets wieder einen klaren Kopf zu bekommen.

Zu seiner Rechten saß Hugo, direkt neben ihm Hector Reaganach, und an Michaels linker Seite Lachlan. Hector, der sich mit einem anderen Gentleman unterhalten hatte, drehte sich jetzt zu Michael um. »Ich nehme an, Ihr habt bemerkt, dass Euer Vetter vor ein paar Minuten gegangen ist, begleitet von diesem lästigen aufsässigen Abt, der noch immer vergeblich nach der Bischofswürde strebt.«

»Ich habe gesehen, wie Waldron und ein paar andere vom Tisch aufstanden«, erwiderte Michael. »Doch den Abt habe ich nicht bemerkt, wahrscheinlich weil er kein geistliches Gewand trägt und daher nicht aus der Menge hervorsticht. Ein solcher Abt ist mir noch nie untergekommen.«

»Ja, Fingon wirkt tatsächlich nicht wie ein Mann der Kirche, noch nicht einmal in seinem eigenen Haus«, sagte Lachlan. »Er selbst schert sich nämlich nicht im Geringsten um die Gesetze Roms. Seit vielen Jahren lebt er mit einer Frau zusammen und hat schon mehrere Kinder mit ihr gezeugt. Außerdem kleidet er sich so prächtig wie ein Höfling. Er missachtet die Befehle des Lords der Inseln und verlässt die Heilige Insel, wann immer er will. Wahrscheinlich rechnet er mit dem baldigen Ableben Seiner Gnaden, was ihm sehr gelegen käme. Ich weiß, Ihr haltet Waldron für Euren schlimmsten Feind, doch ich denke, Ihr solltet Euch ebenso sehr vor dem Abt hüten.«

»Das werde ich, Sir, vielen Dank«, erwiderte Michael bedrückt.

Hector wollte etwas sagen, doch Lachlan unterbrach ihn mit der Frage, ob Michael den Diener bemerkt habe, der sich an Isobel gewandt hatte.

Michael runzelte die Stirn. »*Er* hat sie angesprochen? Ich dachte, sie hätte nach einem Diener der St. Clairs geschickt, damit er sie und Adela begleiten sollte. Ich habe gesehen, wie sie vom Podium stiegen, doch das Gesicht des Dieners konnte ich nicht erkennen. Du vielleicht, Hugo?«

»Nein, von meinem Platz aus hätte ich mich schon weit vorbeugen müssen, um Isobel oder Adela überhaupt zu sehen. Aber Hector Reaganach hat bei seiner Größe einen besseren Ausblick als gewöhnliche Sterbliche.«

Michael spürte ein Prickeln im Nacken und stand auf, doch seine Stimme war ruhig: »Ich glaube, ich werde mir auch ein wenig die Beine vertreten, Mylords. Wenn Ihr mich bitte entschuldigen wollt.«

»Nein, mein Junge, wir gehen alle«, erwiderte Hector und nahm seine berühmte Streitaxt zur Hand, die er unter seinem Stuhl abgelegt hatte.

»Geh ruhig«, sagte Lachlan lächelnd zu seinem Zwillingsbruder. »Aber nicht sofort. Lass Sir Michael und seinen Vetter vorgehen, dann kommst du nach.«

Hector nickte, und Michael sagte: »Warte hier, Hugo. Ich frage die Ladys Mairi und Cristina, ob sie wissen, wo Isobel und Adela hingegangen sind.«

Er ging zur Damenseite der Tafel und erfuhr, was die beiden Frauen wussten. Cristina blickte besorgt, doch Mairi sagte: »Bei meiner Mutter wird ihnen bestimmt nichts zugestoßen sein, Sir. Vielleicht sind sie ja gleich wieder da. Auf jeden Fall braucht Ihr Euch keine Sorgen zu machen, denn Eure Lady kann ausgezeichnet auf sich selbst und Adela aufpassen.«

»Normalerweise würde ich Euch recht geben, Madam, aber ich traue meinem Vetter nicht über den Weg. Wenn er sie in seine Gewalt bekommt …« Die Stimme versagte ihm, und er schwieg. Isobel in Waldrons Händen – das mochte er sich gar nicht ausmalen.

»Bitte entschuldigt mich jetzt, ich …«

»Wartet!«, sagte Lady Cristina. »Er würde ihr doch bestimmt nichts zuleide tun. Schließlich weiß er, dass sie mächtige Beschützer hat.«

»Ich werde schon dafür sorgen, dass er ihr nichts zuleide tut, Madam. Aber jetzt muss ich gehen.« Nach einer hastigen Verbeugung ging er zurück zu Hugo und flüsterte ihm seine Informationen zu, während er seine Schwertscheide mit der Waffe darin vom Boden aufhob: »Der Diener hat behauptet, Prinzessin Margaret wolle die beiden Frauen sehen. Das kam Lady Mairi zunächst komisch vor, da ihre Mutter sich schon zur Ruhe begeben hat und nach dem Abendessen selten jemanden empfängt.«

Da griff auch Hugo nach seinem Schwert und schickte sich an, Michael zu begleiten.

Nachdem Michael Hector erklärt hatte, dass sie zuerst in Waldrons Kammer nachsehen wollten, verloren die beiden Männer keine Zeit mehr. Sobald sie die belebte Halle hinter sich gelassen hatten, zogen sie sich den langen Schwertgurt über den Kopf und legten ihn sich schräg über die Brust, sodass sich ihr Schwert auf dem Rücken befand. Auf diese Weise konnten sie es mit einem raschen Griff über die Schulter erreichen.

Nachdem ein Diener ihnen die Richtung gewiesen hatte, in der Waldrons Kammer lag, sagte Hugo: »Wenn sie hier entlanggegangen sind, hätte Isobel doch eigentlich merken müssen, dass sich das Gemach der Prinzessin in einem ganz anderen Teil des Palastes befindet, oder?«

»Wie sollte sie?«, fragte Michael. »Wir sind nach unserer Ankunft direkt in unsere Kammer gegangen. Isobel weiß gar nicht, wo Ihre Gnaden untergebracht ist, und würde getrost jemandem folgen, den sie für einen unserer Dienstboten hält.«

Sie eilten die steinerne Wendeltreppe bis zum nächsten

Stockwerk hinauf und bogen dort in einen langen Korridor ein. »Hier kann es nicht sein«, sagte Michael kurz darauf. »Die Türen liegen zu dicht beieinander, und da eine Kammer schwerlich zwei Türen hat, müssen die Räume dahinter sehr klein sein. Isobel wird wohl kaum annehmen, dass Henry die Prinzessin in einem kleinen Gelass untergebracht hat. Außerdem ist es zu still hier.« Sein Herz pochte, als sei er meilenweit gerannt.

»Lauf du schon mal in den nächsten Stock hoch«, sagte Hugo. »Ich sehe mich hier ein wenig um, dann komme ich nach. Bestimmt wird Hector Reaganach jeden Moment hier sein.«

Seine letzten Worte hörte Michael schon nicht mehr. Er drehte sich um und rannte zum Treppenhaus zurück und die Treppe hinauf, wobei er immer zwei Stufen auf einmal nahm. Hoffentlich kam ihm Waldron nicht entgegen, denn bei diesen Treppenhäusern, deren Windungen gegen den Uhrzeigersinn verliefen, hatte ein Verteidiger, der von oben kam, einen Vorteil gegenüber einem Angreifer weiter unten auf der Treppe. Sofern er Rechtshänder war, konnte er sich mit der freien Hand an dem geölten Tau festhalten, das als Geländer diente, und mit dem Schwertarm ungehindert ausholen.

Auf der nächsten Etage lagen die Türen weiter auseinander, was auf größere Räume schließen ließ. Darüber hinaus war auch der Korridor breiter und besaß eine Reihe hoher Fenster, die auf den Palasthof hinausgingen. Hier sah es schon eher nach einem Quartier für vornehmere Gäste aus. Das Einzige, was darauf hindeutete, dass man sich am Sitz eines geistlichen Fürsten befand, waren die Weihwasserbecken an beiden Enden des Korridors.

Im selben Augenblick, als Michael den Gang entlanggelaufen kam, trat Lady Adela mit bedrückter Miene aus einem Raum am anderen Ende, gefolgt von einem großen Mann mit schulterlangem grauem Haar, der sie in unziemlicher Weise am Arm festhielt. Es war der Abt.

Michael unterdrückte den Impuls, sogleich sein Schwert zu ziehen, und ließ stattdessen die Arme locker herabhängen.

Da er wusste, dass Waldron Ohren wie ein Luchs hatte, verhielt er sich ganz still, um sich nicht vorzeitig zu verraten. Beim Licht der tief stehenden Sonne, das durch die Fenster drang und die Stäubchen tanzen ließ, konnte der Abt ihn auf keinen Fall gleich erkennen. Dass Lady Adela ihn bemerken und sich verraten könnte, machte ihm mehr Sorgen.

Tatsächlich entdeckte sie ihn sofort, gab jedoch keinen Mucks von sich. Durch eine leise Bewegung oder ein Zögern musste sie sich dennoch verraten haben, denn ihr Bewacher blieb plötzlich stehen. An der linken Hüfte trug er eine Scheide mit einem langen, edelsteinbesetzten Dolch, woran Michael erkannte, dass er Rechtshänder war. Ohne den Griff um Lady Adelas Arm zu lockern, ruckte er die Waffe jetzt ein wenig mit der linken Hand zurecht, um sie in Reichweite zu haben.

Wie leichtsinnig von ihm, dachte Michael. Waldron wäre ein solcher Fehler nicht unterlaufen. In der Hoffnung, dass sein Gegner zu sehr mit der Bewachung seiner Gefangenen beschäftigt wäre, ging Michael langsam auf die beiden zu.

Da hörte er eilige Schritte auf der Treppe und wusste, dass Hugo gleich da sein würde. Die Augen des Abtes weiteten sich; er zog die Hand ein wenig vom Dolch zurück. Doch noch immer ließ er das Mädchen nicht los.

Mit unbewegter Miene ging Michael weiter und tat so, als merke er nicht, dass Hugo hinter ihm war. Er wich leicht nach rechts aus, als wollte er den beiden, die ihm entgegenkamen, Platz machen. Adela, die an der Fensterseite ging, hielt ihre Augen unverwandt auf Hugo gerichtet. Im Näherkommen verstärkte der Abt den Griff um ihren Arm.

Michael rüstete sich innerlich zum Kampf. Nach zwei weiteren Schritten schoss seine rechte Faust vor und traf den Abt hart am Kinn. Mackinnon taumelte rückwärts und stürzte so unvermittelt zu Boden, dass Michael ihn nur mit knapper

Not auffangen konnte. Dabei konnte er nicht verhindern, dass der Kopf seines Gegners mit einem dumpfen Laut auf dem Boden aufschlug. Mit zerknirschter Miene drehte sich Michael zu Hugo um, doch der schüttelte beschwichtigend den Kopf und legte, an Adela gewandt, den Finger auf die Lippen. Sie nickte zum Zeichen, dass sie verstanden hatte.

Wortlos bedeutete Michael Hugo, sich um den Gefangenen und das Mädchen zu kümmern, bevor er zu der Tür schlich, aus der die beiden gekommen waren. Dort blieb er stehen und zog sein Schwert.

Selbst als die Tür hinter ihr zufiel, ließ Isobel Waldron nicht aus den Augen. Sie versuchte, nicht daran zu denken, was Michael ihr über die Kampfkünste seines Vetters erzählt hatte, und konzentrierte sich auf die Tricks zur Selbstverteidigung, die Hector Reaganach sie gelehrt hatte. Waldron war zwar einschüchternd groß und kräftig, doch nicht so groß und stark wie Hector der Grimmige. Den hatte sie bei ihren Übungen natürlich nie wirklich besiegt, doch einmal, als sie genau seinen Anweisungen gefolgt war, war es ihr tatsächlich gelungen, ihn zu Fall zu bringen.

Damals hatte sie sich den beträchtlichen Größenunterschied zwischen ihnen beiden zunutze gemacht. Hector hatte dicht hinter ihr gestanden und sich über sie gebeugt. Dabei hatte er ihr erklärt, wie sie seinen Unterarm und Ellbogen packen und welche Haltung sie einnehmen sollte. Während er noch redete, hatte sie plötzlich ihre Hüfte gegen seinen Oberschenkel gerammt, wie er es ihr kurz zuvor gezeigt hatte. Zu ihrer freudigen Überraschung und seinem Erstaunen war er über sie hinweggerollt und zu Boden gefallen.

Doch Waldron tat ihr bestimmt nicht den Gefallen, sich in die richtige Position zu bringen. Und den Rücken würde sie ihm auf keinen Fall kehren.

Er war noch etwa anderthalb Meter entfernt, da riss sie eine der vier Kerzen aus der Wandhalterung und schleuderte sie ihm entgegen. Er wehrte sie mit dem Arm ab und trat die Flamme am Boden aus. Dann machte er einen Schritt auf Isobel zu.

»Kommt nicht näher«, zischte sie und griff sich eine weitere Kerze. »Ich habe keine Angst vor Euch.«

»Das solltest du aber, Mädchen«, knurrte er. »Du hast wirklich allen Grund, dich zu fürchten, denn ich bin ganz schön wütend auf dich, weil du mir solchen Ärger machst. Ich werde dich auf jeden Fall für die Frechheit, die du dir eben geleistet hast, bestrafen. Und wenn du das Ding da nicht sofort fallen lässt, wirst du es bitter bereuen.«

Er sah wirklich ziemlich zornig aus, doch obwohl sie Angst hatte, verursachten seine Worte ihr keine Gänsehaut, so wie Michaels Stimme, wenn er böse mit ihr war.

Waldron erinnerte sie mehr an ihren ältesten Neffen, Cristinas Sohn, der einmal, mit sechs Jahren, einen Wutanfall bekommen hatte, weil er seinen Willen nicht durchsetzen konnte. Wenn sie daran dachte, wie Hector dem Spielchen ein Ende gemacht hatte, wünschte sich Isobel, sie wäre dreimal so groß wie Waldron und könnte ihn einfach übers Knie legen und ihm Manieren beibringen. Bei dem Gedanken zuckten ihre Lippen unwillkürlich erheitert.

»Beim Heiligen Kreuz, Frau, machst du dich etwa über mich lustig?«, rief er und war innerhalb eines Sekundenbruchteils bei ihr.

Sie stieß, so fest sie konnte, mit der Kerze zu, als sei diese ein Dolch, doch Waldron schlug sie ihr blitzschnell aus der Hand. Bevor Isobel es sich versah, prallte die Kerze gegen die Wand und erlosch.

Im gleichen Augenblick packte Waldron sie so grob beim Handgelenk, dass sie aufschrie, riss sie zu sich heran und schlug ihr mit aller Gewalt ins Gesicht.

Ihr klingelten die Ohren; dennoch holte sie mit ihrer freien Hand aus und versetzte ihm einen Faustschlag auf die Nase, dass er vor Schmerz ächzte. Er hob die Hand, um ihr eine neuerliche Ohrfeige zu verpassen, doch da hörte er etwas an der Tür. Er schleuderte sie zu Boden und zog sein Schwert.

Isobel landete hart auf ihrer Hüfte. Als sie sich aufrichtete, sah sie Michael in der Tür stehen, sein Schwert einsatzbereit in beiden Händen. Er schaute sie gar nicht an, und ihr schien, als hätten die beiden Männer ihre Anwesenheit vollkommen vergessen. Ohne einander aus den Augen zu lassen, umkreisten sie sich langsam und lauerten darauf, dass der andere den ersten Streich tun würde.

Schon wollte sie ihnen zurufen, sie sollten sich an diesem Ort, der beinahe ein Haus Gottes war, nicht bekämpfen. Doch dann fiel ihr ein, dass sie damit Michael ablenken und in Gefahr bringen könnte, und sie schwieg.

Als Michael sah, wie Waldron Isobel beiseitestieß, kam eine große Ruhe über ihn. Während er seinen Vetter fixierte, überlegte er, was Waldron wohl wichtiger war – den Schatz zu finden oder ihn, Michael, zu töten. Doch in dem Augenblick, als die Waffen aufeinanderklirrten, war dieser Gedanke vergessen. Jetzt ging es nur noch darum, den anderen zu besiegen. So war es zwischen ihnen beiden schon immer gewesen, und so war es auch jetzt.

Waldron versuchte eine Finte, doch Michael kannte den Trick und fiel nicht darauf herein. Stattdessen wartete er einen kurzen Moment, bis Waldron sich zurückzog, und stieß dann mit voller Wucht zu. Doch sein Gegner parierte den Schlag umgehend. Die beiden Schwerter prallten so heftig aufeinander, dass die Wellen der Erschütterung Michaels Hand durchströmten.

Er wollte Waldron in Isobels Gegenwart nicht töten, doch das wäre vermutlich auch gar nicht nötig, da Hugo den Lärm hören und ihm zu Hilfe kommen würde. Bis dahin brauchte er Waldron lediglich in Schach zu halten.

Er rief sich selbst zur Ordnung. Derartige Gedanken lenkten ihn nur ab. Er musste das Mädchen aus seinem Kopf verbannen, so schwer ihm das auch fiel.

Eine Bewegung im Rücken der Kämpfenden erregte Isobels Aufmerksamkeit, und als sie hinsah, wurde eine Tür am anderen Ende des Raumes geöffnet.

»Michael, pass auf!«, rief sie.

Mit blanker Waffe kamen zwei Männer herein, doch Michael beachtete sie nicht. Er schien nur Augen für Waldron zu haben.

»Ich werde schon mit ihm fertig«, rief Waldron ihnen zu. »Schnappt euch das Mädchen!«

Als die Männer auf sie zukamen, sprang Isobel auf die Füße, rannte zu der Tür, durch die Michael hereingekommen war, und riss sie auf. Davor stand Hugo. Er griff nach ihrer Hand und zog sie auf den Gang hinaus. Dann riss er sein Schwert aus der Scheide und trat an ihr vorbei ins Zimmer. Ein Stück weiter im Korridor beugte sich Hector über den Grünen Abt, während Sir Henry danebenstand und die Szene interessiert verfolgte.

Hector machte noch einen letzten Knoten in Fingons Fessel, dann bemerkte er Isobel und erhob sich. Der Kampfeslärm aus dem Raum hinter ihnen wurde immer lauter.

»Sir, beeilt Euch doch!«, rief sie. »Da drinnen kämpfen drei Männer gegen Michael und Hugo.«

Sir Henry lächelte nur. »Lasst nur, Mädchen, das ist eine gute Übung für die beiden.«

Hector legte lauschend den Kopf schief. »Wie mir scheint, ist es dort drin schon leiser geworden. Und Fingon kommt auch langsam wieder zu sich. Wenn Ihr also bitte ein Auge auf ihn haben wollt, Sir Henry, dann sehe ich kurz nach dem Rechten.«

Trotz seiner offensichtlichen Gelassenheit und der Tatsache, dass der Lärm plötzlich verstummt war, zückte Hector seine Streitaxt, bevor er die Kammer betrat. Im selben Augenblick warf sich Adela in die Arme ihrer Schwester, und Isobel musste ihr immer wieder versichern, dass ihr nichts geschehen war.

»Es ging alles so schnell, dass ich gar keine Zeit hatte, mich zu fürchten«, sagte sie. Du warst mit dem Abt kaum zur Tür hinaus, da kam Michael schon. Zum ersten Mal war ich froh, dass er wie ein Geist aus dem Nichts auftauchte.«

»Ja, er kann sich wirklich völlig lautlos bewegen, wenn er will«, sagte Henry.

»Zur Tür ist er aber gerannt«, sagte Adela. »Er war ganz weiß im Gesicht. Ich glaube, er hatte wirklich Angst um dich.«

»Lady Adela hat mir schon berichtet, wie man Euch hierhergelockt hat, Mylady«, sagte Henry mit einem vernichtenden Blick auf den Abt. Ich bin untröstlich, dass Ihr als mein Gast eine solche Behandlung erfahren musstet, und noch dazu von einem Mitglied meiner Familie. Ich bitte Euch aufrichtig um Verzeihung.«

»Oh, Gott sei Dank, da sind sie ja!«, rief Adela, doch Isobel hatte die Männer schon erspäht. Vor lauter Erleichterung wäre Isobel Michael am liebsten um den Hals gefallen, doch sie war nicht sicher, ob es ihm gefallen würde, wenn sie ihre Zuneigung derart offen zur Schau stellte. Ihrer Erfahrung nach deuteten Männer ein solches Verhalten leicht als Zweifel an ihren Fähigkeiten. Nicht umsonst hatte er ihr ja erklärt, wie gut er mit Waffen umgehen konnte.

Hector, Michael und Hugo kamen näher; unmittelbar vor ihnen gingen Waldron und seine beiden Helfer, alle drei jetzt unbewaffnet. »Was zum Teufel hast du dir nur dabei gedacht, Vetter?«, rief Henry ihnen entgegen.

»Ich?« Waldron zuckte die Schultern. »Frag lieber deinen unbedachten Bruder, was ihm eingefallen ist, den mächtigsten Kirchenmann auf den Inseln und im westlichen Hochland niederzuschlagen.«

Ohne auf seine Bemerkung einzugehen, blickte Henry ihn scharf an und sagte: »Dir hat er anscheinend auch einen Schlag verpasst, Vetter. Oder bist du mit der Nase gegen die Tür gerannt?«

Waldron wurde zornesrot und warf Isobel einen grimmigen Blick zu.

Michael stellte sich neben sie und berührte leicht ihre Hand. Erfreut lächelte sie ihn an.

»Offensichtlich willst du meine Frage nicht beantworten, Vetter«, fuhr Henry fort. »Es steht jedenfalls fest, dass du und dieser sogenannte heilige Mann meine Gastfreundschaft schändlich missbraucht habt. Ein Mann der Kirche, Herr Abt, lockt keine jungen Frauen in eine Falle, ebenso wenig jemand, der ein Gentleman sein will, Waldron. Für einen solchen habe ich dich jedenfalls bisher gehalten.«

Waldron zuckte erneut die Achseln und sagte: »Harte Worte aus dem Mund eines Diebes, Henry. Aber unrecht Gut gedeihet nicht, das wirst auch du eines Tages feststellen.«

Henry schüttelte den Kopf. »Michael hat mir von deiner fixen Idee erzählt. Doch dann wäre ja unser verehrter Großvater der wahre Dieb oder, noch schlimmer, Mitglied einer ganzen Bande von Dieben gewesen. Es besteht jedoch kein Zweifel daran, dass er ein Ehrenmann war.«

»Ob er den Schatz der Templer stehlen oder nur hüten wollte, spielt überhaupt keine Rolle«, fuhr Waldron ihn an. »Unser derzeitiger Papst hat – ebenso wie seine Vorgänger – befohlen, dass jedes Stück, das bei der Flucht der Templer aus Paris verschwunden ist, der Kirche zurückgegeben werden soll. Wagst du es etwa, die Befehle Seiner Heiligkeit zu missachten?«

»Bis hierher reicht die Macht des Papstes nicht«, erwiderte Henry leise. »Abgesehen davon wissen wir nichts über den Verbleib von irgendwelchen Dingen, die angeblich der römischen Kirche gehören. Was ich hingegen sehr wohl weiß, ist, dass meine Geduld nun am Ende ist, Waldron. Du bist hier nicht länger willkommen, und ebenso wenig auf unseren Burgen St. Clair und Roslin. Ich werfe dich zwar nicht auf der Stelle hinaus, verbiete dir aber, dich frei in diesem Haus zu bewegen.«

»Du hast mir gar nichts zu sagen«, entgegnete Waldron mit hasserfüllter Stimme.

»Und mir auch nicht«, setzte der Grüne Abt hinzu.

»Da seid ihr beide im Irrtum«, erwiderte Henry mit einer so kalten, schneidenden Stimme, wie Isobel sie noch nie bei ihm gehört hatte. »Hier auf Orkney habe ich allein das Sagen.«

Waldron lachte. »Aber Henry, bis zu der wunderbaren Zeremonie am Sonntag bist du doch noch nicht einmal Fürst von Orkney!«

»Du irrst schon wieder, Vetter. Ich bin Fürst von Orkney seit dem Zweiten dieses Monats, als der norwegische König mir auf Marstrand in Norwegen offiziell den Titel verlieh. Dem Wunsch Seiner Gnaden, König Haakons, entsprechend geschah es im Rahmen einer kleinen Zeremonie, doch da die meisten meiner Untertanen nicht nach Norwegen reisen konnten, war er damit einverstanden, sie hier in einem größeren Kreis zu wiederholen. Bei der Feier in der Kathedrale am nächsten Sonntag erhalten die Einwohner von Orkney die Gelegenheit, ihren Fürsten kennenzulernen, ihn willkommen zu heißen und etwas über die Pflichten und Rechte zu erfahren, die mit seinem Amt verbunden sind. Doch schon jetzt darf ich Münzen prägen und Gesetze erlassen. Und ich verfüge über die Halsgerichtsbarkeit. Du solltest dir also gut überlegen, ob du mich heute Abend noch weiter reizen willst.«

Michael behielt Waldron genau im Auge. Er wusste, dass sein Vetter flink und auch ohne Waffe sehr gefährlich war. Von Henrys Reise nach Norwegen hatte er offenbar nichts gewusst, doch er ließ sich von dieser für ihn unerfreulichen Neuigkeit nicht aus der Fassung bringen. Auch seine beiden Helfershelfer wirkten angesichts ihrer Lage erstaunlich unbekümmert.

»Und was willst du jetzt mit uns anfangen, Henry?«, fragte Waldron.

»Ich werde keinen Skandal verursachen, indem ich dich und unseren Herrn Abt in den Kerker werfen lasse, vorausgesetzt, dass es hier überhaupt einen gibt«, erwiderte Henry. »Allerdings würde ich mich nicht darauf verlassen, dass du dich ruhig verhältst, selbst wenn ich dein Wort hätte. Würdest du das an meiner Stelle tun?«

»Nein, wohl eher nicht.«

»Siehst du. Ich werde euch also alle vier in getrennten Kammern unterbringen und unter strenge Bewachung stellen. Ja, Michael?«, fragte er, obwohl Michael gar nichts gesagt hatte.

»Ich finde, Ihr seid zu nachsichtig, Sir«, sagte Michael. »Es wäre besser, sie an einem sicheren Ort festzusetzen. Der Abt hat bereits die Befehle des Obersten Königs der Schotten und des Lords der Inseln missachtet, als er ohne Erlaubnis die Heilige Insel verließ.«

»Dort wurde er auch nicht bewacht, möchte ich meinen«, entgegnete Henry. »Diesen Fehler werde ich nicht machen. Ich glaube, meine Männer sind schon auf dem Weg«, fügte er hinzu, als Fußgetrappel im Treppenhaus ertönte. »Bevor ich Hector Reaganach folgte, habe ich dem Hauptmann meiner Wache befohlen, mir mit ein paar Männern nachzukommen.«

Kurz darauf wurden die vier Gefangenen mit auf dem Rücken gefesselten Händen von zehn Soldaten die Treppe hinuntergeführt. Da Henry und Hector sie begleiteten, glaubte Michael guten Gewissens bei Isobel bleiben zu können, die die Ereignisse interessiert verfolgt hatte. Doch jetzt warf sie ihm einen argwöhnischen Blick zu.

Lady Adela dagegen funkelte Sir Hugo, der soeben etwas zu ihr gesagt hatte, wütend an. In einer Geste, die an Isobel erinnerte, reckte sie das Kinn und sagte: »Ihr habt mir gar nichts zu sagen, Sir. Vergesst das bitte nicht.«

Wieder sprach Hugo mit leiser Stimme auf sie ein. Michael, der außergewöhnlich scharfe Ohren hatte, konnte zwar nicht jedes Wort verstehen, doch er hörte heraus, dass sein Vetter dem Mädchen Vorwürfe machte, weil sie mit einem ihr unbekannten Diener gegangen war. Er fragte sich, ob Isobel ebenfalls Vorhaltungen von ihm erwartete, und schenkte ihr ein strahlendes Lächeln.

Isobel spürte, wie ihre Spannung nachließ. Erst jetzt merkte sie, dass sie befürchtet hatte, Michael würde sie ebenso tadeln wie Sir Hugo Adela, die sich genau in diesem Augenblick mit einer energischen Bewegung von ihm abwandte und zornig davonstapfte.

»Wartet, Mylady!«, rief Hugo ihr nach.

»Wir sind nicht verheiratet, Sir, also redet gefälligst nicht auf diese Weise mit mir«, entgegnete Adela, über die Schulter gewandt, schnippisch. »Euch würde ich sowieso nie und nimmer heiraten, auch wenn Ihr mich darum bitten würdet!«

»Keine Angst, Mädchen, das werde ich schon nicht«, gab er zurück. »Ich will noch lange nicht heiraten, denn schließlich steht schon in der Bibel, dass die Frau ›ein Fangnetz ist und Stricke ihr Herz und Fesseln ihre Hände‹. Und eine solche Giftspritze wie Euch zu heiraten …«

Entgeistert sah Isobel, wie ihre sonst so gesetzte Schwester sich das Glasgefäß aus dem steinernen Weihwasserbecken neben ihr schnappte und den Inhalt Sir Hugo schwungvoll ins Gesicht schüttete.

Als er daraufhin nach ihrem Arm griff, machte Michael ein paar rasche Schritte, nahm Adela das Gefäß ab und legte Hugo beschwichtigend eine Hand auf die Schulter.

Adela starrte die beiden Männer einen Moment lang wütend an, dann riss sie sich los, drehte sich auf dem Absatz um und stürmte davon zur Treppe.

Isobel, die sich kaum das Lachen verkneifen konnte, lief ihr nach.

18

»Lass sie, Hugo«, sagte Michael leise, als sein Vetter Anstalten machte, ihr zu folgen. Er verstand, dass Hugo noch immer vom Kampf aufgewühlt war und deshalb so heftig reagiert hatte. Nachdem Michael das Weihwassergefäß wieder an seinen Platz gestellt hatte, fuhr er fort: »Die beiden Frauen haben sich nichts zuschulden kommen lassen, und das weißt du auch. Sie wollten nur Prinzessin Margaret gehorchen.«

»Ich weiß, aber dieses Mädchen braucht eine feste Hand«, erwiderte Hugo. »Ich muss mit Macleod oder ihrer Tante reden, damit sie sie ein bisschen stärker an die Kandare nehmen.«

»Die Frauen der Macleods haben alle einen Dickkopf«, sagte Michael lächelnd. »Falls dich das stört, solltest du dich besser woanders nach einer Ehefrau umsehen.«

»Ach, ich will sie doch überhaupt nicht«, entgegnete Hugo. »Ich habe auch so schon genug Ärger am Hals. Aber wir sollten hier nicht so herumstehen, sondern uns um die beiden kümmern. Die bringen es fertig und geraten wieder in Schwierigkeiten, noch bevor sie in ihrer Kammer sind.«

Michael wusste, dass es sinnlos war, ihm zu widersprechen, und außerdem hatte Hugo vielleicht sogar recht. Also bedeutete Michael ihm mit einer Handbewegung voranzugehen. Hugos Eile brachte ihn auf den Gedanken, dass sein Vetter womöglich doch stärker an Lady Adelas Wohlergehen interessiert war, als er zugeben mochte. Kopfschüttelnd fragte sich Michael, ob sein leichtsinniger und sorgloser Vetter etwa dabei war, sich zu ändern.

Auf dem nächsten Treppenabsatz trat plötzlich Henry aus

dem schmalen Korridor, den sie zuvor durchsucht hatten. Er legte einen Finger an die Lippen und gab den beiden Männern ein Zeichen, ihm zu folgen.

Währenddessen liefen Isobel und Adela zügig zu der Schlafkammer, die Adela mit Lady Euphemia teilte. Da sich niemand darin aufhielt, traten sie ein. Sie hatten noch kein Wort miteinander gesprochen, da Adela noch immer wütend war und Isobel, die ihre Belustigung kaum verbergen konnte, sie nicht durch eine unbedachte Bemerkung noch weiter reizen wollte.

Doch kaum hatten sie die Tür hinter sich zugezogen, sagte Isobel: »Wie konntest du nur, Adela!«

Adela fuhr herum. »Dieser Mann!«, rief sie. »Dieser eingebildete, gefühllose, abscheuliche Mensch! Jemand sollte ihm eins mit der Peitsche überziehen.«

»Das würde Waldron wohl nur zu gern übernehmen«, erwiderte Isobel trocken. »Aber was hat Sir Hugo dir denn nur getan?«

»Mir getan? Gar nichts hat er mir getan!« Adela warf die Arme hoch. »Und weil er ja allem schöne Augen macht, was Röcke trägt, bedeuten mir auch seine Schmeicheleien und sein Lächeln rein gar nichts. Bei all seiner Süßholzraspelei konnte er nicht einmal eine Viertelstunde erübrigen, um mit mir nach Chalamine zu reiten und deine Kleider und die Zofe abzuholen, als wir erfuhren, dass du Sir Michael begleitet hast. Aber an mir krittelt er alle naselang herum. Ich soll mein Haar offen tragen oder mir in die Wangen kneifen, damit sie Farbe bekommen. Und dann hätte ich auch noch merken sollen, dass der Diener, der uns mitgenommen hat, nicht echt war. Und …«

»Beruhige dich doch!«, rief Isobel. »Ich verstehe ja, dass Sir Hugo dich gekränkt hat, aber ihm Weihwasser ins Gesicht zu schütten! So etwas sieht dir gar nicht ähnlich.«

»Was sieht mir denn ähnlich, Isobel? Weißt du das überhaupt? Ausgerechnet du, die bei der ersten Gelegenheit Chalamine verlassen hat, um bei Cristina und Hector zu leben. Erzähl du mir nicht, was mir ähnlich sieht. Du hast immer nur gemacht, was dir passte, während ich mich um anderer Leute Kinder und Haushalt gekümmert habe. Du bist doch die Letzte, die weiß, wie ich wirklich bin.«

»Wenn du so von mir denkst«, erwiderte Isobel spitzer als beabsichtigt, »dann wissen wir offenbar tatsächlich sehr wenig voneinander.«

Adela brach in Tränen aus.

»Ach, du meine Güte«, rief Isobel, lief zu ihrer Schwester und nahm sie in die Arme. »Weine doch nicht, Liebes. Was hat dieser schreckliche Mensch dir nur angetan?«

Michael und Hugo folgten Henry bis zur Mitte des langen Korridors, wo er stehen blieb und sich zu ihnen umwandte.

»Meine Männer kümmern sich um das ruchlose Paar«, sagte er leise. »Die meisten Zimmer in diesem Gang stehen zurzeit leer, denn hier befinden sich die Kammern derjenigen Untergebenen des Bischofs, die einen etwas höheren Rang bekleiden. Sie haben ihre Zimmer einstweilen für meine Gäste geräumt, die zu der Zeremonie am Sonntag kommen. Daher können wir hier ungestört miteinander reden.«

»Worüber sollen wir denn reden, Henry?«, fragte Michael.

»Wir brauchen einen Plan«, erwiderte Henry. »Offensichtlich habt ihr beide einigen Wirbel verursacht, wenn diese Halunken sogar zwei adelige Damen belästigen, um etwas herauszubekommen. Wie wir ja wissen, ist Waldron in der Wahl seiner Mittel nicht gerade zimperlich. Also sollten wir uns etwas einfallen lassen.«

»Ich muss so schnell wie möglich nach Roslin aufbrechen«, sagte Michael. »Vielleicht sollte ich mich sofort auf den Weg machen.«

»Nein«, widersprach Henry. »Das würde viel zu viel Aufsehen erregen. Außerdem finde ich, dass Hugo dich begleiten sollte. Doch wenn ihr vor der Zeremonie abreist, gäbe es nur Gerede, und Mutter würde sich schrecklich aufregen.«

»Ja, das stimmt«, sagte Michael nachdenklich. »Aber wenn du Waldron und den Abt hinter Schloss und Riegel bringen könntest ...«

Henry lächelte ein wenig kläglich. »Du weißt, dass ich das nicht kann«, sagte er. »Teil meines Paktes mit dem norwegischen Herrscher ist, dass ich keinen Streit mit dem König der Schotten oder dem Lord der Inseln anfange. Und sosehr Seine Gnaden den Grünen Abt auch verabscheuen mag, so wird er doch nicht untätig zusehen, wie ich Männer einsperre, die nicht meine Untertanen sind, noch dazu ohne ordentliche Gerichtsverhandlung. Möchtest du dich mit den beiden vielleicht auf ein Streitgespräch einlassen?«

»Nein, lieber nicht«, erwiderte Michael. Er konnte sich nur zu deutlich ausmalen, wie Waldron Gott und den Papst ins Spiel bringen und Henry und ihn selbst des Kirchenraubes bezichtigen würde.

»Ich auch nicht«, sagte Hugo. »Könnt Ihr sie nicht irgendwo verschwinden lassen?«

»Hier gibt es kein Verlies«, erwiderte Henry. »Und ich kann sie auch nicht einfach auf eine Galeere verfrachten und sie mit nach Caithness nehmen. Auf meine eigenen Männer kann ich mich verlassen, doch viele von den Gästen, die heute und morgen eintreffen werden, kennen den Grünen Abt und fürchten seine Macht. Ich glaube, ich sollte den beiden erlauben, an der Zeremonie teilzunehmen, und sie danach ziehen lassen, sofern sie sich ruhig verhalten.«

Michael nickte. Er wusste, dass sein Bruder recht hatte. »Sie sollen ruhig sehen, wie wir abreisen. Aber nicht nach Roslin, sondern nach Caithness.«

»Warum nach Caithness, und wie sollen sie davon erfahren?«, fragte Hugo.

»Wir werden es ihnen natürlich sagen«, erklärte Michael

und fügte, an Henry gewandt, vielsagend hinzu: »Du hast doch einige deiner Gäste nach St. Clair Castle eingeladen, nicht wahr?«

»Ja, sicher«, erwiderte Henry. »Der Bischof benötigt schließlich seinen Palast selbst, und bis zur Bucht von St. Clair ist es nicht weit. Außerdem«, fügte er mürrisch hinzu, »will ich nichts mehr mit dem französischen Zweig unserer Familie zu tun haben. Wenn sie Waldron nicht seine Ausbildung ermöglicht hätten, hätten wir heute diese Probleme nicht. Und deshalb werde ich die Schreibweise unseres Namens, die unser Großvater bevorzugte, wieder einführen. Von nun an schreibt sich St. Clair so, wie man es auf Schottisch spricht.«

»Ich dachte, du möchtest unsere Mutter nicht verärgern«, sagte Michael.

»Nun ja, ich werde es nicht an die große Glocke hängen und die Veränderung nach und nach einführen. So wird sie sich daran gewöhnt haben, bevor sie es überhaupt richtig bemerkt. Aber was wolltest du über meine Gäste auf der Burg sagen, Michael?«

»Ich dachte nur, wenn du Prinzessin Margaret und die anderen von der Insel Mull und Ardtornish nach St. Clair einlädst, wird jeder denken, dass Isobel und ich mitkommen. Stattdessen verschwinden wir vorher heimlich.«

»Aber du musst bei der Zeremonie anwesend sein. Es würde auffallen, wenn du nicht da bist.«

»Ja, aber direkt im Anschluss brechen wir auf. Mittlerweile wird es schon früher dunkel, und du könntest die Abfahrt einer einzelnen Galeere damit erklären, dass du jemanden nach St. Clair Castle schickst, um die Dienstboten dort auf die Ankunft der Gäste vorzubereiten. Wenn du dann noch den Grünen Abt und Waldron in aller Frühe von der Insel schaffen lässt, sodass sie den Aufbruch der Gäste nur von ferne sehen, könnten Hugo und Lady Adela unsere Plätze auf dem Schiff einnehmen. Du weißt doch selbst, wie oft man Hugo und mich schon verwechselt hat, und Lady Adela könnte leicht für Isobel durchgehen.«

»Das könnte klappen«, pflichtete Hugo ihm bei. »Allerdings musst du vorher dieses temperamentvolle Mädchen davon überzeugen, meine Gesellschaft noch einmal zu ertragen.«

Henry verzog das Gesicht. »Hast du Lady Adela gekränkt, Hugo? Dann sieh zu, dass du das wieder in Ornung bringst. Waldron darf auf keinen Fall wissen, dass Michael nach Roslin fährt, damit er uns bei der Suche nicht zuvorkommt. Auch wenn wir gar nicht wissen, was wir eigentlich bewachen, ist es dennoch unsere Pflicht, gut darauf achtzugeben.«

Hugo stöhnte entnervt, doch Michael nickte nur und lächelte in sich hinein. Dabei wusste er, dass Henry sich ebenso amüsierte wie er.

Adela weinte immer noch.

»Sir Hugo ist wahrscheinlich wirklich gemein, und es war abscheulich von Cristina und mir, dich mit all der Arbeit auf Chalamine sitzen zu lassen«, redete Isobel in sanftem Ton auf ihre Schwester ein. »Aber wenn du mir schon nicht verraten willst, was Hugo getan hat, kannst du dann nicht wenigstens irgendetwas sagen?«

Sie war froh, als Adela sich ein wenig beruhigte und ihre Tränen endlich versiegten.

»Es ist nicht deine Schuld«, sagte Adela. »Ich weiß nicht, wie ich so etwas sagen konnte. Du warst doch damals noch viel zu jung, um mir eine Hilfe zu sein. Nachdem Cristina und Mariota nicht mehr da waren, hatte ich als Älteste die Pflicht, mich um den Haushalt zu kümmern. Schließlich waren zu der Zeit Maura und Kate auch noch zu Hause, und wir waren alle drei älter als du. Und außerdem muss ich gestehen, dass sich Sorcha und Sidony viel leichter lenken ließen, nachdem du fort warst und sie nicht mehr zu Dummheiten anstiften konntest. Nicht, dass Sorcha in dieser

Hinsicht viel Anstiftung gebraucht hätte«, fügte sie lächelnd hinzu.

»Ja, sie ist wirklich schwer zu bändigen«, stimmte Isobel ihr zu.

»Von wegen schwer zu bändigen! Bei ihr würde selbst einem Heiligen der Geduldsfaden reißen. Ich habe dir doch erzählt, dass Vater ihr es aufgrund ihres Verhaltens verboten hat mitzukommen, oder?«

»Nein, aber es überrascht mich nicht«, erwiderte Isobel schmunzelnd. »Und Sidony wollte Sorcha bestimmt nicht allein lassen.«

»Ja, aber …« Adela verstummte, als sich auf dem Gang Schritte näherten. »Erzähl Tante Euphemia nichts von dem Weihwasser, Isobel. Bitte!«

»Das werde ich nicht tun«, versprach Isobel, doch als gleich darauf jemand mit der Faust kräftig gegen die Tür schlug, war ihr klar, dass es nicht Lady Euphemia war, die dort draußen stand.

Sie gab Adela ein Zeichen, sich still zu verhalten, dann hob sie geschwind ihre Röcke, zückte den Dolch und schlich zur Tür. Im selben Augenblick klopfte es noch einmal und eine Stimme fragte: »Isobel, bist du da drin?«

»Es ist Michael«, sagte sie zu Adela, steckte den Dolch wieder weg und schob den Riegel zurück.

»Wenn Hugo bei ihm ist, lass ihn nicht herein!«

Isobel hätte nicht gewusst, wie sie Sir Hugo den Zutritt hätte verwehren sollen. Daher war sie froh, dass Michael allein war.

»Ich dachte mir schon, dass ich dich hier finde«, sagte er, machte jedoch keine Anstalten einzutreten. »Du hast dich heute Abend tapfer geschlagen, Liebste, aber komm jetzt mit in unser Schlafgemach. Wir haben viel zu besprechen.«

»Ich möchte Adela im Moment nicht allein lassen«, erwiderte Isobel.

»Ich habe schon einen Burschen nach Lady Euphemia geschickt«, sagte Michael. »Sie muss jeden Augenblick hier sein, und bis dahin hält Henry hier draußen Wache.«

»Sir Henry selbst?«

»Jawohl, Mylady«, sagte Henry und trat vor. »Wenn ich gewusst hätte, dass Ihr beide so rasch davonlaufen würdet, hätte ich Euch einen meiner Männer zur Begleitung mitgegeben. Ich verstehe Eure Aufregung sehr gut, aber ich versichere Euch, dass Euch niemand mehr belästigen wird, solange Ihr meine Gäste seid. Wenn Ihr mir natürlich nicht zutraut, Lady Adela zu bewachen, bis Eure Tante eintrifft ...«

»Aber nicht doch«, beeilte sich Isobel zu versichern und fügte hinzu: »Ich würde Euch gerne etwas fragen, wenn ich darf, Sir.«

»Selbstverständlich, Madam. Was möchtet Ihr denn wissen?«

»Ihr habt gesagt, Ihr hättet einmal eine Karte gesehen, mit deren Hilfe Ihr über den Rand der Welt hinaussegeln könnt. Wo habt Ihr sie denn gesehen?«

»Nun, mein Vater hat sie mir gezeigt, als ich noch ein kleiner Junge war«, antwortete Henry.

»Tatsächlich? Darf ich eines Tages auch einmal einen Blick darauf werfen?«

»Ja, gewiss, wenn wir sie wiederfinden«, sagte er. »Ich muss zugeben, dass ich sie seit jenem Tag nicht mehr gesehen habe. Aber irgendwann wird sie schon wieder auftauchen, und dann dürft Ihr sie als Erste anschauen.«

»Vielen Dank, Sir. Und was Adela angeht, so könnte sie nirgends sicherer sein als in Eurer Obhut.«

Zu ihrer Überraschung wurde er feuerrot und machte eine tiefe Verbeugung. »Ich danke Euch, Mylady. Habe ich Euch schon gesagt, wie froh ich bin, dass Ihr nun zu unserer Familie gehört? Es ist ein großer Gewinn für uns.«

Mit einem leisen Lachen sagte sie Adela Gute Nacht und folgte Michael in ihre gemeinsame Schlafkammer. Auf dem

Weg dorthin trafen sie Lady Euphemia, die sie sogleich ausfragen wollte. Doch Isobel und Michael gelang es, sich unter einem Vorwand loszueisen. Eilig gingen sie weiter.

»Stellt Euch vor«, flüsterte Isobel, als sie vor ihrer Tür standen. »Adela ist der Meinung, ich hätte die vergangenen sieben Jahre lang nur getan, was mir Spaß machte, während sie sich auf Chalamine mit unseren Schwestern und dem Haushalt abplagen musste.«

»Hättest du vielleicht gerne mit ihr getauscht?«, fragte Michael und öffnete die Tür.

Sie zog ein Gesicht. »Ihr trefft wirklich immer genau ins Schwarze, Sir. Nein, das hätte ich nicht, aber es stand auch gar nicht zur Debatte. Das hat Adela selbst gesagt. In Familienangelegenheiten begibt man sich bei manchen Themen schnell auf dünnes Eis, ohne es zu merken.«

»Ich hoffe, dass du jetzt nicht meinetwegen auf dünnes Eis gerätst«, sagte er, während er die Tür zuzog. »Und Lady Adela auch nicht, denn wir haben uns etwas ausgedacht.«

»Solange Ihr nicht vorhabt, mich mit Hector und Cristina oder meinem Vater nach Hause zu schicken, ist mir alles recht.«

Sie stocherte in der Glut im Kamin. »Reicht mir ein wenig Reisig«, bat sie ihn.

»Jawohl, Mylady. Sofort, Mylady«, erwiderte er beflissen. Sie blickte auf und bemerkte sein Grinsen.

»Frecher Kerl«, sagte sie. »Hätte ich vielleicht extra einen Pagen holen sollen, oder wolltet Ihr das Feuer eigenhändig schüren?«

»Ich werde gleich ein anderes Feuer schüren, Liebste«, sagte er, noch immer feixend. »Aber vorher müssen wir unseren Plan besprechen. Henry hat Waldron, den Abt und ihre beiden Spießgesellen festgesetzt, und sie sollen hinter Schloss und Riegel bleiben, bis die Zeremonie vorüber ist. Dann verfrachtet er sie auf ein Schiff und schickt sie zurück zur Heiligen Insel.«

»Aber Waldron wird nicht dort hinwollen«, gab sie zu bedenken.

»Nein, vermutlich nicht.« Er reichte ihr das Feuerholz.

»Wir wissen auch gar nicht, wo sich seine übrigen Männer aufhalten«, fügte sie hinzu, während sie behutsam die Flammen anfachte. »Wir haben nur zwei von ihnen geschnappt, und unter den vielen Besuchern hier fallen die anderen gar nicht auf.«

»Stimmt. Deshalb wollen wir sie mit einem Trick von uns ablenken. Du und ich, wir fahren nach Roslin, doch Hugo und Adela – falls sie denn mitspielt – reisen an unserer Stelle nach St. Clair Castle.«

Sie begriff sofort, was er vorhatte. »Waldron, der Abt und ihre Helfer sollen denken, dass wir es sind. Aber warum sollten wir überhaupt nach Caithness fahren?«

»Weil Henry einige seiner Gäste einladen wird, ihn am Montag dorthin zu begleiten, darunter sämtliche Familienmitglieder. Daher werden alle annehmen, dass wir ebenfalls dabei sind. Bist du endlich mit diesem Feuer fertig?«, fragte er, reichte ihr die Hand und zog sie auf die Füße.

»Aber werden sich die Leute denn nicht wundern, dass Adela und Hugo nicht bei uns sind?«

»Mag sein, aber diejenigen, um die es uns geht, werden nur nach mir Ausschau halten. Hugo wird meine Sachen anziehen und mit Adela unter meinem Banner fahren. Die Täuschung müsste eigentlich gelingen, solange niemand merkt, dass wir schon vorher aufbrechen.«

»Aber wie sollen wir das verhindern?«

»Am besten verkleiden wir uns als Dienstboten und machen uns bereits am späten Sonntagabend auf den Weg. Falls uns jemand sieht, kann Henry sagen, er hätte ein wenig Personal nach St. Clair vorausgeschickt, damit die Leute dort alles für die Ankunft der Gäste vorbereiten können. Was in Wirklichkeit nicht nötig ist. Seine Leute auf St. Clair könnten jederzeit eine ganze Horde Besucher versorgen.«

Sie dachte kurz nach und nickte dann. »Ich glaube, das könnte gehen«, sagte sie. »Aber Ihr kennt Waldron besser als ich. Wird er uns abnehmen, dass wir Henry besuchen?«

Er machte sich an dem Kranz in ihrem Haar zu schaffen, an dem ein Schleier befestigt war, der ihr Gesicht sanft umspielte. Während er die Haarnadeln herauszog, mit denen der Kopfschmuck festgesteckt war, sagte er: »Ich weiß es nicht, aber ich denke, mithilfe dieser kleinen Kriegslist können wir uns ein paar Tage Vorsprung verschaffen.«

»Ihr glaubt also, er wird die Verfogung aufnehmen, sobald er diese Finte durchschaut hat?«

»Ja. Er ist sicher, dass die Lösung des Geheimnisses auf Roslin liegt. Wie viele Leute weiß auch Waldron, dass der Schatz seinerzeit auf Schiffen nach Schottland kam, und er war immer davon überzeugt, dass er irgendwo auf den Inseln verborgen ist und wir das Versteck kennen. Vielleicht ist ihm aber mittlerweile der Verdacht gekommen, dass er selbst mich erst auf die Idee gebracht hat, den Schatz zu suchen. Auf jeden Fall wird er mich nicht aus den Augen lassen und mir auch nach Roslin folgen.«

»Hat er denn vorher noch nie dort gesucht?«

»Nein, bestimmt nicht«, sagte Michael, warf Kranz und Schleier beiseite und begann, das zarte Netz aus Goldspitze zu lösen, das ihr Haar bedeckte. »Wie ich bereits erwähnte, hat mein Vater immer sehr darauf geachtet, dass nichts über unsere Privatangelegenheiten nach außen drang. Und Henry und ich halten es genauso, ohne jedoch alle Welt merken zu lassen, wie streng Roslin abgeschirmt wird. Zurzeit gibt es dort nur wenige Wachen, doch Waldron war noch nie allein auf der Burg. Gäste werden nur empfangen, wenn entweder Henry oder ich anwesend sind, und obgleich unsere Dienstboten sehr diskret vorgehen, lassen sie Fremde keinen Augenblick aus den Augen. So haben es mein Großvater und mein Vater gehalten, und so machen es auch Henry und ich.«

Bei der Vorstellung schauderte es Isobel ein wenig, doch sie verstand, dass derartige Vorsichtsmaßnahmen notwendig waren. »Werden sie mich auch ständig beobachten?«, entfuhr es ihr.

»Nein, Mädchen«, sagte er und legte auch das Haarnetz beiseite. »Du bist meine Frau, und so sind wir beide praktisch eins. Außerdem vertraue ich dir mittlerweile vollkommen. Ich kann nicht beschwören, dass das immer so bleibt, aber im Moment sehe ich keinen Grund, warum es sich jemals ändern sollte.« Mit diesen Worten begann er die Bänder an ihrem Kleid zu lösen.

Die Bemerkung ärgerte sie ein wenig, doch sie versuchte, nicht ungerecht zu sein. Immerhin hatte er nach dem Kampf mit Waldron und dem Abt nicht mit ihr geschimpft, wie Hugo es mit Adela getan hatte. Sie glaubte, er habe ihr eben geglaubt, dass sie dem falschen Diener geglaubt ... Sie wurde ganz wirr im Kopf. Treu und Glauben waren wirklich eine komplizierte Angelegenheit.

In diesem Augenblick hatte Michael ihr Kleid vorn geöffnet und schob seine warme Hand hinein. Das brachte sie mit einem Schlag auf andere Gedanken. »Was macht Ihr da?«

Er grinste. »Was glaubst du wohl? Ich mache dich bereit fürs Bett.«

Sie blickte an ihm hinunter. »Ich glaube wahrhaftig, Sir, Ihr seid schon bereit.«

Ohne ein weiteres Wort streifte er ihr Kleid und Hemd ab, hob sie auf und trug sie zum Bett.

Der folgende Tag verging ohne besondere Vorkommnisse. Angsichts der wachsenden Gästeschar überlegte Isobel, wer wohl zu Waldron gehörte und wie viele der Anwesenden sich fragen mochten, wo der Grüne Abt war. Doch sie achtete darauf, sich ihre Neugier nicht anmerken zu lassen. Die meiste Zeit verbrachte sie in Michaels Gesellschaft, plauderte mit alten Freunden und schloss neue Bekanntschaften. Dabei vernachlässigte sie jedoch niemals Adela und den Rest der Familie und nahm sich sogar Zeit für ein Schwätzchen mit ihrem Vater.

»Du und dein Mann, ihr passt gut zusammen, Mädchen«, bemerkte Macleod zufrieden. »Ich bin stolz auf dich und wäre dir dankbar, wenn du auch einen Gatten für unsere Adela finden könntest.«

»Und wer kümmert sich dann um Sorcha und Sidony, Sir?«

»Du lieber Himmel, sie müssen natürlich ebenfalls unter die Haube gebracht werden«, erwiderte er. Dann neigte er sich näher zu ihr und flüsterte: »Ganz unter uns, Mädchen, ich habe vor, mich wieder zu verheiraten, aber ich möchte meiner Frau nicht zumuten, sich um die Mädchen zu kümmern. Je eher wir die beiden also vermählen, desto besser für mich.«

Isobel war erstaunt, dass ihr Vater so viele Jahre nach dem Tod ihrer Mutter erneut heiraten wollte, doch sie versprach zu sehen, was sich machen ließe, bevor sie wieder zu Michael ging.

Die Zeremonie am nächsten Tag war wirklich so prunkvoll, wie Sir Henry es vorhergesagt hatte. Dennoch langweilte sich Isobel gehörig.

Die Kathedrale von Kirkwall, die weder besonders schön noch besonders groß war, platzte aus allen Nähten. Der ganze Adel Nordschottlands und der Inseln war hier versammelt. Sogar von weit her, aus Dumfries, Galloway, Knapdale und Kintail, waren die Clanchiefs gekommen. Es hatten sich so viele Schaulustige eingefunden, dass sie nicht alle in das Gotteshaus passten, sondern schon lange vor Beginn der Zeremonie den Platz um die Kathedrale herum füllten. Dank Henrys kluger Planung nahm daher der Festzug eine Viertelmeile entfernt seinen Anfang.

Die Sonne strahlte an einem azurblauen Himmel, es wehte eine leichte, angenehme Brise, und die Spielleute ließen fröhliche Melodien erklingen, als Henry und sein Gefolge sich näherten.

Der Fürst trug prächtige pelzbesetzte Gewänder aus silberner, blauer und grauer Seide, darunter ein Wams aus tiefblauem Samt und eine passende Pluderhose. Auf seinem Kopf saß ein schlichter Silberreif. Er wirkte so hoheitsvoll, dass Isobel sich unwillkürlich zu Michael umdrehte, der hinter ihr stand, um zu sehen, ob auch er sich irgendwie verändert hatte. Doch zu ihrer Beruhigung war er so gelassen wie immer.

Die vordersten Reihen der Kirchenbänke waren für Henrys Familie und sein Gefolge reserviert, und so nahmen Michael und Isobel in der zweiten Reihe Platz. Kurz darauf kam Henry feierlich durch den Mittelgang geschritten. Vor dem Altar blieb er stehen und wandte sich zur Festversammlung um.

Fanfarenstöße ertönten, dann war alles still.

Henry breitete weit die Arme aus, blickte kurz nach oben, als wolle er den Himmel um Beistand bitten, senkte den Blick dann wieder auf die Zuhörerschaft und sprach mit fester, ruhiger Stimme, die bis in die letzten Reihen drang: »Mylords und Myladys, Leute von Orkney! Ich, Henry von St. Clair, Jarl von Orkney, Herr auf Roslin, grüße Euch im Namen Gottes, unseres Herrn. Am zweiten Tag des gegenwärtigen Monats leistete ich in Marstrand in Norwegen vor König Haakon einen Eid, den ich jetzt vor Euch wiederholen will. Dieses waren meine Worte: ›Da es dem Durchlauchtigsten Fürsten der Christenheit, meinem geliebten Herrn Haakon, durch die Gnade Gottes König über die Reiche Norwegen und Schweden, gnädig gefallen hat, uns als Herrscher über sein Land und die Inseln von Orkney einzusetzen und uns die Würde eines Jarls über die genannten Länder zu verleihen, tun wir Euch kund und zu wissen, dass wir dem König als unserem Lehnsherrn gehuldigt haben. Mit diesem Treueeid, besiegelt durch einen Kuss auf Hand und Mund des Königs, schwören wir, unserem Herrn und König, seinen Erben und Nachfolgern sowie dem Königreich Norwegen jederzeit mit Rat und Hilfe beizustehen. Zu diesem Behufe verpflichten wir uns, unserem Herrn und König einhundert oder mehr wohlbewaffnete Männer zu stellen, sofern es die Not erfordert …‹«

Isobels Blick schweifte zu einer in der Nähe sitzenden Dame, die einen so hohen Kopfputz trug, dass die hinter ihr Sitzenden sich die Hälse verrenken mussten, um Henry zu sehen.

»›… geloben wir, besagtes Land zu verteidigen, nicht allein mit den Männer, die wir zu diesem Zweck aufzustellen vermögen, sondern mithilfe all unserer Verwandten, Freunde und Mannen. Sollte es sich begeben, dass …‹«

Sie blickte zu Michael hinüber. Also zählte Henry auch auf seine Hilfe, wenn es darum ging, die Orkneys für den norwegischen König zu verteidigen. Kein Wunder, dass der König der Schotten dieses Fürstenamt mit Misstrauen betrachtete. Das brachte sie auf etwas. Sie neigte sich zu Michael und flüsterte: »Warum hat er sich nicht als Fürst von Orkney bezeichnet? Er benutzte stattdessen ein anderes Wort.«

»Jarl von Orkney«, erklärte Michael. »Ein Jarl steht in Norwegen im Rang direkt unter dem König. In Schottland dagegen bekleidet ein Fürst den zweithöchsten Rang.«

Sie nickte und lauschte erneut Henrys langatmiger Ansprache, die sie zunehmend langweilte. Die Leute auf der anderen Seite des Gangs, hinter der Dame mit der hohen Haube, schienen zu dösen. Endlich war es vorüber, und Henry schwieg. Einen Augenblick lang war es totenstill, und Isobel dachte schon, die Zuhörer seien allesamt eingeschlafen, doch dann brach der Jubel los. Trompeten und Dudelsäcke erschallten, das Gefolge formierte sich erneut und verließ, mit Henry an der Spitze, viel schneller als beim feierlichen Einmarsch die Kirche. Isobel kam sich sehr bedeutend vor, als Michael sie bei der Hand nahm und sie sich dem

Festzug anschlossen. Draußen vor der Kathedrale gesellten sie sich zu den übrigen Gästen und gingen mit ihnen zurück in den Bischofspalast. An diesem Teil der Feier fand Isobel mehr Vergnügen.

Der Rest des Tages verging mit kurzweiliger Unterhaltung. Spielleute, Possenreißer, Akrobaten und Jongleure traten auf, und bei Musik und Tanz zog sich das Fest bis tief in die Nacht hinein.

Gerade als Isobel dachte, wie todmüde sie doch sei, spürte sie Michaels Hand auf ihrem Arm und hörte ihn sagen: »Es ist Zeit, Liebste.«

»Zeit zum Schlafengehen?«, fragte sie und unterdrückte ein Gähnen. »Ich könnte im Stehen einschlafen.«

Er lachte leise. »Lieber nicht, Mädchen. Unser Boot wartet nämlich schon im Hafen, und wir müssen uns vorher noch umziehen.«

Plötzlich war sie hellwach und starrte ihn entgeistert an. Dann fiel es ihr wieder ein. »Ach, herrje«, murmelte sie und blickte verstohlen in die Runde, ob jemand seine Worte gehört hatte. Doch das war bei dem Lärm unmöglich.

»Sieh dich nicht so auffällig um«, ermahnte er sie. »Und komm hier entlang. Wir gehen nicht auf unser Zimmer, sondern durch die Küche Seiner Eminenz. Hugo hat uns draußen ein paar Kleider zurechtgelegt und uns ein verschwiegenes Plätzchen gesucht, wo wir uns umziehen können. Tu so, als wolltest du eine Weile mit deinem Mann allein sein«, fügte er hinzu und küsste sie.

Sogleich schlang sie die Arme um seinen Nacken und erwiderte den Kuss.

Kurz darauf trafen sie auf Hugo, der draußen auf sie wartete, und ließen sich von ihm zu einem Gebüsch führen, wo man sie nicht entdecken würde. Zehn Minuten später kehrte Hugo in den Palast zurück, während Isobel und Michael sich, begleitet von drei Männern, zum Hafen begaben. Als sie das Langboot erreichten, das halb auf den Strand gezogen war, stellte Isobel fest, dass noch zwei weitere Frauen in Kapuzenumhängen an Bord waren.

Sie zögerte, doch Michael lachte nur und sagte: »Hugos Sinn für Humor wird eines Tages noch sein Untergang sein. Das da sind Männer in Frauenkleidern, damit es echter wirkt. Sag ihnen, sie sollen die Hände bei sich behalten.«

Einer der beiden, der – ebenso wie Isobel – als Dienstmagd verkleidet war, half ihr beim Einsteigen. Als sie seine Hand ergriff, dachte sie, dass diese Hand für einen Mann ungewöhnlich glatt war, doch sie sagte lieber nichts, um den Fremden nicht zu kränken.

Michael, der sich hinter ihr über die Reling geschwungen hatte, erklärte: »Ich helfe eine Weile beim Rudern, Mädchen, also bleib hier einfach ruhig sitzen.« Zu den verkleideten Männern gewandt fügte er hinzu: »Ihr wisst sicher, dass die Lady meine Gemahlin ist.«

»Ja, Mylord. Sir Hugo hat uns eingeschärft, dass wir sie nicht anrühren dürfen«, brummte der eine und setzte hinzu: »Das hätten wir sowieso nicht getan, Sir.«

»Das will ich auch hoffen«, erwiderte Michael.

So wenig traute er ihr also zu, selbst auf sich achtzugeben, dachte Isobel und lächelte in sich hinein. Und Hugo auch. Sie hätte genauso gut Männerkleider anziehen können, wie sie es schon früher getan hatte. Dann hätten die beiden Männer keine Röcke zu tragen brauchen.

Erst als sie einige Meilen zurückgelegt hatten, verließ Michael die Ruderbank und kam zu ihr, um sich von ihrem Wohlergehen zu überzeugen. Sie war eingenickt, wachte jedoch auf, als sie seine barsche Stimme neben sich hörte: »Ihr dürft euch jetzt auch ruhig ans Rudern machen. Glaubt nicht, dass ihr die ganze Fahrt über auf der faulen Haut liegen könnt.«

»Verlangst du wirklich von uns, dass wir rudern, Michael?« Es war eindeutig die Stimme einer Frau, und sie klang reichlich hochmütig. »Ich würde lieber ein wenig schlafen. Hugo hat gesagt, in der Kiste dort seien ein paar Decken. Hol sie bitte heraus, und gib deiner Braut ebenfalls eine.«

»Madam!«, rief Michael. »Was macht Ihr denn hier? Ihr müsst sofort umkehren. Schließlich sollt Ihr morgen auf St. Clair die Gäste willkommen heißen.«

In dem gleichen herablassenden Ton wie zuvor erwiderte seine Mutter: »Steh nicht herum und schwatze, sondern tu, was ich dir gesagt habe. Jean kann die Gastgeberin auf St. Clair spielen. Ich kann doch nicht zulassen, dass du deine junge Frau ohne weibliche Begleitung mit auf Abenteuerfahrt nimmst. Und wer wäre für diese Aufgabe besser geeignet als ich?«

Da er auf diese Frage keine Antwort wusste, schwieg Michael lieber.

Die lange ereignislose Reise führte sie an der Ostküste von Orkney entlang nach Süden zum Firth of Forth. Die Gräfin, die von ihrer Zofe Fiona begleitet wurde, gab sich kühl, aber höflich, und auch wenn Isobel mit ihr nicht warm werden konnte, legte sie natürlich ebenfalls ein gesittetes Benehmen an den Tag. Michael hatte Pferde in einem Stall in Edinburgh eingestellt, daher konnten sie ihre Reise ohne Verzögerung fortsetzen, zumal der Tag mittlerweile schon halb vorüber war. Es war ein Glück, dass Isobels Pferd gut gehorchte und ruhig den anderen folgte, denn für Isobel war alles in der Stadt so neu und aufregend, dass sie sich gar nicht sattsehen konnte und überhaupt nicht darauf achtete, wohin sie ritt. Sie nahmen nur ein Dutzend Männer zur Begleitung mit und brachten die restlichen zehn Meilen rasch hinter sich. Bald blieben die Gräfin und Fiona mit den Männern ein wenig zurück, daher konnte Isobel Michael nach Herzenslust über Lothian und Roslin ausfragen. Er schilderte ihr gerade eine berühmte Schlacht, die im Roslin Glen stattgefunden hatte, als sie auch schon in das Tal einritten.

»Bis zur Burg sind es noch drei Meilen«, sagte er. »Wir reiten ein Stück am Fluss Esk entlang, bevor wir dem Pfad folgen, der nach Westen bis zum Rand des Tales hinaufführt.«

»Ihr habt doch gesagt, der Fluss verliefe direkt am Fuß der Burg«, sagte sie.

»Ja, das stimmt auch«, erwiderte er. »Er umgibt sie auf drei Seiten. Trotzdem liegt die Burg hoch über dem Wasser. Du wirst schon sehen.«

Das üppig grüne Tal wirkte unheimlich. Als würde es dort spuken, dachte Isobel. Sie musste wieder an die Schlacht denken und bat Michael, ihr mehr darüber zu erzählen. Als er zum Sieg der Schotten über die angreifenden englischen Truppen kam, hatten sie bereits mit dem Aufstieg aus dem Tal begonnen. Die anderen waren noch immer ein ganzes Stück hinter ihnen.

Jetzt hatten sie nicht einmal mehr eine halbe Meile zu reiten. Im goldenen Abendlicht ragten schon die großen Rundtürme und der eckige Bergfried von Roslin Castle vor ihnen auf.

»Woher kommt der Name Roslin?«, fragte Isobel nach kurzem Schweigen.

»Er bezieht sich auf die Lage der Burg«, erwiderte Michael. »Roslin bedeutet Felsen bei den Fällen. Hier gibt es nämlich zwei Wasserfälle, die ich dir morgen zeigen werde. In eine moosbedeckte Felswand am größeren von den beiden ist ein seltsamer Kopf eingehauen – allerdings leider einer ohne Bart.«

»Wisst Ihr schon, wonach Ihr in der Burg suchen wollt?«

»Ich glaube, ja. Ich habe lange über die bärtigen Männer nachgedacht, die in Henrys Brief erwähnt werden, und auch über die unterstrichenen Wörter und die vielen Schnitzereien auf Roslin. Ich vermute, dass es ein Motiv gibt, dass sich häufig wiederholt. Wenn das stimmt, müssen wir es nur finden und sehen, wohin es uns führt.«

Beim Aufstieg zur Burg bot sich Isobel ein erstaunlicher

Anblick. Das Bauwerk thronte hoch über dem Tal auf einem steilen Felsen, der wenige Meter von den Mauern der Burg entfernt steil zum Fluss Esk hin abfiel. Der Fluss selbst wand sich in einer scharfen Kehre um den Burgfelsen herum.

Da der Weg, der zur Burg führte, sich zu einem gefährlich schmalen Steg über dem Abgrund verengte, konnten sich die Reiter der Burg nur in einer Reihe hintereinander nähern. Isobel war es, als sei die Erde zu ihren Füßen weggebrochen. Sie wagte gar nicht hinunterzublicken, sagte jedoch nichts, damit die Gräfin sie nicht für ängstlich hielt.

Kaum hatten sie das Burgtor passiert, kamen Diener herbeigelaufen, um ihren Herrn und die Gräfin zu begrüßen und die junge Braut willkommen zu heißen. Das Abendessen, so versicherten sie, würde in einer Stunde aufgetragen.

»Komm, Liebste«, sagte Michael, als die Dienstboten gegangen waren, und führte Isobel zu dem massigen Wohnturm, der sich in der südwestlichen Ecke des Burghofes erhob. Unter der Tür verabschiedete er sich bis zum Mahl von seiner Mutter und sagte leise zu Isobel: »Ich zeige dir jetzt, wo wir schlafen, damit du dich ein wenig frisch machen kannst.«

»Aber wollt Ihr denn nicht gleich mit der Suche beginnen?«

»Vor dem Essen nicht mehr«, entgegnete er lächelnd. »Heute Abend ist es sowieso schon zu spät, und außerdem möchte ich vermeiden, dass meine Mutter uns dauernd auf die Finger sieht.«

»Ihr könntet mir doch zumindest die Schnitzereien zeigen.«

»Ja, ein paar wenigstens. Wenn du erst gesehen hast, wie viele es sind, wirst du unser Problem verstehen.«

Isobel konnte es vor Erwartung kaum noch aushalten. »Eure Mutter wird doch nicht sofort wieder herunterkommen«, sagte sie. »Wenn wir uns mit dem Umziehen beeilen, können wir noch vor dem Essen mit der Suche beginnen.«

Er lachte. »Ich sehe schon, Madam, dass man mir den Rang als Herr dieser Burg streitig machen will. Vergiss aber bitte nicht, dass hier immer noch ich zu bestimmen habe.«

Sie rümpfte nur die Nase, und schließlich tat er ihr doch den Gefallen. Als die Gräfin sich nach dem Essen zurückgezogen hatte, wanderten sie durch einige Räume des Wohnturms, die über und über mit Schnitzereien bedeckt waren. Es war ein überwältigender Anblick. Viele der dargestellten Motive waren Köpfe, und zahlreiche trugen einen Bart. Manchmal fanden sie zwei oder drei, die sich glichen, doch zu einer Spur fügten sie sich nicht zusammen.

Als sie in dieser Nacht im Bett lag, dachte Isobel, sie müssten wahrscheinlich noch einen ganzen Monat weitersuchen, doch schon am folgenden Tag fand sie Sir Williams bärtige Männer.

Sobald sich die Gräfin zu einem Nachmittagsschläfchen hingelegt hatte, begannen sie erneut mit ihren Nachforschungen, doch wieder vergeblich. Traurig und verzagt wanderte Isobel zur unteren Halle. Neben einem riesigen Kamin blieb sie stehen und starrte geistesabwesend auf ein gemeißeltes bärtiges Gesicht mit einer Nase wie ein Strich und tiefen Augenhöhlen. Es dauerte einen Augenblick, bis ihr einfiel, dass sie gerade eben erst ein solches Gesicht gesehen hatte. Sie eilte den Weg zurück, den sie gekommen war, und fand gleich darauf neben einer Tür die gesuchte Schnitzerei. Auf der anderen Seite der Tür entdeckte sie ein drittes Abbild und dann, auf dem Türsturz eines weiteren Durchgangs, noch eines, verborgen in einer Reihe ganz ähnlicher Gesichter.

Rasch lief sie zu Michael und berichtete ihm von ihrer Entdeckung. Gemeinsam spürten sie im Wohnturm noch drei weitere dieser Bildnisse auf. Doch dann endete ihre Suche plötzlich vor einer kleinen Kammer voller Weinfässer. Weder auf der Tür noch an der Wand daneben war auch nur ein einziges bärtiges Antlitz zu sehen.

In einer Ecke der Vorratskammer bemerkte Isobel einen

bunten Wandbehang. Da er ihr irgendwie fehl am Platz vorkam, zwängte sie sich zwischen den Fässern hindurch, um einen Blick darauf zu werfen. Gleich darauf rief sie: »Michael, ich glaube, der Kopf ist in den Behang eingewebt! Holt eine Kerze, und seht es Euch selbst an.«

Sie hielt die beiden Kerzen, die Michael brachte, während er die Nägel herauszog, mit denen der schwere Stoff an der Wand befestigt war. Dahinter verbarg sich eine Tür, die zu einem engen, runden Treppenhaus führte.

Aufgeregt reichte Isobel Michael eine Kerze, schlüpfte durch die Tür und lief ein paar Stufen hinunter. Doch ihre Freude erhielt schnell einen Dämpfer, denn die Treppe endete vor einer massiven Mauer.

19

Enttäuscht starrte Isobel auf die dicken Steinquader, bevor sie sich zu Michael umwandte, der zwei Stufen hinter ihr stand.

»Vielleicht lässt sich einer dieser Steine bewegen«, schlug er vor.

Sie schüttelte nur den Kopf. Offensichtlich waren sein Vater und sein Großvater so verschroben wie Henry und so verrückt wie Mariota gewesen, dachte sie, denn man sah ja auf den ersten Blick, wie schwer und unbeweglich die großen Granitblöcke waren. Diese Treppe führte nirgendwohin.

»Sie muss doch irgendwo weitergehen«, sagte er, als habe er ihre Gedanken gelesen. »Hier unter uns verläuft ein wahres Labyrinth von Kammern und Verliesen, die Henry und ich im Laufe der Jahre alle erforscht haben. Lass uns mal sehen, ob einer der Steine nicht vielleicht hohl ist.«

Er drückte sich an ihr vorbei und suchte im Licht der Kerze sorgfältig die ganze Wand ab. Dann zog er seinen Dolch und klopfte mit dem Griff jeden einzelnen Stein ab.

Nachdem sie ihm einige Minuten lang zugesehen hatte, drehte sich Isobel mit einem Seufzer um und stieg die Treppe wieder hinauf. Durch eine Bewegung ihrer Hand fiel das Licht der Kerze auf eine Stelle der Außenmauer unmittelbar über der untersten Stufe. Dort war etwas. Sie kniete sich hin, um es sich näher anzusehen. Dabei entdeckte sie eine in den Stein gemeißelte Figur.

Sie traute ihren Augen kaum. »Seht Euch das mal an, Michael«, rief sie aufgeregt.

Er stellte sich neben sie und legte ihr die Hand auf die Schulter. »Nur ein weiterer geschnitzter Kopf«, sagte er.

»Und er hat noch nicht einmal einen Bart. Der hier ähnelt mehr dem Kopf am Wasserfall, von dem ich dir erzählt habe. Er heißt im Volksmund der ›Grüne Mann‹.«

»Sieht er genauso aus wie dieser?«

»Ja, fast«, erwiderte er und klopfte mit dem Griff seines Dolches gegen den Mauerquader. Dann probierte er, ob sich der Stein bewegen ließ. »Der ist massiv. Dann hat es wohl nichts damit auf sich.«

»Aber er ist der einzige seiner Art hier«, widersprach sie. »Der Grüne Mann – das muss doch einfach etwas bedeuten.«

»Der andere ist auch grün, aber nur vom Moos.« Als sie keine Antwort gab, leuchtete er ihr mit der Kerze ins Gesicht. »Was ist, Mädchen? Woran denkst du?«

»Ich vergesse immer, dass Ihr nicht im Hochland oder auf den Inseln aufgewachsen seid«, antwortete sie. »Der Grüne Mann ist der keltische Gott der Pflanzen und des Wachstums. Komisch, ihn hier außerhalb des Hochlands zu finden, und noch dazu zweimal. Wer hier einem Keltengott ein Denkmal gesetzt hat, muss sich doch etwas dabei gedacht haben.«

Michael zog die Stirn kraus. »Sollen wir nun hier suchen oder bei den Wasserfällen?«

»Die bärtigen Männer haben uns zu dieser Stelle geführt. Das könnte bedeuten, dass hinter diesem Stein der Schlüssel zum Versteck des Schatzes liegt. Aber vorher möchte ich mir noch den anderen Kopf ansehen. Ist es weit dorthin?«

»Komm mit, ich zeig es dir.«

Sie liefen die Treppe hinauf und aus der Burg hinaus. Ein steiler Pfad führte sie hinunter in das üppig bewachsene Tal – ein passender Ort für einen Gott der Pflanzen, dachte Isobel. Zu beiden Seiten des Weges standen die Bäume so dicht, dass ihre Kronen ein geschlossenes grünes Dach bildeten, durch das kaum ein Sonnenstrahl drang. Der Boden war mit Farnkraut, Blumen und undurchdringlichem Gestrüpp bedeckt, das ihnen die Sicht nahm. Es duftete nach Kräutern und feuchter Erde. Der Pfad führte jetzt im Zickzack bergab, und bald drang das Geräusch fließenden Wassers an ihr Ohr. Gleich darauf standen sie am Ufer des sprudelnden, schäumenden Flusses.

Michael ging voran, und als sie zu einer Steinbrücke kamen, sagte er: »Wir müssen sie überqueren. Auf dieser Seite kämen wir näher an die Wasserfälle heran, aber das Steingesicht ist da drüben.«

»Gibt es am anderen Ufer auch einen Weg?«, wollte Isobel wissen.

»Ja, sicher. Ich glaube, an jedem einzelnen Gewässer in Schottland, und sei es nur ein Rinnsal, haben Fischer einen Trampelpfad ausgetreten.« Lächelnd fügte er hinzu: »Hast du Angst, wir könnten uns verlaufen, Liebste?«

»Natürlich nicht, aber ich habe keine festen Schuhe an. Deswegen möchte ich ungern auf den schlüpfrigen Steinen am Wasserfall herumklettern«, erwiderte sie.

»So nahe kommen wir nicht heran«, sagte er und bog einen Zweig für sie zur Seite. »Das Steinbild befindet sich ein paar Meter vom Ufer entfernt an einer Felswand.«

Wieder ging Michael voraus, und sie folgten weiter schweigend dem schmalen Pfad, der sich jetzt bergauf durch die Klamm schlängelte. Bis auf ihre gedämpften Schritte und das Brausen des Wassers war alles still im Wald.

Zu still. Plötzlich hörten sie ein leises Wiehern ein Stück weiter vorn. »Wartet, Michael!«, flüsterte Isobel erschrocken.

Er hatte es ebenfalls gehört und war stehen geblieben, doch es war schon zu spät. Von einem Baum fiel ein großes, schweres Netz auf ihn herab, und im Nu hatte er sich hoffnungslos darin verheddert. Im selben Augenblick sprangen ein paar Männer aus dem Unterholz und überwältigten ihn.

Isobel wollte zu ihm eilen, doch eine Hand schloss sich von hinten mit eisernem Griff um ihren Oberarm und riss sie zurück, sodass sie fast gestürzt wäre. Ein kräftiger Arm fasste sie um die Taille, und die große behandschuhte Hand, die vorher ihren Arm gepackt hatte, versetzte ihr einen derben Schlag auf den Mund. Ihr Kopf schlug gegen die breite Brust eines Mannes, und sie vernahm eine leise, harte Stimme: »Wie zuvorkommend, mir meinen Vetter geradewegs in die Arme zu treiben, Mädchen. Ich habe schon darüber nachgedacht, wie ich ihn herauslocken soll, doch diese Arbeit hast du mir ja abgenommen. Nicht beißen! Das ist sehr undamenhaft, und außerdem trage ich dicke Handschuhe. Wenn du das noch einmal versuchst, prügle ich dich, bis du schreist.«

Isobel achtete nicht auf ihn, sondern zappelte, trat und biss weiter um sich, bis er ihr die Hand auf den Mund presste. Sie wehrte sich noch immer, doch schließlich packte er sie so fest um die Körpermitte, dass sie kaum noch Luft bekam.

»Na, jetzt wirst du wohl langsam müde«, sagte er. »Ich glaube, ich muss dir mal Manieren beibringen. Ich hoffe für dich, dass du keine Dummheiten machst. Und jetzt sag mir, wie viele Leute sich in der Burg befinden.«

»Verdammt, Waldron, lass sie los!«, rief Michael, während er verzweifelt versuchte, sich aus dem Netz zu befreien. »Was bist du nur für ein Schuft, dich an einer Frau zu vergreifen!«

»Ja, da bist du natürlich ganz anders«, entgegnete Waldron. »Gebt mir sein Schwert und was er sonst noch an Waffen dabeihat, Jungs. Dann bringen wir ihn zurück zur Burg, damit er uns verraten kann, was er weiß. Also, Mädchen, wie viele?«

Isobel presste die Lippen zusammen.

»Na gut. Zuerst werden meine Jungs ihm die Finger und die Zehen abschneiden.«

»Das wagt Ihr nicht!«, rief sie entsezt.

»Glaubst du? Dom, nimm deinen Dolch zur Hand«, befahl er. »Wenn sie nicht redet, fängst du mit dem linken kleinen Finger an.«

»Um Gottes willen, Ihr seid ja wahnsinnig!«, schrie Isobel, als der rotgesichtige Mann mit der breiten Brust, der Dom hieß, einen langen Dolch zog.

»Wie viele?«, fragte Waldron noch einmal. Michael sagte kein Wort, doch Isobel war sich sicher, dass Waldron Ernst machen würde.

»Ich weiß es nicht genau«, sagte sie hastig, als sie sah, wie er seinem Handlanger einen Blick zuwarf. »Wir sind mit sechzig Mann von Kirkwall aufgebrochen, aber ein paar von ihnen blieben in Edinburgh auf dem Schiff, und einigen anderen hat Michael Urlaub gegeben, damit sie ihre Familien besuchen können. Ungefähr ein Dutzend sind mit uns zur Burg gekommen, glaube ich. Dann halten sich dort noch die Dienstboten auf, ein paar Wächter, ein Koch und der Bäcker mit seinen Gehilfen. Sonst wüsste ich niemanden.«

»Wo ist Hugo?«

»Er ist mit Hector Reaganach und den anderen nach St. Clair gefahren.«

»Er hat sich also als Michael ausgegeben. Und wer hat dich gespielt?«

Da sie Angst hatte, Adelas Namen zu verraten, schwieg sie.

»Ich kann es mir schon denken«, sagte er. »Sie werden es mir beide büßen. Was ist mit den Stallknechten?«

»Ach ja, die sind auch noch da. Ich habe sie ganz vergessen.«

»Ich möchte mal wissen, wen du sonst noch vergessen hast. Doch das ist jetzt auch egal. Wir müssen ihn auswickeln, Jungs. In dem Netz da darf er den Burgwächtern nicht unter die Augen kommen. Schließlich wollen wir ja nicht mit einem Hagel von Pfeilen empfangen werden. Aber passt gut auf ihn auf«, fügte er drohend hinzu und stieß Isobel zu einem anderen seiner Männer hinüber, in dem sie Fin Wylie erkannte. »Und lass das Mädchen nicht noch mal entwischen, wenn dir dein Leben lieb ist«, warnte Waldron ihn.

»Nein, Herr, die rennt nirgendwo hin«, versprach der Mann und packte Isobel ebenso fest um die Taille wie zuvor Waldron.

Während Isobel zusah, wie die anderen Michael aus dem

Netz befreiten, fiel ihr ein, dass man ihm die Waffen abgenommen hatte. Dabei überlegte sie fieberhaft, wie sie ihm helfen könnte zu fliehen. Sie trug, wie immer, ihren Dolch bei sich.

Doch Michael sagte nur ganz ruhig: »Du bringst Schande über deine Familie, Vetter. Früher einmal habe ich dich für deine Geschicklichkeit, deine Energie und deinen klugen Kopf bewundert. Doch jetzt wird mir klar, dass du nichts als ein wildes Tier bist. Du benutzt deine Intelligenz ebenso wenig dazu, deinen Charakter zu bilden, wie es ein Wolf oder ein Dachs täte.«

»Helft ihm auf, aber behaltet seine Beine und Füße im Auge«, befahl Waldron. »Ein besonders guter Kämpfer ist er nicht. Ich hätte ihn beim letzten Mal mit Leichtigkeit geschlagen, wenn unser Hugo ihm nicht zu Hilfe gekommen wäre. Aber selbst ein Kaninchen wehrt sich, wenn der Fuchs es in die Enge treibt.«

Widerstandslos ließ sich Michael beim Aufstehen helfen. Er dankte sogar einem der Männer, der ihm seinen Hut aufhob. Dann sagte er mit sanfter Stimme zu Waldron: »Ist es nur die reine Habgier, die dich treibt?«

»Ich kann nur immer wieder sagen, dass ich geschworen habe, ein Unrecht wiedergutzumachen, das dein Zweig der Familie vor Jahren begangen hat.«

»Mein Gott, wieso reitest du bloß immer auf diesem dummen Märchen herum?«

»Und wie kannst du den Namen Gottes in den Mund nehmen, wo doch du und deine Familie die Heilige Kirche um ihr rechtmäßiges Eigentum gebracht habt?«

Bei diesen Worten schoss Waldrons Faust vor. Michael versuchte sich noch zu ducken, dennoch traf ihn der Schlag am Kinn, und er fiel seinem Bewacher ohnmächtig in die Arme.

»Du gemeiner, ekelhafter Kerl!«, schrie Isobel wütend. »Wir haben dir und den Deinen nichts getan, warum lässt du uns nicht in Ruhe?«

Wieder packte er ihren Arm mit seinem Griff wie ein Schraubstock, worauf Fin sie losließ. Waldron blickte sie eindringlich an und sagte: »Wenn ich nicht wüsste, dass mein Vetter nicht so dumm ist, seine Geheimnisse einer Frau anzuvertrauen, würde ich dich jetzt ausquetschen, Mädchen. Aber immerhin hat er den Fehler gemacht, dich zu heiraten, und einen weiteren, als er sich anmerken ließ, wie viel ihm an dir gelegen ist. Der Mut eines Mannes ist nur so groß wie seine Bereitschaft, alles zu opfern, was er besitzt. Nur wer an nichts hängt und nichts zu verlieren hat, fürchtet auch nichts.«

»So gefühllos ist Michael nicht.«

»Eben. Und genau deshalb wird er mir alles verraten, was er weiß. Überleg mal, wie du reagiert hast, als es um seine Finger ging. Was wird Michael wohl im umgekehrten Fall tun?«

Sie schnappte entsetzt nach Luft.

Lachend sagte er: »Ja, genau. Ich wundere mich nur, dass ein Narr wie Henry und ein Schwächling wie Michael ihr Geheimnis überhaupt so lange bewahren konnten.«

»Vielleicht solltet Ihr ihnen einfach glauben, dass sie nichts darüber wissen«, erwiderte Isobel. »Ich weiß, dass sie beide Ehrenmänner sind.«

»Ach, tatsächlich?« Mit einem Ruck an ihrem Arm sagte er: »Nehmt ihn mit, Jungs. Die Pferde lassen wir hier. Ich will nämlich nicht, dass seine Leute etwas merken und uns an diesem verwünschten Engpass angreifen. Und Ihr, Mylady, benehmt Euch anständig, sonst schneide ich ihm und Euch noch die Kehle durch, bevor wir verschwinden. Verstanden?«

»Ja«, murmelte sie. Um nicht immerzu an die Sache mit den Fingern zu denken, überlegte sie, wie sie ihn überlisten könnte.

Doch sie hatte keine Idee, womit sie die Leute auf der Burg warnen konnte, ohne Michael in Gefahr zu bringen. Nur gut, dass Waldron annahm, sie wüsste von nichts. Sie versuchte sich zu erinnern, ob Waldron und seine Männer vielleicht etwas von dem Gespräch zwischen Michael und ihr mitbekommen haben könnten, doch dann erinnerte sie sich, dass sie beide schon längere Zeit vor dem Überfall wortlos dahingewandert waren.

Der Rückweg zur Burg verging ihr viel zu schnell. Als sie am Engpass angelangt waren, legte ihr Waldron einen Arm fest um die Schulter, mit der anderen Hand drückte er schmerzhaft ihr Handgelenk. Von den Zinnen der Burg musste es aussehen, als spräche er beruhigend oder tröstend auf sie ein.

Als einer der Wächter vor dem Burgtor sich ihnen in den Weg stellte, flüsterte Waldron ihr zu: »Wenn sie uns aufhalten, töten wir sie. Also sieh zu, dass sie uns reinlassen. Und bilde dir nicht ein, dass sie gegen meine Männer etwas ausrichten können.«

Das glaubte ihm Isobel aufs Wort. Sie zwang sich daher zu einem Lächeln und erklärte der Wache: »Sir Michael ist auf einem nassen Stein ausgerutscht und gestürzt, als er mir das Tal zeigen wollte. Gott sei Dank kamen gerade die Männer seines Vetters des Weges und konnten ihm helfen. Doch jetzt müssen wir euren Herrn hineinbringen, damit er wieder richtig zu sich kommen und sich erholen kann.«

»Er ist also nicht ...« Der Mann zögerte. »Als wir sahen, wie sie ihn herauftrugen, haben wir einen ganz schönen Schreck bekommen, Mylady.«

»Wir bringen ihn sofort hinein«, sagte Waldron.

Die Wache rief dem Pförtner zu, er solle das Haupttor öffnen. Als der Mann seinen Herrn in diesem Zustand sah, fragte er besorgt: »Soll ich nach der Kräuterfrau schicken, Mylady?«

»Nicht nötig«, erwiderte Waldron. »Sir Michael hat sich beim Sturz nur den Kopf gestoßen. Erwartet meine Tante uns in der großen Halle?«

»Nein, Sir, die Lady beliebt noch immer zu ruhen. Soll ich ihr ausrichten lassen, dass Ihr da seid?«

»Ach nein, stör sie jetzt nicht. Wir wollen uns erst um Sir Michael kümmern.«

Als sie, gefolgt von Waldrons Männern, den Eingang passiert hatten, hörte Isobel, wie hinter ihr die Tür zugeschlagen wurde. Dann gab es anscheinend ein kurzes Handgemenge. Als sie sich umblickte, sah sie, dass Fin Wylie und ein zweiter Mann den Pförtner überwältigt hatten. Sie fesselten und knebelten ihn und setzten ihn dann auf seinen Hocker in der Pförtnerloge, einer kleinen Nische neben dem Tor. Weit und breit waren keine weiteren Wächter zu sehen.

Sie wollte Waldrons Männer schon bitten, den Mann zu schonen, überlegte es sich dann jedoch anders. Eine solche Bitte würde Waldron womöglich erst recht reizen, den Ärmsten zu misshandeln. So verriegelten die Banditen nur die Eingangstür mit dem Eisengitter, damit keiner mehr in die Burg gelangen konnte.

Die drei Männer, die Michael trugen – zwei hielten seine Schultern und einer die Füße –, standen dabei und sahen ihnen zu. Plötzlich bemerkte Isobel, wie Michael ganz kurz die Augen auf- und gleich wieder zumachte. Doch da seine Miene weiterhin ausdruckslos blieb, wusste sie nicht, ob er wirklich bei Bewusstsein war. Doch sie war sehr erleichtert, dass er sich überhaupt bewegt hatte.

Waldron warf ihr einen Blick zu und sagte: »Noch ist er nicht tot, Mädchen, aber wir wollen nur hoffen, dass er rasch redet. Meine Geduld ist am Ende.«

Sie seufzte entnervt. »Warum habt Ihr Euch nur darauf versteift, dass er Euch irgendetwas verraten kann? Mir hat er gesagt, dass er noch nicht einmal weiß, wonach Ihr sucht, geschweige denn, wo es ist. Ihr glaubt doch wohl nicht im Ernst, dass er oder Fürst Henry irgendwas über einen Schatz oder etwas Ähnliches wissen?«

»Und warum nicht?«

»Na, wenn sie diesen Schatz besäßen, wären sie doch unermesslich rei…« Sie verstummte, als sie ihren Fehler bemerkte, doch es war bereits zu spät.

»Genau«, sagte Waldron. »Unermesslich reich. Weißt du denn gar nichts über deinen Mann, Mädchen? Sicher, er stellt seinen Reichtum nicht zur Schau, Henry dafür umso mehr. Du hast doch selbst gesehen, mit welchem Prunk er seine Amtseinsetzung gefeiert hat.«

»Aber Ihr wisst doch genauso gut wie ich, dass Fürst Henry seinen Wohlstand dem Erbe seiner Mutter verdankt.«

»Sie wollen allen weismachen, dass es ihr Geld war. Nur komisch, dass mein Onkel niemals so üppig gelebt hat wie Henry, ja noch nicht einmal wie Michael.«

»Sir William bevorzugte das einfache Leben«, erwiderte Isobel. »Und außerdem bekleidet Fürst Henry einen höheren Rang. Da muss er repräsentieren.«

»Ach was! Mit dieser Ausrede will er nur verschleiern, dass er sich einen Schatz angeeignet hat, den er bewachen sollte und den der Papst als Eigentum der Heiligen Kirche beansprucht.«

»Ich verstehe gar nicht, wie irgendetwas in seinem Besitz der Kirche gehören kann«, sagte Isobel. Sie wollte ihn so lange in ein Gespräch verwickeln, bis Michael wieder zu sich kam und sich verteidigen konnte. Doch da fiel ihr ein, wie sinnlos das war. Schließlich befanden sich zehn von Waldrons Männern bereits in der Burg und wer weiß wie viele vor dem Tor. Es war einfach absurd anzunehmen, sie beide könnten sich, geschweige denn die Burg, gegen die Übermacht verteidigen, selbst wenn Michael wieder völlig bei Kräften wäre.

Waldron gab ihr keine Antwort. Stattdessen blickte er sie so durchdringend an, als wolle er bis auf den Grund ihrer Seele schauen.

Sie erwiderte offen seinen Blick und fragte noch einmal: »Bitte, Sir, wieso sollte Henry etwas besitzen, das der Kirche gehört?«

Er zuckte die Achseln. »Über so etwas rede ich nicht mit Frauen. Die meisten von ihnen verstehen gerade einmal die allereinfachsten politischen Schachzüge.«

»Also ist diese Sache mit dem Schatz nur ein politischer Schachzug von Euch.«

»Genug jetzt, Mädchen. Ich habe dein Geschwätz satt. Du willst mich doch nur hinhalten, um deinen Hals zu retten. Glaubst du vielleicht, darauf falle ich herein?« Mit diesen Worten drehte er sich zu dem Mann namens Dom um und sagte: »Bring Sir Michael nach unten ins Verlies, und stell zwei Mann als Wache vor die Tür. Die anderen sollen mit dir gehen. Aber pass bloß auf, dass er uns nicht entwischt. Ich gehe mit dem Mädchen nach oben und sehe nach, wie viele Wächter auf den Zinnen sind. Schick mir zwei von unseren Jungs, sobald ihr ihn eingesperrt habt und unsere Leute in der Burg Stellung bezogen haben. Sie sollen aber auf mein Kommando warten, bevor sie sich auf der Mauer sehen lassen.«

»Jawohl, Herr«, sagte Dom. »Sollen wir Sir Michael schon mal einen kleinen Vorgeschmack darauf geben, was ihn erwartet, wenn Ihr ihn Euch vornehmt?«

»Falls er sich ruhig verhält, entkleidet ihn lediglich und legt ihn in die Eisenfesseln an der Wand«, erwiderte Waldron. »Während er auf mich wartet, kann er sich schon mal auf die Peitsche freuen. Wenn er jedoch Schwierigkeiten macht, dann könnt ihr ihm ruhig ein paar Schläge verpassen. Aber sorgt dafür, dass er mir hinterher noch meine Fragen beantworten kann.«

Doms Grinsen verriet der entsetzten Isobel, dass der Mann darauf brannte, Michael zu foltern, doch Waldron gab ihr keine Gelegenheit mehr, länger an Michael zu denken.

»Bitte nach Euch, Mylady«, sagte er so höflich, als sei er ein ganz normaler Gast.

Sie blickte in mit gespielt hilflosem Augenaufschlag an. »Was habt Ihr mit mir vor?«

»Das kommt ganz auf dich an. Wenn du tust, was ich sage, werden wir ein angenehmes Plauderstündchen verbringen, wenn nicht, werde ich dich mit einigen Methoden bekannt machen, wie sie auch die Heilige Kirche anwendet. Ich nehme doch an, du hast schon einmal gehört, wie man dort mit Ketzern verfährt.«

Sie versuchte, ihren Angstschauer zu unterdrücken, als sie sah, wie er sich an ihrer Furcht weidete. Mit erzwungener Ruhe fragte sie: »Haltet Ihr mich denn für eine Ketzerin, Sir?«

»Ich will nur ein paar Antworten, egal auf welche Weise ich sie bekomme«, erwiderte er.

Sein überraschend sachlicher Ton machte ihr mehr Angst als zuvor seine wilden Drohungen. Ihre Füße waren schwer wie Blei, und sie konnte sich nur mit Mühe die Wendeltreppe hinaufschleppen. Immer wieder wanderten ihre Gedanken zu Michael und dem Grauen, das ihm bevorstand.

Als sie auf dem nächsten Treppenabsatz ein wenig zu lange verweilte, drückte Waldron ihren Ellbogen an einer bestimmten Stelle, worauf ein schneidender Schmerz durch ihren Arm fuhr. Sie schrie auf.

»Das war nur eine kleine Lektion«, flüsterte er.

»Habt Ihr eigentlich jemals daran gedacht, dass Euch, wenn Ihr mich tötet oder mir sonst ein Leid zufügt, der geballte Zorn der Macleans, Macleods und des Lords der Inseln treffen wird?«, fragte Isobel.

»Ich habe nicht die Absicht, dich umzubringen, Mädchen. Das wäre ja Verschwendung! Doch der Zorn der Clans hilft dir auch nichts, denn den fürchte ich nicht.«

Damit hatte er wohl recht, dachte sie bedrückt. Doch schließlich waren Michael und sie Waldron schon einmal entkommen. Vielleicht gelang es ihnen wieder.

»Einen Augenblick, Mädchen«, sagte er, als Isobel die Tür zum Wehrgang öffnen wollte. »Ich glaube kaum, dass hier oben mehr als zwei Mann sind, aber selbst wenn, bilde dir nicht ein, du könntest mich reinlegen. Um mein Ziel zu erreichen, werde ich jeden töten, der sich mir in den Weg stellt.«

Isobel besann sich wieder auf ihre Rolle. Mit unterwürfigem Augenaufschlag blickte sie ihn an und sagte schüchtern: »Ich hatte nicht vor, Euch zu betrügen, Sir. Nicht, solange mein Gemahl sich in Eurer Gewalt befindet. Ihr seid einfach zu stark und mächtig.«

»Ich dachte schon, dass du starke Männer magst. Genau wie die meisten Frauen«, erwiderte er.

Sie schlug scheu die Augen nieder, damit er nicht merkte, wie sie vor Wut funkelten.

»Schön, dass du allmählich Vernunft annimmst, Mädchen«, sagte Waldron. »Und jetzt öffne die Tür, aber vergiss nicht, dass ich direkt hinter dir stehe.«

Sie gehorchte mit einem Kopfnicken und trat auf den Wehrgang hinaus. Schon eilte einer der Männer, der sie am Vortag begrüßt hatte, herbei und fragte eifrig: »Was ist passiert, Mylady? Ich habe gesehen, wie sie den Herrn hereingetragen haben.«

»Er ist gestürzt und hat sich den Kopf angeschlagen«, antwortete sie. »Aber hab keine Angst, ihm geht es schon wieder recht gut.«

»Das freut mich«, sagte der Bursche. »Ich habe mich nicht getraut, runterzugehen und nachzusehen, weil ich doch allein hier oben bin.«

»Was kommen denn dort für Reiter?«, fragte Waldron beiläufig und trat einen Schritt vor.

Als der Bursche sich umdrehte, schlug er ihn mit einem einzigen Faustschlag nieder.

Isobel keuchte vor Schreck. »Mein Gott, Sir, es bereitet Euch wohl Freude, Menschen Schaden zuzufügen! Ihr hättet ihn doch einfach nach unten schicken können.«

»Was ich tue, geht dich nichts an. Aber wenn ich ihn hinuntergeschickt hätte, wäre er meinen Männern in die Arme gelaufen, und dann wäre es ihm noch schlechter ergangen.«

»Dann war es ja äußerst gnädig von Euch«, erwiderte Isobel rasch, als sie feststellte, dass sie schon wieder aus der Rolle gefallen war. »Es tut mir leid, dass ich das nicht sofort erkannt habe.«

Er warf ihr einen Blick zu und sagte: »Ich werde jetzt die Tür hier verriegeln. Dann sind wir allein, und ich kann dir deine erste Lektion erteilen. Doch vorher vergewissere ich mich noch, ob der Kerl die Wahrheit gesagt hat.«

Als Isobel zusah, wie er den schweren Riegel vorlegte, dachte sie, dass sie den auch allein würde öffnen können. Hoffentlich ließ er ihr lange genug Zeit, damit sie entkommen konnte. Doch er schien ihre Gedanken zu lesen, denn er grinste und sagte: »Du kommst mit mir, meine Süße. Ich habe schon seit Wochen keine Frau mehr gehabt, da kommt mir das schöne junge Weib meines Vetters gerade recht.«

Sie hatte schon damit gerechnet, dass er sie nicht nur verhören und vielleicht auch schlagen wollte, denn das hätte er auch unten im Verlies tun können. Doch dass er mit solch brutaler Offenheit über seine Absichten sprach, war ein Schock für sie. Sie wünschte, er hätte nichts gesagt, denn bisher hatte sie sich noch einigermaßen in der Gewalt gehabt, doch nun wurde die Angst schier unerträglich.

Die Knie wurden ihr weich, und ihre Hände zitterten. Da fiel ihr wieder ein, was Hector ihr vor Jahren beigebracht hatte. Sie biss sich auf die Lippen und dachte nach.

Konzentriere dich auf deinen Feind, hatte er gesagt. *Mach einen Plan. Verschwende keinen Gedanken daran, dass er schiefgehen könnte, denn Erfolg hat man nur, wenn man fest daran glaubt.*

Sie mussten hintereinander laufen, da der Wehrgang zu schmal für zwei war. An der niedrigen Brustwehr waren in regelmäßigen Abständen Holzbretter angebracht, hinter denen die Verteidiger im Falle eines Angriffs oder einer Belagerung in Deckung gehen konnten. Sie fragte sich, wie er sie auf diesem engen Gang vergewaltigen wollte.

Während sie ihm folgte, tastete sie heimlich nach dem Dolch an ihrem Bein, doch Waldron schaute sich immer wieder nach ihr um. Selbst wenn sie den Mut fände, ihm die Klinge in den Rücken zu stoßen, würde er sich bestimmt im falschen Augenblick umdrehen.

Seit ihrem letzten Zusammentreffen hatte sie stets darauf geachtet, ein Kleid mit einem verborgenen Schlitz zu tragen. Jetzt, als er vor ihr im eine Ecke bog, griff sie blitzschnell hindurch, riss den Dolch aus der Scheide und verbarg die Hand in ihren Rockfalten. Fieberhaft überlegte sie, was sie tun sollte, doch er war so stark und geschickt mit der Waffe, dass sie nur eine Chance hatte, wenn es ihr gelang, ihn zu überrumpeln. Offenbar wusste er nicht, was in der Höhle im Einzelnen vor sich gegangen war, und nahm an, dass Michael sie gerettet hatte. Er musste sie unbedingt weiterhin für eine schwache, hilflose Frau halten. Das verschaffte ihr einen Vorteil, auch wenn sie noch nicht wusste, wie sie diesen nutzen sollte.

»Hier ist sonst niemand«, stellte er mit lüsternem Grinsen fest. »Ich fürchte, es wird nicht besonders bequem für dich werden, Mädchen, aber schließlich hast du es nicht besser verdient. Aber vorher will ich doch mal sehen, wie gehorsam du bist.«

»Und wie wollt Ihr das machen?«, fragte sie, zu ihrer eigenen Überraschung plötzlich ganz ruhig.

»Komm her, dann zeige ich es dir«, sagte er.

»Sagt mir erst, was Ihr vorhabt.«

»Erst einmal will ich dir einen Kuss geben«, sagte er beinahe liebenswürdig. »Ich möchte wissen, wie die Frau meines Vetters schmeckt, bevor ich sie züchtige. Aber falls du nicht spurst«, fügte er im gleichen Ton hinzu, »lege ich dich auf der Stelle übers Knie und prügle dich anständig durch. Und wenn du dann um Gnade flehst, kriegst du noch eine Abreibung verpasst.«

Sie hatte sich seine Kleidung genau angesehen und festgestellt, dass er ein Panzerwams trug, durch das ihr Dolch nicht hindurchdringen konnte. Also lächelte sie nur und sagte: »Ich habe gar nichts dagegen, Euch zu küssen, Sir.«

»Das dachte ich mir schon«, erwiderte er höhnisch. »Ich frage mich, ob Michael wohl weiß, was für ein kokettes kleines Biest du bist.«

»Er weiß es, und es passt ihm überhaupt nicht«, sagte sie seufzend.

Lachend griff er nach ihr.

Sie ließ es zu, dass er sie an sich zog, und schaute ihm dabei tief in die Augen. Ihr kam flüchtig in den Sinn, dass er ihre Verstellung durchschauen könnte, doch sie drängte den Gedanken beiseite und setzte ein verführerisches Lächeln auf.

»Na, du bist mir vielleicht ein Leckerbissen!«, sagte er, während er sie bei den Schultern hielt und ihr eindringlich ins Gesicht sah. »Es wird ein Vergnügen sein, dich zu nehmen, und im Anschluss bringe ich dir bei, wie du mir auf mancherlei Weise Lust bereiten kannst.« Er umfasste ihr Kinn und hob ihr Gesicht ein wenig an, während er sie noch enger an sich presste. Dabei spürte sie deutlich seine Erregung. Nur gut, dass sein Wams diesen Körperteil nicht schützte, dachte sie.

Sie musste sich beherrschen, um nicht zurückzuzucken, als seine Lippen ihren Mund berührten. Stattdessen erwiderte sie seinen Kuss, um ihn weiter in dem Glauben zu wiegen, sie fände ihn unwiderstehlich.

Als er ihr die Zunge in den Mund schob, musste sie beinahe würgen, doch dann konzentrierte sie sich völlig auf den Dolch in ihrer Hand. Ganz langsam zog sie ihn aus den Falten ihres Rockes hervor. Die Spitze des Dolches zeigte nach unten, und sie überlegte, wie sie ihn in die richtige Position zum Zustoßen bringen sollte. Der stabile Griff aus lederumwickeltem Stahl lag gut in der Hand.

Er blickte auf und schaute ihr in die Augen. »Beweise mir

deinen Gehorsam, Mädchen. Schnür dein Mieder auf, und lass mich deine Brüste sehen.«

Sie leckte sich über die Lippen und sagte tapfer: »Mir wäre es lieber, wenn Ihr es aufschnüren würdet, Sir.«

In seinen Augen funkelte die reine Wollust, als er jetzt nach den Schnürbändern griff und daran zerrte. Dann fasste er die Seiten des Mieders und riss es mit einem Ruck auf. In diesem Augenblick packte sie den Dolch mit beiden Händen und stieß ihm die Waffe mit voller Wucht von unten in die Hoden. Dann duckte sie sich zur Seite, bevor er zusammenklappte.

Zugleich versetzte sie ihm mit dem Kopf einen Stoß gegen die Kinnspitze, dass ihr die Zähne aufeinanderschlugen.

Während er noch taumelte, stieß sie ihn heftig von sich, damit er nicht nach ihr greifen konnte.

Er schwankte, dann kippte er über die niedrige Brustwehr. Verzweifelt klammerte er sich noch an den Rand der Mauer, doch der Schwung und sein eigenes Gewicht zogen ihn hinunter.

Ein Schrei ertönte. Dann hörte sie nur noch das Rauschen des Flusses.

20

Michael tat der ganze Kiefer weh, und er stellte fest, dass er mindestens einen Zahn eingebüßt hatte. Er war einigermaßen zu sich gekommen, gerade als Isobel seinem Vetter erklärte, dass er und Henry Ehrenmänner seien und nichts von einem Schatz wüssten.

Er staunte, wie geschickt seine schöne, bezaubernde Frau log, und nahm sich vor, sich das für die Zukunft zu merken.

Waldrons Männer waren nicht gerade sanft mit ihm umgesprungen, und zuweilen war es ihm schwergefallen, sich ohnmächtig zu stellen, besonders, als sie ihn auf der schmalen Brücke beinahe fallen gelassen hätten. Doch er musste Zeit gewinnen, um Kräfte zu sammeln. Also hatte er nur einmal ganz kurz die Augen einen Spaltweit geöffnet, ohne sich jedoch zu rühren.

Das Mädchen hatte ihn wirklich verblüfft. Bestimmt hatte sie große Angst; trotzdem klang ihre Stimme ruhig und beherrscht. Als sie und Waldron den Männern folgten, die Michael trugen, bekam er mit, wie sein Vetter Isobel am Arm riss, damit sie schneller ging. Unwillkürlich zuckte es daraufhin in Michaels Wange, und er spannte die Muskeln an. Doch sofort fiel ihm ein, dass diese Bewegungen seinen Bewachern nicht entgehen würden. Um sie zu täuschen, stöhnte er einmal leise und wurde dann wieder ganz schlaff.

Er hoffte, dass die beiden Torwächter sich ruhig verhalten würden, denn gegen die Übermacht konnten sie sowieso nichts ausrichten, und falls es zu einem Kampf kam, war Isobel in großer Gefahr. Doch sie gehorchte Waldrons Anweisungen und benahm sich ganz natürlich, und gleich darauf waren sie in der Burg.

Er hörte, wie das Torgitter zuschlug. Jetzt konnte niemand mehr hineingelangen. Als Waldron Isobel unter Drohungen die Treppe zum Wehrgang hinaufzerrte, überkam Michael eine entsetzliche Gewissheit. Bei der Vorstellung, was sein Vetter mit Isobel vorhatte, hätte er ihn am liebsten auf der Stelle in Stein verwandelt. Doch so etwas gab es leider nur im Märchen. Wenn Waldron sich auf den Zinnen aufhielt, zwei seiner Männer das Tor bewachten und ein paar andere die Burg durchsuchten, würde Michael es unten im Verlies nur noch mit vier Gegnern aufnehmen müssen. Sie waren alle gut ausgerüstet, was aber ein Vorteil für ihn war, denn so konnte er sich Ersatz für die Waffen verschaffen, die Waldron ihm abgenommen hatte.

Dom wartete auf dem obersten Treppenabsatz, bis Fin Wylie und seine Männer ausgeschwärmt waren, um ohne allzu großes Aufsehen die Burg zu durchsuchen, dann befahl er seinen Leuten, ihren Gefangenen nach unten zu bringen.

Mit jeder Stufe wuchs Michaels Angst um Isobel, und er wünschte, seine Bewacher würden sich beeilen.

Die Schritte der Männer hallten durch das Treppenhaus, und hin und wieder grunzte einer und beklagte sich, dass ihr Gefangener so schwer war. Michael hoffte, jemand von den Dienstboten würde sie bemerken und Alarm schlagen, wenn sie an der Küchentür vorüberkamen, doch nichts geschah. Ungehindert gelangten sie bis ganz nach unten, wo nur ein wenig Licht durch schmale vergitterte Öffnungen hoch oben in der Mauer drang. Noch immer befanden sie sich gut drei Meter über dem Fluss.

Als ihn die Männer in die größte der Zellen schleppten, wurde ihm klar, dass Waldron seinen Leuten nicht gesagt hatte, wie die einzelnen Kammern hier unten angeordnet waren. Offenbar hatte er sie auch nicht daran erinnert, Fackeln mitzunehmen, und so bereitete es Dom einige Schwierigkeiten, in der Dunkelheit die Eisenfesseln an der Wand zu finden, die er seinem Gefangenen anlegen sollte.

In barschem Ton befahl er den drei Männern, ihre Last abzusetzen und ihm suchen zu helfen.

Kaum hatten sie ihm den Rücken gekehrt, sprang Michael lautlos und behände auf, legte dem am nächsten stehenden Mann die Hände um den Hals und drückte zu, bevor noch die anderen etwas merkten. Als sein Opfer leblos am Boden lag, schnappte sich Michael das Schwert, das der Mann auf den Rücken geschnallt trug. Die Übrigen hörten das leise zischende Geräusch des Stahls und fuhren herum. Dom hatte als Erster seine Waffe gezogen.

Doch Michael machte einen Satz nach vorn und stieß dem Mann seine Klinge ins Herz. Rasch waren auch die anderen beiden überwältigt, und Michael rannte die Treppe hinauf.

Von oben kamen Stimmen. Er blieb mitten auf der Treppe auf halber Höhe zwischen der Küche und dem Haupteingang stehen, presste sich mit gesenktem Schwert gegen die Mauer und lauschte.

Isobel spähte über die Brustwehr, konnte Waldron jedoch nirgendwo entdecken. Unten zog sich ein unbefestigter Pfad wie ein braunes Band am Fuß des Felsens entlang, doch auch dort lag seine Leiche nicht. Falls er in den Fluss gestürzt war, der tosend neben dem Weg dahinbrauste, war er mit ziemlicher Sicherheit ertrunken. Und selbst wenn er den Sturz überlebt hatte, würde es eine Weile dauern, bis er aus dem Wasser geklettert war und sich zur Burg zurückgeschleppt hatte.

Nachdem Isobel sich vergewissert hatte, lief sie mit dem Dolch in der Hand zur Tür, die zum Treppenhaus führte. Der junge Wächter war gerade wieder zu sich gekommen und versuchte, sich aufzusetzen.

»Wie heißt du?«, fragte sie, während sie ihn stützte.

»Jeb Elliot, Mylady. Was ist passiert?«

»Hast du ein Schwert, Jeb?«

»Nein, Mistress. Was sollte ich denn hier oben damit?«

»Aber du musst doch irgendwie bewaffnet sein!«

»Ja, ich habe Pfeil und Bogen bei dem Brett da hinten. Daneben hängen noch zwei Äxte, und an jeder Ecke des Turms lehnt ein Speer. Und dann habe ich noch meinen Dolch. Wo ist Lord Waldron?«

»Weg«, antwortete sie knapp. »Still jetzt, Jeb. Und rück ein bisschen beiseite, wenn es geht. Ich will die Tür aufmachen.«

»Aber warum ...«

»Tu, was ich dir sage«, erwiderte sie in scharfem Ton, steckte den Dolch wieder ein und schob mit beiden Händen den schweren Türriegel hoch.

Dabei legte sie sich eine Ausrede zurecht, falls Waldrons Männer hinter der Tür warteten. Sie wollte ihnen sagen, dass sich ihr Herr auf der anderen Seite des Wehrgangs gegen zwei geschickte Schwertkämpfer verteidigen musste, und war fast ein wenig enttäuscht, als sie das Treppenhaus vollkommen leer fand.

»Komm mit«, sagte sie zu Jeb Elliot. »Halte deinen Dolch griffbereit, aber verbirg ihn, bis ich es dir sage.«

»Er steckt in meinem Stiefel. Aber sollte ich nicht lieber hier oben bleiben und Wache halten?«

»Wir müssen Sir Michael helfen. Ein paar Halunken haben ihn ins Verlies geschleppt. Mindestens zehn von ihnen halten sich in der Burg auf, die dürfen nicht wissen, dass wir bewaffnet sind.«

Ohne weitere Einwände folgte er ihr.

Indem sie mit einer Hand ihre Röcke raffte und sich mit der anderen an der Mauer abstützte, lief sie hurtig die Treppe hinunter und verlangsamte ihren Schritt erst, als sie an die Tür zur großen Halle kamen.

Vom daruntergelegenen Stockwerk drang ein Gemurmel männlicher Stimmen herauf, doch in der Halle war niemand. Isobel atmete tief durch und straffte die Schultern. Mit einem kurzen Blick vergewisserte sie sich, dass der Bursche noch immer hinter ihr war, dann schritt sie so anmutig wie möglich die letzte Treppe hinab.

Unten angekommen, ging sie festen Schrittes zur Nische des Pförtners. Wie erhofft, streckte einer von Waldrons Männern, der den Pförtner bewachen sollte, neugierig den Kopf heraus.

»Dein Herr benötigt oben deine Hilfe«, sagte sie. »Geh sofort zu ihm.«

»Aber er hat uns doch befohlen hierzubleiben«, widersprach ein zweiter Mann, der hinter seinem Kumpan auftauchte. »Wieso sollen wir jetzt auf einmal unseren Posten verlassen?«

»Ja, glaubst du denn vielleicht, das hat er mir verraten?«, sagte Isobel schnippisch. »Ich gebe nur seine Befehle weiter. Wenn ihr glaubt, ihr brauchtet ihm nicht zu gehorchen, na gut. Ich habe jedenfalls seine Anweisungen ausgerichtet.«

»Wir gehen schon, Mylady«, sagte da der erste Mann, der ganz blass geworden war. »Es kam uns nur komisch vor, dass der Herr einmal so und dann wieder so sagt.«

Sie zuckte die Achseln. »Vielleicht habe ich ihn ja auch falsch verstanden, denn ich muss zugeben, er jagt mir ganz schön Angst ein. Wenn ihr mir nicht glaubt, fragt ihn doch selbst, was er will. Er ist oben und verschnürt gerade die beiden Wachen, die er überwältigt hat. Er hat gedroht, sie umzubringen, wenn der Bursche da auf der Treppe nicht gut auf mich aufpasst. Ich möchte eurem Herrn jedenfalls nicht noch einmal freiwillig unter die Augen treten.«

Die beiden schauten sich an, und Isobel hielt den Atem an. Hoffentlich machte Jeb Elliot jetzt keine falsche Bemerkung.

Nach einer Ewigkeit, wie ihr schien, sagte der Ältere zum Jüngeren: »Am besten wird sein, einer von uns geht ihn fragen, und der andere bleibt hier. Falls die Lady sich geirrt hat, und wir verlassen beide unseren Posten, wird er fuchsteufelswild. Also, ich gehe dann mal.«

Er war kaum an der Treppe, da verzog der jüngere Mann das Gesicht und murmelte: »Ja, und wenn der Herr uns doch beide sehen wollte, bist du fein raus, und ich stehe da, weil ich seinen Befehl missachtet habe.«

»Dann geh ihm doch nach«, sagte Isobel gleichgültig, als ginge die ganze Sache sie nichts an. Dabei warf sie einen verstohlenen Blick zur Treppe, wo Jeb noch immer stand. Waldrons Mann überlegte noch immer, was er tun sollte. Er blickte Jeb argwöhnisch an und fragte schroff: »Du da, trägst du eine Waffe bei dir?«

»Nein«, erwiderte Jeb ernsthaft und schüttelte den Kopf. »Ich habe nur Pfeil und Bogen oben. Ich bin kein Schwertkämpfer.«

»Na ja, dazu bist du wohl auch noch zu jung. Aber komm doch mal her, und lass mich nachsehen, ob da nicht ein Dolch in deinen schlappenden großen Stiefeln steckt.«

Jeb blickte auf Isobel, und als sie nickte, gehorchte er widerwillig.

»Stell dich mit dem Gesicht zur Wand«, sagte der Mann. »Ich will dich schließlich nicht begaffen, sondern nur einen Blick auf deine Stiefel werfen.«

Jebs Unterlippe zitterte vor Angst, weil er einem Feind den Rücken zukehren sollte. Dennoch tat er, wie ihm geheißen. Als Isobel ein Geräusch auf der Treppe hörte, fürchtete sie, dass der ältere Mann zurückkommen könnte. Sie zog ihren Dolch und sah zu, wie Waldrons Mann seine Hand in Jebs Stiefel steckte und die verborgene Waffe herauszog.

Im selben Augenblick drückte sie ihm die Spitze ihres eigenen Dolches in den Nacken. »Lass den Dolch fallen, und beweg dich nicht, sonst schneide ich dir den Kopf ab«, sagte sie.

Der Mann erstarrte, dann ließ er langsam Jebs Dolch los.

»Streck die Arme zu den Seiten aus«, befahl sie ihm, und er gehorchte, ebenfalls ganz langsam.

»Geh weg von ihm«, sagte sie zu Jeb. »Nicht bücken!«, warnte sie ihn, als er seinen Dolch aufheben wollte. »Geh erst ein Stück beiseite.«

Noch immer drückte sie dem Mann die Spitze ihres Dolches so fest in den Nacken, dass ein Tropfen Blut hervorquoll. Doch jetzt wusste sie nicht recht weiter. Ihr war klar, dass ihr der verängstigte Jeb keine große Hilfe sein würde, und sie hatte Angst, dass ihr Gefangener jeden Augenblick herumfahren und ihr die Waffe entreißen könnte. Das Klügste wäre natürlich gewesen, ihn zu töten, doch es war eine Sache, einen Angreifer zu töten, der sie zu vergewaltigen drohte, eine ganz andere dagegen, einen Mann umzubringen, der nur den Befehlen seines Herrn gehorchte.

»Schön die Arme ausgestreckt halten«, ermahnte sie ihn. »Es fällt mir im Moment schwer, Ruhe zu bewahren, daher tust du besser, was ich sage.«

»Ja, Mylady. Ich weiß sehr wohl, dass man sich nicht mit einer Frau anlegen soll, die einen Dolch in der Hand hat«, erwiderte er mit leicht zittriger Stimme.

Erleichtert trat sie einen Schritt zurück. In diesem Augenblick flog etwas an ihr vorüber. Sie hörte einen dumpfen Aufprall, dann brach der Mann auf den Steinfliesen zusammen.

»Der wäre für eine Weile außer Gefecht gesetzt«, hörte sie Isabellas zufriedene Stimme. »So einen Schurken sollte man auf der Stelle unschädlich machen, wenn es irgend geht, meine Liebe.«

Isobel starrte die Gräfin entgeistert an, denn ihr war klar geworden, dass das Geräusch von einem eisernen Schürhaken gekommen war, den die Lady dem armen Kerl an den Kopf geworfen hatte.

»Schließt den Mund, meine Liebe, bevor sich eine Fliege hineinverirrt.«

Isobel schluckte einmal kurz, dann hatte sie sich wieder gefangen. »Oben ist noch einer, Madam. Wir sollten den hier wegschaffen, bevor er zurückkommt.«

»Der kommt nicht zurück«, sagte Isabella.

»Um Himmels willen, habt Ihr dem auch eins über den Schädel gegeben?«

Mit einem bedauernden Lächeln erwiderte Isabella: »Nein. Er war nämlich auf der Treppe über mir und hätte mich gehört, wenn ich mich angeschlichen hätte. Aber mein Gemahl sorgte gerne für alle Fälle vor. Deshalb hat er an der Tür zum Wehrgang auch von innen Riegel anbringen lassen. Die habe ich beide vorgelegt. Sofern der Kerl also nicht von den Zinnen springt und zur Vordertür wieder hereinkommt, wird er uns nicht wieder belästigen. Was habt Ihr übrigens mit Waldron angestellt?«

»Woher wisst Ihr, dass er hier war?«

»Wie Ihr noch herausfinden werdet, sind unsere Leute angehalten, uns jeden Besucher zu melden. Also bitte, wo ist er?«

Isobel musste daran denken, wie freundlich Isabella ihn in Kirkwall begrüßt hatte. Daher antwortete sie schuldbewusst: »Ich fürchte, ich habe ihn von der Mauer in den Fluss gestoßen.«

»Ausgezeichnet. Der macht uns also auch keine Schwierigkeiten mehr. Und Michael?«

»Er ist unten«, sagte Isobel und dachte mit Schaudern daran, was man ihm dort wohl gerade antat. »Vier von Waldrons Männern sind bei ihm.«

Isabella runzelte die Stirn. »Nur vier?«

»Die anderen durchsuchen die Burg.«

»Aha. Aber nur vier bewachen Michael, sagtet Ihr?« Als Isobel nickte, fuhr die Lady fort: »Dann hat Waldron dafür entweder seine besten Leute ausgesucht, oder er ist ein Dummkopf. Kommt schnell, meine Liebe. Oh, einen Augenblick noch.« Sie wandte sich an Jeb, der sie mit offenem Mund anglotzte. Kein Wunder, dachte Isobel. So ähnlich hatte sie wohl auch ausgesehen.

»Du da, Jeb Elliot«, sagte Isabella. »Ich habe Reiter in der Schlucht gesehen. Und soweit ich erkennen konnte, bewachen unsere Männer noch das Tor und den oberen Zuweg. Schleich dich raus und sag ihnen, sie sollen das Tor schließen und verrammeln. Und dann sollen sie den Raven hissen.«

»Ja, Mylady, sofort«, sagte der Bursche.

»Der Raven ist unsere Kriegsflagge«, erklärte Isabella, während Jeb das Gitter an der Tür öffnete. »Wenn es Waldrons Reiter sind, schlägt sie das vielleicht in die Flucht. Wenn es unsere sind, hat sich die Sache wohl schon erledigt. Wie ist es nun, soll ich vorgehen?«

»Ich gehe schon, Madam.« Isobel konnte den Gedanken nicht ertragen, dass Michaels Mutter ihn womöglich als Erste tot oder verletzt zu Gesicht bekam.

»Ich bin mit meinem Schürhaken direkt hinter Euch. Ihr müsst ebenfalls Eure Waffe bereithalten und sie auch benutzen, wenn es sein muss«, sagte Isabella. »Gemeinsam sollte es uns doch gelingen, diese Flegel zu verjagen.«

Isobel antwortete nicht, sondern lauschte gespannt auf Geräusche von unten. Doch es war totenstill. Daher durchfuhr sie der Schreck bis ins Mark, als sie um eine Ecke bog und ihr jemand plötzlich die Hand auf den Mund presste. Ihre Hand mit dem Dolch schoss nach oben, wurde jedoch mit festem Griff abgefangen.

»Lass sie los, Michael«, sagte Isabella ungerührt. »Ich muss sagen, deine mutige Frau fängt an, mir zu gefallen.«

»Madam!«, rief Michael. Er nahm die Hand von Isobels Mund, legte ihr dafür den Arm um die Schultern und drückte sie kurz. »Was macht ihr beiden denn hier? Wisst ihr …«

»Sprich bitte leise, damit die da unten uns nicht hören«, unterbrach ihn Isabella.

»Die sind alle tot«, erwiderte er. »Wo ist Waldron?«

»Deine Gemahlin hat ihn offenbar von den Zinnen geworfen«, erwiderte seine Mutter trocken. »Sollen wir jetzt in die große Halle gehen und es uns gemütlich machen?«

»Was ist mit den anderen Männern?«, fragte Michael und blickte dabei Isobel erheitert an. »Ein paar von ihnen wollten doch die Burg durchsuchen.«

»Ja, aber ich habe in der Küche Bescheid sagen lassen«, erklärte seine Mutter. »Bestimmt war jemand so schlau, unsere

Leute durch die Hintertür hereinzulassen, denn mir ist sonst kein Fremder begegnet. Sollen wir uns Ale oder Wein bringen lassen und uns danach erkundigen?«

Isobel blickte sie verblüfft an, was Michael gut verstehen konnte.

Die Einstellung seiner Mutter ihr gegenüber hatte sich offenbar gründlich geändert.

Als die Gräfin sich umdrehte und mit ihrem Schürhaken in der Hand die Treppe hinaufmarschierte, gab Michael Isobel rasch einen Kuss und drückte ihre Hand, bevor sie ebenfalls nach oben gingen.

»Oh, Michael, sie hat einen Mann draußen auf der Mauer ausgesperrt, einen von denen, die den Pförtner gefesselt haben. Sie sagt, die Tür da oben hat auch von innen Riegel.«

»Das stimmt«, erwiderte er lachend. »Wie geht es dem Pförtner?«

Schuldbewusst rief Isobel: »Ach Gott, der ist ja noch immer gefesselt! Wir sind sofort zu dir gekommen. Der andere, der ihn bewacht hat, liegt ohnmächtig vor der Nische. Deine Mutter hat ihn mit dem Schürhaken getroffen.«

»Hat sie bei dem ganzen Durcheinander daran gedacht, den Raven hissen zu lassen?«

»Ja. Sie ist der Meinung, falls sich noch welche von Waldrons Männern im Tal herumtreiben, lassen sie sich davon abschrecken. Das glaube ich aber eher nicht.«

»Ich auch nicht«, stimmte Michael ihr zu. »Aber wenn Hugo noch immer nicht mit unserer Verstärkung da ist, werde ich ein ernstes Wörtchen mit ihm reden.«

»Hugo?«

»Ja, sicher. Du hast doch bestimmt schon gemerkt, dass er fast immer dahin geht, wo ich bin. Und was er von Waldron zu halten hat, weiß er schon seit vielen Jahren. Es würde mich sehr überraschen, wenn er ihm nicht von Norden aus auf den Fersen gefolgt ist.«

»Er ist bereits hier«, ließ sich die Gräfin vom Eingang her

vernehmen. Die Tür stand offen, der Pförtner war befreit worden, und Hugo reichte soeben einem Stallburschen die Zügel, während zwei von seinen Männern absaßen.

Grinsend kam Hugo auf sie zu, um sie zu begrüßen. »Ihr seid also alle unversehrt. Das habe ich nicht anders erwartet. Trotzdem bin ich froh, es zu sehen. Wo ist dieser Halunke Waldron?«

»Können wir nicht aufhören, ständig seinen Namen zu erwähnen?«, sagte die Gräfin. »Möchte vielleicht jemand einen Becher Claret?«

»Ja, ich«, antwortete Hugo und schloss sie in die Arme.

»Ich dachte, ihr hättet alle Angst vor ihr«, platzte Isobel heraus.

Michael lachte. »Das haben wir auch, Liebste. Warte nur, bis du sie einmal zornig erlebt hast.«

»Ach was«, sagte Isabella. »Jetzt wollt ihr bestimmt erst einmal wissen, was Waldron überhaupt auf Roslin wollte. Wenn ihr es herausgefunden habt, könnt ihr es mir ja nachher beim Abendessen erzählen. Das heißt, falls ihr es mir verraten dürft.«

Sie versprachen, so schnell wie möglich wiederzukommen und einen Becher Wein mit ihr zu trinken. Als Isabella fragte, ob sie in der Zwischenzeit irgendetwas für Isobel tun könnte, nahm Michael Hugo beiseite und berichtete ihm kurz, was vorgefallen war. »Bist du sicher, dass sich keiner von unseren Feinden mehr im Tal aufhält?«, fragte er schließlich.

»Ja«, erwiderte Hugo. »Auch von Waldron war weit und breit nichts zu sehen. Hat Isobel ihn wirklich von der Mauer geworfen?«

»Das hat meine Mutter gesagt«, erklärte Michael. »Ich würde gerne wissen, womit der Halunke sie dazu getrieben hat. Aber ich glaube, ich kann es mir schon denken.«

»Ich auch«, sagte Hugo.

Nachdem Isobel ihr Gespräch mit Isabella beendet hatte, trat sie zu den beiden Männern und sagte rundheraus: »Ich darf doch wohl auch hören, was ihr zu besprechen habt, oder?«

»Aber ja doch, meine Liebste«, erwiderte Michael. »Wir gehen zurück ins Tal. Hol ein Seil, Kerzen und Zunderbüchsen, Hugo. Ich bin mir mittlerweile vollkommen sicher, dass eine Höhle oder ein Geheimgang bei der Sache eine Rolle spielt, und ich möchte nicht, dass wir uns verlaufen.«

Isobel, die damit gerechnet hatte, bei der Gräfin auf der Burg bleiben zu müssen, freute sich, dass sie mitgehen durfte. Nachdem Hugo mit einem zusammengerollten Seil um die Schulter zurückgekommen war, liefen sie rasch hinunter ins Tal, wo sie den Fluss überquerten und den Weg einschlugen, auf dem Waldrons Männer sie und Michael abgefangen hatten. Das brachte sie wieder auf Waldron.

»Was, wenn er nicht ertrunken ist, sondern uns auflauert, Michael?«

Michael warf Hugo einen Blick zu, worauf dieser sagte: »Ich habe überall im Tal Posten aufgestellt. An denen kommt Waldron unmöglich vorbei. Das würde, glaube ich, nicht einmal Michael gelingen, auch wenn er es noch am ehesten schaffen würde. Außerdem ist Waldron nur mutig, wenn er seine Männer hinter sich weiß. Falls er sich wirklich hier irgendwo herumtreibt, werden meine Leute ihn schon erwischen. Aber wahrscheinlich ist er tot oder treibt noch immer im Fluss.«

Michael nickte zustimmend, und Isobel beruhigte sich wieder. Bald kamen sie zu dem Wasserfall, von dem Michael gesprochen hatte, und er zeigte ihnen das in die Felswand gemeißelte Bild des Grünen Mannes. Für Isobel sah er genauso aus wie derjenige in dem verborgenen Treppenhaus.

»Das muss doch etwas zu bedeuten haben«, murmelte sie. »Aber was?«

Doch die Männer blickten nur ratlos auf das Bildnis. »Was ist mit den Wasserfällen?«, fragte Isobel. »Habt ihr jemals nachgesehen, ob es dahinter ein Versteck gibt?«

»Man erreicht sie nur über einen schmalen Felsvorsprung«, erklärte Michael. »Hugo und ich sind immer an der Kante entlangbalanciert, um hinter die Fälle zu gelangen, bis sein Vater es uns verbot. Selbst damals, als Kinder, hatten wir dort kaum genug Platz.«

»Dann liegt des Rätsels Lösung vielleicht anderswo«, sagte sie und bahnte sich ihren Weg in das Unterholz am Fuße des Burgfelsens.

In dem dichten Strauchwerk war kaum ein Durchkommen, doch fünf Minuten später fand sie, wonach sie gesucht hatte. »Michael, hier ist noch ein bärtiger Mann!«

Die beiden Männer kamen angelaufen und sahen ebenfalls die seltsame Darstellung auf einem mächtigen Felsbrocken. Sie ähnelte wirklich den übrigen bärtigen Männern. Daraufhin suchten die drei die ganze Umgebung ab, doch ohne Erfolg. Als sie wieder an dem Felsen zusammenkamen, lehnte sich Michael gegen einen Baum und blickte gedankenverloren hinauf in die Krone.

Hugo, der auf einem umgestürzten Baumstamm saß, stieß einen Seufzer der Enttäuschung aus.

Isobel dagegen ging zu dem Felsen und schaute ihn nachdenklich an. Er reichte ihr ungefähr bis zur Brust und war fast so breit wie hoch. »Ob man ihn wohl zur Seite rücken kann?«, fragte sie.

Wie so oft verständigten sich die beiden Männer mit Blicken, dann erhoben sie sich gleichzeitig und drückten mit vereinten Kräften gegen den Brocken. Er ließ sich leichter bewegen als erwartet, und als sie ihn ein Stück weggerollt hatten, entdeckten sie darunter ein tiefes Loch, das aussah wie ein Brunnenschacht.

Aufgeregt rief Isobel: »Da unten muss irgendetwas sein! Können wir nicht hinuntersteigen und nachsehen? Es sieht aus, als würdet ihr beide hineinpassen.«

Doch die Männer wollten sich nicht ohne Vorbereitung ans Werk machen. Um sicherzugehen, dass sie niemand beobachtete, inspizierten sie Hugos Posten und holten sich dann weitere Ausrüstungsgegenstände und zwei zuverlässige Burschen aus der Burg. Nach zwei Stunden war es endlich so weit.

»Ich gehe zuerst«, sagte Michael mit einem Blick auf Isobel. »Wenn ich mich unten umgesehen habe, kann einer von euch nachkommen.«

Beide nickten, und Isobel sah zu, wie Hugo seinen Vetter an einem Seil hinunterließ. Sie war ganz sicher, dass Michael etwas entdecken würde. Bald flackerte tief unten ein Licht auf, als Michael mit seiner Zunderbüchse eine Kerze anzündete.

»Sie sollen euch beide runterlassen!«, rief er. »Hier unten ist ein großer Gang.«

»Nach Euch, Mylady«, sagte Hugo grinsend. »Es würde Eurem Gemahl wohl kaum gefallen, wenn ich von unten zusehen würde, wie man Euch herunterlässt.«

Ungeduldig wartete sie darauf, dass die beiden Helfer sie mit einem Strick um die Hüften und unter den Armen sicherten, wie sie es zuvor mit Michael getan hatten. Kurz darauf ließen sie sie zügig in die Öffnung hinab. Am Boden fing Michael sie auf und löste die Stricke. »Lass es mich sehen«, sagte sie. Er ruckte am Seil, zum Zeichen, dass die Männer es hochziehen konnten, und hielt dann die Kerze hoch.

»Himmel, der ist ja riesig!«

»Ja. Nur gut, dass wir genügend Kerzen dabeihaben und die Männer wissen, wo wir sind.«

Es dauerte nur wenige Minuten, und Hugo stand neben ihnen. Michael ging voraus in den Gang. Sie waren noch nicht weit gekommen, da erblickten sie vier Truhen.

Alle drei standen da und starrten sie an.

»Ich rieche Wasser«, sagte Hugo.

»Ich auch«, erwiderte Michael. »Lasst uns noch ein Stück gehen, bevor wir uns die Truhen näher ansehen.«

Rund dreihundert Meter weiter machte der Gang eine Biegung und öffnete sich unmittelbar dahinter zu einer großen Höhle mit einem See in der Mitte. Der Weg zog sich am Rand des Gewässers entlang.

»Sollen wir noch weiter vordringen?«, fragte Hugo. »Die Luft hier unten scheint gut genug zu sein.«

»Ich erkenne diesen Ort wieder«, sagte Michael. »Das hier ist die Höhle, von der ich schon so oft geträumt habe. Bestimmt hat mich jemand einmal hierhin mitgenommen, als ich noch sehr klein war.«

Sie gingen um den See herum und kamen zu einem anderen Gang. »Das scheinen künstlich angelegte Stollen zu sein«, sagte Michael. »Zumindest wurden sie von Menschenhand erweitert.«

»Es sieht so aus, als führte dieser hier zurück zur Burg«, bemerkte Isobel. »Könnte er irgendwie mit dem verborgenen Treppenhaus verbunden sein, Michael?«

»Ich wüsste nicht, wie, Mädchen. Das Treppenhaus endet über dem untersten Stockwerk der Burg. Selbst wenn es eine Verbindung gibt, haben wir sie wenigstens bis jetzt nicht gefunden.«

»Vielleicht ist sie nie fertig geworden«, sagte Hugo und spähte in die Dunkelheit.

»Ich möchte wissen, was in den Truhen ist«, sinnierte Michael. »Warum stehen sie so weit vorn am Eingang und nicht weiter hinten, wo sie schlechter zu finden sind?«

Darauf wussten seine Begleiter auch keine Antwort, doch als sie die erste Truhe öffneten, entdeckten sie obenauf einen Brief.

»Pass auf mit der Kerze, Mädchen«, warnte Michael, als Isobel näher trat, um ihnen zu leuchten. »Ich möchte nicht, dass er verbrennt, bevor ich ihn lesen kann.«

»Er stammt von Eurem Vater und ist an Sir Henry gerichtet«, sagte sie.

»Egal«, entgegnete Michael, »ich werde ihn trotzdem lesen.«

Über seine Schulter gebeugt, las sie mit: *Mein geschätzter, verlässlicher Sohn,* begann der Brief. *Was sich in dieser Höhle befindet, wurde dem Clan Sinclair zur Bewachung anvertraut und soll so lange in seiner Obhut bleiben, wie der Orden der Tempelritter von Schottland es für notwendig erachtet. In diesen vier Truhen findest du Anweisungen für dein weiteres Vorgehen, dazu Dokumente, Reliquien und andere Wertgegenstände. Nichts von alledem darf verschenkt oder veräußert werden, da es uns zu treuen Händen übergeben wurde. Wie du aus den Anweisungen ersehen kannst, hast du jedoch das Recht zu entscheiden, wo es am sichersten aufgehoben ist. Nimm alles, was sich in der Höhle befindet, gründlich in Augenschein, auf dass du weißt, worum es sich handelt, und hüte es gut. Der Herr segne deine Taten!*

»Es ist mit ›William Sinclair von Roslin‹ unterzeichnet«, sagte Isobel. »Das könnte Euer Vater oder Großvater sein, aber ich glaube, das hier hat Euer Vater geschrieben.«

»Ja, es stammt von seiner Hand«, bestätigte Michael. Er zog eine Schriftrolle unter dem Brief hervor und entrollte sie auf einer der Truhen. »Schaut mal«, sagte er.

Es war eine Landkarte, wie Isobel sie noch nie gesehen hatte, mit Ländern weit im Westen von Schottland und den Inseln. »Das muss die Karte sein, die Henry einst gesehen hat«, sagte sie.

Michael rollte sie wieder zusammen. »Die und den Brief nehme ich mit, alles andere lassen wir hier. Und dann rücken wir den Felsen wieder an seinen Platz, bis Henry da ist. Er soll alles in unverändertem Zustand vorfinden und dann entscheiden, was zu tun ist. Jetzt, wo wir es gefunden haben, ist es aber, fürchte ich, nicht mehr sicher. Die beiden Burschen oben wissen von dem Loch im Boden und können sich denken, dass wir hier unten etwas entdeckt haben. Ich vertraue ihnen, aber dennoch müssen wir dafür sorgen, dass die Sachen hier sicher sind. Allerdings möchte ich nichts unternehmen, ohne mit Henry gesprochen zu haben.«

»Ganz meine Meinung«, sagte Hugo. »Soll ich nach St. Clair reiten und ihn holen?«

»Ja, sobald wir hier fertig sind«, erwiderte Michael.

»Jetzt legen wir alles wieder zurück und lassen uns hochziehen. Komm, Mädchen.«

Er reichte ihr die Hand, und Isobel folgte ihm widerstrebend. Es ging ihr sehr gegen den Strich wegzugehen, ohne den Inhalt der interessanten Truhen und der Höhle näher zu untersuchen. Doch sie wusste, dass Michael recht hatte. Bestimmt würde er ihr Bescheid sagen, sobald er etwas Neues erfuhr.

Hugo hatte kaum einen Blick auf die Kisten geworfen.

Nachdem Michael den Deckel der einen Truhe geschlossen hatte, betrachtete er die anderen eingehend. Als er bemerkte, dass Isobel ihn beobachtete, sagte er: »An die Truhen kann ich mich aus meinem Traum nicht entsinnen, aber ich komme darin immer auf demselben Weg in die Höhle. Ich habe gerade überlegt, ob mich wohl jemand hergebracht hat, bevor die Truhen von den Inseln hierhergeschafft wurden.«

Isobel hatte sich gar keine Gedanken darüber gemacht, wann und auf welchem Weg die Truhen hergekommen waren, denn diese Frage interessierte sie weit weniger als der Inhalt. Sie konnte sich kaum von ihnen losreißen.

Wieder heil auf der Erdoberfläche angelangt, rollten die Männer den Felsen zurück auf seinen Platz. Michael ermahnte die beiden Helfer, Stillschweigen zu bewahren und dafür zu sorgen, dass Tal und Burg weiterhin gut bewacht wurden.

»Behaltet jeden im Auge, der sich im Tal aufhält, und lasst keinen ungesehen in die Nähe der Burg kommen.«

»Ja, Sir.«

Isobel seufzte vor ungestillter Neugier. Sie fürchtete, sie würde nie alles über den Schatz erfahren.

21

Hugo war auf dem Weg nach St. Clair, Wachen standen rings um die Burg, und bewaffnete Männer durchkämmten das ganze Tal und das Flussufer nach einer Spur von Waldron. Während des Abendessens hatte die Gräfin nicht das geringste Interesse an den Unternehmungen ihres Sohnes gezeigt und sich bald darauf in ihre Schlafkammer zurückgezogen.

Isobel, die mit Michael zu ihrer eigenen Kammer hinaufstieg, wünschte, sie könnte offen mit ihm reden.

Die Landkarte und Sir Williams Brief hatte er bereits fortgeräumt.

»Was ist denn, Mädchen?«, fragte er und schloss leise die Tür. »Du hast doch schon seit unserer Rückkehr in die Burg etwas auf dem Herzen.«

Sie schüttelte den Kopf. »Es ist nur wieder meine alte Neugier, Sir. Ich möchte zu gerne wissen, was alles dort unten verborgen ist. Selbstverständlich weiß ich, dass es mich nichts angeht, sondern Sir Henrys Angelegenheit ist – Fürst Henrys, wollte ich sagen.«

»Sag einfach Henry zu ihm«, sagte Michael. »Er ist doch jetzt auch dein Bruder.«

»Ja, gut. Auf jeden Fall habe ich das Gefühl, als würde ich Euer Vertrauen nicht verdienen, weil ich so neugierig bin.«

Zu ihrer Verblüffung lachte er. »Ach, Mädchen, wenn jemand ein Recht hat, neugierig auf unseren Fund zu sein, dann du. Glaubst du denn, ich platze nicht auch beinahe vor Neugier? Ich sage dir, wenn ich nicht wüsste, dass Gott mich sieht, würde ich mich bei der nächsten Gelegenheit zurückschleichen und mir alles, was in diesen Truhen ist, Stück für Stück genau ansehen. Die eine Kiste, die wir geöffnet haben, schien vorwiegend Dokumente zu enthalten, aber ich wette, es gibt dort auch Gold, Edelsteine und andere Kostbarkeiten. Schließlich war der Templerorden unermesslich reich, und ein Teil seines Vermögens könnte durchaus da unten in den Truhen liegen. Ich würde schrecklich gerne nachsehen, doch wir dürfen es nicht. Es ist unsere Pflicht, das Geheimnis zu wahren.«

»Also dürfen wir auch nicht darüber reden«, seufzte Isobel.

»Nur unter vier Augen, und dann auch so selten wie möglich«, erwiderte Michael. »Und jetzt möchte ich dich etwas fragen.«

Isobel kannte die Frage bereits und wünschte, sie müsste ihm nicht antworten. Doch dann fasste sie sich ein Herz und sagte: »Ihr möchtet wissen, was zwischen Waldron und mir geschehen ist.«

»Ja«, erwiderte er. »Ich nehme an, er hatte etwas vor, womit du nicht einverstanden warst.«

Über diese Formulierung musste sie lächeln. »Er hielt mit seinen Absichten nicht hinter dem Berg. Und weil er mich für eine schwache, hilflose Frau hielt, dachte er, er könnte mich dazu überreden. Ich ... ich ließ ihn in dem Glauben«, fügte sie ein wenig zögernd hinzu.

»Das war sehr klug von dir«, sagte er, legte ihr den Arm um die Schultern und führte sie zum Bett. »Und was weiter?«

»Er zog mich in seine Arme und drückte mich so fest an sich, dass ich seine Wollust spüren konnte«, antwortete sie und verzog angewidert das Gesicht. Als sie schwieg, wartete Michael geduldig wie immer darauf, dass sie weiterredete.

Schließlich fuhr sie fort: »Aber ich hatte ja immer noch meinen Dolch. Nachdem ich mich vergewissert hatte, dass sein gepanzertes Wams ihn dort unten nicht schützte, packte ich den Dolch mit beiden Händen und rammte ihn Waldron, so fest ich konnte, in die Hoden.«

Michael zuckte zusammen.

»Was ist?«, fragte sie. »Glaubt Ihr, das war falsch von mir?« Mit einem etwas schiefen Lächeln zog er sie an sich und küsste sie auf die Stirn. »Nein, Liebste. Ich habe mir nur gerade vorgestellt, wie sich das angefühlt haben muss. Aber er hat es nicht besser verdient. Nach unserem ersten gemeinsamen Abenteuer habe ich nicht damit gerechnet, dass du noch mehr Überraschungen für mich bereithältst, aber ich muss sagen, deine Geistesgegenwart und Kaltblütigkeit verschlagen mir förmlich die Sprache. Ich schwöre dir, wenn Frauen im Orden zugelassen wären, würde ich dich als Tempelritter vorschlagen.«

Plötzlich war ihr ganzes Unbehagen verflogen. Sie lachte und sagte: »Nie im Leben!«

»Es geht ja auch gar nicht, aber so langsam glaube ich, es ist ein Fehler von ihnen, keine Frauen zuzulassen. Wenn du nicht gewesen wärst«, fuhr er mit leicht veränderter Stimme fort, »wären wir uns nie begegnet, und außerdem hätte Waldron dann vielleicht mit seiner Suche – und auch mit allem anderen – Erfolg gehabt.«

»Wer weiß?«, wandte sie ein. »Vielleicht lebt er ja noch und kommt zurück, und jetzt, da wir das Versteck des Schatzes kennen …«

»Deshalb müssen wir unbedingt zuerst mit Henry sprechen, bevor wir etwas unternehmen. Er allein hat das Recht, ihn an einen sichereren Ort zu bringen. Doch solange wir weder die Höhle noch die Truhen erforschen können, sollten wir unsere Erkundungen vielleicht auf einem anderen Gebiet fortsetzen«, schloss er, wobei er keinen Zweifel mehr an seinen Absichten ließ.

»Meint Ihr, Sir?« Bei der bloßen Vorstellung geriet ihr Blut in Wallung.

Doch er hielt inne und sah ihr tief in die Augen. »Nur, wenn der Schrecken über das, was Waldron dir antun wollte, nicht allzu tief sitzt«, sagte er.

Sie erwiderte ernst seinen Blick. »Ich weiß nicht, ob ich mir wünschen soll, ich hätte ihn nicht getötet, doch was auch immer heute auf der Burgmauer geschehen ist, es hat nichts mit meinen Gefühlen für dich zu tun, Michael. Bei der bloßen Vorstellung, dass diese schrecklichen Männer dich quälen …« Ihr versagte die Stimme.

»Ich weiß, Liebste. Ich habe gehört, wie Waldron dir mit den Foltermethoden drohte, wie sie die Kirche bei Ketzern anwendet. Da wäre ich am liebsten aufgesprungen und hätte ihn erwürgt, auch wenn ich damit meine einzige Chance vertan hätte. Du weißt ja gar nicht, wie schwer es war, sich bewusstlos zu stellen und dich mit ihm gehen zu lassen. Ich liebe dich, Isobel, mehr als ich es mir jemals hätte vorstellen können. Und ich hatte in meinem ganzen Leben noch nie so viel Angst.«

»Trotzdem hast du mich gehen lassen«, sagte sie. »Ich möchte gerne glauben, dass du mir zugetraut hast, selbst auf mich achtzugeben. Aber ich weiß, das war nicht der Grund.«

»Nein«, erwiderte er. »Ich ließ dich gehen, weil es der einzige Weg war, ihn und seine Männer zu besiegen. Alles andere wäre fatal für uns gewesen.«

Sie nickte und legte den Kopf an seine Brust. Und als er ihre Hand zart in die seine nahm, legte sie sie an ihr Mieder. »Liebe mich, Michael. Ich möchte in deinen Armen liegen und deinen Körper ganz nah bei mir spüren.«

Sie stöhnte leise, als er sie küsste und seine Zunge in ihren Mund eindrang. Seine zärtlichen Hände öffneten die Bänder ihres Mieders, und dann entkleidete er sie behutsam und bedächtig, bevor er die Bettdecke zurückschlug und sie sanft auf das Lager sinken ließ. Er zog sich aus, schlüpfte zu ihr unter die Decke, nahm sie in die Arme und streichelte sie am ganzen Körper, bis sie am liebsten wie ein zufriedenes Kätzchen geschnurrt hätte. Doch gleichzeitig wuchs ihre Erregung.

Als sie es schier nicht mehr aushalten konnte, schob sie seine Hände beiseite, legte sich auf die Seite und erwiderte seine Zärtlichkeiten. Die Reaktion seines Körpers auf ihre Berührungen fachte ihre Lust noch mehr an, bis er sich endlich auf sie legte und sie miteinander verschmolzen. Er steigerte ihre Erregung in einem nie gekannten Maß, und schließlich gelangten sie gemeinsam zum Höhepunkt, bevor sie sich in wohliger Zufriedenheit aneinanderkuschelten. Angesichts ihrer wunderbaren Liebe entfuhr ihnen beiden ein tiefer Seufzer.

Nach einem langen, träumerischen Schweigen sagte Michael schläfrig: »Ich habe dir meine Liebe erklärt, mein Schatz, und ich glaube, du liebst mich ebenso. Doch nun wüsste ich doch gerne, ob du deine Ansicht über die Ehe geändert hast. Schließlich wurde sie für die Ewigkeit geschlossen, und daran wird sich nichts ändern.«

»Das ist auch gut so«, erwiderte sie. »Denn die Ewigkeit ist noch lange nicht genug.«

Liebe Leserin, lieber Leser,

ich hoffe, *Der Schatz des Highlanders* hat Ihnen gefallen. Schon seit Jahrhunderten fasziniert die Geschichte der Tempelritter und ihres verlorenen Schatzes Historiker und Laien. Als ich herausfand, dass diejenigen Templer, die den Verfolgungen durch König Philipp IV. in Paris entgangen waren, sich – mitsamt ihrem Schatz – möglicherweise nach Schottland gerettet hatten, begann ich, mich eingehender mit der schottischen Geschichte jener Zeit und des darauffolgenden Jahrhunderts zu befassen.

Da England ja zwischen Schottland und Frankreich liegt, führte der Weg der Schatzschiffe höchstwahrscheinlich an der Westküste Irlands entlang und zwischen den Inseln hindurch zur schottischen Westküste. Von Irland aus verlief die Route vermutlich durch den Sund an der Nordküste der Insel Isla (heute Islay) nach Kintyre, wo die Flotte einer verbreiteten Auffassung nach gegen Ende des Jahres 1307 vor Anker gegangen sein soll. Am Nordende der Insel Isla wiederum befand sich Finlaggan, der Verwaltungssitz des Lords der Inseln.

Im Jahre 1307 lebte auf Finlaggan Angus Og, der Vater des ersten Lords der Inseln. Es ist kaum anzunehmen, dass eine ganze Flotte ohne sein Wissen die Nordküste der Insel hätte passieren können.

Ebenso unwahrscheinlich ist es, dass der Schatz über die Inseln bis nach Roslin Castle (oder der später erbauten Kapelle von Roslin) transportiert wurde, ohne dass viele Menschen es mitbekamen. Übrigens habe ich mit »Roslin Castle«

und »Roslin Glen« durchgängig die offizielle britische Schreibweise verwendet.

Der Sir William St. Clair (oder Sinclair), um den sich die Legende mit dem Herzen von Robert the Bruce rankt, war nicht, wie häufig geschrieben wird, Sir Henrys Vater. Besagter Sir William fiel nämlich bereits 1330 in einem Gefecht gegen die Mauren in Andalusien, zusammen mit Sir James Douglas »dem Guten« und Robert Logan, als er versuchte, das Herz von Robert the Bruce ins Heilige Land zu bringen. Sein Sohn, ebenfalls William mit Namen, trug den Titel Baron von Roslin von 1330 bis zum Jahr 1358, als er auf einem Kreuzzug gegen die Litauer durch einen Sturz vom Pferd ums Leben kam. Dieser Sir William war mit Isabella von Strathearn und Caithness verheiratet. Henry wurde erst 1345 geboren.

Es ist unbekannt, wann genau all die Gänge und unterirdischen Kammern auf Roslin angelegt wurden. Viele gehen wohl auf das sechzehnte Jahrhundert zurück, als William Sinclair, vierter Graf von Orkney, die berühmte Kapelle von Rosslyn errichten ließ. Unter Historikern ist die Frage umstritten, warum er, fünf Jahre bevor er mit dem Bau begann, zahlreiche Bergleute anheuerte. Viele sind davon überzeugt, dass ein Großteil der unterirdischen Gänge in dieser Zeit entstand, doch Beweise dafür gibt es nicht, und Roslin Castle war schon lange vorher berühmt für sein weit verzweigtes Netz von Tunneln, Kammern und Verliesen im Inneren des Burgfelsens. Auch Wallace' Höhle – benannt nach William Wallace, der dort Zuflucht gesucht haben soll – war damals schon lange bekannt.

Henrys Ansprache in der Kathedrale von Kirkwall beruht auf der Rede, die er anlässlich seiner Einsetzung in Marstrand, Norwegen, hielt. Der englische Text findet sich auf der Website der Rosslyn-Templer unter www.rosslyntemplars.org.uk/installation.htm

Falls Sie an weiteren Informationen über den Schatz der Templer interessiert sind, empfehle ich Ihnen die folgenden

Titel: *Holy Blood, Holy Grail* (*Der Heilige Gral und seine Erben*) von Michael Baigent und Richard Leigh. New York, Dell Books, 1982; *The Temple and the Lodge* (*Der Tempel und die Loge*), ebenfalls von Michael Baigent und Richard Leigh. New York, 1989; *Pirates & the Lost Templar Fleet* von David H. Childress. Illinois, Adventures Unlimited Press, 2003; *The Stone Puzzle of Rosslyn Chapel* von Philip Coppens. Niederlande, Frontier Publishing, 2004; *The Da Vinci Code Decoded* von Martin Lunn. New York, Disinformation Co. Ltd., 2004; und *The Lost Treasure of the Knights Templar* von Steven Sora. Vermont, Destiny Books, 1999.

Vielleicht werden einige von Ihnen mit einer gewissen Skepsis gelesen haben, wie sich Isobel in Kapitel 17 daran erinnert, mit welchem Trick sie Hector zu Fall brachte. Dazu kann ich nur sagen, dass der 1,61 Meter großen und knapp 57 Kilogramm schweren Schreiberin dieser Zeilen dasselbe bei ihrem Mann (1,95 m, 84 kg) gelang, und zwar in unserem Wohnzimmer im zweiten Jahr unserer Ehe. Ich schwöre, ich wollte ihm nur meine bescheidenen Kenntnisse in Selbstverteidigung vorführen und hätte nie gedacht, dass der Trick bei einem so viel größeren Menschen klappen würde. Sein höher gelegener Schwerpunkt kam mir zu Hilfe. Ich würde jetzt gerne vermelden, dass er sich seither immer anständig betragen hat, aber da schaut er mir gerade über die Schulter und lacht.

Wie immer gilt mein Dank meinen fantastischen Agenten Aaron Priest und Lucy Childs und meiner wunderbaren Lektorin Beth de Guzman. Ohne sie würde ich es nicht schaffen!

Herzlichst,
Ihre Amanda Scott

Deutsche Erstausgabe 2008
Weltbild Buchverlag –Originalausgaben–

Dieses Werk wurde vermittelt durch die
Literarische Agentur Thomas Schlück GmbH, 30827 Garbsen.

Projektleitung: Almut Seikel
Übersetzung: Carola Kasperek
Redaktion: Carmen Dollhäubl
Umschlaggestaltung: Hauptmann & Kompanie Werbeagentur GmbH, München
Umschlagabbildung: © Vittorio Dangelico via Agentur Schlück GmbH
Satz: avak Publikationsdesign, München
Gesetzt aus der Sabon 10,5/12,5 pt
Druck und Bindung: CPI Moravia Books s.r.o., Pohorelice

Gedruckt auf chlorfrei gebleichtem Papier

Printed in the EU

ISBN 978-3-89897-929-0